U0165669

文字學

從《說文》出發，解構、認識文字，這是文字學的領域與基礎。

陳新雄、曾榮汾◎著

五南圖書出版公司 印行

著者於安陽訪古照片

虞美人

《文字學》一書殺青贈榮汾弟用山谷天涯也有江南信韻　　陳新雄

新傳應似寒潮信。師弟相親近。長年設帳莫嫌遲。嶺上梅花尚有、老龍枝。

布袍粗食何須妒。惜未留春住。平生著述意何深。病後扶持更是、最知心。

本書編旨及凡例

一、本書為說明中國文字學之基本學理及範疇而編,全書分為六章,前四章以《說文》學為重心,後二章為字樣學與古文字學概述。若以性質分,則前三章屬文字學基本理念與《說文》之認識,後三章為《說文》研究法與文字學其他領域之認識。

二、本書之編寫理念以《說文》為核心,《說文》既為先秦古漢語形音義之彙編,亦為後世隸楷演變所本,若據此書研治中國文字,可古可今,不離其道。

三、本書第一章為「《說文》敘論」,主要論述文字之起源、意義、構造及變遷,並將黃侃《說文略說》之相關見解列入餘論。文字學中最重要之「六書」問題,亦詳列流派,明其特色。

四、本書第二章為《說文》本書之條例,分列十二節,諸如分部、行文、說解、訓詁、用語、取材等,為解讀《說文》一書之詳盡體例。

五、本書第三章為段玉裁注《說文》條例,分列四節,說明段氏自明作注之條例、論造字命名之條例、闡述古今形音義演變之例、兼明注書解字之例等。

六、本書第四章為闡明黃侃研治文字之條例。季剛先生治文字學主據《說文》,嘗對該書精密分析,為能明其條例與方法,本章分列三節,先據黃焯整理之《文字聲韻訓詁筆記》理其條例,復據著者(陳新雄)整理之林景伊先生筆記,闡釋其中理念,文末歸結於陸宗達先生轉述季剛先生評點《說文》之法。

七、本書第五章為字樣學概說。字樣學主為探討正字整理之歷史與學理。此領域為唐蘭首倡,而後有著者(曾榮汾)《干祿字書研究》及《字樣學研究》之專著,近年學界重視日增,故特於本書置入此章,以求文字學體系之完備。

八、本書第六章為古文字學概要，研治文字學，為求宏觀，對早於《説文》之史料理當重視。本章除介紹近世之重要發現外，更提出「古文字學研究法舉隅」、「古文字與文字學」及「研治古文字學之入門書籍」三節，藉以説明治古文字應有之眼光、方法及入門途徑。

九、本書引用資料，必據原典。前人著作或見舊説因襲，引錄較泛，本書概尋所據，證之原典，盼免舊引之疏失，而為學者之新參。

十、本書引用近人著作，雖或見節引，然必注明所據，欲詳原文，自可循參之。

十一、本書多引《説文》之例，為便於還原參閱，概注明段注本頁碼，如有必要，則另明異本所據。

十二、本書引據之參考書，皆注明作者及出版時地，其年代或注西元，或注民國，概依原書版權頁所載。

自　序

　　民國四十四年（1955）春，余肄業於臺灣省立臺北建國中學高中三年級，當時考試院副院長羅家倫先生於臺港各報發表〈簡體字之提倡甚為必要〉一文，當時高中學生於五四新文學運動之提倡者胡適及其門下健將羅家倫與傅斯年，均視作偶像。故羅氏此文一出，余閱讀之後，心中亦以為然。不數日，於報刊上閱讀潘重規先生一篇〈論羅家倫所提倡之簡體字〉，潘先生此文當中，令我印象最深刻者，則為羅文以「迁」為「遷」之古文，見於《說文》。潘先生以為「遷」之古文，《說文》作「扡」，不是「迁」字。因而質疑羅氏所謂《說文》，究係何種版本之《說文》？請羅氏告知。余閱讀之後，心想潘重規真不知天高地厚，羅先生必定會指點迷津，告知張本，加以教訓。因此懷抱潘重規被教訓之快感，期待羅先生大文早日發表。孰知等待數日，羅先生影響全無，卻有讀者不斷投書，期待羅先生對潘重規之質疑，早日答覆。未料羅先生竟說：「我有說話的自由，我也有不說話的自由。」如此一來，我心目中之偶像，乃應聲而徹底破碎矣。

　　以斯之故，因而轉向當時國文老師李福祥先生，探詢潘重規先生之師學淵源及其學術造詣。李師謂：「潘重規為黃侃之女婿，黃侃乃國學大師章太炎之大弟子，於語言文字之所謂小學，造詣最深。」李師並對我言，如果欲學習中文，臺灣師範大學不失為一所理想大學，而潘重規正是師範大學國文系主任。當我將福祥師之言，徵詢先君意見時，先君謂科技不行，尚可外求，文化與文學乃我立國精神，而不可求之於外人者，極為贊成我投考師範大學，因此乃以師範大學國文系為我第一志願。結果如願以償，以極高分[1]考取師大國文系第一

---

[1] 我以總分364分被錄取，當年滿分為500分，乙組狀元為382分，甲組狀元為364分，丙組狀元為365分。

名。因而有機會從當時一流學者如潘重規、林尹、高明、許世瑛、程發軔、汪經昌等知名學者學習。

進入大學後，潘先生為迎母遠走星洲，於是轉介我向林尹景伊教授學習。大學四年中，影響我最深遠之老師，亦為林尹教授。林先生教我大一國文、大二詩選、大三學庸、大四訓詁學與中國哲學史等課程。我與林先生投緣，乃從大一開始，先生教大一國文，每授完一課，必令背誦，我能背誦，又會吟讀，深得先生讚賞。猶憶大二詩選時，先生友朋於府中相聚，每召我吟誦杜工部〈秋興〉八首、曹子建〈贈白馬王彪〉，甚至於〈古詩十九首〉等。先生以我能背書，為奠定治學之基礎，認為應從聲韻與文字著手，乃贈我《廣韻》一冊，並題識相勉云：「中華民國四十六年歲次丁酉三月廿五日，即夏正二月廿四日持贈新雄，願新雄其善讀之。」余謹受教，於是退而循師指示，披尋《廣韻》，逐韻逐字，析其聲韻，勒其部居。並對勘《說文》，究其偏旁，初明義例，興味盎然。習之漸久，艱難時見。蓋其時《說文》，除部首外，並無索引，檢尋為難，故志亦稍怠惰。師察其情，乃贈以《檢字一貫三》一冊，並諄諄告誡，再三激勵。每謂「吃得苦中苦，方為人上人」，始能「出乎其類，拔乎其萃」，並為剖析疑滯，必令盡釋而後已。因能終始其事，未曾中道而廢。師乃介紹余任東吳大學中文系聲韻學，時余年方二十有四。自爾以來，乃與聲韻學結不解之緣，迄今已逾半世紀矣。及今思之，設非吾師苦心孤詣，誨之不倦，又曷克臻此者乎！

大學卒業，考入師大國文研究所碩士班，先師擔任《廣韻研究》、《古音研究》、《說文研究》諸課程，先生以為研究文字，必以《說文》為宗，今之授文字課程者，每棄《說文》而不顧，專究甲金文字，未見通學，不知字例之條，鄙《說文》而善野言，以其所知為祕妙，自誇究洞聖人之微恉。翫其所悉，蔽所希聞，迷誤不諭，豈不悖哉！先師則反是，言必遵師說，而不穿鑿。故講述《說文》，先明六書之條例，許君撰述之微恉，及後人研究之心得，靡不詳述。迨進入博士班，先師復講授「中國文字綜合研究」，於文字、聲韻、訓

詁三者鎔為一爐，於小學之能事畢矣。故余得博士學位後，乃受聘於
輔仁大學、文化大學講授文字學與聲韻學，淡江大學、臺灣師範大學
講授聲韻學與訓詁學。

　　民國八十八年余撰就《古音研究》一書，交由五南圖書出版公司
出版，其時該公司有意欲出版文字、聲韻、訓詁類小學書籍，聲韻、
訓詁二書，我已允與其他書局出版，未便違約，而且正忙於撰述中，
文字學一門，因余無暇寫，五南書局囑我推薦門下弟子撰寫，於是我
推薦國立中山大學中文系主任孔仲溫教授撰寫，不幸孔教授英年早
逝。余於民國九十三年完成《聲韻學》由文史哲出版社出版，九十四
年完成《訓詁學》由學生書局出版。五南圖書公司以所推薦之門人，
既不幸早逝，不如老師出馬，乃商請余完成《文字學》之撰寫，余感
五南圖書公司之盛情，自覺無可推託，乃毅然負起撰寫之責任。余策
劃全書六章。一曰《說文》敘論、二曰《說文解字》本書之條例、三
曰段玉裁注《說文》之條例、四曰黃季剛先生研治文字之條例、五
曰字樣學概說、六曰古文字學概要。方寫畢四章，旅美期間，突患肺
炎，體力既衰，腦力大減，此後殆難以竟其全功矣。若棄而不顧，亦
於心不忍，對五南圖書公司尤覺歉恧，因商之於余門下曾榮汾教授，
榮汾從余受業數十年，自大學、研究所碩士班、博士班，英年劬學，
成績斐然，而主編教育部國語詞典、異體字字典，更著有成效，蜚聲
海內外。幸榮汾應允，故本書五、六兩章皆成於其手，前四章中，亦
多所補益。榮汾天資淵懿，善讀善悟，其於師說，已青出於藍者矣。
今幸此書之成，故喜述其因果如此，是為序。

陳新雄

序於臺北鍥不舍齋

中華民國99年3月3日

目　次

第一章
《說文》敘論

第一節　文字之起源

許慎《說文解字‧敘》云：

> 古者庖犧氏之王天下也，仰則觀象於天，俯則觀法於地，視
> 鳥獸之文與地之宜，近取諸身，遠取諸物，於是始作易八
> 卦，㠯垂憲象。及神農氏結繩為治而統其事，庶業其繁，飾
> 偽萌生。黃帝之史倉頡，見鳥獸蹄迒之迹，知分理之可相別
> 異也，初造書契，百工㠯乂，萬品㠯察。蓋取諸夬，夬揚于王
> 庭，言文者宣教明化於王者朝廷，君子所㠯施祿及下，居德則
> 忌也。[1]

此許慎說文字緣起之明文也。不過，關於文字之起源，歷來傳說亦不一，茲
歸納之如下：

一、結繩說

《易‧繫辭下》云：「上古結繩而治，後世聖人易之以書契。百官以
治，萬民以察。」疏：「結繩者，鄭康成注云：『事大，大結其繩；事小，
小結其繩。』義或然也。」[2]《九家易》云：「古者无文字，其有約誓之
事，事大，大其繩；事小，小其繩。結之多少，隨物眾寡。」[3]此二說皆以

---

[1] 見漢‧許慎著，清‧段玉裁注：《說文解字注》（臺北：藝文印書館，民國62年8月），頁
761。

[2] 見《周易正義‧繫辭下》「上古結繩而治」句下。（《十三經注疏》，臺北：藝文印書館，民
國54年6月），頁168。

[3] 見唐‧李鼎祚：《周易集解‧卷十五》引。（《景印文淵閣四庫全書》，臺北：臺灣商務印書館）。

結繩起於上古。《說文‧敘》云：「神農氏結繩為治而統其事。」段玉裁注云：「謂自庖犧以前，及庖犧，及神農皆結繩為治而統其事也。」[4]段說是也。其實結繩遠在神農之前，不過神農之世，仍沿用之耳。蓋伏羲之前，漢族尚營漁獵生活，其所需者惟記所弋禽獸數量之符號耳。劉師培曰：「雖結繩之字，不可復考，然觀一二三諸字，古文則作弌、弍、弎……是為結繩時代之字。」[5]此雖不得謂結繩即文字，然不可謂其無文字之意。故結繩時代實為文字之胚胎期。

二、畫卦說

《易‧繫辭下》云：「古者包犧氏之王天下也，仰則觀象於天，俯則觀法於地，觀鳥獸之文與地之宜，近取諸身，遠取諸物，於是始作八卦，以通神明之德，以類萬物之情。」是知八卦之作，非僅為事物之符號，且兼為一切制作之原也。故曰：「易者象也，伏犧畫卦，以垂憲象。」《易緯乾坤鑿度‧卷上‧乾鑿度‧古文八卦》且謂八卦即古文本字。即：[6]

☰古文天字　　　☷古文地字
☴古文風字　　　☶古文山字
☵古文水字　　　☲古文火字
☳古文雷字　　　☱古文澤字

由此可知，八卦雖為八種事物之符號，然實有文字之價值，蓋古人與自然界接觸既久，不能不各畫一符號以區別之，見天之現象平衡而無邊際，即畫「━」以表天，見地之現象平坦而有缺陷，即畫「- -」以表地，再重疊錯綜之為八卦，以為天、地、山、澤、水、火、風、雷之符號，更推廣之，為一

---

[4] 見漢‧許慎著，清‧段玉裁注：《說文解字注》（臺北：藝文印書館，民國62年8月），頁761。

[5] 見劉師培：《劉申叔先生遺書‧中國文學教科書‧第四課‧論字形之起源》（臺北：華世出版社，民國64年4月），頁2406。

[6] 參見漢‧鄭玄注：《易緯乾坤鑿度‧卷上‧乾鑿度‧古文八卦》（《無求備齋易經集成》，臺北：成文出版社，民國65年），頁15-16。

切思想事物之符號。茲將《易‧說卦》所云之八卦涵義，錄之於下：

乾 為天、為圜、為君、為父、為玉、為金、為寒、為
　　冰、為大赤、為良馬、為老馬、為瘠馬、為駁馬、
　　為木果。

坤 為地、為母、為布、為釜、為吝嗇、為均、為子母
　　牛、為大輿、為文、為眾、為柄。其於地也，為
　　黑。

震 為雷、為龍、為玄黃、為旉、為大塗、為長子、為決
　　躁、為蒼筤竹、為萑葦。其於馬也，為善鳴、為馵
　　足，為作足、為的顙。其於稼也，為反生，其究為
　　健、為蕃鮮。

巽 為木、為風、為長女、為繩直、為工、為白、為長、
　　為高、為進退、為不果、為臭。其於人也，為寡
　　髮、為廣顙、為多白眼、為近利市三倍，其究為躁
　　卦。

坎 為水、為溝瀆、為隱伏、為矯輮、為弓輪。其於人
　　也，為加憂，為心病，為耳痛，為血卦、為赤。其
　　於馬也，為美脊、為亟心、為下首、為薄蹄、為
　　曳。其於輿也，為多眚、為通、為月、為盜。其於
　　木也，為堅多心。

離 為火、為日、為電、為中女、為甲冑、為戈兵。其於
　　人也，為大腹，為乾卦、為鱉、為蟹、為蠃、為
　　蚌、為龜。其於木也，為科上槁。

艮 為山、為徑路、為小石、為門闕、為果蓏、為閽寺、
　　為指、為狗、為鼠、為黔喙之屬。其於木也，為堅
　　多節。

兌 為澤、為少女、為巫、為口舌、為毀折、為附決。其

於地也，為剛鹵、為妾、為羊。[7]

由〈說卦〉可知古人將各種事物意義，附麗於八卦，則八卦為代替事物之符號可知矣。故黃季剛先生云：「按八卦為有限之符號，文字則為無限之符號，以八卦為文字起原，似也。」[8]是則畫卦時代實為文字之萌芽期。

三、書契說

《說文‧敘》云：「黃帝之史倉頡，見鳥獸蹏迒之迹，知分理之可相別異也，初造書契。」許君所言蓋因於《世本》，關於倉頡之異說，孔穎達《尚書正義》云：

> 其蒼頡則說者不同，故《世本》云：「蒼頡作書。」司馬遷、班固、韋誕、宋忠、傅玄皆云：「蒼頡、黃帝之史官也。」崔瑗、曹植、蔡邕、索靖皆直云：「古之王也。」徐整云：「在神農、黃帝之間。」譙周云：「在炎帝之世。」衛氏云：「當在庖犧蒼帝之世。」慎到云：「在庖犧之前。」張揖云：「蒼頡為帝王，生於禪通之紀。《廣雅》曰：自開闢至獲麟，二百七十六萬歲，分為十紀，則大率一紀，二十七萬六千年。十紀者：九頭一也，五龍二也，攝提三也，合雒四也，連通五也，序命六也，循飛七也，因提八也，禪通九也，流訖十也。」如揖此言，則蒼頡在獲麟前二十七萬六千餘年，是說蒼頡其年代莫能有定。[9]

所以為此異說者，蓋疑文字不應至黃帝始起也。且《說文‧敘》亦云：「封

---

[7] 見《周易正義》（《十三經注疏》，臺北：藝文印書館，民國54年6月），頁185-186。

[8] 見黃季剛先生：《黃侃論學雜著‧說文略說‧論文字初起之時代》（上海：中華書局，1964年9月），頁1。

[9] 見〈尚書正義‧尚書序〉「古者伏犧氏之王天下也」段下。（《十三經注疏》，臺北：藝文印書館，民國54年6月），頁6。

於泰山者，七十有二代，靡有同焉。」其言出於《管子》書。《管子‧封禪》云：

> 桓公既霸，會諸侯於葵丘而欲封禪。管仲曰：「古者封泰山，禪梁父者七十二家，而夷吾所記者十有二焉。昔無懷氏封泰山，禪云云，虙羲封泰山，禪云云……皆受命然後得封禪。」[10]

孔氏《尚書正義》又云：

> 其登封者皆刻石紀號，但遠者字有彫毀，故不可識，則夷吾所不識者六十家，又在無懷氏前。[11]

信如此言，則文字之興，實遙出庖犧之上，故慎到有在伏犧前之論也。至於書契，亦有說焉。《說文‧敘》云：「箸於竹帛謂之書。」是則書者，乃所寫所刻之文字皆是也。至於契，鄭玄《易‧繫辭》注云：「書之於木，刻其側為契，各持其一，後以相考合。」[12]又《周禮‧天官‧質人》注云：「書契取予市物之券也，其券之象，書兩札，刻其側。」[13]又《周禮‧天官‧小宰》注云：「書契謂出予受入之凡要，凡簿書之最目，獄訟之要辭，皆曰契。」[14]此皆書契連言，二者不別，實在契僅為刻之意，故《魏書‧帝紀‧序紀》云：「不為文字，刻木紀契而已。」[15]《隋書‧卷八十四‧突厥傳》云：「無文字，刻木為契。」[16]蓋古初之時，契僅為契刻之意，

---

[10]　《管子校正》（《新編諸子集成》，臺北：世界書局，民國62年10月），頁273。
[11]　同注(9)。
[12]　見〈尚書序〉「古者伏犧氏之王天下也」句下孔穎達正義引，見《尚書正義》（《十三經注疏》，臺北：藝文印書館，民國54年6月），頁5。
[13]　「掌稽市之書契」句下。《周禮注疏》（《十三經注疏》，臺北：藝文印書館，民國54年6月），頁226。
[14]　「六曰聽取予以書契」句下。《周禮注疏》（《十三經注疏》，臺北：藝文印書館，民國54年6月），頁44。
[15]　《魏書》（殿本二十五史，臺北：藝文印書館），頁23。
[16]　《隋書》（殿本二十五史，臺北：藝文印書館），頁929。

或刻花紋，或刻記數，與書之成文字者有別。

　　至於文字起於何時，倉頡是否即為創字之人，茲舉三家之說以為參。章太炎先生〈造字緣起說〉云：

《荀子‧解蔽篇》曰：「好書者眾矣，而倉頡獨傳者，壹也。……」依此，是倉頡以前已先有造書者，亦猶后稷以前，神農已務稼穡，后夔以前，伶倫已作律呂也。夫人具四肢，官骸常動，持莛畫地，便已縱橫成象，用為符號，百姓與能，自不待倉頡也。《呂覽》云：「未有蚩尤以前，民固剝林木以戰矣。」因知未有倉頡以前，民亦畫地成形，自成徽契，非獨八卦始作為文字造耑而已。今之俚人，亦有符號，家為典型，部為徽識，而彼此不能相通。《匈奴傳》言無文書，以言語為約束，中行說始教單于左右疏記，以計識其人眾畜牧，然前此已有日上戊己，課校人畜，宜亦自有記數符號，夫倉頡以前亦如是矣。一二三諸文，橫之縱之，本無定也。馬牛魚鳥諸形埶，則臥起飛伏，皆可則象也。體則鱗羽毛鬣皆可增減也，字各異形，則不足以合契。倉頡者蓋始整齊畫一，下筆不容增損，由是，率爾箸形之符號，始為約定俗成之書契。彼七十二王，皆有刻石，十二家中，無懷已在伏戲前矣，所刻者則猶俚人之符號也。自倉頡定文以還，五帝三王又乃改易殊體，古文猥眾，一字數形，加以點畫單奇，方衺隨埶，復難識別，故史籀作大篆以一之，重文絫體，務為絿複，乃得免於混殽。六國以後，文字異形，李斯又以秦文同之，皆欲使萬民易察，百官得治，故為是檢柙耳。非義農以前，遂無符號也。後世皆傳倉頡之文，則諸家符號，誠難臆知，是以管仲所識，不能過于無懷。[17]

---

[17]　見章太炎先生：《檢論‧卷一‧附錄造字緣起說》（《章氏叢書》，臺北：世界書局，民國71年4月），頁521。

黃季剛先生《說文略說》云：

> 按文字之生，必以寖漸，約定俗成，眾所公仞，然後行之而
> 無閡。竊意邃古之初，已有文字，時代綿邈，屢經變更；
> 壤地仳離，復難齊一。至黃帝代炎，始一方夏；史官制定文
> 字，亦如周之有史籀、秦之有李斯。然則倉頡作書云者，宜
> 同鯀作城郭之例；非必前之所無，忽然刱造，乃名為作也。
> 《周禮・大行人》：「王之所以撫邦國諸侯者，九歲屬瞽
> 史，諭書名。」依鄭君說，名即字也。據此，隆周之治，同
> 書文字，職在史官，是亦循黃帝以來之舊而已。《荀子》
> 云：「好書者眾矣，而倉頡獨傳者壹也。」今本此說，以為
> 文字遠起於古初，而倉頡仍無嫌於作字；庶幾和會乖違，得
> 其實相者歟！[18]

董作賓〈中國文字的起源〉一文云：

> 章太炎……以為倉頡以前已有文字，至倉頡終把它「整齊畫
> 一」，使為「約定俗成」的書契。章氏的根據是《荀子・解
> 蔽篇》所說：「好書者眾矣，而倉頡獨傳者，壹也。」這意
> 見是很對的。我們現在根據文字演進的規律，比較埃及麼些
> 兩種文字，而估計中國文字的創造當在西元前二千八百多年
> 以前，試一檢比較可信的古史年代，黃帝的元年，纔不過是
> 西元前的二六六五年，還比前面估計晚了二百多年。[19]

據此三家之說，中國文字起源甚早，始為符號，造字者多，形體無定，至倉

---

[18] 見黃季剛先生：《黃侃論學雜著・說文略說・論文字初起之時代》（上海：中華書局，1964年9月），頁2。

[19] 見《大陸雜誌語文叢書・第一輯・第三冊・世界文化的前途》（臺北：大陸雜誌社，民國64年），頁168。

頡整理而後畫一。

第二節　文字之意義

　　《說文・敘》云：「倉頡之初作書，蓋依類象形，故謂之文，其後形聲相益，即謂之字。文者，物象之本，字者，言孳乳而寖多也。」段玉裁注云：「依類象形，謂指事、象形二者也，指事亦所以象形也。文者遣畫也，遠遣其畫，而物象在是。」又云：「形聲相益，謂形聲、會意二者也。有形則必有聲，聲與形相軵為形聲，形與形相軵為會意。其後，為倉頡以後也。倉頡有指事、象形二者而已，其後文與文相合而為形聲為會意謂之字。」又云：「字者乳也，《周禮・外史》、《禮經・聘禮》、《論語・子路篇》皆言名，《左傳》『反正為乏』、『止戈為武』、『皿蟲為蠱』皆言文，六經未有言字者，秦刻石『同書文字』，此言字之始也。鄭注二《禮》、《論語》皆云：『古曰名，今曰字。』按名者自其有音言之，文者自其有形言之，字者自其滋生言之。大行人屬瞽史諭書名，外史達書名於四方。此韻書之始也。《中庸》曰：『書同文。』此字書之始也。周之韻書不傳，而《毛詩》及他經韻語固在；周之字書不傳，而許君《說文》可補其闕。按析言之，獨體曰文，合體曰字。統言之則文字可互稱。」[20] 按獨體為文，是指指事、象形二者所構成者稱之，所謂獨體，乃不可分析之謂，析之則更不成文也。合體為字，是指形聲、會意所構成者稱之，所謂合體，乃可分析之謂，析之仍可自行成文也。至於文字二者之先後，黃季剛先生云：「造字之始，必先具諸文，然後諸字始得因之以立，所云初、後，疑皆指倉頡一人之身，故《韓非》言：『倉頡作字，自營為厶，背厶為公。』王育說禿字云：『倉頡出，見禿人伏禾中，因以製字。』明倉頡非不作字也。文字成立先後，既不可紊，即使出於倉頡一人，亦自無嫌，蓋提挈綱維，止在初文數百，自是以降，要皆由初文變易孳乳而來也。」[21]

---

[20] 漢・許慎著、清・段玉裁注：《說文解字注》（臺北：藝文印書館，民國62年8月），頁761。
[21] 見黃季剛先生：《黃侃論學雜著・說文略說・論文字製造之先後》（上海：中華書局，1964年9月），頁3。

　　不過由文入字，也不是一蹴可幾，中間尚須經半字階段。黃季剛先生云：「由文入字，中間必經過半字一級，半字者，一曰合體，合體指事，如又⁽²²⁾、如叉⁽²³⁾；合體象形，如果⁽²⁴⁾、如朵⁽²⁵⁾。二曰淆變，淆者，如卂⁽²⁶⁾、如栓⁽²⁷⁾；變者，如匕⁽²⁸⁾、如匕⁽²⁹⁾、如乏⁽³⁰⁾、如夭⁽³¹⁾、如矢⁽³²⁾、如尢⁽³³⁾。三曰兼聲，如氏⁽³⁴⁾、如厹⁽³⁵⁾。四曰複重，如二⁽³⁶⁾、三⁽³⁷⁾，積於一：艸⁽³⁸⁾、芔⁽³⁹⁾，積於中：廾⁽⁴⁰⁾，从ㄷ彐：北⁽⁴¹⁾，从人、匕。此種半字，即為會意、形聲之原。再後，乃有純乎會意形聲之字出。其奇佹者，會意、形聲已成字矣。或又加以一文，猶留上古初造字時之痕跡。如龍⁽⁴²⁾之為字，从肉，童省聲；固形聲字矣，而肓為象形。牽⁽⁴³⁾之為字，从牛、玄聲；又形聲字矣，而冂象牛縻。此二文，或象形，或指事，又非前之半字比；今為定其名曰雜體。以上所說，造字次序：一曰文，二曰半字，三曰字，四曰雜體。就大體言，二可附於一中，四亦三之支別。然則文、字二名，可以統攝諸字而無所遺也。」⁽⁴⁴⁾

---

(22)　《說文》：「⟨⟩¹¹⁶、手措相錯也，从又一，象叉之形。」初牙切，清母，魚部。
(23)　《說文》：「⟨⟩¹¹⁶、手足甲也，从又象叉形。」側狡切，精母，幽部。
(24)　《說文》：「果²⁵¹、木實也。從木、象果形在木之上。」古火切，見母，歌部。
(25)　《說文》：「朵²⁵²、樹本烁朵朵也。從木象形。此與采同意。」丁果切，端母，歌部。
(26)　《說文》：「卂⁵⁸⁸、疾飛也。從飛而羽不見。」息晉切，心母，諄部。
(27)　《說文》：「櫱²⁷¹、伐木餘也。從木獻聲。《商書》曰：『若顛木之有由櫱。』枿、櫱或從木辥聲。朾古文櫱從木無頭。枱亦古文櫱。」五葛切，疑母，元部。
(28)　《說文》：「ㄣ³⁸⁸、變也，從到人。」呼跨切，曉母，歌部。
(29)　《說文》：「ㄇ³⁸⁸、相與比敘也。從反人。」卑履切，幫母，脂部。
(30)　《說文》：「乏⁷⁸、長行也。從彳引之。」余忍切，定母，真部。
(31)　《說文》：「夭⁴⁹⁸、屈也。從大象形。」於兆切，影母，宵部。
(32)　《說文》：「矢⁹⁸、傾頭也。從大象形。」阻力切，精母，職部。
(33)　《說文》：「尢⁴⁹⁹、跛也，曲脛人也。從大象偏曲之形。」烏光切，影母，陽部。
(34)　《說文》：「氏⁶³⁴、巴蜀名山岸脅之旁箸欲落墮者曰氏，氏崩，聲聞數百里，象形。乁聲。」承紙切，定母，脂部。
(35)　《說文》：「厹⁷⁴⁶、獸足蹂地也。象形、九聲。」人九切，泥母，幽部。
(36)　《說文》：「二⁶⁸⁷、地之數也。从耦一。」而至切，泥母，脂部。
(37)　《說文》：「三⁹、數名、天地人之道也。於文一耦二為三，成數也。」穌甘切，心母，侵部。
(38)　《說文》：「艸²²、百芔也。从二屮。」倉老切，清母，幽部。
(39)　《說文》：「芔⁴⁵、艸之總名也。从艸屮。」許偉切，曉母，微部。
(40)　《說文》：「廾¹⁰⁴、竦手也。从屮又。」居竦切，見母，東部。
(41)　《說文》：「北³⁹⁰、乖也。从二人相背。」博墨切，幫母，職部。
(42)　《說文》：「龍⁵⁸⁸、鱗蟲之長，能幽、能明、能細、能巨、能短、能長，春分而登天，秋分而潛淵，从肉、肓、肉飛之形，童省聲。」力鍾切，來母，東部。
(43)　《說文》：「牽⁵²、引而前也。从牛、冂象引牛之縻也，玄聲。」苦堅切，溪母，真部。
(44)　黃季剛先生：《黃侃論學雜著·說文略說·論文字製造之先後》（上海：中華書局，1964年9月），頁3-4。

第三節　文字之構造

一、六書之次第及名稱

　　六書之名，首見於《周禮》。《周禮·地官·保氏》：「保氏、掌諫王惡而養國子以道，乃教之六藝。一曰：五禮（吉、凶、賓、軍、嘉）。二曰六樂（雲門、大咸、大韶、大夏、大濩、大武）。三曰五射（白矢、參連、剡注、襄尺、井儀）。四曰五馭（鳴和鸞、逐水曲、過君表、舞交衢、逐禽左）。五曰六書。六曰九數（方田、粟米、差分、少廣、商功、均輸、方程、贏不足、旁要）。」[45] 但僅云「六書」而未詳其名。鄭眾注《周禮》始名之，其序為：一象形、二會意、三轉注、四處事、五假借、六諧聲。[46] 班固《漢書·藝文志》則據劉歆《七略》定六者之次序與名稱為：一象形、二象事、三象意、四象聲、五轉注、六假借。[47] 許君《說文解字·敘》則曰：一曰指事、二曰象形、三曰形聲、四曰會意、五曰轉注、六曰假借。[48] 此漢以前之舊說也。漢後諸家於六書次第名稱，亦有不同。茲分述於下：[49]

　　　　南朝梁·顧野王《玉篇》：「象形、指事、形聲、轉注、會
　　　　意、假借。」[50]
　　　　宋·陳彭年《廣韻》：「一曰象形、二曰會意、三曰諧聲、

---

[45]　見《周禮注疏·地官·保氏》（《十三經注疏》，臺北：藝文印書館，民國54年6月），頁212。

[46]　《周禮注疏·地官·保氏》注：「鄭司農云：『六書，象形、會意、轉注、處事、假借、諧聲也。』」（《十三經注疏》，臺北：藝文印書館，民國54年6月），頁213。

[47]　《漢書補注·卷三十·藝文志》：「古者八歲入小學，故《周官》保氏掌養國子，教之六書，謂象形、象事、象意、象聲、轉注、假借，造字之本也。」（殿本二十五史，臺北：藝文印書館），頁885。

[48]　許說見《說文解字注》（臺北：藝文印書館，民國62年8月），頁762-764。

[49]　此處諸家說法，參考蔣伯潛《文字學纂要·本論二·六書》引述。（臺北：正中書局，民國68年5月，頁54），並經查證，另行注明；蔣氏引述有誤者，則逕予改正。

[50]　見梁·顧野王撰，宋·陳彭年等重修：《大廣益會玉篇·卷二十九·書部》：「書，世謂蒼頡作書，即黃帝史也。象形、指事、形聲、轉注、會意、假借，此造字之本也。」（《叢書集成簡編》，臺北：臺灣商務印書館），頁636。

四曰指事、五曰假借、六曰轉注。」[51]

宋・鄭樵《通志・六書略》：「一曰象形、二曰指事、三曰會意、四曰轉注、五曰諧聲、六曰假借。」[52]

宋・戴侗《六書故・目》：「一曰指事、二曰象形、三曰會意、四曰轉注、五曰䜌聲、六曰假借。」[53]

宋・張有《復古編・說文解字六義之圖》：「一曰象形、二曰指事、三曰會意、四曰諧聲、五曰假借、六曰轉注。」[54]

元・楊桓《六書統・自序》：「一曰象形、二曰會意、三曰指事、四曰轉注、五曰形聲、六曰假借。」[55]

明・王應電《同文備考・序文》：「象形、會意、處事（指事）、形聲（諧聲）、轉注、假借。」[56]

漢後諸家，僅可備一說，可無庸置論，所當討論者，則為漢世三家之說，究竟應以何一說法為依據？鄭眾之說，雖然時代最先，然其缺失，前人已多言之，茲略引眾說以明之。

張行孚〈六書次弟〉云：「愚按：假借不當次於諧聲之前，會意不當次於處事之前，轉注、假借不當次於處事、諧聲之前。……班許之敘，優於司農，久有定議，無煩贅說。」[57]
此言鄭之次序，無班許之適切矣。

---

(51) 見《新校正切宋本廣韻・六書》（臺北：黎明文化事業公司，民國87年8月），頁547。
(52) 見宋・鄭樵：《通志・卷三十一・六書略・六書序》（《景印摛藻堂四庫全書薈要》，臺北：世界書局，民國75年），頁591。
(53) 見宋・戴侗：《六書故・目》（明萬曆間嶺南張萱訂刊本），按：所引文字於此本「書目」之後。
(54) 見宋・張有撰，元・吳均增補：《增修復古編》（《四庫全書存目叢書》，臺南：莊嚴文化事業公司，1997年2月），頁252。
(55) 見元・楊桓：《六書統》（《中華漢語工具書書庫・字典部》，合肥：安徽教育出版社），頁7。
(56) 見明・王應電：《同文備考》（《四庫全書存目叢書》，臺南：莊嚴文化事業公司，1997年2月），頁544。
(57) 見清・張行孚：《說文發疑・弟一・六書次弟》（《百部叢書集成初編》，臺北：藝文印書館），葉一。

王鳴盛〈六書大意〉云：「愚攷鄭首象形，形雖是造六書之
本，似宜冠首，但許以指事為首，與鄭作處事不同，許舉上
下二字為說，緣上下之字，使人一目了然，毋庸擬議者，……
司農作處事，殊非。」[58]

程棫林〈六書次第說〉云：「鄭之處事，於義無當，而凌亂
失序。」[59]

此言其名義未若班許之切當也。

鄭氏之說，從者既少，固不足與班許鼎立，因之歷代紛爭之焦點，乃集
於班、許之異同。班許之異有二，一為次第，一為名稱，究竟以何者為是？
何者為非，歷來說者，有宗許非班者，有宗班非許者。茲分別言之。

(一)宗許非班說：

王鳴盛〈六書大意〉云：「《漢書·藝文志》云：『周官保氏六書謂象
形、象事、象意、象聲、轉注、假者，造字之本也。』此先後次敘及異字，
與許及鄭不同，攷《後漢書》，鄭眾卒于章帝建初八年，班固卒于和帝永元
中，而許慎自述其作《說文》始于永元十二年庚子，至安帝建光元年辛酉，
慎已病不能行，遣其子沖齎詣闕以獻，凡二十二年書始成，則鄭、班二人皆
在慎之前頗遠，說六書不同者，慎改鄭、班，別有所據。」[60]

按王氏蓋謂許君在最後，彌綸群言，別有所據，故乃轉精也。

程棫林〈六書次第說〉云：「劉班之說，大恉同許，故段氏懋堂以為
六書次第，惟劉班許所說為得其傳，然象意不若會意之精當，象聲又不若形
聲之賅備，特其先後有等，於許說不悖，為可取耳。近安邱王氏論次六書，
乃右劉班而左許君，由其說將使學者卑視汶長，不信《說文》，逞新說，蔑
古義，不可不辯。王氏所執以難許者二端：其一謂有物然後有事，指事不宜

[58] 見清·王鳴盛：《蛾術編·卷十五·六書大意》（臺北：信誼書局，民國65年），頁581。
[59] 據丁福保編：《說文解字詁林·前編中·六書總論》引錄。（臺北：臺灣商務印書館，民國65
年2月），冊1，頁117。
[60] 見清·王鳴盛：《蛾術編·卷十五·六書大意》（臺北：信誼書局，民國65年），頁598。

在象形之先。不知以生物論，形先於事；以造字論，事卻不必後於形。文字
之作，因事而起，所謂結繩而治，易以書契者也。畫卦始於一，《說文》亦
始於一，安見指事不可首列乎！此不足以難許。其一謂形聲一門兼象形、指
事，會意以為聲，於省聲尤可見，肘從肉寸會意，故紂、酎等字從肘省聲，
苟不先有會意之肘，何以為聲？形聲不宜在會意之先，不知省聲之字皆求其
解，而不得強為之詞。如家從豭省聲，哭從獄省聲，其可疑多矣。安得執
紂、酎等而謂會意字之作先於形聲乎，此亦不足以難許。」[61]

張行孚〈六書次弟〉云：「愚案：六書次弟當以制字先後為敘，而許
氏云：『惟初太極，道立於一。』則制字莫先於一畫，故王弼亦云：『造文
者，起於一也。』夫造文者起於一，而段氏、王氏皆謂一之形於六書為指
事，則象形豈得次於指事之前乎！且夫物生而後有象，而許氏於『一』字
云：『造分天地，化成萬物。』是一字之義，寔居生物之先，以理而言，象
形亦不得先於指事矣。……愚按：形聲之字，有以會意之字為聲者，會意之
字，亦有以形聲之字為意者，今因形聲之字以會意之字為聲，遂謂會意當次
於形聲之前，則言字從口辛聲，而信字以人言會意，啻字以言中會意，放字
從攴方聲，而敖字以出放會意，敱字以白放會意，不又形聲當次於會意之前
乎！」[62]

黃侃《說文略說》云：「《說文》列六書之名，略與劉、鄭異，……今
皆依許義用之，何者？指事之字，當在最先，生民之初，官形感觸，以發詞
言，感歎居前，由之以為形容物態之語，既得其實，乃圖言語之便，為之立
名，是故象形之字，必不得先於指事，今且就許氏所舉日、月二字論之：日
之為字，許云：從口一；此為借體字，借體者，借他字之體以成此字之形；
說者不知許意，或改，或疑，皆為無當。進求日字之義，云：實也，太陽之
精不虧。實之為字，本從至來（室，從至聲，而云室，實也，可證）。至、
止同義，是日字猶當以止為根也。月字為象形固矣，然亦依日之形而闕之，

[61] 據丁福保編：《說文解字詁林·前編中·六書總論》引錄。（臺北：臺灣商務印書館，民國65年2月），冊1，頁117。
[62] 見清·張行孚：《說文發疑·弟一·六書次弟》（《百部叢書集成初編》，臺北：藝文印書館），葉一至二。

其造字當又在日之後。且其義為闕，闕本从夬來，夬又受義於又，是月字猶當以又為根也。蓋指事，視而可識，察而可見；事不可指，借形以表之。是故象形之字，乃所以濟指事之窮。其字拘於物名，而其義乃不獨僅指其物之實，叚借之義已行於其間也。至指事，劉為象事，鄭為處事；形聲，劉為象聲，鄭為諧聲；會意，劉為象意；雖大意不違，究以許所立名為分明而易曉，故相承用之焉。」[63]

(二)宗班非許說：

孔廣居〈論六書次弟〉云：「六書者，班史所謂象形、象事、象意、象聲、轉注、假借也。形者物之形，事者人之事，意者事物之義，聲者事物之名。古人制字，于形之可象者象其形，事之可象者象其事，无形事可象則會其意，无意義可會則諧其聲，象形多獨體之文，事意聲多合體之字。文為母，字為子，事意聲之字，皆生于象形之文，故皆以象名之。……《說文》以事先于形，侶失子母相生之敘，愚故舍許從班也。」[64]

金錫齡〈上張南山姑倩書〉云：「然天下事未有不先象其形而可以指其事者，故字因事造，事由物起，牛羊物也，牟芊則事也，艸木物也，出生垂卤皆事也。是先有其物形，而後可指其事，則象形在指事之先矣。」[65]

岳森〈六書次第說〉云：「古未有字，聖人見踶迒之可別識也，然後象物以制字，見其字而即知其字為何物，正如圖畫之肖形，故謂之象形，則象形最先也。既有象形之法，遂已有日、月、一、木、馬、又諸字矣。而如上、丁、本、末諸字固不能離一、木等形，又不能混同其形，於是創為指事之法，指一之上為上，指一之丁為丁，指木之上中下為末、朱、本，指馬之足為馬、為馬、為馬，指手之執為又、為叉、為尹，蓋以是字象物而有別義，不能即其字而見，則就其字加一二畫以見義，凡所加畫即手指痕，故謂之指事，其字有似會意，但所指之一二畫不成字，會意則兩字皆成字者；又

---

[63] 黃季剛先生：《黃侃論學雜著‧說文略說‧論六書起原及次弟》（上海：中華書局，1964年9月），頁5-6。

[64] 見清‧孔廣居：《說文疑疑‧卷上‧論六書次弟》（《百部叢書集成初編》，臺北：藝文印書館），葉四。

[65] 見清‧金錫齡：《劬書室遺集‧卷十一‧上張南山姑倩書》（清‧光緒廿一年刊本），葉九。

似合體象形，但合體象形，合二字為一字，義與原字異，此則具從原字生義，是其異也。而要非先有象形諸字，則事無可指，即法無所立，是指事必在象形後也。……六書者，自然之序，無容強與誣也，然則指事、形聲、會意之名，必以許為定；六者之次，必以班為優。許君列指事於象形之先，置會意於形聲之末，所謂千慮一失，立說偶疏，無庸曲為之說也。」[66]

胡韞玉（樸安）〈六書淺說〉云：「六書次弟，……各家所列次弟不同，要以班書為是。蓋六書以象形為本，無形可象則屬諸事，無事可指則屬諸意，意不可會則屬諸聲，聲則無不諧矣。文字既造，而後轉注假借生焉。夫獨體為文，合體為字……，文字之次弟，文先字後，此六書所以首象形指事，而次會意形聲也。至於轉注假借，則用字之法。……古人心思，由實而虛，所以變亂班書次弟者，皆不察虛實者也。更以文字證之，刃指事也，必先有象形之刀，而彼有指事之刃；曰指事也，必先有象形之口，而後有指事之曰；本末朱，指事也，必先有象形之木，而後指事之本末朱，指事不於能先象形，可無疑矣。至於會意亦不可先於形聲，肘從肉寸會意，而肘酘等字皆從肘省得聲，苟不先有會意之肘，將何以為聲乎！非僅省聲然也，慚、媿也，從心斬聲，形聲也。斬、截也，從車從斤，車裂之刑，會意也。犨、牛息聲，從牛雔聲，雔、雙鳥也。從兩隹會意也。此類甚多，難以枚舉，則形聲在會意之後明矣。」[67]

按六書之名稱，班許原無二致，歷來從許者多，意較賅備，自以許書為是。至於次第，宗班宗許，皆各執一詞，而持之有故，然宗許者，固不足以難班，而宗班者，亦未足以駁許。王筠《釋例》云：「六書之名，後賢所定，非皇頡先定此例，而後造字也。」[68]是則六書原為後人歸納文字之類而得之六種原則也。六書既不先於文字，則何能定其先後？且造字非一時一地一人，尤非先將第一類（無論為指事或象形）全部造完，然後始造第二

(66) 見載丁福保編：《說文解字詁林·前編中·六書總論》（臺北：臺灣商務印書館，民國65年2月），冊1，頁117。
(67) 見胡韞玉：〈六書淺說〉。收入胡韞玉編《國學彙編·第二集》（《嚴靈峰無求備齋諸子文庫》，民國74年胡道彥臺北景印本），葉一。
(68) 見清·王筠：《說文釋例·卷一·六書總說》（北京：中華書局，1987年12月），頁6。

類⋯⋯執是以論，則象形不必全先於指事，指事亦不必皆先於象形，形聲會意亦然。不過文既先字，而字由文成，則指事象形必先於會意形聲，自無可疑，而形事意聲四者亦必先於轉注假借也。設於六者之中，必定其先後次序，私意以為班氏之說，對初學者言，較易掌握也。因四象之中，象形最具獨立而無依存性，他如指事之刃，有依於象形之刀，指事之末朱本，有依於象形之木，指事之牟，有依於象之牛等皆是也。今言六書，名從許慎，序依班氏。

二、六書之意義

(一)象形：

《説文·敍》云：「象形者，畫成其物，隨體詰詘，日月是也。」

晉·衛恒〈四體書勢〉曰：「象形，『日』、『月』是也。⋯⋯象形者，日滿月虧，象其形也。」[69]

唐·賈公彥《周禮·地官·保氏》疏曰：「象形者，日月之類是也，象日月形體而為之。」[70]

宋·張有《復古編》曰：「象形者，象其物形，隨體詰屈，而畫其迹者也。」[71]

元·戴侗《六書故》曰：「何謂象形？象物之形曰立文。」[72]

元·楊桓《六書統》曰：「凡有形而可以象之者，故模倣其形之大體，使人見之而自識，故謂之象形。」[73]

---

[69] 見《歷代書法論文選》引錄。（上海：上海書畫出版社，1979年10月），頁12。
[70] 見《周禮注疏·地官·保氏》（《十三經注疏》，臺北：藝文印書館，民國54年6月），頁213。
[71] 見宋·張有撰，元·吳均增補：《增修復古編·說文解字六義凷圖》（《四庫全書存目叢書》，臺南：莊嚴文化事業公司，1997年2月），頁252。
[72] 見元·戴侗：《六書故·目》（明萬曆間嶺南張萱訂刊本）。按：所引文字於此本「書目」之後。
[73] 見元·楊桓：《六書統·卷一》（《中華漢語工具書書庫·字典部》，合肥：安徽教育出版社），頁19。

明·王應電《同文備考·序文》曰：「夫三才萬物，靡不有
形，象形也者，肖其形而識之，此字學之本也。」[74]
明·趙宧光《說文長箋》曰：「褖形者，粗蹟也，繪臕形侣，
而使君子小人可竝通也。」[75]

據諸家之說，可知象形者乃圖畫其物形之大體，隨其物之形體而屈曲
之也。清段玉裁注曰：「詰詘見言部，猶今言屈曲也。日下曰：實也。大陽
之精，象形。月下曰：闕也。大陰之精，象形。此復舉以明之，物莫大乎日
月也。有獨體之象形，有合體之象形，獨體如日月水火是也；合體者从某而
又象其形，如眉从目而以⻊象其形，箕从竹而以⿱象其形，衰从衣而以⿱象
其形，⿰从田而以⺕象耕田溝詰屈之形是也。獨體之象形，則成字可讀，輖
於从某者，不成字，不可讀，說解中往往經淺人刪之。此等字半會意、半象
形，一字中兼有二者，會意則兩體皆成字，故與此別。」[76]
象形之意義既明，再言其分類。

宋鄭樵《通志·六書略》分象形為三類十八目。一曰正生，又細分為1
天物之形。2山川之形。3井邑之形。4艸木之形。5人物之形。6鳥獸之形。
7蟲魚之形。8鬼物之形。9器用之形。10服飾之形。二曰側生，亦細分為1
象貌。2象數。3象位。4象气。5象聲。6象屬。三曰兼生，亦可細分1形兼
聲。2形兼意。[77]

按鄭氏分類，既多穿鑿，殊無可取，且不依說解，每多臆必之言，絕
不可從。即王筠《說文釋例》所分正例：1天地類之純形。2人類之純形。3
羽毛鱗介昆蟲之純形。4植物之純形。5器械之純形。變例：1一字象兩形。
2由象形省文。3避它字而變形。4有所兼而後能象形。5兼意之象形。6亦兼

[74] 見明·王應電：《同文備考》（《四庫全書存目叢書》，臺南：莊嚴文化事業公司，1997年2
月），頁544。
[75] 明·趙宧光：《說文長箋·六書長箋·卷二·褖形·趙宧光子母原》（《中華漢語工具書書
庫·字典部》，合肥：安徽教育出版社），頁174。
[76] 漢·許慎著，清·段玉裁注：《說文解字注》（臺北：藝文印書館，民國62年8月），頁
762-763。
[77] 見宋·鄭樵：《通志·卷三十一·六書略·六書序》（《景印摛藻堂四庫全書薈要》，臺北：
世界書局），頁589。

意之象形。7以會意定象形。8兼意又兼聲之象形。9似會意之象形。10全無形反成形之象形。[78]蓋以物類區分，無關造字，甚為無謂。

今之所分，悉以段氏玉裁《說文解字注》為本，其分類必與造字原則有關。茲分述之於下：[79]

1.獨體象形：

所謂獨體象形者，即以一文象一物之形，此文而不可分析，析之則不能成文。例如：

王[10]：石之美有五德者。潤澤已溫，仁之方也；䚡理自外，可已知中，義之方也；其聲舒揚，專已遠聞，智之方也；不撓而折，勇之方也；銳廉而不忮，絜之方也。象三玉之連，丨其貫也。凡玉之屬皆从玉。魚欲切，疑母，屋部。

气[20]：雲气也。象形。凡气之屬皆从气。去既切，溪母，沒部。

牛[51]：事也、理也。像角頭三、封尾之形也。凡牛之屬皆从牛。語求切，疑母，之部。

口[54]：人所已言食也。象形。凡口之屬皆从口。苦厚切，溪母，侯部。

牙[81]：壯齒也。象上下相錯之形。凡牙之屬皆從牙。五加切，疑母，魚部。

冊[86]：符命也。諸侯進受於王者也。象其札一長一短，中有二編之形。凡冊之屬皆从冊。楚革切，清母，錫部。

鬲[112]：鼎屬也。實五觳，斗二升曰觳，象腹交文，三足。凡鬲之屬皆从鬲。郎激切，來母，錫部。

又[115]：手也。象形。三指者，手之列多略不過三也。凡又之屬皆从又。于救切，匣母，之部。

臣[119]：牽也。事君者，象屈服之形。凡臣之屬皆从臣。植鄰切，定母，真部。

---

[78] 見清·王筠：《說文釋例·卷二·象形》（北京：中華書局，1987年12月），頁29-47。
[79] 下列所舉諸《說文》例，除有異本參考之必需，否則概據段注本，音切亦然，古聲及古韻則為著者所加。逐條並標注坊間通行印本之頁碼。以下各節皆同，不另注。

目[131]：人眼也。象形，重童子也。凡目之屬皆从目。莫六切，明母，覺部。

自[138]：鼻也。象鼻形。凡自之屬皆从自。疾二切，從母，質部。

羽[139]：鳥長毛也。象形。凡羽之屬皆从羽。王矩切，匣母，魚部。

隹[142]：鳥之短尾緫名也。象形。凡隹之屬皆从隹。職追切，端母，微部。

鳥[149]：長尾禽緫名也。象形。鳥之足似匕，从匕。凡鳥之屬皆从鳥。都了切，端母，幽部。

烏[158]：孝鳥也。象形。孔子曰：烏、亏呼也。取其助气，故已為烏呼。凡烏之屬皆从烏。哀都切，影母，魚部。

肉[169]：胾肉，象形。凡肉之屬皆从肉。如六切，泥母，覺部。

刀[180]：兵也。象形。凡刀之屬皆从刀。都牢切，端母，宵部。

角[186]：獸角也。象形。角與刀魚相佀。凡角之屬皆从角。古岳切，見母，屋部。

竹[191]：冬生艸也。象形。下垂者箁箬也。凡竹之屬皆从竹。陟玉切，端母，覺部。

皿[213]：飯食之用器也。象形。與豆同意。凡皿之屬皆从皿。讀若猛。武永切，明母，陽部。

凵[215]：凵盧，飯器，已柳作之，象形。凡凵之屬皆从凵。去魚切，溪母，魚部。

丹[218]：巴越之赤石也。象采丹井，◣象丹形。凡丹之屬皆从丹。都寒切，端母，元部。

井[218]：八家為一井，象構韓形。˙罋象也。古者伯益初作井。凡井之屬皆從井。子郢切，精母，耕部。

缶[227]：瓦器。所已盛酒漿。秦人皷之已節謌。象形。凡缶之屬皆从缶。方九切，幫母，幽部。

來[233]：周所受瑞麥來麰也。二麥一夆，象其芒朿之形，天所來也，故為行來之來。《詩》曰：「詒我來麰。」凡來之屬皆从來。洛哀切，來母，之部。

米²⁴¹：冒也。冒地而生，東方之行，從屮，下象其根。凡木之屬皆从木。莫卜切，明母，屋部。

貝²⁸¹：海介蟲也。居陸名猋，在水名蜬。象形。古者貨貝而寶龜，周而有泉，至秦廢貝行錢。凡貝之屬皆从貝。博蓋切。幫母，月部。

日³⁰⁵：實也。大昜之精，不虧。從○一象形。凡日之屬皆从日。人質切，泥母，質部。

月³¹⁶：闕也。大侌之精，象形。凡月之屬皆从月。魚厥切，疑母，月部。

囧³¹⁷：窗牖。麗廔闓朙也。象形。凡囧之屬皆从囧。讀若獷。……俱永切，見母，陽部。

朿³²¹：木芒也。象形。凡朿之屬皆从朿。七賜切，清母，錫部。

米³³³：粟實也。象禾黍之形。凡米之屬皆从米。莫禮切，明母，脂部。

臼³³⁷：舂臼也。古者掘地為臼，其後穿木石，象形。中象米也。凡臼之屬皆从臼。其九切，匣母，幽部。

韭³⁴⁰：韭菜也。一種而久生者也。故謂之韭。象形。在一之上，一地也。此與耑同意。凡韭之屬皆从韭。舉友切，見母，幽部。

瓜³⁴⁰：㼐也。象形。凡瓜之屬皆从瓜。古華切，見母，魚部。

呂³⁴⁶：脊骨也。象形。昔大嶽為禹心呂之臣，故封呂矦。凡呂之屬皆从呂。力舉切，來母，魚部。

人³⁶⁹：天地之性冣貴者也。此籒文，象臂脛之形。凡人之屬皆从人。如鄰切，泥母，真部。

衣³⁹²：依也。上曰衣，下曰常。象覆二人之形。凡衣之屬皆从衣。於稀切，影母，微部。

毛⁴⁰²：眉髮之屬及獸毛也。象形。凡毛之屬皆从毛。莫袍切，明母，宵部。

尸⁴⁰³：陳也。⁽⁸⁰⁾象臥之形。凡尸之屬皆从尸。式脂切，透母，脂部。

舟⁴⁰⁷：船也。古者共鼓、貨狄刳木為舟，剡木為楫，以濟不通。象形。

⁽⁸⁰⁾ 段玉裁注：「玉裁謂：祭祀之尸，本象神而陳之，而祭者因主之，二義實相因。」

凡舟之屬皆从舟。職流切，端母，幽部。

方 [408]：併船也。象兩舟省總頭形。凡方之屬皆从方。府良切，幫母，陽
　　　　部。

儿 [409]：古文奇字人也。象形。孔子曰：「儿在下，故詰詘。」凡儿之屬
　　　　皆从儿。如鄰切，泥母，真部。

𦣻 [427]：古文百也。巛象髮，髮謂之鬈，鬈即巛也。凡𦣻之屬皆从𦣻。書
　　　　九切，透母，幽部。

文 [429]：錯畫也。象交文。凡文之屬皆从文。無分切，明母，諄部。

卮 [434]：圜器也。一名觛，所㠯節歠食，象人，卩在其下也。《易》曰：
　　　　「君子節歠食。」凡卮之屬皆从卮。章移切，端母，支部。

卩 [435]：瑞信也。守邦國者用玉卩，守都鄙者用角卩，使山邦者用虎卩，土
　　　　邦者用人卩，澤邦者用龍卩，門關者用符卩，貨賄用璽卩，道路用
　　　　旌卩。象相合之形。凡卩之屬皆从卩。子結切，精母，質部。

山 [442]：宣也。謂能宣散气，生萬物也。有石而高，象形。凡山之屬皆从
　　　　山。所閒切，心母，元部。

厂 [450]：山石之厓巖人可尻，象形。凡厂之屬皆从厂。呼旱切，曉母，元
　　　　部。

石 [453]：山石也。在厂之下，口象形。凡石之屬皆从石。常隻切，定母，
　　　　鐸部。

勿 [458]：州里所建旗，象其柄，有三游，襍帛，幅半異，所㠯趣民，故遽
　　　　偁勿勿。凡勿之屬皆从勿。文弗切，明母，沒部。

冄 [458]：毛冄冄也。象形。凡冄之屬皆从冄。而琰切，泥母，添部。

而 [458]：須也。象形。《周禮》曰：「作其鱗之而。」凡而之屬皆从而。
　　　　如之切，泥母，之部。

豕 [459]：彘也。竭其尾，故謂之豕。象毛足而後有尾，讀與豨同。……凡
　　　　豕之屬皆从豕。式視切，透母，脂部。

豸 [461]：獸長脊豸豸然，欲有所司殺形。凡豸之屬皆从豸。池爾切，定
　　　　母，脂部。

易 [463]：蜥易、蝘蜓、守宮也。象形。《祕書》說曰：「日月為易，象会

易也。」一曰从勿。凡易之屬皆从易。羊益切，定母，錫部。

象[464]：南越大獸，長鼻牙，三年一乳，象耳牙四足尾之形。凡象之屬皆从象。徐兩切，定母，陽部。

馬[465]：怒也、武也。象馬頭髦尾四足之形。凡馬之屬皆从馬。莫下切，明母，魚部。

鹿[474]：鹿獸也。象頭角四足之形。鳥鹿足相比，从比。凡鹿之屬皆从鹿。盧谷切，來母，屋部。

兔[477]：兔獸也。象兔踞，後其尾形。凡兔之屬皆从兔。湯故切，透母，魚部。

犬[477]：狗之有縣蹏者也。象形。孔子曰：「視犬之字如畫狗也。」凡犬之屬皆从犬。苦泫切，溪母，元部。

鼠[483]：穴蟲之總名也。象形。凡鼠之屬皆从鼠。書呂切，透母，魚部。

火[484]：焜也。南方之行炎而上，象形。凡火之屬皆从火。呼果切，曉母，微部。

囪[495]：在牆曰牖，在屋曰囪。象形。凡囪之屬皆从囪。楚江切，清母，東部。

囟[505]：頭會匘葢也。象形。凡囟之屬皆从囟。息進切，心母，真部。

心[506]：人心、土臧也。在身之中，象形。博士說㠯為火臧。凡心之屬皆从心。息林切，心母，侵部。

水[521]：準也。北方之行，象眾水竝流中有微陽之氣也。凡水之屬皆从水。式軌切，透母，微部。

泉[575]：水原也。象水流出成川形。凡泉之屬皆从泉。疾緣切，從母，元部。

雨[577]：水從雲下也。一象天，冂象雲，水霝其閒也。凡雨之屬皆从雨。王矩切，匣母，魚部。

魚[580]：水蟲也，象形。魚尾與燕尾相佀。凡魚之屬皆从魚。語居切，疑母，魚部。

燕[587]：燕燕、玄鳥也。籋口，布翄，枝尾，象形。凡燕之屬皆从燕。於甸切，影母，元部。

戶 592：護也。半門曰戶，象形。凡戶之屬皆从戶。矦古切，匣母，魚部。

門 593：聞也。從二戶，象形。凡門之屬皆从門。莫奔切，明母，諄部。

耳 597：主聽者也。象形。凡耳之屬皆从耳。而止切，泥母，之部。

手 599：拳也。象形。凡手之屬皆从手。書九切，透母，幽部。

女 618：婦人也。象形。王育說。凡女之屬皆从女。尼呂切，泥母，魚部。

琴 639：禁也。神農所作，洞越，練朱五弦，周時加二弦，象形。凡琴之屬皆从琴。巨今切，匣母，侵部。

匚 641：受物之器。象形。凡匚之屬皆从匚。讀若方。府良切，幫母，陽部。

曲 643：象器曲受物之形也。凡曲之屬皆从曲。區玉切，溪母，屋部。

甾 643：東楚名缶曰甾，象形也。凡甾之屬皆从甾。側詞切，精母，之部。

瓦 644：土器已燒之緫名，象形也。凡瓦之屬皆从瓦。五寡切，疑母，歌部。

弓 645：窮也。已近窮遠者，象形。古者揮作弓。《周禮》六弓：「王弓、弧弓已躲甲革甚質。夾弓、庾弓已躲干侯鳥獸。唐弓、大弓已授學躲者。」凡弓之屬皆从弓。居戎切，見母，蒸部。

糸 650：細絲也。象束絲之形。凡糸之屬皆从糸。讀若覛。莫狄切，明母，錫部。

率 669：捕鳥畢也。象絲网，上下其竿柄也。凡率之屬皆从率。所律切，心母，沒部。

虫 669：一名蝮。博三寸，首大如擘指，象其臥形。物之散細，或行或飛，或毛或羸，或介或鱗，已虫為象。凡虫之屬皆从虫。許偉切，曉母，微部。

卵 686：凡物無乳者卵生。象形。凡卵之屬皆从卵。盧管切，來母，元部。

土 688：地之吐生萬物者也。二象地之上，地之中，｜物出形也。凡土之

　　　　屬皆从土。它魯切，透母，魚部。

田 701： 陳也。樹穀曰田。象形。口十，千百之制也。凡田之屬皆从田。
　　　　待年切，定母，真部。

力 705： 筋也。象人筋之形，治功曰力，能禦大災。凡力之屬皆从力。林
　　　　直切，來母，職部。

勺 722： 枓也。所吕挹取也。象形。中有實，與包同意。凡勺之屬皆从
　　　　勺。時灼切，定母，藥部。

几 722： 尻几也。象形。《周禮》五几：「玉几、彫几、彤几、鬃几、柔
　　　　几。」凡几之屬皆从几。居履切，見母，脂部。

斤 723： 斫木斧也。象形。凡斤之屬皆从斤。舉欣切，見母，諄部。

斗 724： 十升也。象形。有柄。凡斗之屬皆从斗。當口切，端母，侯部。

矛 726： 酋矛也。建於兵車，長二丈，象形。凡矛之屬皆从矛。莫浮切，
　　　　明母，幽部。

車 727： 輿輪之緫名也。夏后時奚仲所造，象形。凡車之屬皆从車。尺遮
　　　　切，透母，魚部。

自 738： 大陸也。山無石者。象形。凡自之屬皆从自。房九切，並母，幽
　　　　部。

2.合體象形：

　　合體象形者，从某又象其形也。此某有為其意者，有為其聲者，無論意
聲，皆合體象形也。此類字析之則半成文，半不成文也。例如：

疋 85 ： 足也。上象腓腸，下从止，〈弟子職〉曰：「問疋何止？」古
　　　　文吕為《詩・大雅》字，亦吕為足字，或曰胥字。一曰：疋、記
　　　　也。凡疋之屬皆从疋。所菹切，心母，魚部。

畫 118： 介也。從聿，象田四介，聿所吕畫之。凡畫之屬皆从畫。胡麥
　　　　切，匣母，錫部。

眉 137： 目上毛也。从目，象眉之形，上象額理也。凡眉之屬皆从眉。武
　　　　悲切，明母，脂部。

盾[137]：瞂也。所吕扜身蔽目，从目，象形。凡盾之屬皆从盾。食閏切，定母，諄部。

羊[146]：祥也。从𠃑象四足尾之形。孔子曰：「牛羊之字以形舉也。」凡羊之屬皆从羊。與章切，定母，陽部。

箕[201]：所吕簸者也。从竹𠀠象形，丌其下也。凡箕之屬皆从箕。居之切，見母，之部。

豆[209]：古食肉器也。从口，象形。凡豆之屬皆从豆。徒候切，定母，侯部。

豊[210]：行禮之器也。从豆，象形。凡豊之屬皆豊。讀與禮同。盧啟切，來母，脂部。

豐[210]：豆之豐滿也。从豆，象形。一曰：鄉飲酒有豐侯者。凡豐之屬皆从豐。敷戎切，滂母，東部。

血[215]：祭所薦牲血也。从皿，一象血形。凡血之屬皆从血。呼決切，曉母，質部。

倉[226]：穀藏也。蒼黃取而臧之，故謂之倉。从食省，口象倉形。凡倉之屬皆从倉。七岡切，清母，陽部。

矢[228]：弓弩矢也。从入，象鏑栝羽之形。古者夷牟初作矢。凡矢之屬皆从矢。式視切，透母，脂部。

高[230]：崇也。象臺觀高之形，从冂口，與倉舍同意。凡高之屬皆从高。古牢切，見母，宵部。

京[231]：人為絕高丘也。从高省，丨象高形。凡京之屬皆从京。舉卿切，見母，陽部。

舜[236]：舜艸也。楚謂之葍，秦謂之藑，蔓地生而連華，象形。从舛，舛亦聲。凡舜之屬皆从舜。舒閏切，透母，元部。

果[251]：木實也。從木，象果形，在木之上。古火切，見母，歌部。

朵[252]：樹木朶朶朵也。從木，象形。此與采同意。丁果切，端母，歌部。

巢[278]：鳥在木上曰巢，在穴曰窠。从木象形。凡巢之屬皆从巢。鉏交切，從母，宵部。

桼²⁷⁸：木汁，可㠯髤物。从木，象形。桼如水滴而下也。凡桼之屬皆从桼。親吉切，清母，質部。

圅³¹⁹：舌也。舌體㠯㠯，从㠯，象形，㠯亦聲。胡男切，匣母，添部。

鼎³²²：三足兩耳，和五味之寶器也。象析木㠯炊，貞省聲。昔禹收九牧之金，鑄鼎荊山之下，入山林川澤者，离魅蝄蜽莫能逢之，㠯協承天休。易卦巺木於下者為鼎，古文㠯貝為鼎，籀文㠯鼎為貝。凡鼎之屬皆从鼎。都挺切，端母，耕部。

禾³²³：嘉穀也。㠯二月始生，八月而孰，得之中和，故謂之禾。禾木也，木王而生，金王而死，从木，象其穗。凡禾之屬皆从禾。戶戈切，匣母，歌部。

网³⁵⁸：庖犧氏所結繩㠯田㠯漁也。从冂，下象网交文。凡网之屬皆从网。文紡切，明母，陽部。

巾³⁶⁰：佩巾也。从冂，｜象系也。凡巾之屬皆从巾。居銀切，見母，諄部。

市³⁶⁶：韠也。上古衣蔽前而已。市㠯象之。天子朱市，諸侯赤市，卿大夫蔥衡，从巾，象連帶之形。凡市之屬皆从市。分勿切，幫母，月部。

裘⁴⁰²：皮衣也。从衣象形。與衰同意。凡裘之屬皆从裘。巨鳩切，匣母，之部。

兒⁴⁰⁹：孺子也。从儿，象小兒頭囟未合。汝移切，泥母，支部。

壺⁵⁰⁰：昆吾圜器也。象形。从大，象其蓋也。凡壺之屬皆从壺。戶姑切，匣母，魚部。

亢⁵⁰¹：人頸也。从大省，象頸脈形。凡亢之屬皆从亢。古郎切，見母，陽部。

雲⁵⁸⁰：山川气也。从雨，云象回轉之形。凡雲之屬皆从雲。王分切，匣母，諄部。

它⁶⁸⁴：虫也。从虫而長，象冤曲烝尾形。上古艸尻患它，故相問無它乎！凡它之屬皆从它。託何切，透母，歌部。

龜⁶⁸⁵：舊也。外骨內肉者也。从它，龜頭與它頭同。天地之性，廣肩無

雄，龜鱉之類，已它為雄。象足甲尾之形。凡龜之屬皆从龜。居追切，見母，之部。

黽685：鼃黽也。從它象形。黽頭與它頭同。凡黽之屬皆从黽。莫杏切，明母，陽部。

齒79：口齗骨也。象口齒之形，止聲。凡齒之屬皆从齒。昌里切，透母，之部。

氏634：巴蜀名山岸脅之旁箸欲落墮者曰氏。氏崩聲聞數百里。象形。乁聲。凡氏之屬皆从氏。承紙切，定母，支部。

金709：五色金也。黃為之長，久薶不生衣，百鍊不輕，從革不韋，西方之行，生於土，从土，ナ又注象金在土中形，今聲。凡金之屬皆从金。居音切，見母，侵部。

且723：所已薦也。從几，足有二橫，一、其下地也。凡且之屬皆从且。子余切，又千也切，精母，魚部。

(二)指事：

《說文·敍》云：「指事者，視而可識，察而見意，二二是也。」此處引錄諸家對此定義之解說，並附上按語：

> 唐·賈公彥《周禮·地官·保氏》疏曰：「處事者，上下之類是也。人在一上為上，人在一下為下，各有其處，事得其宜，故名處事也。」[81]
> 按：賈氏以處事為解，又誤以上下二字從人，故為此支離之說。
> 南唐·徐鍇《說文繫傳·卷第三十九》曰：「無形可載，有

---

[81] 見《周禮注疏·地官·保氏》（《十三經注疏》，臺北：藝文印書館，民國54年6月），頁213。

勢可見，則為指事。上下之別，起於互對，有下而上，上名
所以立，有上而下，下名所以生，無定物也。故立一而下上
引之，以見指歸。」[82]

按：徐氏以上下互對為言，立說不明。「無定物」句若作
「無定形也」，則於指事之字得其要矣。

宋・張有《復古編》曰：「二曰指事，事猶物也，指事者，
加物亏象形屮文，直箸其事，指而可識者也。如本末叉叉屮
類。」[83]

按：張氏所言，僅得指事之一端，尚未足以賅其全。

元・戴侗《六書故》曰：「何謂指事？指事之實吕立文，一二
丄丁之類是也。」[84]

按：戴氏之於指事之旨，雖未闡發，然其舉例，確實無訛。

明・吳元滿《六書總要・六書總論》曰：「聖人造書，形不
可象，則屬諸事，其文有加，既不可謂之象形，而所加之物
又不成字，亦不可謂之會意，居文字之間，故曰指事。」[85]

按：吳氏之說，尚有可采，然亦未能盡達。

趙宧光《說文長箋・卷一》說：「指事者，指而可識殹。……
一二三屮類，彼將曰祿其數形，獨不刢數可心通，未可目取事
殹，非物殹。」[86]

按：趙氏之說，頗得要大竅。

清・王筠《說文釋例》說：「所謂視而可識，則近於象形；

---

[82] 見南唐・徐鍇：《說文解字繫傳・卷第三十九》（《百部叢書集成初編》，臺北：藝文印書館），葉一。

[83] 見宋・張有撰，元・吳均增補：《增修復古編・說文解字六義屮圖》（《四庫全書存目叢書》，臺南：莊嚴文化事業公司，1997年2月），頁252。

[84] 見元・戴侗：《六書故・目》（明萬曆間嶺南張萱訂刊本）。按：所引文字於此本「書目」之後。

[85] 見明・吳元滿：《六書總要・六書總論・指事論》（《中華漢語工具書書庫・字典部》，合肥：安徽教育出版社），頁229。

[86] 見明・趙宧光：《說文長箋・六書長箋・卷一・指事・趙宧光子母原》（《中華漢語工具書書庫・字典部》，合肥：安徽教育出版社），頁168。

察而見意，則近於會意。然物有形也，而事無形，會兩字之
義以為一字之義，而後可會，而⊥丅之兩體，固非古本切之
｜，於悉切之一也。……明乎此，而指事不得混於象形，更
不得混於會意矣。」[87]
胡蘊玉（樸安）《六書淺說・指事釋例・指事總論》云：
「據此以論，有形者，物也；無形者，事也。凡獨體文，非
象有形之物者，指事也。其合兩體、三體而成字，其體各自
成文者，會意也，非指事也。其體或俱不成文，或一成文，
一不成文者，指事也。視此則指事之界說，可以定矣。」[88]
按：若據此說，則指事蓋謂視其字形而可識，察其構造而明
其義也。
段玉裁曰：「有在一之上者，有在一之下者，視之而可識為
上下，察之而見上下之意。許於二部曰二、高也，此指事。
二底也，此指事。序復舉以明之。指事之別於象形者，形謂
一物，事晐眾物，專博斯分，故一舉日月，一舉二二，二二
所晐之物多，日月祇一物，學者知此，可以得指事象形之分
矣。」[89]

指事意義既明，再言其分類，鄭樵分為四類，一曰指事。二曰事兼聲，
三曰事兼形，四曰事兼意[90]。按鄭氏多般會意為指事，實與其「獨體為
文，合體為字」之說相悖，甚不可取。

王筠分指事為正例與變例二類，正例者謂獨體指事，如：一、二、上、
下、｜、八、屮、口之類是也。其變例有八：㈠以會意定指事：如示、牟、

[87] 見清・王筠：《說文釋例・卷一・六書總說》（北京：中華書局，1987年12月），頁7。
[88] 引自胡韞玉（樸安）《六書淺說》，收入胡韞玉編《國學彙編・第二集》（《嚴靈峰無求備齋
諸子文庫》，民國74年胡道彥臺北景印本），葉九。
[89] 見漢・許慎著，清・段玉裁注：《說文解字注》（臺北：藝文印書館，民國62年8月），頁
762。
[90] 見宋・鄭樵：《通志・卷三十一・六書略・六書序》（《景印摛藻堂四庫全書薈要》，臺北：
世界書局），頁600-602。

干。㈡會意為指事：如畾。㈢指事兼形意與聲：如朱，八聲。㈣增體指事：如禾、夭。㈤省體指事：如凵。㈥形不可象轉為指事：如：刃、本、末、朱。㈦借象形以指事：如不、至。㈧借形：為指事而兼會意：如高。[91] 王氏變例，過於瑣碎，實無必要。本篇所分，略承段氏，而略有修正。

1.獨體指事：

所謂獨體指事者，乃以一文而指其事，無所增加，不可分析。亦有二例：

(1)純獨體指事：即以一文而指其事，此一文無所增加，亦未變易。如：

一[1]：惟初大極，道立於一，造分天地，化成萬物。凡一之屬皆从一。
　　　於悉切，影母，質部。

二[1]：高也。此古文上，指事也。凡二之屬皆从二。時掌、時亮二切，
　　　定母，陽部。

三[9]：數名，天地人之道也。於文一耦二為三，成數也。凡三之屬皆从
　　　三。穌甘切，心母，侵部。

丨[20]：下上通也。引而上行讀若囟，引而下行讀若退。凡丨之屬皆从
　　　丨。古本切，見母，諄部。

八[49]：別也。象分別相背之形。凡八之屬皆从八。博拔切，幫母，質
　　　部。

釆[50]：辨別也。象獸指爪分別也。凡釆之屬皆从釆。讀若辨。蒲莧切，
　　　並母，元部。

凵[63]：張口也。象形。凡凵之屬皆从凵。口犯切，溪母，添部。

彳[76]：小步也。象人脛三屬相連也。凡彳之屬皆从彳。丑亦切，透母，
　　　錫部。

丩[89]：相糾繚也。一曰瓜瓠結丩起。象形。凡丩之屬皆从丩。居虯切，見
　　　母，幽部。

---

[91] 見清·王筠：《說文釋例·卷一·六書總說》（北京：中華書局，1987年12月），頁13-45。

十⁸⁹：數之具也。一為東西，｜為南北，則四方中央備矣。凡十之屬皆
從十。是執切，定母，緝部。

爪¹¹⁴：丮也。覆手曰爪。象形。凡爪之屬皆從爪。側狡切，精母，幽
部。

丮¹¹⁴：持也。象手有所丮據也。凡丮之屬皆從丮。讀若戟。几劇切，見
母，鐸部。

鬥¹¹⁵：兩士相對兵杖在後，象鬥之形。凡鬥之屬皆從鬥。都豆切，端
母，侯部。

卜¹²⁸：灼剝龜也。象灸龜之形。一曰象龜兆之縱衡也。凡卜之屬皆從
卜。博木切，幫母，屋部。

爻¹²⁹：交也。象易六爻頭交也。凡爻之屬皆從爻。胡茅切，匣母，宵
部。

冓¹⁶⁰：交積材也。象對交之形。凡冓之屬皆從冓。古候切，見母，侯
部。

幺¹⁶⁰：小也。象子初生之形。凡幺之屬皆從幺。於堯切，影母，宵部。

玄¹⁶¹：幽遠也。象幽而入覆之也。黑而有赤色者為玄。凡玄之屬皆從
玄。胡涓切，匣母，真部。

予¹⁶¹：推予也。象相予之形。凡予之屬皆從予。余呂切，定母，魚部。

乃²⁰⁵：曳𧮫之難也。象气之出難也。凡乃之屬皆從乃。奴亥切，泥母，
之部。

入²²⁶：內也。象從上俱下也。凡入之屬皆從入。人汁切，泥母，緝部。

久²³⁹：從後灸之也。象人兩脛後有距也。《周禮》曰：「久諸牆以觀其
橈。」凡久之屬皆從久。舉友切，見母，之部。

屮²⁷⁵：出也。象艸過屮，枝莖漸益大有所之也。一者地也。凡屮之屬皆
從屮。止而切，端母，之部。

出²⁷⁵：進也。象艸木益茲上出達也。凡出之屬皆從出。尺律切，透母，
沒部。

囗²⁷⁹：回也。象回帀之形。凡囗之屬皆從囗。羽非切，匣母，微部。

毌³¹⁹：穿物持之也。從一橫囗，囗象寶貨之形。凡毌之屬皆從毌。古

丸切，見母，元部。

齊³²⁰：禾麥吐穗上平也。象形。凡齊之屬皆从齊。徂兮切，從母，脂部。

彔³²³：刻木彔彔也。象形。凡彔之屬皆从彔。盧谷切，來母，屋部。

凶³³⁷：惡也。象地穿交陷其中也。凡凶之屬皆从凶。許容切，曉母，東部。

冖³⁵⁶：覆也。从一下乑。凡冖之屬皆从冖。莫狄切，明母，錫部。

勹⁴³⁷：裹也。象人曲形有所包裹。凡勹之屬皆从勹。布交切，幫母，幽部。

厶⁴⁴¹：姦衺也。《韓非》曰：「倉頡作字，自營為厶。」凡厶之屬皆从厶。息夷切，心母，脂部。

大⁴⁹⁶：天大地大人亦大焉。象人形。古文巾也。凡大之屬皆从大。徒蓋切，定母，月部。

永⁵⁷⁵：水長也。象水巠理之長永也。《詩》曰：「江之永矣。」凡永之屬皆从永。于憬切，匣母，陽部。

飛⁵⁸⁸：鳥翥也。象形。凡飛之屬皆从飛。甫微切，幫母，微部。

卤⁵⁹¹：鳥在巢上也。象形。日在卤方而鳥卤，故因已為東卤之西。凡卤之屬皆从卤。先稽切，心母，諄部。

二⁶⁸⁷：地之數也。从耦一。凡二之屬皆从二。而至切，泥母，脂部。

幵⁷²²：平也。象二干對冓，上平也。凡幵之屬皆从幵。古賢切，見母，元部。

四⁷⁴⁴：侌數也。象四分之形。凡四之屬皆从四。息利切，心母，質部。

宁⁷⁴⁴：辨積物也。象形。凡宁之屬皆从宁。直侶切，定母，魚部。

亞⁷⁴⁵：醜也。象人局背之形。賈侍中說：已為次弟也。凡亞之屬皆从亞。衣駕切，影母，魚部。⁽⁹²⁾

九⁷⁴⁵：昜之變也。象其屈曲究盡之形。凡九之屬皆从九。舉有切，見母，幽部。

---

(92)　此篆形據大徐本《說文》。

(2)變體指事：凡變他字之形以指明其事者，稱為變體指事。凡從反文、倒文、省文、變文以營構其形者，皆是也。

乏⁷⁰：《春秋傳》曰：「反正為乏。」房法切，並母，帖部。

爪¹¹⁴：亦䏔也。从反爪。闕。諸兩切，端母，陽部。

幻¹⁶²：相詐惑也。从反予。《周書》曰：「無或譸張為幻。」胡辦切，匣母，元部。

歺¹⁶³：剒骨之殘也。从半冎。凡 之屬皆从歺。讀若櫱岸之櫱。五割切，疑母，月部。

丂²⁰⁵：反丂也。讀若呵。虎何切，曉母，歌部。

夕³¹⁸：莫也。从月半見。凡夕之屬皆从夕。祥易切，定母，鐸部。

片³²¹：判木也。从半木。凡片之屬皆从片。匹見切，滂母，元部。

比³⁹⁰：密也。二人為从，反从為比。凡比之屬皆从比。毗二切，並母，脂部。

司⁴³⁴：臣司事於外者。从反后。凡司之屬皆从司。息茲切，心母，之部。

丸⁴⁵²：圜也。傾側而轉者，从反仄。凡丸之屬皆从丸。胡官切，匣母，元部。

夭⁴⁹⁸：屈也。从大象形。凡夭之屬皆从夭。於喬切，影母，宵部。

交⁴⁹⁹：交脛也。从大象交形。凡交之屬皆从交。古爻切，見母，宵部。

尣⁴⁹⁹：跛也。曲脛人也。从大象偏曲之形。凡尣之屬皆从尣。烏光切，影母，陽部。

非⁵⁸⁸：韋也。从飛下翄，取其相背也。凡非之屬皆从非。甫微切，幫母，微部。

了⁷⁵⁰：尥也。从子無臂象形。凡了之屬皆从了。盧鳥切，來母，幽部。

𠫓⁷⁵¹：不順忽出也。从到子。《易》曰：「突如其來如。」不孝子突出不容於內也。𠫓即《易》突字也。凡𠫓之屬皆从𠫓。他骨切，透母，沒部。

2.合體指事：

凡从某文取其義或取其聲外，又以某不成文之符號指明其事者稱之。

示² ：天丞象見吉凶，所己示人也。从二，三垂、日月星也。觀乎天文
己察時變，示神事也。凡示之屬皆从示。神至切，定母，脂部。

屮²² ：難也。屯象艸木之初生屯然而難，从中貫一屈曲之也。一、地
也。《易》曰：「屯、剛柔始交而難生。」陟倫切，端母，諄
部。

牟⁵² ：牛鳴也。从牛乙象其聲气從口出。莫浮切，明母，幽部。

只⁸⁸ ：語已嗣也。从口象气下引之形。凡只之屬皆从只。諸氏切，端
母，支部。

叉¹¹⁶ ：手措相錯也。从又一，象叉之形。初牙切，清母，魚部。

寸¹²² ：十分也。人手卻一寸動脈，謂之寸口，从又一。凡寸之屬皆从
寸。倉困切，清母，諄部。

刃¹⁸⁵ ：刀鑒也。象刀有刃之形。凡刃之屬皆从刃。而振切，泥母，諄
部。

甘²⁰⁴ ：美也。从口含一，一、道也。凡甘之屬皆从甘。古三切，見母，
談部。

曰²⁰⁴ ：嗣也。从口乚象口气出也。凡曰之屬皆从曰。王伐切，匣母，月
部。

曷²⁰⁴ ：出气嗣也。从曰匃象气出形。《春秋傳》曰：「鄭太子曷。」
呼骨切，曉母，沒部。

兮²⁰⁶ ：語所稽也。从丂八象气越亏也。凡兮之屬皆从兮。胡雞切，匣
母，支部。

乎²⁰⁶ ：語之餘也。从兮象聲上越揚之形也。戶吳切，匣母，魚部。

亯²³¹ ：獻也。从高省，㯥象孰物形。《孝經》曰：「祭則鬼亯之。」凡
亯之屬皆从亯。許兩切，曉母，陽部。

本²⁵¹ ：木下曰本，从木，一在其下。布忖切，幫母，諄部。 ⁽⁹³⁾

朱²⁵¹ ：赤心木，松柏屬。从木，一在其中。章俱切，端母，侯部。

末[251]：木上曰末，从木，一在其上。莫撥切，明母，月部。[94]

才[274]：艸木之初也。從｜上貫一，將生枝葉也，一、地也。凡才之屬皆從才。昨哉切，從母，之部。

旦[311]：朙也。从日見一上，一、地也。凡旦之屬皆从旦。得案切，端母，元部。

欠[414]：張口气悟也。象气从儿上出之形。凡欠之屬皆从欠。去劍切，溪母，添部。

馽[472]：絆馬足也。从馬○其足。《春秋傳》曰：「韓厥執馽前。」讀若輒。陟立切，端母，緝部。

亦[498]：人之臂亦也。从大，象兩亦之形。凡亦之屬皆从亦。羊益切，定母，鐸部。

立[504]：侸也。从大在一之上。凡立之屬皆从立。力入切，來母，緝部。

不[590]：鳥飛上翔不下來也。从一、一猶天也。象形。凡不之屬皆从不。甫鳩切，幫母，之部。

至[590]：鳥飛從高下至地也。从一、一猶地也。象形。不上去而至下，來也。凡至之屬皆从至。脂利切，端母，質部。

氐[634]：至也。本也。从氏下箸一，一、地也。凡氐之屬皆从氐。丁兮切，端母，脂部。

象形與指事之區別

1. 徐鍇《說文解字繫傳・卷第一・丄》曰：「物之實形，有可象者則為象形，山川之類皆是物也；指事者，謂物事之虛无，不可圖畫，謂之指事。」[95]

2. 鄭樵《通志・六書略》曰：「指事、事也，象形、形也。……形可象者曰象形，非形不可象者指其事，曰指事，此指事之義也。」[96]

3. 趙古則《六書本義》曰：「象形文屮純，指事文屮加也，……蓋造指事屮本，

---

[94] 此字例據大徐本《說文》。

[95] 見南唐・徐鍇：《說文解字繫傳・卷第一・丄》（《百部叢書集成初編》，臺北：藝文印書館），葉二。

[96] 見宋・鄭樵：《通志・卷三十一・六書略・六書序》（《景印摛藻堂四庫全書薈要》，臺北：世界書局），頁600。

附亏象形，如本末朱禾未束屮類是也……，既不可謂屮象形，又不可謂屮會意，故謂屮指事。」⁽⁹⁷⁾

4. 江聲《六書總論》云：「盍依形而製字為象形，因字而生形為指事。」⁽⁹⁸⁾

5. 段玉裁《說文‧敘》注云：「指事之別於象形者，形謂一物，事晐眾物，專博斯分，故一舉日月，一舉二二，二二所晐之物多，日月祇一物。」⁽⁹⁹⁾

6. 張行孚《說文發疑》云：「其形本可變易而以字定其形者，謂之指事，……其形本一定難易，而以字依其形者，謂之象形。」⁽¹⁰⁰⁾

7. 廖平云《六書舊義‧象事篇》云：「單象物者為象形，兼有功用者為象事。」⁽¹⁰¹⁾

徐以形之虛實分，鄭以形之有無別，趙氏言純駁之殊，江氏依形製字為異，段以專博立界，張以形之變異與難易相分析，廖以單象形兼功用為說釋。皆言其大略。大體言之，形者依物以製字，事者因字以見事。故指事多抽象，象形多具體，指事多狀詞、動詞，象形多名詞。此其區別之大較也。然指事亦有為具體之物，且為名詞者，如亦人之臂亦也，从大象兩亦之形，叉从又而象甲之形。此等字有類於象形，而其實不能淆者，彼象形，必有實體之形象可象，雖亦為符號，然此符號多與其實體之物相似，如果朵之田有象於果實，几有象於花朵，眉之爪有象於眉毛。指事則僅止於符號而已。如亦之「八」，叉之「丶」僅止於符號，與實體之亦毛、手甲並不相似，明乎此可得指事象之分矣。

(三)會意：

《說文‧敘》云：「會意者，比類合誼，以見指撝，武信是

---

(97) 見明‧趙撝謙（趙古則）：《六書本義‧六書總論》（《中華漢語工具書書庫‧字典部》，合肥：安徽教育出版社），頁143。

(98) 據丁福保編：《說文解字詁林‧前編中‧六書總論‧六書說》引錄。（臺北：臺灣商務印書館，民國65年2月），冊1，頁110。

(99) 見漢‧許慎著，清‧段玉裁注：《說文解字注》（臺北：藝文印書館，民國62年8月），頁762。

(100) 見清‧張行孚：《說文發疑‧弟一‧指事》（《百部叢書集成初編》，臺北：藝文印書館），葉五。

(101) 見廖平：《六書舊義‧象事篇》（《續修四庫全書》，上海：上海古籍出版社，2002年），頁136。

也。」

唐賈公彥《周禮・地官・保氏》注疏云：「會意者，武信之類是也。人言為信，止戈為武，會合人意，故云會意也。」[102]

南唐・徐鍇《説文繫傳・卷第三十九》曰：「會意者，人事也。無形無勢，取義垂訓，故作會意。載戢干戈，殺以止殺，故止戈則為武，君子先行其言而後從之，去食存信，故人言必信。」[103]

宋・張有《説文解字六義ㄓ圖》曰：「三曰會意，會意者，或合其體而兼乎義，或反其文而取乎意，擬ㄓ而後言，議ㄓ而後勤者也。」[104]

元・戴侗《六書故》曰：「何謂會意，合文吕見意，兩人為从，三人為众，兩火為炎，三火為焱，此類是也。」[105]

元・劉泰〈六書統序〉曰：「會意，天地萬物之形既異，其文又不一而足，故模眾物變動之意以成文，如从、爪之類，取義兩人相从為从，相北為爪也。」[106]

明・張位《問奇集・六書大義》曰：「三曰會意，謂合文以成其義也，如止戈為武，力田為男，女帚為婦，人言為信，人為為偽，吏於人為使之類是也。」[107]

明・吳元滿《六書總要・六書總論》曰：「事不能該，則屬諸意，會合二文以成字，擬議以成其變化，故曰會意。」[108]

[102] 見《周禮注疏・地官・保氏》（《十三經注疏》，臺北：藝文印書館，民國54年6月），頁213。
[103] 見南唐・徐鍇：《說文解字繫傳・卷第三十九》（《百部叢書集成初編》，臺北：藝文印書館，民國57年），葉一。
[104] 見宋・張有撰，元・吳均增補：《增修復古編・說文解字六義ㄓ圖》（《四庫全書存目叢書》，臺南：莊嚴文化事業公司，1997年2月），頁252。
[105] 見元・戴侗：《六書故・目》（明萬曆間嶺南張萱訂刊本）。按：所引文字於此本「書目」之後。
[106] 元・劉泰：〈六書統序〉，載元・楊桓《六書統》（《中華漢語工具書書庫・字典部》，合肥：安徽教育出版社），頁5。
[107] 見明・張位：《問奇集・六書大義》（《續修四庫全書》，上海：上海古籍出版社），頁170。
[108] 見明・吳元滿：《六書總要・六書總論・會意論》（《中華漢語工具書書庫・字典部》，合

明‧趙宦光《說文長箋》曰:「會意者,事形不足,故文為
屮,二故呂至多故。」[109]

　　會意一體,原本易解,故諸家所說,罕有歧異。惟戴侗、劉泰專舉所
從兩文相同者為例,所見未廣,張有反文取意,淆於指事,稍有未合外,
餘皆正確。今案《說文‧敘》段玉裁注云:「會者合也,合二體之意也。
一體不足以見其義,故必合二體之意以成字。」[110]又云:「誼者,人所宜
也。……今人用義,古書用誼,誼者本字,義者叚借字,指撝與指麾同,謂
所指向也。比合人言之誼,可見必是信字,比合戈止之誼,可以見必是武
字,是會意也。會意者,合誼之謂也。凡會意之字,曰從人言,曰從止戈,
人言、止戈二字皆聯屬成文,不得曰從人從言,從戈從止。而全書內往往為
淺人增一從字,大徐本尤甚,絕非許意。然亦有本用兩從字者,固當分別觀
之。」[111]王筠《說文釋例》曰:「合誼即會意之正解,《說文》用誼,今
人用義。會意者,合二字三字之義,以成一字之義,不作會悟解也。」[112]
清‧張度《六書易解》云:「凡合兩文成誼者,均謂出會意,其文順敘者,
則訓為從某某,其文對峙者,則訓為從某從某,皆會意之正也。」[113]由是
觀之,則凡比合其文字之義類,會合其文之意義,以明新造字之指向者,即
會意之謂也。

　　關於會意字之分類,鄭樵分為二類,一曰正生,二曰續生。正生其別
有二,有同母之合,有異母之合。續生僅一。[114]王筠嘗分正變二例,正例
者指合數字成一字,其意相附屬,而於形事聲皆無所兼者。如一大為天,自

肥:安徽教育出版社),頁229。
[109] 見明‧趙宦光:《說文長箋‧六書長箋‧卷四‧會意‧趙宦光子母原》(《中華漢語工具書書
庫‧字典部》,合肥:安徽教育出版社),頁187。
[110] 見漢‧許慎著,清‧段玉裁注:《說文解字注》(臺北:藝文印書館,民國62年8月),頁
763。
[111] 見漢‧許慎著,清‧段玉裁注:《說文解字注》(臺北:藝文印書館,民國62年8月),頁
763。
[112] 見清‧王筠:《說文釋例‧卷四‧會意》(北京:中華書局,1987年12月),頁81。
[113] 見清‧張度:《說文解字索隱‧六書易解‧會意解》(《百部叢書集成初編》,臺北:藝文印
書館),葉九。
[114] 同母之合者同體也,異母之合者異體也,續生者三體以上者也。

王為皇，又持肉以享神示為祭，日出暴米以晞為暴。此以順遞為義者也。若夫八刀為分，一史為吏，則以並峙為義者也。王在門中為閏，水在皿上為益，則字之部位見意者也。兩目為眲，三羊為羴，四屮為茻，則疊文見義也。[115]可惜其變例淆合雜體指事象形之文，過於煩碎，無所取也。今析其構形，以與文字構造有關者而分之。

1.同形會意：凡說解言从二某、从三某、从四某者皆是也。

(1)同二體會意

玨[19]：二玉相合為一玨。凡玨之屬皆从玨。古岳切，見母，屋部。

艸[22]：百芔也。从二屮。凡艸之屬皆从艸。倉老切，清母，幽部。

皕[139]：二百也。凡皕之屬皆从皕。讀若逼。彼側切，幫母，職部。

雔[149]：雙鳥也。从二隹。凡雔之屬皆从雔。市流切，定母，幽部。

哥[206]：聲也。从二可。古文吕為歌字。古俄切，見母，歌部。

虤[213]：虎怒也。从二虎。凡虤之屬皆从虤。五閑切，疑母，元部。

林[273]：平土有叢木曰林。從二木。凡林之屬皆從林。力尋切，來母，侵部。

秝[332]：稀疏適秝也。从二禾。凡秝之屬皆从秝。讀若歷。郎擊切，來母，錫部。

从[390]：相聽也。从二人。凡从之屬皆从从。疾容切，從母，東部。

屾[446]：二山也。凡屾之屬皆从屾。闕。所臻切，心母，真部。

炎[491]：火光上也。从重火。凡炎之屬皆从炎。于廉切，匣母，談部。

沝[573]：二水也。闕。凡沝之屬皆从沝。之壘切，端母，微部。

聑[599]：安也。从二耳。丁帖切，端母，怗部。

奻[632]：訟也。从二女。女還切，泥母，元部。

絲[669]：蠶所吐也。从二糸。凡絲之屬皆从絲。息茲切，心母，之部。

(2)同三體會意

品[85]：眾庶也。从三口。凡品之屬皆从品。丕飲切，滂母，侵部。

[115] 見王筠：《文字蒙求‧卷三‧會意》（臺北：文光圖書有限公司，民國51年7月），頁55-113。

雥[149]：群鳥也。从三隹。徂合切，從母，藥部。

晶[315]：精光也。从三日。凡晶之屬皆从晶。子盈切，精母，耕部。

磊[457]：眾石皃。从三石。落猥切，來母，微部。

麤[476]：行超遠也。从三鹿。凡麤之屬皆从麤。倉胡切，清母，魚部。

炎[495]：火䕭也。从三火。凡焱之屬皆从焱。以贍切，定母，談部。

灥[575]：三泉也。闕。凡灥之屬皆从灥。詳遵切，定母，諄部。

姦[632]：厶也。从三女。古顏切，見母，元部。

垚[700]：土高皃。从三土。凡垚之屬皆从垚。吾聊切，疑母，宵部。

羴[149]：羊臭也。从三羊。凡羴之屬皆从羴。式連切，透母，元部。

(3)同四體會意

茻[48]：眾艸也。从四屮。凡茻之屬皆从茻。讀若與冈同。模朗切，明母，陽部。

歰[68]：不滑也。从四止。色立切，心母，緝部。

㗊[87]：眾口也。从四口。凡㗊之屬皆从㗊。讀若戢。阻立切，精母，緝部。

㠭[203]：極巧視之也。从四工。凡㠭 之屬皆从㠭 。知衍切，端母，元部。

2.異形會意

(1)順敘為義

天[1]：顛也。至高無上，从一大。他前切，透母，真部。

皇[9]：大也。从自王。自、始也。始王者三皇，大君也。自讀若鼻。今俗㠯作始生子為鼻子是。胡光切，匣母，陽部。

士[20]：事也。數始於一，終於十。从一十。孔子曰：「推十合一為士。」凡士之屬皆从士。鉏里切，從母，之部。

苗[40]：艸生於田者。从艸田。武鑣切，明母，宵部。

折[45]：斷也。从斤斷艸。譚長說。食列切，定母，月部。

公[50]：平分也。从八厶。八猶背也。韓非曰：「背厶為公。」古紅切，見母，東部。

半[50]：物中分也。从八牛。牛為物大，可㠯分也。凡半之屬皆从半。博

幔切，幫母，元部。

周[59]：密也。从用口。職茸切，端母，幽部。

各[61]：異鲁也。从口夂。夂者有行而止之不相聽意。古洛切，見母，鐸部。

走[64]：趨也。从夭止。夭者屈也。凡走之屬皆从走。子苟切，精母，侯部。

正[70]：是也。从一，一已止。凡正之屬皆从正。之盛切，端母，耕部。

是[70]：直也。从日正。凡是之屬皆从是。承紙切，定母，支部。

辵[70]：乍行乍止也。从彳止。凡辵之屬皆从辵。讀若《春秋傳》曰：「辵階而走。」丑略切，透母，鐸部。

行[78]：人之步趨也。从彳亍。凡行之屬皆从行。戶庚切，匣母，陽部。

足[81]：人之足也。在體下。从口止。凡足之屬皆从足。即玉切，精母，屋部。

古[89]：故也。从十口識前言者也。凡古之屬皆从古。公戶切，見母，魚部。

討[101]：治也。从言寸。他皓切，透母，幽部。

妾[103]：有辠女子給事之得接於君者。从辛女。《春秋傳》云：「女為人妾。」妾，不娉也。七接切，清母，盍部。

共[105]：同也，从廿卄。凡共之屬皆从共。渠用切，匣母，東部。

異[105]：分也。从廿畀。畀、予也。凡異之屬皆从異。羊吏切，定母，職部。

舁[106]：共舉也。从臼卄。凡舁之屬皆从舁。以諸切，定母，魚部。

孚[114]：卵即孚也。从爪子。一曰信也。芳無切，滂母，幽部。

右[59]：助也[116]。从口又。于救切，匣母，之部。

叟[116]：老也。从又灾。穌后切，心母，幽部。[117]

---

(116)《說文·口部》：「助也。从口又。」段注：「又者手也，手不足以口助之，故曰助也。今人以左右為ナ又字，則又製佐佑為左右字。于救切，古音在一部。」

(117) 段注云：「玄應曰：『又音手。手灾者，衰惡也。』言脈之大候在於寸口，老人寸口脈衰，故從又從灾也。此說蓋有所受之，《韻會》引《說文》：『從又灾，灾者，衰惡也。』蓋古有此五字，而學者釋之……今字作叟，亦未聞其說。」

月[116]：逮也。从又人。巨立切，匣母，緝部。

秉[116]：禾束也。从又持禾。兵永切，幫母，陽部。

取[117]：捕取也。从又耳。《周禮》獲者取左耳。《司馬法》曰：「載獻聝。」聝者，耳也。七庾切，清母，侯部。

彗[117]：埽竹也。从又持甡。祥歲切，定母，月部。

卑[117]：賤也。執事者，从ナ甲。補移切，幫母，支部。

史[117]：記事者也。从又持中，中、正也。凡史之屬皆从史。疏士切，心母，之部。

支[118]：去竹之枝也。从手持半竹。凡支之屬皆从支。章移切，端母，支部。

聿[118]：手之聿巧也。从又持巾。凡聿之屬皆从聿。尼輒切，泥母，怗部。

役[121]：戍也。从殳彳。營隻切，定母，錫部。

教[128]：上所施下所效也。从攴孝。凡教之屬皆从教。古孝切，見母，宵部。

卟[128]：卜以問疑也。从口卜。讀與稽同。古兮切，見母，脂部。

占[128]：視兆問也。从卜口。職廉切，端母，添部。

用[129]：可施行也。从卜中。衛宏說。凡用之屬皆从用。余訟切，定母，東部。

樊[129]：藩也。从爻棥。《詩》曰：「營營青蠅，止于樊。」附袁切，並母，元部。

爽[129]：明也。从㸣大。疏兩切，心母，陽部。

相[134]：省視也。从目木。《易》曰：「地可觀者莫可觀於木。」《詩》曰：「相鼠有皮。」息良切，心母，陽部。

看[135]：睎也。从手下目。苦寒切，溪母，元部。

眇[136]：小目也。从目少。亡沼切，明母，宵部。

百[138]：十十也。从一白。數、十十為一百，百白也。十百為一貫，貫章也。博陌切，幫母，鐸部。

鼻[139]：所以引气自畀也。从自畀。凡鼻之屬皆从鼻。父二切，並母，質

部。

隻 142：鳥一枚也。从又持隹，持一隹曰隻，持二隹曰雙。之石切，端母，鐸部。

雀 143：依人小鳥也。从小隹。讀與爵同。即略切，精母，藥部。

奮 145：鳥張毛羽自奮奞也。从大隹。凡奞之屬皆从奞。讀若睢。息遺切，心母，微部。

奮 145：翬也。从奞在田上。《詩》曰：「不能奮飛。」方問切，幫母，諄部。

美 148：甘也。从羊大。羊在六畜主給膳也。美與善同意。無鄙切，明母，脂部。

棄 160：捐也。从𠦒推華，棄也。从㐬，㐬、逆子也。詰利切，溪母，質部。

再 160：一舉而二也。从一冓省。作代切，精母，之部。

爯 160：并舉也。从爪冓省。處陵切，透母，蒸部。

幼 160：少也。从幺力。伊謬切，影母，幽部。

惠 161：仁也。从心叀。胡桂切，匣母，質部。

利 180：銛也。刀和然後利，从刀和省。《易》曰：「利者，義之和也。」力至切，來母，質部。

初 180：始也。从刀衣。裁衣之始也。楚居切，清母，魚部。

則 181：等畫物也。从刀貝。貝、古之物貨也。子德切，精母，職部。

刵 184：斷耳也。从刀耳。仍吏切，泥母，之部。

劊 184：楚人謂治魚也。从刀魚。讀若鍥。古屑切，見母，月部。

契 185：刻也。从㓞木，苦計切，溪母，月部。

耒 185：耕曲木也。从木推丯。古者垂作耒枱，㠯振民也。凡耒之屬皆从耒。盧對切，來母，沒部。

号 206：痛聲也。从口在丂上。凡号之屬皆从号。胡到切，匣母，宵部。

益 214：饒也。从水皿。水皿、益之意也。伊昔切，影母，錫部。

盈²¹⁴：滿器也。从皿夃。以成切，定母，耕部。⁽¹¹⁸⁾

青²¹⁸：東方色也。木生火，从生丹。丹青之信，言必然。凡青之屬皆从青。倉經切，清母，耕部。

侖²²⁵：思也。从亼冊。力屯切，來母，諄部。

會²²⁵：合也。从亼曾省。曾、益也。凡會之屬皆从會。黃外切，匣母，月部。

稟²³³：賜穀也。从㐭禾。筆錦切，幫母，侵部。

桀²⁴⁰：磔也。从舛在木上也。凡桀之屬皆从桀。渠列切，匣母，月部。

乘²⁴⁰：覆也。从入桀。桀、黠也。軍法：「入桀曰乘。」食陵切，定母，蒸部。

杲²⁵⁵：朙也。從日在木上。讀若槁。古老切，見母，宵部。

杳²⁵⁵：冥也。從日在木下。烏皎切，影母，宵部。

休²⁷²：息止也。從人依木。許尤切，曉母，幽部。

桑²⁷³：不孝鳥也。故日至捕梟磔之，從鳥在木上。古堯切，見母，宵部。

東²⁷³：動也。從木，官溥說，從日在木中。凡東之屬皆從東。得紅切，端母，東部。

桑²⁷⁵：蠶所食葉木，从叒木。息郎切，心母，陽部。

束²⁷⁸：縛也。从囗木。凡束之屬皆从束。書玉切，透母，屋部。

柬²⁷⁸：分別簡之也。从束八。八、分別也。古限切，見母，元部。

囷²⁸⁰：廩之圜者。从禾在囗中，圜謂之囷，方謂之京。去倫切，溪母，諄部。

因²⁸⁰：就也。从囗大。於真切，影母，真部。⁽¹¹⁹⁾

囚²⁸¹：繫也。从人在囗中。似由切，定母，幽部。

困²⁸¹：故廬也。从木在囗中。苦悶切，溪母，諄部。

負²⁸³：恃也。从人守貝有所恃也。一日受貸不償。房九切，並母，之

⁽¹¹⁸⁾ 段注：「秦以市買多得為夃，故從夃。」

⁽¹¹⁹⁾ 段注：「就下曰：就，高也。為高必因丘陵，為大必就基阯，故因從囗大，就其區域而擴充之也。」

部。

明³¹⁷：照也。从月囧。凡朙之屬皆从朙。武兵切，明母，陽部。

外³¹⁸：遠也。卜尚平旦，今若夕卜，於事外矣。五會切，疑母，月部。

夙³¹⁸：早敬也。从丮夕。持事雖夕不休，早敬者也。息逐切，心母，覺
部。

貫³¹⁹：錢貝之毌也。从毌貝。古玩切，見母，元部。

兼³³²：并也。从又持秝。兼持二禾，秉持一禾。古甜切，見母，添部。

舀³³⁷：抒臼也，从爪臼。《詩》曰：「或簸或舀。」以沼切，定母，幽
部。

臽³³⁷：小阱也。从人在臼上。戶猲切，匣母，添部。

兇³³⁷：擾恐也。从儿在凶下。許拱切，曉母，東部。

安³⁴³：靜也。从女在宀中。烏寒切，影母，元部。

宦³⁴³：仕也。从宀臣。胡慣切，匣母，元部。

寡³⁴⁴：少也。从宀頒，頒分也。宀分故為少也。古瓦切，見母，魚部。

宗³⁴⁵：尊祖廟也。从宀示。作冬切，精母，冬部。

罷³⁶⁰：遣有辠也。从网能。网、辠网也。言有賢能而入网即貰遣之。
《周禮》曰：「議能之辟。」是也。薄蟹切，並母，歌部。

置³⁶⁰：赦也。从网直。陟吏切，端母，職部。

詈³⁶⁰：罵也。从网言。力智切，來母，歌部。

仁³⁶⁹：親也。从人二。如鄰切，泥母，真部。

企³⁶⁹：舉踵也。从人止。去智切，溪母，支部。

位³⁷⁵：列中庭之左右謂之位。从人立。于備切，匣母，沒部。

伐³⁸⁵：擊也。从人持戈。一曰敗也，亦斫也。房越切，並母，月部。

尿⁴⁰⁷：人小便也。从尾水。奴弔切，泥母，宵部。

亮⁴⁰⁹：朙也。从儿高省。力讓切，來母，陽部。

先⁴¹¹：前進也。从儿之。凡先之屬皆从先。穌前切，心母，諄部。

見⁴¹²：視也。从目儿。凡見之屬皆从見。古甸切，見母，元部。

盜⁴¹⁹：厶利物也。从次皿。次、欲也。欲皿為盜。徒到切，定母，宵

部。

縣 428：繫也。从系持景。胡涓切，匣母，元部。

髟 430：長髮猋猋也。从長彡。一曰白黑髮襍而髟。凡髟之屬皆从髟。必
　　　　凋切，幫母，幽部。

詞 434：意內而言外也。从司言。似茲切，定母，之部。

令 435：發號也。从亼卪。力正切，來母，真部。

印 436：執政所持信也。从爪卪。凡印之屬皆从印。於刃切，影母，真
　　　　部。

色 436：顏气也。从人卪。凡色之屬皆从色。所力切，心母，職部。

匊 437：在手曰匊。从勹米。居六切，見母，覺部。

旬 437：徧也。十日為旬。从勹日。詳遵切，定母，真部。

熒 495：屋下鐙燭之光也。从焱冂。戶局切，匣母，耕部。

炙 495：炙肉也。从肉在火上。凡炙之屬皆从炙。之石切，端母，鐸部。

赤 496：南方色也。从大火。凡赤之屬皆从赤。昌石切，透母，鐸部。

皋 502：气皋白之進也。从白夲。《禮》：「祝曰皋，登謌曰奏。」故
　　　　皋、奏皆从夲。《周禮》曰：「詔來鼓皋舞。」古勞切，見母，
　　　　幽部。

息 506：喘也。从心自。相即切，心母，職部。

閒 595：隙也。从門月。古閑切，見母，元部。

姁 624：嫗也。从女子。呼昫切，曉母，幽部。

妥 632：安也。从爪女。妥與安同意。他果切，透母，歌部。

戞 636：戟也。从戈百。讀若棘。古黠切，見母，月部。

戎 636：兵也。从戈甲。𠂤古文甲字。如融切，泥母，冬部。

區 641：踦區、藏隱也。从品在匸中，品、眾也。豈俱切，溪母，侯部。

匠 641：木工也。从匸斤。斤、所己作器也。疾亮切，從母，陽部。

孫 648：子之子曰孫。从系子。系、續也。思魂切，心母，諄部。

蠅 686：營營青蠅，蟲之大腹者，从黽虫。余陵切，定母，蒸部。

堯 700：高也。从垚在兀上，高遠也。吾聊切，疑母，宵部。

甸 702：天子五百里內田，从勹田。堂練切，定母，真部。

男 705 ：丈夫也。从田力。言男子力於田也。凡男之屬皆从男。那含切，泥母，侵部。

劣 706 ：弱也。从力少。力輟切，來母，月部。

加 707 ：語相譖加也。从力口。古牙切，見母，歌部。

劫 707 ：人欲去已力脅止曰劫。或曰已力去曰劫。从力去。居怯切，見母，盍部。

協 708 ：同思之龢也。从劦思。胡頰切，匣母，帖部。

協 708 ：同眾之龢也。从劦十。胡頰切，匣母，帖部。

斬 737 ：截也。从車斤。斬法車裂也。側減切，精母，談部。

官 737 ：吏事君也。从宀𠂤。𠂤猶眾也。此與師同意。古丸切，見母，元部。

亂 747 ：不治也。从乙𤔔，乙、治之也。郎段切，來母，元部。

卺 748 ：謹身有所承也。从己丞。讀若《詩》云：「赤舃几几。」居隱切，見母，諄部。

辤 749 ：不受也。从受辛。受辛宜辤之也。似茲切，定母，之部。

辭 749 ：說也。从𤔔辛。𤔔辛猶理辜也。似茲切，定母，之部。

辯 749 ：治也。从言在𨍣之閒。符蹇切，並母，元部。

孳 750 ：汲汲生也。从子兹省。祖尊切，從母，諄部。

孱 751 ：迮也。从孨在尸下。一曰呻吟也。士連切，從母，元部。(120)

辱 752 ：恥也。从寸在辰下。(121)失耕時，(122)於封畺上戮之也。(123)辰者農之時也，故房星為辰，田候也。而蜀切，泥母，屋部。

酉 759 ：繹酒也。从酉水半見於上。禮有大酉，掌酒官也。凡酉之屬皆从酉。字秋切，從母，幽部。

尊 759 ：酒器也。从酉廾已奉之。《周禮》六尊，犧尊、象尊、箸尊、壺尊、大尊、山尊已待祭祀賓客之禮。尊、尊或从寸。(124)祖昆

---

(120) 段注：「迮當為笮，今之窄字也。」
(121) 段注：「會意。寸者，法度也。」
(122) 段注：「故从辰。」
(123) 段注：「故从寸。」
(124) 段注：「凡酌酒者，必資於尊，故引申以為尊卑字，猶貴賤本謂貨物而引申之也。自專用為尊

　　　　切，精母，諄部。

以上異二體會意。

祭[3]：祭祀也。从示已手持肉。段注：「此合三字會意也。」子例切，
　　　精母，月部。

衛[79]：宿衛也。从韋帀行。行、列也。于歲切，匣母，月部。

對[103]：譍無方也。从丵口从寸。對、對或从士，漢文帝已為責對而面
　　　言，多非誠對，故去其口已从士也。都隊切，端母，沒部。

營[131]：營求也。从夐人在穴。《商書》曰：「高宗夢得說，使百工營
　　　求，得之傅巖。」巖、穴也。朽正切，曉母，元部。

虐[211]：殘也。从虍爪人。虎足反爪人也。魚約切，疑母，藥部。

盥[215]：澡手也。从臼水臨皿也。《春秋傳》曰：「奉匜沃盥。」古玩
　　　切，見母，元部。

暴[310]：晞也。从日出廾米。薄報切，並母，藥部。

毇[337]：糲米一斛舂為九斗也。从臼米，从殳。凡毇之屬皆从毇。許委
　　　切，曉母，微部。

舂[337]：擣粟也。从廾持杵已臨臼，杵省。古者雝父初作舂。書容切，透
　　　母，東部。

窘[347]：深也。一曰竈突。从穴火求省。讀若《禮》「三年導服」之導。
　　　式針切，透母，侵部。

危[453]：在高而懼也。从厃人在厓上自卩止之。凡危之屬皆从危。魚為
　　　切，疑母，歌部。

熨[487]：从上按下也。从尸又持火，所已申繒也。於胃切，影母，沒部。

以上異三體會意。

暴[502]：疾有所趣也。从日出夲廾之。薄報切，並母，藥部。

以上異四體會意。

卑字，而別製罇樽為酒尊字矣。」

(2)對峙為義

律⁷⁸：立朝律也。从聿从乂。居萬切，見母，元部。

業¹⁰³：大版也。所已飾縣鐘鼓捷業，如鋸齒，已白畫之。象其鉏鋙相承也。从丵从巾，巾象版。《詩》曰：「巨業維樅。」魚怯切，疑母，盍部。

蔑¹⁴⁶：勞目無精也。从苜从戍。人勞則蔑然也。莫結切，明母，質部。

幾¹⁶¹：微也。殆也。从丝从戍，戍、兵守也；丝而兵守者危也。居衣切，見母，微部。

別¹⁶⁶：分解也。从冎从刀。彼列切，幫母，月部。

冎¹⁷⁹：骨閒肉冎冎箸也。从肉从冎省。一曰：骨無肉也。苦等切，溪母，蒸部。

尌²⁰⁷：立也。从壴从寸，寸、持之也。讀若駐。常句切，定母，侯部。

啚²³³：嗇也。从囗从靣，靣、受也。方美切，幫母，之部。

麥²³⁴：芒穀、秋種厚薶故謂之麥。麥、金也，金王而生，火王而死。从來、有穗者也，从夊。凡麥之屬皆从麥。莫獲切，明母，職部。

及²³⁹：秦人市買多得為及。从乃从夊。益至也。《詩》曰：「我及酌彼金罍。」古乎切，見母，魚部。

師²⁷⁵：二千五百人為師。从帀从𠂤，𠂤四帀眾意也。疏夷切，心母，脂部。

敖²⁷⁵：游也。从出、从放。五牢切，疑母，宵部。

賣²⁷⁵：出物貨也。从出从買。莫邂切，明母，屋部。

圖²⁷⁹：畫計難也。从囗从啚。啚、難意也。同都切，定母，魚部。

國²⁸⁰：邦也。从囗从或。古惑切，見母，職部。

昌³⁰⁹：美言也。从日从曰。一曰：日光也。《詩》曰：「東方昌矣。」尺良切，透母，陽部。

昆³¹¹：同也。从日从比。古渾切，見母，諄部。

羅³⁵⁹：已絲罟鳥也。从网从維。古者芒氏初作羅。魯何切，來母，歌部。

褭⁴⁰¹：已組帶馬也。从衣从馬。奴鳥切，泥母，宵部。

孝⁴⁰²：善事父母者。从老省，从子，子承老也。呼教切，曉母，幽部。

屋⁴⁰⁴：尻也。从尸，尸、所主也。一曰尸象屋形。从至，至、所止也。屋、室皆从至。烏谷切，影母，屋部。

般⁴⁰⁸：辟也。象舟之旋。从舟从殳。殳令舟旋者也。北潘切，幫母，元部。

兄⁴¹⁰：長也。从儿从口。凡兄之屬皆从兄。許榮切，曉母，陽部。

兜⁴¹¹：兜鍪、首鎧也。从兜从皃省。皃象人頭形也。當侯切，端母，侯部。

欼⁴¹⁵：出气也。从欠从口。昌埀切，透母，歌部。

獄⁴⁸²：确也。从㹜从言。二犬所已守也。魚欲切，疑母，屋部。

燅⁴⁹¹：於湯中爚肉也。从炎从熱省。徐鹽切，定母，談部。

竦⁵⁰⁴：敬也。从立从束。束、自申束也。息拱切，心母，東部。

思⁵⁰⁶：睿也。从心从囟。凡思之屬皆从思。息茲切，心母，之部。

覭⁵⁷⁵：衺視也。从辰从見。莫獲切，明母，錫部。

聯⁵⁹⁷：連也。从耳从絲。从耳，耳連於頰，从絲，絲連不絕也。力延切，來母，元部。

瀕⁵⁷³：水厓人所賓附也。顰戚不前而止。从頁从涉。凡瀕之屬皆从瀕。必鄰切，幫母，真部。

晏⁶²⁷：安也。从女从日。《詩》曰：「已晏父母。」烏諫切，影母，元部。

義⁶³⁹：己之威義也。从我从羊。宜寄切，疑母，歌部。

蠱⁶⁸³：腹中蟲也。《春秋傳》曰：「皿蟲為蠱，晦淫之所生也。」梟磔死之鬼亦為蠱。从蟲从皿。皿、物之用也。公戶切，見母，魚部。

里⁷⁰¹：尻也。从田从土。……凡里之屬皆从里。良止切，來母，之部。

醫⁷⁵⁷：治病工也。从殹从酉。殹、惡姿也。醫之性然得酒而使，故从酉。王育說。一曰：殹、病聲，酒所已治病也。《周禮》有醫酒，古者巫彭初作醫。於其切，影母，之部。

以上異二體會意。

詹[49]：多言也。从言从八，从广。職廉切，端母，談部。

後[77]：遲也。从彳幺夊。幺、夊者，後也。胡口切，匣母，侯部。

陟[104]：翌也。从屮、从卪、从山。山高、奉承之義。署陵切，定母，蒸部。

徹[123]：通也。从彳、从攴、从育。丑列切，透母，質部。

攸[125]：行水也。从攴、从人、水省。以周切，定母，幽部。

叡[163]：突明也。从奴、从目、从谷省。以芮切，定母，月部。

夏[235]：中國之人也。从夂、从頁、从臼。臼、兩手，夂、兩足也。胡雅切，匣母，魚部。

僉[225]：皆也。从亼、从吅、从从。《虞書》曰：「僉曰伯夷。」七廉切，清母，添部。

侯[229]：春饗所射侯也。从人、从厂、象張布。矢在其下。天子射熊虎豹，服猛也。諸侯射熊虎，大夫射麋，麋、惑也。士射鹿豕，為田除害也。其祝曰：「毋若不寧侯，不朝于王所，故伉而射汝也。」乎溝切，匣母，侯部。

俞[407]：空中木為舟也。从亼、从舟、从巜。巜、水也。羊朱切，定母，侯部。

辟[437]：法也。从辟井。《周書》曰：「我之不辟。」必益切，幫母，錫部。

慶[509]：行賀人也。从心夊、从鹿省。吉禮以鹿皮為摯。故从鹿省。丘竟切，溪母，陽部。

以上異三體會意。

夒[236]：貪獸也。一曰母猴。侣人。从頁、巳、止、夂，其手足。奴刀切，泥母，幽部。

履[407]：足所依也。从尸，服履者也。从彳夊，从舟，象履形。一曰尸聲。凡履之屬皆从履。」力几切，來母，脂部。

以上異四體會意。

㈣形聲：

《說文・敘》云：「形聲者，吕事為名，取譬相成。江河是也。」

晉・衛恒〈四體書勢〉曰：「形聲，江、河是也，……形聲者，以類為形，配以聲也。」(125)

唐・賈公彥《周禮・地官・保氏》疏曰：「諧聲者即形聲一也，江河之類是也。皆以水為形，以工、可為聲，但書有六體，形聲實多。」(126)

元・楊桓《六書統・卷一》曰：「形聲者何？形者非專指象形而言也，蓋總其象形會意，以主賓言之也。主為形，賓為聲也，……故必于形之旁，取一文一字直附其聲，使人呼之，而自知其為何形何意也，故謂之形聲。」(127)

明・王應電《同文備考・序文》曰：「主一字之形，而以他字之聲合之，因其形之同，而知為是類，因其聲之異，而知為是物是義，故曰形聲。非本聲而諧之，故又曰諧聲。」(128)

《說文・敘》段玉裁注曰：「事兼指事之事象形之物言，物亦事也。名即古曰名今曰字之名，譬者、諭也；諭者、告也。以事為名，謂半義也，取譬相成，謂半聲也。江河之字，以水為名，譬其聲如工可，因取工可成其名，其別於指事、象形者，指事、象形獨體，形聲合體；其別於會意者，會意合體主義，形聲合體主聲，聲或在左、或在右、或在上、或在下、或在

---

(125) 晉・衛恒：〈四體書勢〉收入《歷代書法論文選》（上海：上海書畫出版社，1979年10月），頁12。
(126) 見《周禮注疏・地官・保氏》（《十三經注疏》，臺北：藝文印書館，民國54年6月），頁213。
(127) 見元・楊桓：《六書統・卷一》（《中華漢語工具書書庫・字典部》，合肥：安徽教育出版社）頁19-20。
(128) 見明・王應電：《同文備考・序文》（《四庫全書存目叢書》，臺南：莊嚴文化事業公司，1997年2月），頁544。

中、或在外，亦有一字二聲者，有亦聲者，會意而兼形聲也，有省聲者，既非會意，又不得其聲，則知其省某字為之聲也。」[129]

按形聲者主一字之形，而以他字之聲配之，因其形之同，而知其為是類，因其聲之異，而知為是物是義。以事物造為文字，取其形聲相成而共曉也。形聲字組成之例：有一形一聲者，《說文》中凡从某某聲是也，如江河。有二形一聲者，从某某、某聲是也，如雁碧。有三形一聲者，从某某某、某聲是也，如寶嶢。有四形一聲者，从某某、从某某，某聲是也，如尋。有一形二聲者，从某，某某皆聲是也。如龖。有二形二聲者，从某某，某某皆聲是也，如竊。有省形不省聲者，从某省某聲是也，如壽橐。有形不省而省聲者，从某、某省聲是也，如瑩熒。有形聲俱省者，从某省，某省聲是也，如嘗。有亦聲者，會意兼形聲也，如吏禛。[130]

至形聲字部位之例，有左形右聲者，如江河；有右形左聲者，如鳩鴿；有上形下聲者，如草藻；有上聲下形者，如婆娑；有外形內聲者，如園圃；有內形外聲者，如聞問；有形聲串合者，如千黃。[131]

形聲字之分類，無論是依組成或依部位，皆非最佳之分類。今依據先師林景伊（尹）先生〈形聲釋例〉之說，[132]以形聲字中聲子與聲母之關係作為區分之標準，則可得五類於後[133]：

1.聲韻畢同：

禛[2]：已真受福也。从示真聲。側鄰切，精母，真部。

---

[129] 漢・許慎注，清・段玉裁注：《說文解字注》（臺北：藝文印書館，民國62年8月），頁763。

[130] 朱宗萊：《文字學形義篇・六書釋例・形聲釋例》云：「形聲字以一形一聲為最多，猶會意之以二字相合也。其他有一形二聲者，有二形一聲者，有二形二聲者，有三形一聲者，有四形一聲者，又有一形一聲而形尚未成字者，有二形一聲、三形一聲而形亦有未成字者，其別至繁要，其所殊在量，不在質。」朱氏「一形一聲」字舉例「普」，「一形二聲」字舉例「龖」，「二形一聲」字舉例「碧」，「二形二聲」字舉例「竊」，「三形一聲」字舉例「寶」，「四形一聲」字舉例「尋」，「一形一聲而形尚未成字者」舉例「齒」，「二形一聲而形尚未成字者」舉例「至」，「三形一聲而形有未成字者」舉例「涇」。（臺北：臺灣學生書局，民國53年7月），頁16-17。

[131] 見《周禮注疏・地官・保氏》（《十三經注疏》，臺北：藝文印書館，民國54年6月），頁213。

[132] 先師林尹先生：〈形聲釋例〉，原載《制言》第七期（1935年12月）；另載《學粹》4卷4期（民國51年6月），頁20-21；《木鐸》，第2期（1973年11月）。

[133] 此部分為說明聲子與聲母演變之關係，古聲韻原則據中古切語判斷，不全以諧聲偏旁為據。

真³⁸⁸：僊人變形而登天也。从匕目乚，川、所已乘載之。側鄰切，精母，
　　　真部。

祿³：福也。从示彔聲。盧谷切，來母，屋部。

彔³²³：刻木彔彔也。象形。凡彔之屬皆从彔。盧谷切，來母，屋部。

璜¹²：半璧也。从王黃聲。戶光切，匣母，陽部。

黃⁷⁰⁴：地之色也。从田芆聲。芆，古文光。凡黃之屬皆从黃。乎光切，
　　　匣母，陽部。

瑝¹⁶：玉聲。从王皇聲。音皇，匣母，陽部。

皇⁹：大也。从自王。自、始也。始王者三皇，大君也。自讀若鼻。今
　　　俗已作始生子為鼻子是。胡光切，匣母，陽部。

芝²³：神芝也。从艸之聲。止而切，端母，之部。

屮²⁷⁵：出也。象艸過屮，枝莖漸益大有所之也。一者地也。凡屮之屬皆
　　　从屮。止而切，端母，之部。

薪⁴⁵：蕘也。从艸新聲。息鄰切，心母，真部。

新⁷²⁴：取木也。从斤亲聲。⁽¹³⁴⁾息鄰切，心母，真部。

辛⁷⁴⁸：秋時萬物成而孰，金剛味辛，辛痛即泣出，从一辛。辛、辠也，
　　　辛承庚，象人股。凡辛之屬皆从辛。息鄰切，心母、真部。

犠⁵³：宗廟之牲也。从牛羲聲。賈侍中說：「此非古字。」許羈切，曉
　　　母，歌部。

羲²⁰⁶：气也。从兮義聲。許羈切，曉母，歌部。

喑⁵⁵：宋齊謂兒泣不止曰喑。从口音聲。於今切，影母，侵部。

音¹⁰²：聲生於心有節於外謂之音。宮商角徵羽聲也，絲竹金石匏土革木
　　　音也，从音含一。凡音之屬皆从音。於今切，影母，侵部。

盛²¹³：黍稷在器中已祀者也。从皿成聲。氏征切，定母，耕部。

成⁷⁴⁸：就也。从戊丁聲。氏征切，定母，耕部。

盉²¹⁴：調味也。从皿禾聲。戶戈切，匣母，歌部。

---

(134) 段注：「當作从斤木、辛聲。」

禾[323]：嘉穀也。已二月始生，八月而孰。得之中和，故謂之禾。禾、木也。木王而生，金王而死，从木象其穗。凡禾之屬皆从禾。戶戈切，匣母，歌部。

2. 聲同韻異：

吻[54]：口邊也。从口勿聲。

勿[458]：州里所建旗，象其柄，有三游，襍帛，幅半異，所已趣民，故遽偁勿勿。凡勿之屬皆从勿。

按：吻，武粉切，微母，吻韻（古音明母，諄部）；勿，文弗切，微母，勿韻（古音在明母，沒部）。

敢[163]：進取也。从受古聲。

古[89]：故也。从十口，識前言者也。凡古之屬皆从古。

按：敢，古覽切，見母，敢韻（古音在見母，談部）；古，公戶切，見母，姥韻（古音在見母，魚部）。

員[281]：物數也。从貝口聲。凡員之屬皆从員。

口[279]：回也。象回帀之形。凡口之屬皆从口。

按：員，王權切，爲母，仙韻（古音在匣母，諄部）；口，羽非切，爲母，微韻（古音在匣母，微部）。

鄑[297]：宋魯閒地。从邑晉聲。

晉[306]：進也。日出而萬物進。从日从臸。《易》曰：「朙出地上晉。」。

按：鄑，即移切，精母，支韻（古音在精母，歌部）；晉，即刃切，精母，震韻（古音在精母，眞部）。

皤[367]：老人白也。从白番聲。

番[50]：獸足謂之番。从釆田，象其掌。

按：皤，薄波切，並母，戈韻，（古音在並母，歌部）；番，附袁切，奉母，元韻（古音在並母，元部）。

顒[422]：大頭也。从頁禺聲。

禺[441]：母猴屬。頭佀鬼，从甶从內。

按：顒，魚容切，疑母，鍾韻（古音在疑母，東部）；禺，牛具切，疑

母，遇韻（古音在疑母，侯部）。

𢛅⁵¹⁵：亂也。从心奴聲。

奴⁶²²：奴婢皆古辠人。《周禮》曰：「其奴男子入于辠隸，女子入于舂
　　槀。」从女又。

按：恘，女交切，娘母，肴韻（古音在泥母，宵部）；奴，乃都切，泥
　　母，模韻（古音在泥母，魚部）。

蕭³⁵：艾蒿也。从艸肅聲。

肅¹¹⁸：持事振敬也。从聿在𣉻上，戰戰兢兢也。

按：蕭，蘇彫切，心母，蕭韻（古音在心母，幽部）；肅，息逐切，心
　　母，屋韻（古音在心母，覺部）。

儺³⁷²：行有節也。从人難聲。《詩》曰：「佩玉之儺。」

鸂¹⁵²：鸂鳥也。从鳥堇聲。鸂或从隹。

按：儺，諾何切，泥母，歌韻（古音在泥母，歌部）；難，那干切，泥
　　母，寒韻（古音在泥母，元部）。

講⁹⁶：和解也。从言冓聲。

冓¹⁶⁰：交積材也。象對交之形。凡冓之屬皆从冓。

按：講，古項切，見母，講韻（古音在見母，東部）；冓，古候切，見
　　母，候韻（古音在見母，侯部）。

3.韻同聲異：

松²⁵⁰：松木也。從木公聲。

公⁵⁰：平分也。从八厶。八猶背也。韓非曰：「背厶為公。」

按：松，祥容切，邪母，鍾韻（古音在定母，東部）；公，古紅切，見
　　母，東韻（古音在見母，東部）。

空³⁴⁸：竅也。从穴工聲。

工²⁰³：巧飾也。象人有規榘，與巫同意。凡工之屬皆从工。

按：空，苦紅切，溪母，東韻（古音在溪母，東部）；工，古紅切，見
　　母，東韻（古音在見母，東部）。

涼⁵⁶⁷：薄也。从水京聲。

京²³¹：人所為絕高丘也。从高省、丨象高形。凡京之屬皆从京。

按：涼，呂張切，來母，陽韻（古音在來母，陽部）；京，舉卿切，見母，庚韻（古音在見母，陽部）。

杞²⁴⁸：枸杞也。從木己聲。

己⁷⁴⁸：中宮也。象萬物辟藏詘形也。己承戊，象人腹。凡己之屬皆从己。

按：杞，墟里切，溪母，之韻（古音在溪母，之部）；己，居擬切，見母，之韻（古音在見母，之部）。

栘²⁴⁸：棠棣也。從木多聲。

多³¹⁹：緟也。从緟夕，夕者相繹也，故為多。緟夕為多，緟日為疊。凡多之屬皆从多。

按：栘，弋支切，喻母，支韻（古音在定母，歌部）；多，得何切，端母，歌韻（古音在端母，歌部）。

虜³¹⁹：獲也。从毌、从力虍聲。

虍²¹¹：虎文也。象形。凡虍之屬皆从虍。讀若《春秋傳》曰：「虍有餘。」

按：虜，郎古切，來母，姥韻（古音來母，魚部）；虍，荒烏切，曉母，模韻（古音在曉母，魚部）。

盪²¹⁵：滌器也，从皿湯聲。

湯⁵⁶⁶：熱水也。从水昜聲。

按：盪，徒朗切，定母，蕩韻（古音在定母，陽部）；湯，土郎切，透母，唐韻（古音在透母，陽部）。

姓³¹⁸：雨而夜除星見也。从夕生聲。

生²⁷⁶：進也。象艸木生出土上。凡生之屬皆从生。

按：姓，疾盈切，從母，清韻（古音在從母，耕部）；生，所庚切，疏母，庚韻（古音在心母，耕部）。

隆²⁷⁶：豐大也。从生降聲。

降⁷³⁹：下也。从𨸏夅聲。

按：隆，力中切，來母，東韻（古音在來母，冬部）；降，古巷切，見母，絳韻（古音在見母，冬部）。

靖⁵⁰⁴：立竫也。从立青聲。

青²¹⁸：東方色也。木生火，从生丹。丹青之信，言必然。凡青之屬皆从
　　　青。

按：靖，疾郢切，從母，靜韻（古音在從母，耕部）；青，倉經切，清
　　　母，青韻（古音在清母，耕部）。

4.聲韻畢異：

配⁷⁵⁵：酒色也。从酉己聲。

妃⁶²⁰：匹也。从女己聲。⁽¹³⁵⁾

己⁷⁴⁸：中宮也。象萬物辟藏詘形也。己承戊，象人腹。凡己之屬皆从
　　　己。

按：配，滂佩切，滂母，隊韻（古音在滂母，沒部）；妃，芳非切，敷
　　　母，微韻（古音在滂母，微部）；己，居擬切，見母，止韻（古音
　　　在見母，之部）。

聿¹⁶²：五指持也。从又一聲。讀若律。

聿¹¹⁸：所己書也。楚謂之聿，吳謂之不律，燕謂之弗。从聿一聲。凡聿
　　　之屬皆从聿。

戌⁷⁵⁹：威也。九月昜气微萬物畢成，昜下入地也。五行土生於戊，盛於
　　　戌。从戊一，一亦聲。凡戌之屬皆从戌。

一¹：惟初大極，道立於一，造分天地，化成萬物。凡一之屬皆从一。

按：聿，呂戌切，來母，術韻（古音在來母，沒部）；聿，余律切，喻
　　　母，術韻（古音在定母，沒部）；戌，辛聿切，心母，術韻（古
　　　音在心母，沒部）；一，於悉切，影母，質韻（古音在影母，質
　　　部）。

斯⁷²⁴：析也。从斤其聲。《詩》曰：「斧已斯之。」

箕²⁰¹：所已簸者也。从竹甘象形，丌、其下也。凡箕之屬皆从箕。……
　　　𠔌、籀文箕。

按：斯，息移切，心母，支韻（古音在心母，支部）；箕，居之切，見

母，之韻（古音在見母，之部）。

企[369]：舉踵也。从人止聲。

止[68]：下基也。象艸木出有阯。故已止為足。凡止之屬皆从止。

按：企，去智切，溪母，寘韻（古音在溪母，支部）；止，諸市切，端
母，止韻（古音在端母，之部）。

狋[480]：犬張斷怒也。从犬來聲。讀又若銀。

來[233]：周所受瑞麥來麰也。二麥一夆，象其芒朿之形。天所來也，故為
行來之來。《詩》曰：「詒我來麰。」凡來之屬皆从來。

按：狋，魚僅切，疑母，隱韻（古音在疑母，眞部）；來，洛哀切，來
母，咍韻（古音在來母，之部）。

弼[648]：輔也。从弜丙聲。

丙[88]：舌皃。从谷省，象形。

按：弼，房密切，奉母，質韻（古音在並母，質部）；丙，他念切，透
母，桥韻（古音在透母，添部）。

5.四聲之異：

怏[516]：不服懟也。从心央聲。

央[230]：央、中也。从大在冂之內。大、人也。央、旁同意。一曰久也。

按：怏，於亮切，影母，漾韻（古音在影母，陽部）；央，於良切，影
母，陽韻（古音在影母，陽部）。

貢[282]：獻功也。从貝工聲。

工[203]：巧飾也。象人有規榘，與巫同意。

按：貢，古送切，見母，送韻（古音在見母，東部）；工，古紅切，見
母，東韻（古音在見母，東部）。

蒔[40]：更別種。从艸時聲。

時[305]：四時也。从日寺聲。

按：蒔，時吏切，禪母，志韻（古音在定母，之部）；時，市之切，禪
母，之韻（古音在定母，之部）。

笪[198]：答也。从竹旦聲。

旦[311]：朙也。从日見一上，一、地也。凡旦之屬皆从旦。

按：笪，當割切，端母，旱韻（古音在端母，元部）；旦，得案切，端
　　母，翰韻（古音在端母，元部）。

齍[282]：貨也。从貝次聲。

齍[418]：不前不精也。从欠二聲。

按：資，即夷切，精母，脂韻（古音在精母，脂部）；次，七四切，清
　　母，至韻（古音在清母，脂部）。

頭[420]：百也。从頁豆聲。

豆[209]：古食肉器也。从口象形。凡豆之屬皆从豆。

按：頭，度侯切，定母，侯韻（古音在定母，侯部）；豆，徒候切，定
　　母，候韻（古音在定母，侯部）。

　　至於形聲字中，何以有聲韻畢異之現象？此乃無聲字多音之故也。以下
論述「無聲字」之相關問題。[136]

何謂無聲字？

凡文字中不帶聲符者稱之。即形聲字所從得聲之最初聲母，所謂最初聲母，即
文字中之不含音符者，凡含音符者，即為聲子，凡聲子則非無聲字。易言之，
凡非形聲字，即為無聲字。茲舉三例，以明無聲字與有聲字（即聲子）之差
異。

一、刀象形，無聲字，聲母。→召形聲，有聲字，一級聲子。→昭形聲，有聲字，二
　　級聲子。→照形聲，有聲字，三級聲子。→羔形聲，有聲字，四級聲子。

二、一指事，無聲字，聲母。→寸形聲，有聲字，一級聲子。→捋形聲，有聲字，二
　　級聲子。

三、庸會意，無聲字，聲母。→墉形聲，有聲字，一級聲子。

從上三例觀之，凡聲母即為無聲字，而無聲字即非形聲字，而為象形、指事、
會意所構成之文字。

---

[136] 陳新雄：〈無聲字多音說〉一文，收《鍥不舍齋論學集》（臺北：臺灣學生書局，民國73年8
月），頁515-553。

無聲字何以多音？

一、文字之初起，本緣分理之可相別異，以圖寫形貌，各地之人，據其形象以為文字，因其主觀意象之殊異，雖形象相同，取意盡可有別。例如一「丨」字也，《說文》云：「丨、下上通也。引而上行讀若囟，引而下行讀若退。」[137] 此可能於造字之時，甲地之人，造一「丨」字，而賦以「下上通」之意義，其音則讀「古本切」也。乙地之人，亦可能由下引上造一「丨」字，而賦以「上進」之義，音則讀若「囟」也。丙地之人，亦可能由上引下造一「丨」字，而賦以「下退」之義，音則讀若「退」也。迨後文字統一，乃同一「丨」而具有三義三音。故先師林景伊（尹）先生云：「以文字非一時、一地、一人所造成，因造字者意識之不同，與方言之有異，故同一形體，每有不同之意識與不同之音讀，此無聲字之所以多音而且多異訓也。」[138]

二、造字之時，原非一字，音義原異，只以形體之相近，後人不察，乃合為一體，因而形同而音義殊矣。例如《說文》五篇下皀部[139]有「皀」，解云：「穀之馨香也。象嘉穀在裹中之形，匕所吕扱之。或說皀一粒也，……又讀若香。」而《玉篇・卷中・白部》有「皂」字，云：「才老切，色黑也。」是「皀」之與「皂」，原本二形二音二義也。後「皂」字形變作「皀」，乃近於穀香之「皀」。故今世肥皂字，乃多有寫成「皀」者，訛傳日久，乃學士大夫，多有莫之能辨者。今世之字既然，古人又何能例外！故先師婺源潘石禪（重規）先生曰：「造字者非一人，創文者非一地，則必有所表聲義各殊，而形體闇合者，如亥之古文形與豕同。玄之古文形與申同，古文口復注中，乃與日同。」[140] 按《說文》亥之古文今鉉本作犱（犰），鍇本作犰云：「《家語》：『子夏云：三豕渡河。』亥誤為豕，當為此犰字也。《繫傳・校勘記》云：「犰，鉉作犱。」段注本作

[137] 見漢・許慎著，清・段玉裁注：《說文解字注》（臺北：藝文印書館，民國62年8月），頁20。
[138] 見先師林尹先生〈說文二徐異訓辨序〉，收入《師大學報》第九期（臺北：臺灣師範大學，民國53年6月），頁45。
[139] 漢・許慎著，清・段玉裁注：《說文解字注》（臺北：藝文印書館，民國62年8月），頁219。
[140] 見先師潘重規先生：〈聲母多音論〉，收入《制言》37、38期合刊（臺北：成文出版社，民國74年3月），頁4264。

「秂」。豕《說文》古文作「秂」，是其形易誤合也。故先師潘先生又云：「形既同矣，音亦傳焉，此古聲母多音之故一也。」[141]郭沫若云：「古文亥字與豕雖近似，而非即是豕。骨文則全不相近，骨文豕為圖形文字。古有豕亥傳訛之逸事。見《呂覽·慎行論》。子夏亦正謂『己與三相近，豕與亥相似』而已。故亥之非豕，猶己之非三。」[142]按郭氏所說是也。原本相異之字，以其形近，後人誤書為同，故在同一「秂」也，或音「豕」，或音「亥」，此亦猶今書一「皀」字，或音「香」，或音「皁」也。

三、古者文字少而民務寡，是以多象形假借。例如《說文·屮部》[143]：「屮、艸木初生也。象｜出形有枝莖也。古文或㠯為艸字。讀若徹。」又：「� 、足也。上象腓腸，下從止。《弟子職》曰：『問疋何止？』古文㠯為《詩·大雅》字，亦㠯為足字，或曰胥字。一曰：疋、記也。」《說文》若此類幾三十許事。夫字既轉為他字之用，則必亦假他字之音以傳此字之形。[144]若《說文》之「屮」本訓「艸木初生」，其音則「讀若徹」。自古文假以為「艸」字之用，則必具「艸」字「倉老切」之音矣。如《荀子·富國篇》：「刺屮殖穀。」《漢書·地理志》：「厥屮為繇。」又：「水屮宜畜牧。」〈高彪碑〉：「狄獄生屮。」以上諸書中之「屮」，皆非讀「徹」而應讀「艸」，是「屮」字一形而具有「徹」、「艸」二音矣。又如《說文》「疋」本訓足，所菹切，為心母、魚部字。古文以為《詩·大雅》字，則又傳有「雅」字之音矣。

四、形聲之字所从之聲，每多省聲，而所省之聲，其形偶與他字相涉，於是字音亦隨所涉而異。例如《說文·頁部》[145]：「𩔖、頯妍也。從𩠐、翩省聲。讀若翩。」按頯字今讀王矩切，乃誤以从翩之省形羽為聲，頯本讀若翩，後乃又有「羽」音矣。好事者更从而傅會之以為孔子圩頂之圩，是則

---

[141] 同前注。
[142] 郭沫若：《甲骨文字研究·釋支干》收錄於《郭沫若全集·考古編·第一卷》（北京：科學出版社，2002年），頁218-219。
[143] 漢·許慎著，清·段玉裁注《說文解字注》（臺北：藝文印書館，民國62年8月），頁22、85。
[144] 見先師潘重規先生：〈聲母多音論〉，收入《制言》37、38期合刊（臺北：成文出版社，民國74年3月），頁4264。
[145] 漢·許慎著，清·段玉裁注《說文解字注》（臺北：藝文印書館，民國62年8月），頁425。

一字得聲，或从其本聲之朔，或从其省後之文，由是輾轉相受，音亦蕃變。今《說文》形聲字之省聲者，若與他文相涉同形，雖多與聲母相應，而讀成省形之聲，亦往往而有。此種偶然之疏誤，實亦無聲字多音之又一故也。

無聲字既有多音，何故又漸失多音？

蓋多音多義之中，一義常行，音亦隨存，他義罕用，義既罕用，音乃隨亡，此無聲字所以漸失多音之故也。

無聲字多音說有何作用？

一、可助語根之推求：如《說文・雨部》(146)：「需、䇓也。遇雨不進止䇓也。从雨而聲。」《說文・而部》(147)：「而、須也。象形。」需从而聲，是而有齒音，則知「須」與「而」聲義相應，同一語根也。故《說文》「而」訓「須」，「須」(148)訓「頤下毛」也。

二、可以析音義之流派：如《說文》：「蕢、艸器也，從艸貴聲。臾、古文蕢。象形。《論語》曰：『有荷臾而過孔氏之門。』」分析《說文》从臾得聲之字，顯然可分為二類：其入牙音者為：見紐貴居胃切、憒古對切，溪紐饋、鬒丘媿切，疑紐聵五怪切，匣紐繢闠潰儥殨讃胡對切、匱轒樻饋求位切。其入舌音者為：定紐穨隤杜回切、遺以追切，由上兩組諧聲字比較觀知，其入牙音一組諧聲字皆屬去聲，古韻屬沒部；其入舌音一組諧聲字屬平聲，古韻屬微部。是臾字一形而兼有牙音沒部與舌音微部二讀。故其諧聲系統乃塹截兩分，不相雜廁。苟此之不喻，必欲牽合，致有異常可怪非我族類之音讀出現。

三、可以釋聲母聲子聲韻絕遠之疑。

四、可以明前師異讀韻書多音之故。例如黃季剛先生《論學雜著・說文聲母字重音鈔》一文所錄(149)，「示」除讀神至切外，又有翹夷、市之、支義諸

(146) 此據大徐本《說文》，作「从雨而聲」，段注本（頁580）無聲。
(147) 漢・許慎著，清・段玉裁注：《說文解字注》（臺北：藝文印書館，民國62年8月），頁458。
(148) 漢・許慎著，清・段玉裁注：《說文解字注》（臺北：藝文印書館，民國62年8月），頁428。
(149) 見黃季剛先生：《黃侃論學雜著》（上海：中華書局，1964年9月），頁177-178。

音。「珅」除房六切外，又有救六、筆力、蒲蒙諸音，皆其證也。[150]

(五)轉注：

《說文‧敘》云：「轉注者，建類一首，同意相受，考老是
也。」[151]

歷來言轉注之說者，最為分歧，其他瑣屑諸說，皆無足錄，今擇其要
者，可分三派以明之。

1.戴段義轉之說：

清‧戴震〈答江慎修先生論小學書〉云：「《說文》：『老、從人毛
匕，言須髮變白也。』『考、從老省丂聲。』其解字體，一會意，一諧聲甚
明，而引之於〈序〉，以實其所論轉注，不宜自相矛盾，是故別有說也。使
許氏說不可用，亦必得其說，然後駁正之。何二千年間，紛紛立說者眾，而
以猥云左迴右轉之謬悠，目為許氏可乎哉！震謂考老二字屬諧聲會意者，字
之體，引之言轉注者，字之用。轉注之云，古人以其語言，立為名類，通以
今人語言，猶曰互訓云爾，轉相為注，互相為訓，古今語也。《說文》於考
字訓之曰老也，於老字訓之曰考也，是以序中論轉注舉之。《爾雅‧釋詁》
有多至四十字共一義，其六書轉注之法歟！別俗異言，古雅殊語，轉注而可
知，故曰建類一首，同意相受。大致造字之始，無所馮依，宇宙間事與形兩
大端而已。指其事之實曰指事，一二上下是也；象其形之大體曰象形，日月
水火是也。文字既立，則聲寄於字，而字有可調之聲，意寄於字，而字有可
通之意，是又文字之兩大端也。因而博衍之，取乎聲諧曰諧聲，聲不諧而會
合其意曰會意，四者，書之體止此矣。由是之於用，數字共一用者，如初哉
首基之皆為始，卬吾台予之皆為我，其義轉相為注曰轉注；一字具數用者，
依於義以引伸，依於聲而旁寄，假此以施於彼曰假借。所以用文字者，斯其

[150] 以上四點參考先師潘重規先生：〈聲母多音論〉，收入《制言》37、38期合刊（臺北：成文出
版社，民國74年3月），頁4265。
[151] 漢‧許慎著，清‧段玉裁注：《說文解字注》（臺北：藝文印書館，民國62年8月），頁763。

兩大端也。六者之次第，出於自然，立法歸於易簡，震所以信許叔重論六書
必有師承，而考老二字，以《說文》證《說文》，可不復疑也。」[152]

　　段玉裁承之，推闡益密。段氏云：

> 建類一首，謂分立其義之類，而一其首，如《爾雅‧釋詁》
> 第一條說始是也。同意相受，謂無慮諸字，意恉略同，義可
> 互受，相灌注而歸於一首，如「初哉首基肇祖元胎俶落權
> 輿」，其於義或近或遠，皆可互相訓釋，而同謂之始是也。
> 獨言考老者，其㬉明親切者也，老部曰：老者考也，考者老
> 也，以老注考，以考注老，是之謂轉注，葢老之形从人毛匕，
> 屬會意，考之形从老丂聲，屬形聲。而其義訓則為轉注。[153]

按戴段之說，實為訓詁學上之互訓，屬於廣義之轉注，釋同意相受為互相為
訓則然矣，至於建類一首，則猶未了。

2.江聲形轉之說：

　　轉注之說曰：「同意相受。」則轉注者，轉其意也，葢合兩字已成一詁
者為會意，取一意已槩數字者為轉注。《春秋傳》曰：「止戈為武。」《穀
梁子》曰：「人言為信。」故武信為會意，武信屮外，如孔子曰：「推十合
一為士。」韓非曰：「背厶為公。」錄安說：「亡人為匃。」已及「皿蟲為
蠱。」「卂夕為夙。」「臼辰為晨。」屮等，皆合兩字而成詁者也，夾有合
三字為詁者，孔子曰：「黍可為酒，禾入水也」是也。皆所謂比類合誼，已
見指撝者，是為會意，言會合其意也。轉注則叟是而轉焉，如把彼注茲屮
注，即如考老屮字，老屬會意也，人老則須髮變白，故老从人毛匕，此夾合
三字為誼者也。立老字已為部首，所謂建類一首，考與老同意，故受老字而
从老省，考字屮外，如耆耊壽耇屮類，凡與老同意者，皆从老省而屬老，是

[152] 見清‧戴震：《戴東原集‧卷三‧答江慎修先生論小學書》（《百部叢書集成三編》，臺北：
藝文印書館），葉二十五至葉二十六。
[153] 見漢‧許慎著，清‧段玉裁注：《說文解字注》（臺北：藝文印書館，民國62年8月），頁
763。

取一字凷意曰槷數字，所謂同意相受。叔重祖言考者，舉一曰例其餘介。粵此推凷，則《說文解字》弍書，凡分五百三十部，其始一終亥，五百三十部凷首，即所謂一昝也。丁云凡某之屬皆从某，即同意相受也。此皆轉注凷說也。(154)

按江氏之釋轉注，以為五百四十部首，即為建類一首，而凡某之屬皆从某，即為同意相受，此膠柱鼓瑟之說也。許君《說文》以前，未有五百四十部首，則前此之言轉注者，又何所依憑乎！

3.章炳麟音轉之說：

《說文·敘》曰：「轉注者，建類一首，同意相受，考老是也。」前後異說，皆瑣細無足錄。休寧戴君以為：考，老也；老，考也；更互相注，得轉注名，段氏承之，以一切故訓，皆稱轉注。許瀚以為同部互訓然後稱轉注。由段氏所說推之，轉注不繫於造字，不應在六書。由許瀚所說推之，轉注乃豫為《說文》設，保氏教國子時，豈縣知千載後，有五百四十部書邪？且夫故訓既明，足以心知其意，虛張類例，亦為絫碎矣。又分部多寡，字類離合，古文、籀篆，隨時而異。原注：五百四十部，非定不可增損也。如蠲本從蜀，而《說文》不立蜀部，乃令蜀蠲二文同隸虫部，是小篆分部，尚難正定，況益以古籀乎！今必以同部互訓為劑，《說文》鷽鸒互訓也，雖雜互訓也，強蚚互訓也，形皆同部，而篆文鷽字作雕，籀文雜字作鴟，強字作彊，是篆文為轉注者，籀文則非，籀文為轉注者，篆文復非。更蒼頡、史籀、李斯，二千餘年，文字異形，部居遷徙者，其數非徒什伯計也。苟形體有變而轉注隨之，故訓焉得不凌亂邪？余以轉注、假借悉為造字之則，汎稱同訓者，後人亦得名轉注，非六書之轉注也。同聲通用者，後人雖通號假借，非六書之假借也。蓋字者孳乳而寖多，字之未造，語言先之矣。以文字代語言，各循其聲，方語有殊，名義一也。其音或雙聲相轉，叠韻相迤，則為更制一字，此所謂轉注也。……何謂建類一首，類謂聲類。鄭君《周禮·序》曰：「就其原文字之聲類。」〈夏官·序官〉注：「萑，讀如鬃小兒頭之

---

(154)　見載丁福保編：《說文解字詁林·前編中·六書總論·江聲·六書說》（臺北：臺灣商務印書館，民國65年2月），冊1，頁110。

髳，《書》或為夷，字從髳耳。」古者類、律同聲。原注：〈樂記〉：「律小大之稱。」〈樂書〉作「類小大之稱」。〈律歷志〉曰：「既類旅於律呂，又經歷於日晨。」又《集韻・六術》：「類、似也。音律。」此亦古音相傳，蓋類、律聲義皆相近也。以聲韵為類，猶言律矣。首者、今所謂語基。《管子》曰：「凡將起五音凡首。」《莊子》曰：「乃中經首之會。」此聲音之基也。《春秋傳》曰：「季孫召外史掌惡臣而問盟首焉。」杜解曰：「盟首，載書之章首。」《史記・田儋列傳》曰：「蒯通論戰國之權變為八十一首。」首或言頭。《吳志・薛綜傳》曰：「綜承詔造祝祖文。權曰：『復為兩頭，使滿三也。』綜復再祝，辭令皆新。」此篇章之基也。《方言》曰：「人之初生謂之首。」初生者對孳乳寖多，此形體之基也。考、老同在幽類，其義互相容受，其音小異，按形體，成枝別，審語言，同本株；雖制殊文，其實公族也。非直考、老，言壽者亦同。循是以推，有雙聲者，有同音者，其條例不異。適舉考、老疊韻之字，以示一端得包彼二者矣。夫形者，七十二家，改易殊體，音者，自上古以逮李斯無變，後代雖有遷譌，其大閫固不移。是故明轉注者，經以同訓，緯以聲音，而不緯以部居形體。同部之字，聲近義同，固亦有轉注矣。許君則聯舉其文，以示微旨。如：芋、麻母也；萉、枲子，古音同在之類。蓎、蒚也；蒚、蓎也；同得畐聲，古音同在之類。蓨、苗也；苗、蓨也。古音同在幽類。……若斯類者，同韻而紐或異，則一語離析為二也。即紐韵皆同者，于古宜為一字，漸及秦漢以降，字體乖分，音讀或小與古異，《凡將》、《訓纂》相承別為二文，故雖同義同音，不竟說為同字，此轉注之可見者。顧轉注不局於同部，但論其聲，其部居不同，若文不相次者，如：士與事、了與了、丰與菶、火與焜、燬……此類尤眾，在古一文而已。其後聲音小變，或有長言短言，判為異字，而類義未殊，悉轉注之例也。若夫畐、葡同在之類。用、庸同在東類。畫挂同在支類。雝、恭同在東類。……此于古語皆為一名，以音有小變，乃造殊字，此亦所謂轉注者也。其以雙聲相轉，一名一義，而孳乳為二字者，尤彰灼易知，如屏與藩、并與比、旁與溥、亡與森、象與豫……此其訓詁皆同而聲紐相轉，本為一語之變，益粲然可覩矣。若是者為轉注。類謂聲類，不謂五百四十部也；首謂聲首，不謂凡某之屬皆从某也。戴、段諸

君，說轉注為互訓，大義炳然。顧不明轉注一科為文字孳乳之要例，乃汎謂初哉首基肇祖元胎俶落權輿訓始，並為轉注。夫聲韵紐位不同，則非建類也；語言根柢各異，則非一首也。雖《說文》寁窒、蓋苦之屬，展轉相解，同意相受則然矣，而非建類一首，猶不得與之轉注之名。二君立例過儳，于造字之則既無與。元和朱駿聲病之，乃以引申之義為轉注，則六書之經界慢。引申之義，正許君所謂假借。轉注者，繇而不殺，恣文字之孳乳者也。假借者，志而如晦，節文字之孳乳者也。二者消息相殊，正負相待，造字者以為繇省大例。知此者希，能理而董之者鮮矣。[155]

　　章君之說出，轉注之理明，殆莫有能勝之者矣。以為轉注之正解亦宜矣。因章君原文不易猝理，余嘗撰〈章太炎先生轉注假借說一文之體會〉一文，以闡釋其理，就先生原文，稍加詮釋，以為張翼。茲錄於下：

　　餘杭章炳麟太炎先生〈轉注假借說〉一文，深明六書轉注、假借之理，故多為後世所推崇。魯實先先生《假借遡原》即謂：「近人餘杭章炳麟說之曰：『以文字代語言，各循其聲，方語有殊，名義一也。其音或雙聲相轉，疊韻相迤，則為更制一字，此所謂轉注也。』其說信合許氏之讜言，躪前修之弛謬矣。」[156]如魯先生之洞燭轉注之精微，明察許氏之讜言，固向所欽佩。然後世之人，不察章氏之微恉，斷章取義者，亦復不尟。因乃不揣固陋，就章氏原文，略加詮釋，以就正於當世通人。

　　章氏認為《說文‧敘》之釋轉注為「建類一首，同意相受，考老是也」，後世詮釋紛紜，皆無足錄。而似得轉注之旨，而猶未得其全者，僅有二家。一為休寧戴氏，故云：「休寧戴君以為考老也、老考也更相注，得轉注名。段氏承之，以一切故訓，皆稱轉注。」戴段此說，章君以為不繫於造字，不應在六書。但並未否定以「互訓」釋轉注之大義，故後文云：「汎稱同訓者，後人亦得名轉注，非六書之轉注也。」正因戴段以互訓釋轉注，是訓詁學上的互訓，雖亦得名轉注，但卻為廣義之轉注。然仍未失轉注之大恉，故後文又謂：「戴段諸君說轉注為互訓，大義炳然。」可見章君於

---

[155] 見章太炎先生撰，龐炎、郭誠永疏證：《國故論衡疏證‧上卷‧轉注假借說》（北京：中華書局，2008年6月），頁184-205。
[156] 見魯實先先生：《假借遡原‧卷上》（臺北：文文出版社‧民國67年10月），頁8。

戴段以互訓釋轉注之見解,完全加以肯定。顧戴段所釋者乃廣義之轉注,非六書之轉注耳。範圍有廣狹之殊,猶後人以同音通用為假借,與六書之假借有別,同出一轍。故章君類舉而並釋之曰:「同聲通用者,後人雖通號假借,非六書之假借也。」二為許瀚同部訓說。章君以為許瀚同部互訓之說,實為虛張類例,似是而非。故痛加駁斥云:「由許瀚所說推之,轉注乃豫為《說文》設,保氏教國子時,豈縣知千載後有五百四十部書邪?且夫故訓既明,足以心知其意,虛張類例,亦為繁碎矣。又分部多寡,字類離合,古文籀篆,隨時而異,必以同部互訓為劑,《說文》鷹鸇互訓也,雌雖互訓也,強蚚互訓也。形皆同部,而篆文鷹字作雕,籀文雖字作鵙,強字作疆,隹與鳥,虫與蚰,又非同部,是篆文為轉注者,籀文則非,籀文為轉注者,篆文復非。更倉頡、史籀、李斯二千餘年,文字異形,部居遷徙者,其數非徒什伯計也。」先生所以對許氏之說痛加駁斥者,即因許氏說表面看來較戴氏為精細,易於淆惑後世,故許氏以後之人,若朱宗萊等,即受其影響。但由於章君提出轉注通古籀篆而言,非僅指小篆也。且又有隹與鳥、虫與蚰之具體例證,於是有人乃變其說法,謂形雖不同部,但義類不殊,意義可通,亦轉注之例。持此說者實昧於造字之理,蓋文字非一時一地一人所造,此地之人造一宋字,「無人聲也。从宀未聲。」其主觀意識著眼於深屋之中,寂靜無聲,故取義从宀;彼地之人造一詉字,義雖不殊,形構不一,其主觀意識著眼於人無言語,故詉靜無聲,因取義从言。是則造字之人,既不相謀,主觀意識,又不相同,則其形構,何能同類?取義既異,又何可通乎!此地造宋,彼地造詉,文字統一,加以溝通,故謂之轉注。先生因曰:「余以轉注假借悉為造字之則」,實指此而言也。

因《漢書・藝文志》嘗言:「古者八歲入小學,故周官保氏掌養國子,教之六書,謂象形、象事、象意、象聲、轉注、假借,造字之本也。」班志既言「造字之本」,故後人亦誤以為章先生「造字之則」一語,為造字之法則。然先生卻自釋為原則,而非法則。其《國學略說・小學略說》云:「轉注、假借,就字之關聯而言,指事、象形、會意、形聲,就字之個體而言,雖一講個體,一講關聯,要皆與造字有關。如戴氏所云,則與造字無關,烏得廁六書之列哉!余作此說,則六書事事不可少,而於造字原則,件件

皆當，似較前人為勝。」[157]章君釋造字之則為造字原則，而非法則。造字之法則，僅限於指事、象形、會意、形聲。故章君〈轉注假借說〉後文云：「構造文字之耑，在一字者，指事、象形、形聲、會意盡之矣。」[158]

　　轉注既與造字有關聯，而又非構造文字之方法，則其關聯何在？首先應拋開字形，而從語言著想，以探究其起因。故章君云：「蓋字者，孳乳而寖多，字之未造，語言先之矣。以文字代語言，各循其聲，方語有殊，名義一也。其音或雙聲相轉，或疊韻相迤，則為更制一字，此所謂轉注也。」[159]蓋有聲音而後有語言，有語言而後有文字，此天下不易之理也。當人以文字代語言，各循其本地之聲音以造字，由於方言不同，造出不同之文字。例如廣州話「無」讀為[mou]，廣東人根據廣州方言造字，造出「冇」字，北京人不識「冇」字，如欲溝通，惟有立轉注一項，使文字互相關聯。冇、無也；無、冇也。不正如考、老也；老、考也同一類型乎！故太炎先生〈小學略說〉云：「是可知轉注之義，實與方言有關。」[160]方言如何形成？在語音方面，不外乎雙聲相轉與疊韻相迤二途。雙聲相轉，謂聲不變而韻變，例如「歌」字，北京kɤ、濟南kə、漢口ko、蘇州kəu、溫州ku、廣州kɔ、廈門kua。韻母雖有ɤ、ə、o、əu、u、ɔ、ua之不同，聲母則皆為k，此即所謂雙聲相轉。疊韻相迤，謂韻不變而聲變，例如「茶」字，北京tʂ'a、漢口ts'a、長沙tsa、廣州tʃ'a、福州ta。聲母有tʂ'、ts'、ts、tʃ'、t之差異，韻母則同為a，此即所謂疊韻相迤。由於雙聲相轉與疊韻相迤，乃造成方言之分歧。譬如「食」字，中古音為dzʑ'jək，今各地方言，塞擦音聲母變作擦音聲母，濁音清化，韻母簡化，或讀北京ʂɿ、或讀漢口sɿ、或讀廣州ʃɪk。然閩南語語音讀tsiaʔ，猶保存古音之遺跡，與通語大不相同，初到臺灣之大陸人，聽臺灣人說「食飯」為tsiaʔpŋ，因為tsiaʔ音既不同通語之食，又不同於通語之吃，乃以其語言另造一從口甲聲之形聲字「呷」，若人不識此「呷」

---

[157] 見章太炎先生：《國學略說·小學略說》（臺北：河洛圖書出版社，民國63年10月），頁16。
[158] 見章太炎先生撰，龐炎、郭誠永疏證：《國故論衡疏證·上卷·轉注假借說》（北京：中華書局，2008年6月），頁216。
[159] 見章太炎先生撰，龐炎、郭誠永疏證：《國故論衡疏證·上卷·轉注假借說》（北京：中華書局，2008年6月），頁187。
[160] 見章太炎先生：《國學略說·小學略說》（臺北：河洛圖書出版社，民國63年10月），頁12。

字，為之溝通，則惟有轉注一法。呷、食也；食、呷也。此謂之轉注也。中
國文字若純從此路發展，則孳乳日眾，造字日多，將不勝其負荷者矣。故
先生云：「孳乳日絫，即又為之節制，故有意相引申，音相切合者，義雖少
變，則不為更制一字，此所謂假借也。」[161]此謂一字而具數用者，依于義
以引申，依於聲而旁寄，假此以施于彼，故謂之假借。轉注假借之起因既
明，繼則對許慎所設之定義，加以訓釋。「何謂建類一首？類謂聲類。」以
類詁為聲類，有無證據？先生舉證云：「鄭君《周禮・序》曰：『就其原文
字之聲類。』〈夏官・序官〉注曰：『蔟，讀如鬃小兒頭之鬃，書或為夷，
字從類耳。』」[162]此兩則例證之類皆當訓為聲類，是類訓為聲類，於後漢
乃通用訓釋。然後先生緊接而道：「古者類、律同聲，以聲韵為類，猶言
律矣。」[163]為證明類律同聲，先生舉證道：「〈樂記〉律小大之稱，〈樂
書〉作類小大之稱。〈律曆志〉曰：『既類旅於律呂，又經歷於日晨。』又
《集韻》六術：『類、似也。音律。』此亦古音相傳，蓋類、律聲義皆相近
也。」[164]後人每批評先生「類謂聲類，首謂聲首」之言，名義雖不同，含
義無區別，認為許君不致重沓疊出，侷促於聲韻一隅。實則乃疏忽先生此段
文字之失也。假若只釋「類為聲類」則前所舉證，已足夠矣。後文「古者類
律同聲，以聲韵為類，猶言律矣。」一段文字，豈非蛇足！先生〈小學略
說〉云：「轉注云者，當兼聲講，不僅以形義言，所謂同意相受者，義相近
也；所謂建類一首者，同一語原之謂也。」[165]以聲韻為類者，猶言以聲韻
為規律也。是則建類一首，當為設立規律，使同語原。因為語原必以聲韻為
規律，方可確定是否同一語原。先生文云：「首者，今所謂語基。」首之訓
基，先生舉證云：「《管子》曰：『凡將起五音凡首。』原注：〈地員篇〉。
《莊子》曰：『乃中經首之會。』原注：〈養生主篇〉。此聲音之基也。《春

(161) 見章太炎先生撰，龐炎、郭誠永疏證：《國故論衡疏證・上卷・轉注假借說》（北京：中華書局，2008年6月），頁187。
(162) 見章太炎先生撰，龐炎、郭誠永疏證：《國故論衡疏證・上卷・轉注假借說》（北京：中華書局，2008年6月），頁187。
(163) 見章太炎先生撰，龐炎、郭誠永疏證：《國故論衡疏證・上卷・轉注假借說》（北京：中華書局，2008年6月），頁187-188。
(164) 見章太炎先生撰，龐炎、郭誠永疏證：《國故論衡疏證・上卷・轉注假借說》（北京：中華書局，2008年6月），頁187。
(165) 見章太炎先生：《國學略說・小學略說》（臺北：河洛圖書出版社，民國63年10月），頁12。

秋傳》曰：『季孫召外史掌惡臣而問盟首焉。』杜解曰：『盟首，載書之章首。』《史記・田儋列傳》：『蒯通論戰國之權變為八十一首。』首或言頭。《吳志・薛綜傳》曰：『綜承詔造祝祖文。權曰：「復為兩頭，使滿三也。」綜復再祝，辭令皆新。』此篇章之基也。《方言》：『人之初生謂之首。』初生者，對孳乳寖多，此形體之基也。」[166] 上述舉證，足明首訓為基，殆無疑義矣。是則一首者，同一語基之謂矣。語基即今人恆言之語根。

先生因云：「考老同在幽類，其義互相容受，其音小異，按形體，成枝別，審語言，同本株，雖制殊文，其實公族也。非直考、老，言壽者亦同。《詩・魯頌・閟宮篇》毛傳：「壽、考也。」循是以推，有雙聲者，有同音者，其條例不異，適舉考、老叠韻之字，以示一端得包彼二者矣。夫形者，七十二家改易殊體，音者，自上古以逮李斯無變，後代雖有遷譌，其大閡固不移。是故明轉注者，經以同訓，緯以聲音，而不緯以部居形體。」[167] 因為轉注是設立聲韻規律，使出於同一語根，意義大同，故可互相容受，在字形上雖屬不同之兩字，就語言說，屬於同一語根，雖然字形不同，其實為同一語族之同源詞。不過，推尋語根，不僅限於叠韻一端，從雙聲關係，或同音關係，均可推尋語根，因此論轉注之義，不可牽於形體，必須以同訓為首要條件，以同語根為必要條件。

如果意義相同，語根相同，而部首也相同，當然可稱為轉注。故章君云：「同部之字，聲近義同，固亦有轉注矣。許君則聯舉其文，以示微旨。如芌、蔴母也；蓲、芌子。古音同在之類。薑、薑也；薑、薑也；同得畾聲，古音同在之類。蓨、苗也；苗、蓨也。古音同在幽類。……」[168] 先生以為若此類轉注字，韻同而聲紐有異，在古本為一語，後乃離析為二。甚至有紐韻皆同，於古應為一字，但許君不說為同字，不列入重文。章君言其故云：「即紐韻皆同者，于古宜為一字，漸及秦漢以降，字體乖分，音

---

[166] 見章太炎先生撰，龐炎、郭誠永疏證：《國故論衡疏證・上卷・轉注假借說》（北京：中華書局，2008年6月），頁188。
[167] 見章太炎先生撰，龐炎、郭誠永疏證：《國故論衡疏證・上卷・轉注假借說》（北京：中華書局，2008年6月），頁188-189。
[168] 見章太炎先生撰，龐炎、郭誠永疏證：《國故論衡疏證・上卷・轉注假借說》（北京：中華書局，2008年6月），頁189-190。

讀或小與古異，《凡將》、《訓纂》相承別為二文，故雖同義同音，不竟
說為同字，此轉注之可見者。」[169]黃季剛先生《說文綱領》嘗云：「建類
者，言其聲音相類，一首者，言其本為一字。」[170]不過閱時漸久，小有差
異，前人字書，分為二文，許君於此類字，不說成同字，但就字之關聯言，
則必須以轉注之法加以溝通，此種情形，須用轉注，乃吾人顯明易知者也。
但是轉注之字，既出同一語根，自不局限於同一部首，只要聲近義通，雖部
首不同，文不相次者，亦轉注之例也。章君云：「如士與事，了與尥，丰
與莘，火與烷、燬，羊與羳，艸與跀，倞與勍，辛與愆，恫與痛、俑，敬與
憼，忌與惎誉，欺與諆，悥與悠，旓與游，夊、竣與蹲，頣與頵、睤，傑，
姝與妭，敝與幣，此類尤眾，在古一文而已。」[171]然亦有某類字，在古雖
為一字，其後聲音小變，或因聲調之差別，分作不同之字，但其類義無殊，
則亦屬於轉注之例。章君云：「若夫畐、葍同在之類。用、庸同在東類。
畫、挂同在支類。龔、恭同在東類……此于古語皆為一名，以音有小變，乃
造殊字，此亦所謂轉注者也。」[172]更有一類字，由於雙聲相轉，本來是一
字一義，後來孳乳分為二字，則更須轉注者予以溝通矣。章君云：「如屏與
藩，并與匕，旁與溥，亡與森，象與豫，牆與序，謀與謨，勉與懋、慔，敄
與緢、緬，楙、茂與森，改與撫，迎、逆與訝，攽與敏，笭與籠，龍與寵，
空與窠，丘與虛，決與瀹，⿱凵⿱凵與甹，逡與逮，但與裼，鴈與鵝，揣與娷，口
與圓、圜，回與囩，弱與柔，枀、㲋，芮與茸，冃與冡，究、竆與窮，誦與
讀，嫗與嫗，雕與鷻，依與㫃，爨與炊。此其訓詁皆同而聲紐相轉，本為
一語之變，益粲然可覩矣。若是者為轉注。類謂聲類，不謂五百四十部也。
首謂聲首，不謂凡某之屬皆從某也。」[173]章君之所以云類謂聲類，首謂聲

[169] 見章太炎先生撰，龐炎、郭誠永疏證：《國故論衡疏證·上卷·轉注假借說》（北京：中華書
　　　局，2008年6月），頁194-195。
[170] 見黃季剛先生口述，黃焯整理：《文字聲韻訓詁筆記·訓詁筆記·說文綱領》（上海：上海古
　　　籍出版社，1983年4月），頁79。
[171] 見章太炎先生撰，龐炎、郭誠永疏證：《國故論衡疏證·上卷·轉注假借說》（北京：中華書
　　　局，2008年6月），頁195-197。
[172] 見章太炎先生撰，龐炎、郭誠永疏證：《國故論衡疏證·上卷·轉注假借說》（北京：中華書
　　　局，2008年6月），頁197-201。
[173] 見章太炎先生撰，龐炎、郭誠永疏證：《國故論衡疏證·上卷·轉注假借說》（北京：中華書
　　　局，2008年6月），頁201-204。

首，乃因轉注一科，實為文字孳乳之要例，同一字而孳乳則謂之同源字，同一語而孳乳則謂之同源詞，同源字與同源詞之要素，音近義同，或音同義近，或音義皆同。故若聲韻紐位不同，則非建類也，聲韻紐位者，確定音同音近之規律也。語言根柢不同，則非一首也，一首者謂語言根源相同也。因為轉注為文字孳乳要例，故與造字之理有關，但並不能夠造字。故章先生云：「構造文字之耑，在一字者，指事、象形、形聲、會意盡之矣。如向諸文，不能越茲四例。」[174]

　　文末，章先生特別指明轉注假借乃造字之平衡原則，章君云：「轉注者，繇而不殺，恣文字之孳乳者也；假借者，志而如晦，節文字之孳乳者也。二者消息相殊，正負相待，造字者以為繇省大例。知此者稀，能理而董之者鮮矣。」[175]自休寧戴氏提出六書體用之分以來，四體二用之說，從違不一，非議之者，謂體用之分，不合班志「造字之本」一語。然蘄春黃季剛先生《說文綱領》曰：「按班氏以轉注、假借與象形、指事、形聲、會意同為造字之本，至為精碻，後賢識斯旨者，無幾人矣。戴東原云：『象形、指事、象聲、會意四者，字之體也；轉注、假借二者，字之用也。』察其立言，亦無迷誤。蓋考、老為轉注之例，而一為形聲，一為會意。令、長為假借之例，而所託之事，不別製字。則此二例已括於象形、指事、形聲、會意之中，體用之名，由斯起也。」又云：「轉注者，所以恣文字之孳乳，假借者，所以節文字之孳乳，舉此兩言，可以明其用矣。」[176]蓋指事、象形、形聲、會意四者為造字之個別方法；轉注、假借為造字之平衡原則。造字方法與造字原則，豈非「造字之本」乎！故太炎先生曰：「余以為轉注、假借悉為造字之則。」亦指此而言也。先師瑞安林景伊先生《訓詁學概要》[177]曰：「餘杭章君之說轉注，本之音理，最為有見，頗能去榛蕪而闢坦途，於

---

[174] 見章太炎先生撰，龐炎、郭誠永疏證：《國故論衡疏證‧上卷‧轉注假借說》（北京：中華書局，2008年6月），頁216。

[175] 見章太炎先生撰，龐炎、郭誠永疏證：《國故論衡疏證‧上卷‧轉注假借說》（北京：中華書局，2008年6月），頁205。

[176] 見黃季剛先生口述，黃焯整理：《文字聲韻訓詁筆記‧訓詁筆記‧說文綱領》（上海：上海古籍出版社，1983年4月），頁77-79。

[177] 見先師林尹先生：《訓詁學概要‧第二章‧訓詁與文字的關係》（臺北：正中書局，民國61年10月），頁34。

諸家之糾葛，一掃而空，明晰簡直，蓋無有出其右者矣。」[178]

㈥假借：

《說文·敘》云：「假借者，本無其字，依聲託事，令長是也。」

歷來言假借者，其條理之清晰者，無逾段玉裁。段玉裁《說文·敘》注云：

託者寄也，謂依傍同聲而寄於此，則凡事物之無字者，皆得有所寄而有字。如漢人謂縣令曰令長，縣萬戶以上為令，減萬戶為長。令之本義，發號也；長之本義，久遠也。縣令、縣長本無字，而由發號、久遠之義，引申展轉而為之，是謂叚借。許獨舉令長二字者，以今通古，謂如今漢之縣令、縣長字即是也。原夫叚借放於古文本無其字之時，許書有言以為者，有言古文以為者，皆可薈萃舉之。以者用也，能左右之曰以。凡言以為者，用彼為此也。如：[179]

𥝌 233：周所受瑞麥來麰也。二麥一夆，象其芒朿之形。天所來也，故為行來之來。洛哀切，來母，之部。

𨿳 158：孝鳥也。孔子曰：「烏、𣄰亏呼也。」取其助气，故為烏呼。哀都切，影母，魚部。

𤾩 150：古文鳳，象形。鳳飛群鳥從以萬數，故以為朋黨字。步登切，並母，蒸部。

𠄒 749：十一月昜气動萬物滋。人以為偁。即里切，精母，之部。

韋[237]：相背也。从舛囗聲。獸皮之韋，可㠯束物枉戾相韋背，故借㠯為皮韋。宇非切，匣母，微部

𠧧[591]：鳥在巢上也。象形。日在𠧧方而鳥𠧧，故因㠯為東𠧧之𠧧。先稽切，心母，諄部。

言以為者凡六，是本無其字，依聲託事之明證。本無來往字，取來麥字為之，及其久也，乃謂來為來往正字，而不知其本訓，此許說假借之明文也。

其云古文以為者：

洒[568]：滌也。从水𠧧聲。古文㠯為灑埽字。先禮切，心母，諄部。

疋[85]：足也。上象腓腸，下从止。…古文㠯為《詩》大雅字。所葅切，心母，魚部。

丂[205]：气欲舒出，ㄣ上礙於一也。丂古文㠯為亏字，又㠯為巧字。苦浩切，溪母，幽部。

臤[119]：堅也。从又臣聲。凡臤之屬皆从臤。讀若鏗鎗。古文㠯為賢字。苦閑切，溪母，真部。

㫃[315]：古文旅。古文㠯為魯衛之魯。力舉切，來母，魚部。

哥[206]：聲也。从二可。古文㠯為歌字。古俄切，見母，歌部。

詖[91]：辨論也。古文㠯為頗字。从言皮聲。彼義切，幫母，歌部。

𥄎[137]：目圍也。从䀠㔾，讀若書卷之卷。古文㠯為醜字。居倦切，見母，元部。

爰[162]：引也。从𠬪、从亏。籀文㠯為車轅字。羽元切，匣母，元部。

𢾭[127]：棄也。从攴𠷎聲。《周書》㠯為討。市流切，定母，幽部。

此亦皆所謂依聲託事也，而與來、烏、朋、子、韋、西六字不同者，本有字而代之，與本無字有異，然或叚借在先，製字在後，則假借之時，本無其字，非有二例。惟前六字則叚借之

後，終古未嘗製正字，後十字則叚借之後，遂有正字為不同耳。

許書又有引經說假借者，如：

㚻[619]：人姓也。从女丑聲。《商書》曰：「無有作㚻。」按：謂〈鴻範〉假㚻為好也。呼到切，曉母，幽部。

莧[146]：火不明也。从苜、从火。苜亦聲。《周書》曰：「布重莧席」。莧席、纖蒻席也。按：謂〈顧命〉假莧為蔑也。莫結切，明母，月部。

堲[696]：古文垐。从土即。《虞書》曰：「龍，朕堲讒說殄行。」堲、疾惡也。按：謂〈堯典〉假堲為疾也。疾資切，從母，質部。

圛[280]：回行也。从囗睪聲。《商書》曰：「曰圛。」圛者、升雲半有半無。按：謂〈鴻範〉假圛為駱驛也。羊益切，定母，魚部。

枯[254]：槁也。從木古聲。《夏書》曰：「唯箘輅枯」，枯、木名也。按：謂假枯槁之枯為木名也。苦孤切，溪母，魚部。(180)

此皆許偁經說叚借，而亦由古文字少之故，與云古文以為者正是一例。

大氐叚借之始，始於本無其字，及其後也，既有其字矣，而多為叚借，又其後也，且至後代譌字，亦得自冒於叚借。博綜古今，有此三變。以許書言之，本無難易二字，而以難鳥、蜥易之字為之，此所謂無字依聲者也。至於經傳子史，不用本字，而好用叚借字，此或古古積傳，或轉寫變易，有不可知。而如許書，每字依形說其本義，其說解中必自用其本形本義之字，乃不至矛盾自陷。而今日有絕不可解者，如：

㤅為愁，憂為行和，既畫然矣，而愁下不云㤅也，云憂也。

(180) 段玉裁於「枯」字下注云：「〈禹貢〉文。今《尚書》作『惟箘簬楛』。按惟作唯，轉寫誤也。輅當依竹部引書作簬，楛作枯，則許所據：《古文尚書》如是。竹部引書作楛非也。」

窒為室，塞為隔，既畫然矣，而室下不云窒也，云塞也。

但為裼，袒為衣縫解，既畫然矣。而裼下不云但也，云袒也。

如此之類，在他書可以託言叚借，在許書則必為轉寫譌字，蓋許說義出於形，有形以範之，而字義有一定，有本字之說解以定之，而他字說解中不容與本字相背，故全書譌字，必一一諟正，而後許免於誣。許之為是書也，以漢人通借絫多，不可究詰。學者不識何字為本字，何義為本義。雖有《倉頡》、《爰歷》、《博學》、《凡將》、《訓纂》、《急就》、《元尚》諸篇，楊雄、杜林諸家之說，而其篆文既亂襍無章，其說亦零星閒見，不能使學者推其本始，觀其會通，故為之依形以說音義，而製字之本義，昭然可知。本義既明，則用此字之聲而不用此字之義者，乃可定為叚借，本義明而叚借亦無不明矣。[181]

以上為段氏假借之說，下文接論轉注及假借之區別。

轉注與假借之區別：

1. 戴震〈答江慎修先生論小學書〉云：「數字共一用者，如初哉首基之皆為始，卬吾台予之皆為我，其義轉相為注曰轉注；一字具數用者，依於義以引伸，依於聲而旁寄，假此以施於彼曰假借。」[182]

2. 段玉裁於《說文·敘》：「保氏教國子先吕六書。」注曰：「異字同義曰轉注，異義同字曰叚借，有轉注而百字可一義也，有叚借而一字可數義也。」又於「六曰假借」注曰：「轉注專主義，猶會意也；叚借專主聲，猶形聲也。」[183]

3. 章炳麟〈轉注假借說〉云：「轉注者，絫而不殺，恣文字之孳乳者也；假借者，志而如晦，節文字之孳乳者也。二者消息相殊，正負相待，造字者以為絫省大例。」[184]

---

[181] 見漢·許慎著，清·段玉裁注：《說文解字注》（臺北：藝文印書館，民國62年8月），頁764。

[182] 見清·戴震：《戴東原集·卷三·答江慎修先生論小學書》（《百部叢書集成三編》，臺北：藝文印書館，民國60年），頁25。

[183] 漢·許慎著，清·段玉裁注：《說文解字注》（臺北：藝文印書館，民國62年8月），頁762、764。

[184] 見章太炎先生撰，龐炎、郭誠永疏證：《國故論衡疏證·上卷·轉注假借說》（北京：中華書

三、六書條例為中國文字構造之原則

　　黃季剛先生《說文略說》有〈論六書條例為中國一切字所同循不僅施於說文〉一節，云及「六書」乃一切文字構造之原則，其對徐鉉校《說文》所疑諸例，辨駁頗詳，先生云：

> 漢世俗書漸眾，故其釋字形，亦不本於古。以泉、貨為白水、真人，以卯金刀為劉，以日月為易，以千里草為董，以乙力土為地，以白下羊為皋。此皆在《說文·敘》所舉諸生廷尉謬說之外，以造字正義衡之，固為謬妄，察其離析之法，亦自合於解字之理，是諸字者，亦此曹意中之會意字也。自是以後，文武為斌，不可為叵，樊然淆亂，日有所增，而皆不能違六書之例。惟孫休為子立名，及梁四公子名，其字無從下筆，自餘皆可以六書說之。往張揖有《難字》、《錯誤字》諸書，今悉亡佚。今且就徐鉉校《說文》後附二十八字，所謂俗譌謬不合六書之體者說之，而六書之例，行於其中，已可見矣。[185]

　　其辨駁徐氏之例，茲補列徐氏原文，表述於下：[186]

字序	字例	徐鉉《說文》	季剛先生說解
1	疊[187]	字書所無，不知所從，無以下筆。《易》云：「定天下之亹亹。」當作娓。	徐氏以為不知所從，無以下筆。此字從文省，從釁聲，疊，隸變釁字也，此俗形聲字。

　　　　局，2008年6月），頁205。
[185]　見黃季剛先生：《黃侃論學雜著·說文略說》（上海：中華書局，1964年9月），頁12-13。
[186]　此二十八字見徐鉉校《說文解字·卷十五下》，徐氏云：「左文二十八俗書譌謬，不合六書之體。」
[187]　此字徐氏原文作「疊」。

2	个	亦不見義，無以下筆。《明堂》：「左右个者。」明堂，傍室也。當作介。	徐氏以為不見義，無以下筆。此字即「介」字隸變，變易字也。
3	暮	本作莫。日在茻下也。	徐氏云：「本作莫。」以六書論之，莫已從日，暮又加日，誠為肬贅；然喑又口，某已從木，楳又加木，困已從禾，稛又加禾，經典、《說文》並有此例。
4	熟	本作孰。享芽以手進之。	徐氏云：「本作孰。」此於從丮，㒸聲外，更加一形，為兩形一聲字；《說文》丮部：巩，重文作𢪒，或加手，即是其例。
5	捧	本作奉，从廾、从手、丰聲。經典皆如此。	徐氏云：「本作奉。」此與「暮」同說。
6	遨	本作敖，从出从放。	徐氏云：「本作敖。」來為行來之來，而古文有逨，《漢書》有倈，即是其例。
7	徘徊	本作裵回，寬衣也。取其裵回之狀。	徐氏云：「本作裵回。」此雙聲字，應訓為「般還」，一聲相變，然「灖㵟」即「摩莎」，而《說文》有專字，「蹢躅」即「彳亍」，而《說文》分為四文，「裵回」更製「徘徊」，亦不違孳乳之理。
8	迴	本作回。象回轉之形。	徐氏云：「本作回。」案：一，有重文弌；工有重文㤅；冂有古文向，或體坰；初文更加偏旁，非無此例。
9	腰	本只作要。《說文》象形，借為玄要之要。後人加肉。	徐氏云：「本只作要。」案：高，本從人象屋形，或作廩，則又加广、加禾。《說文》非無此例。
10	嗚	本只作烏。烏：盰呼也。以其名自呼，故曰「烏乎」，後人加口。	徐氏云：「本作烏。」案：「嗚呼」連語，而其本字只應用「乎」字，呼，外息也，無嘑叫義。必求本字，但宜作「嘑」耳。今乎既變為「嘑」，「烏」又何不可加口之有哉！
11	慾	《說文》欲字注云：「貪慾也。」此後人加心。	徐氏云：「此後人加心。」與「熟」同例。
12	揀	本只作柬。《說文》从束八。八，柬之也。後人加手。	徐氏云：「本只作柬。」與上同例。

13	俸	本只作奉。古為之奉祿。後人加人。自暮已下一十二字，後人妄加偏傍，失六書之義。	徐氏云：「本只作奉。」奉祿別為「俸」，猶畐滿變為「富」耳。彼亦可加，此何獨誤。
14	鞦韆	案：詞人高無際作〈鞦韆賦〉。序云：「漢武帝後庭之戲也。本云千秋，祝壽之詞也。語譌轉為秋千。」後人不本其意乃造此字。非皮革所為、非車馬之用，不合從革。	徐氏云：「非皮革所為，非車馬之用，不合從革。」案：鞦韆之索，容以革為，故孳乳加革旁。若云漢世始起，不應製字，無以解於「郫」篆，「郫」乃霍光所定漢俗篆也。
15	影	案：影者，光景之類也。今通用景，非毛髮藻飾之事，不當從彡。	徐氏云：「不當從彡。」案：影，始見葛洪《字苑》，曾為顏之推所譏。然形景連言，古今常語，形既從彡，景亦蒙之加彡。
16	斌	本作彬或份，文質備也。從文配武，過為鄙淺，復有從斌從貝者，音頵，亦於義無取。	徐氏云：「本作彬。」案：彬乃份古文，訓文質備也。此字始見魏明帝初公卿奏文武為斌，謹製樂名章斌之舞，然武虎為疏，見《周禮》，與此會意正同。
17	悅	經典只作說。	徐氏云：「經典只作說。」此如詩，或作悖。
18	藝	本只作埶。後人加艸、云，義無所取。	徐氏云：「本只作埶。」此又加芸；如䅘或從芸之例。
19	著	本作箸。《說文》：陟慮切。注云：「飯敬也。」借為任箸之箸，後人從艸。	徐氏云：「本作箸。」漢隸：艸、竹不分，此變易之例。
20	墅	經典只用野。野亦音常句切。	與「暮」同說。
21	蓑	蓑字本作蘇禾切。從衣、象形。借為衰朽之衰。	與「虞」同說。
22	賾	《周易疏義》云：「深也。」案：此亦假借之字，當通用嘖。	徐氏云：「當通用嘖。」案：《說文》當作嫧，隸從臣者，嘖或體讀，艸書之變易。
23	黌	學堂也。從學省，黃聲。《說文》無學部。	徐氏云：「無學部。」案：此「蒔」等字為部首之例。
24	黈	充耳也。從纊省，主聲。《說文》無纊部。	徐氏云：「無纊部。」案：可從黃。

25	矗	直皃。經史所無。《說文》無直部。此三字皆無部類可附。	徐氏云:「無直部。」案:可依三等字為部首之例。
26	麀	《說文》噳字。注云:「麋鹿群口相聚也。」《詩》:「麀鹿麌麌。」當用噳字。	徐氏云:「當用噳。」此用譚長說,「嘷」作「獆」之例。
27	池	池沼之池。當用沱,沱江之別流也。	徐氏云:「當用沱。」隸書,它、也偏旁多變易。

由上表可以得知,如徐氏之疑,或因添益偏旁,或因變易,或因聯綿,或因後起,或因隸變,或因異體,或因部首等因素,於六書皆可說之。然則,《說文》所載六書之說,非僅為解《說文》之篆而已,實為「中國一切字所同循」。不唯治《說文》當由六書始,治古今文字皆當由六書始矣。[188]

第四節　《說文》以前之字書

　　《說文》一書出於東漢,體例稱備,影響後世至鉅。然並非中國字書始於許氏,《說文》之前已多見字書編纂,許慎當前有所本,別創體例,究文字本源,遂能後出轉精耳。若據許氏〈敘〉整理,則如下之書皆早於《說文》:

一、周宣王太史籀著《大篆》十五篇,與古文或異。

二、秦之李斯作《倉頡篇》、趙高作《爰歷篇》、胡毋敬作《博學篇》,皆取史籀大篆,或頗省改。

三、漢之揚雄作《訓纂篇》,凡《倉頡》以下十四篇,凡五千三百四十字。

---

[188] 著者按:季剛先生此說當指文字結構可以六書解說者,若純為形體衍易之字,如「壻」之作「智」,則無法以六書說之,然欲識此類字,必先歸結所對應之正字,方可說之,故亦不違先生之說。

若另考諸《漢書・藝文志》，則除《史籀篇》、《蒼頡》七章、《爰歷》六章、《博學》七章外，另見司馬相如作《凡將篇》、史游作《急就篇》、李長作《元尚篇》及班固續揚雄作十二章。胡樸安氏《中國文字學史》曾據諸說歸納云：

> 周宣王時太史作《史籀篇》十五篇，實為文字書之最早者。至秦則李斯作《倉頡篇》、趙高作《爰歷篇》、胡毋敬作《博學篇》。漢合三篇，通謂之曰《倉頡篇》。斷六十字以為一章，凡五十五章，三千三百字。武帝時，司馬相如作《凡將篇》，元帝時，黃門令史游作《急就篇》，成帝時，將作大匠李長作《元尚篇》，平帝時黃門侍郎揚雄又作《訓纂篇》凡八十九章，五千三百四十字，六藝群書所載備矣。自《倉頡》至《訓纂》七篇，大體以三字、七字為句，亦間有四字為句者，句必協韻，以便讀者。《倉頡篇》之尚可徵者，有「考妣延年」、「幼子承詔」、「神先之術」諸言，皆四字句。《凡將》之可徵者，有「黃潤纖美宜禪制」、「淮南宋蔡舞嗙喻」、「鐘磬竽笙筑坎侯」皆七字句，皆與《急就篇》體例略同，此《說文解字》前之字書體例也。
> 東漢則班固有《太甲篇》、《在昔篇》，賈魴有《滂熹篇》，崔瑗有《飛龍篇》，蔡邕有《勸學篇》、《聖皇篇》、《女史篇》，亦其著者也。漢人又以《倉頡篇》、《訓纂篇》、《滂熹篇》合為三倉。[189]

然則《說文》之前字書可明矣。《說文》之後，字書發展，歷代不絕，如《玉篇》、《字林》，下迄《字彙》、《正字通》、《康熙字典》等，皆乃循《說文》而體制規模越見宏發。除此之外，亦見其他體例，黃季剛先

[189] 見載胡樸安：《中國文字學史上・第一篇・倉頡以下七篇》（臺北：臺灣商務印書館，民國60年4月），頁25-36。

生《說文略說》中有〈論字書編制遞變〉一至五節,將歷代字書編制概分九種:一曰六書之教,二曰附之訓詁,三曰編為章句,四曰分別部居,五曰以韻編字,六曰以聲編字,七曰計畫編字,八曰分類編字,九曰專明一類。[190] 由字書演變觀察《說文》,季剛先生明揭其要,說亦頗詳,足資參考。

第五節　字體之變遷

　　論究字體之變遷,多從古文始。相傳黃帝之史倉頡造字,則《說文》所列古文,固後世累增,當亦存載倉頡所造之文。茲據《說文》,略舉數例如下:

一 ≡ 二 ≡ 三 ≡ 五 ✕ 上 ⊥ 下 丅 且 ⠿ 電 ⠿ 阜 ⠿

《說文》中亦見同為一字之古文,互相歧異者,例如:

皆古文旁 　　　皆古文保 　　　皆古文仁

此或即許〈敘〉所謂「五帝三王之世,改易殊體」者也。初文草創之際,必多獨體,文字既簡,遂見假借,例如《說文》:

屮,古文以為艸。臤,古文以為賢。
丂,古文以為巧。洒,古文以為灑。

此即以一字代數字用也。又今所謂古文,並非一代所作,無論唐虞、夏商

---

[190] 黃季剛先生:《黃侃論學雜著・說文略說・論字書編制遞變一》(上海:中華書局,1964年9月),頁15。

周，凡文字造於大篆前者，皆古文也，至秦而絕。西漢得孔壁古文經，許氏當見，《說文》所列重文，即多引古文之形，故今所得見者，《說文》所載最宏。他若後人所輯，如衛宏《古文官書》一卷、郭顯卿《集古文》一卷、張揖《古文字詁》一卷、孫強、徐邈等，惜書已失傳，晉汲郡所得竹書，中多古文，今亦難見。故今之學者欲考古文，於《說文》外，惟於甲、金文求之矣。潘師石禪嘗謂古文可分三部分：一是載於經籍者，一是刻於甲骨者，一是鑄於銅器者，頗具其理也。[191]

　　大篆為周太史籀所作，共十五篇，故或稱「籀文」。《漢志》謂其與古文異體，《說文·敘》謂其與古文或異。[192]蓋史籀之字，當為古文流行以後之整理，故與古文有異有同，如《說文》：

　　　𣆪古文旁　　　　𤲬籀文旁²
　　　𤿊古文皮　　　　𤿌籀文皮¹²³

此二者則籀、古殊異，然亦有與古文同者：

　　　𠨍⁶¹⁸古文女字，而籀文妣作𡥉⁶²¹，即从𠨍，是籀、古不異也。

觀此可知籀文多本於古文。許書字之重文，有但舉古文不言籀文者，皆**籀文襲用古文者**也。然若深究之，籀文亦見特色，如：

(一)字多偏旁

　　　𧇛（蓐）⁴⁸ 𩎟（鞨）¹¹⁰ 𪁗（鷽）¹¹² 𧛓（臧）¹¹⁹ 𧆚（虘）⁶⁴⁴
　　　𪎭（酸）⁷⁵⁸

[191] 潘重規：《中國文字學》（臺北：東大圖書，民國82年3月），頁110。
[192] 《漢書·卷三十·藝文志》云：「《史籀篇》者，周時史官教學童書也，與孔氏壁中古文異體。」（殿本二十五史，頁886）《說文·敘》云：「及宣王大史籀著大篆十五篇，與古文或異。」段玉裁注云：「或之云者，不必盡異也，蓋多不改古文者矣。」（《說文解字注》，頁764）。

㈡字多重疊

〔字〕（炎）²² 〔字〕（融）¹¹² 〔字〕（敗）¹²⁶ 〔字〕（就）²³¹ 〔字〕（牆）²³³
〔字〕（車）⁷²⁷

舉斯二端，可知籀文多見合體。唐初所出之《石鼓文》，其中文字或以
為即為籀文，此說存疑，詳可參本書第六章。

東周以降，諸侯各國，如《說文・敘》所謂「言語異聲，文字異形」
也。例如春秋金文，「匜」字有多體：

《匽公匜》作〔字〕，《蔡侯申匜》作〔字〕，《曾子伯父匜》作〔字〕⁽¹⁹³⁾

三體各殊。近年來，戰國文字資料出土者多，於此時期文字，頗可徵矣。

小篆始於秦，許〈敘〉所謂取史籀大篆或頗省改，分述如下：

省者，省其複重也：省〔字〕為〔字〕²³¹，省〔字〕為〔字〕²⁸¹，省〔字〕為〔字〕¹⁸¹，省
〔字〕為〔字〕³²⁰。
改者，改其字構也：改〔字〕為〔字〕²⁶³，改〔字〕為〔字〕³⁵¹，改〔字〕為〔字〕⁵¹⁵，改
〔字〕為〔字〕⁴⁴⁴。

小篆非惟省改籀文，即於古文亦然：

省〔字〕為〔字〕²⁵⁰，省〔字〕為〔字〕⁴⁴⁴。
改〔字〕為〔字〕¹¹¹，改〔字〕為〔字〕¹¹⁷。

然小篆雖或見省改古、籀，卻未必皆然。今據《說文》纂例觀之，小篆與
古、籀並列者凡三：㈠凡《說文》先列小篆，不復云古、籀作某者，皆小篆

⁽¹⁹³⁾ 據高明：《古文字類編》（上海：上海古籍出版社，2008年8月），頁114。

同於古籀者也。㈡凡《說文》先列小篆，復云「古文作某」者，則小篆同於
籀文而異於古文者也；復云「籀文作某」者，則小篆同於古文而殊於籀文者
也。㈢凡《說文》於小篆之下，兼列古、籀二文，則此小篆當為秦人所創
者。

茲錄《說文》所列小篆及秦〈泰山刻石〉以明小篆之體。例如：

臣　斯　𣂑　昧　𢼸　𡔴　以上《説文》。

臣　斯　𣂑　昧　𢼸　𡔴　以上〈泰山刻石〉。[194]

小篆之外，《說文》所列，復有三體，一曰奇字，二曰或體，三曰俗字。

　　奇字者，古文之異體者也。例如：

　　　人，奇字作𠤎[409]；無，奇字作𣎵[640]。

奇字當亦出於古、籀，特字形與古、籀稍殊而已。

　　或體者，小篆之異體者也。例如：

　　　𥛱[8]，禂之或體；𩠐[13]，瑱之或體；𤪥[19]，珏之或體；𩰬[20]，氛之
　　　或體。

或體之字，其點畫稍異於小篆。或體之字，亦多古、籀。出於古文之證，如：

　　　《説文》𦀚[701]為疇字或體，而𦅻[59]下云：「𦅻，古文疇。」又
　　　𥺉[147]為牽字之或體，而𥢝[271]字為檵字之古文，字同从牽。

出於籀文之證，如：

《說文》肉[489]為戕字或體，而𠚴[116]字為籀文，字即从戈。崩[556]為淵字或體，而𣻃[620]字為姻字之籀文，字同从崩。

按字有正體、或體者，猶如今之所謂正字、異體耳。

俗體者，亦小篆之異體也。然或體多出於古、籀，而俗體則當為漢代通行之字，猶後世字書所謂今作某字耳。例如《說文》：

觵[188]，俗从光作觥；躬[347]，俗从弓作躬；褎[396]，俗从由作袖；
筎[410]，俗从竹作簪；扭[436]，俗从手作抑。

俗體亦當列屬於異體。

隸書始於秦，為隸人程邈所作，唐・張守節《史記正義・論字例》曰：「程邈變篆為隸。」[195]今觀漢碑之字，凡與篆體相遠而與楷書近者，皆隸書也。隸之視篆，體制不同，化圓為方，化曲為直是其義例。茲舉二字為例：

錄自〈史晨後碑〉[196]

八分書相傳為王次仲所作，王氏或言為秦人，或言為漢人，亦有以為八分書出於漢魏之際。至其名義，說法甚紛，《書苑》引蔡文姬之言，云：「割程隸字八分取二分，割李篆字二分取八分，於是為八分書。」[197]此為一說。唐・張懷瓘《書斷・八分》云：「楷隸初制，大範幾同，……蓋其歲深，漸若八字分散，又名之為八分。」[198]此又一說。概而言之，若以為八分書出於早，則介於篆隸之間；若以為八分書出於晚，則為漢隸之後續發展

[195] 見唐・張守節：《史記正義・論例・論字例》（附《史記》書後，殿本二十五史，臺北：藝文印書館），頁1367。
[196] 據（日）二玄社編：《大書源》（東京：株式會社二玄社，2007年）。
[197] 見宋・王應麟：《玉海・卷四十四・藝文・小學上》引。（《景印文淵閣四庫全書》，臺北：臺灣商務印書館）
[198] 唐・張懷瓘：《書斷・卷上・八分》（《景印文淵閣四庫全書》，臺北：臺灣商務印書館）。

也。

　　艸書興於秦末，若以筆勢言，「草」即為連筆之謂。漢‧趙壹云：「蓋秦之末，刑峻網密，官書煩冗，戰攻並作，軍書交馳，羽檄紛飛，故為隸草，趨急速耳。」[199] 是艸書乃隸書之變體，書寫較隸書簡易者也。或謂艸書始於史游，然據宋‧王愔曰：「漢元帝時，史游作〈急就章〉解散隸體麤書之，漢俗簡墮，漸以行之。」[200] 是謂〈急就章〉為章艸之始也。試列〈急就章〉字例於後：

　　急就奇觚文與眾異 錄自皇象〈急就章〉[201]

漢代以後，概以行文各字不相聯緜者為章艸，相聯緜者為今艸，又以艸書與楷書相近者，謂之為**行書**，如：

　　惠風和暢 集王羲之字[202]

　　楷書者，隸書之變體也，亦謂之**真書**，又名曰**正書**。六朝之間，有稱楷書為**今隸**，漢隸為**古隸**者，既得名為隸書，亦當為隸書之變體也。例如：

　　元 元詳造像記　亨 元暉墓誌　利 元珍墓誌　貞 高貞碑[203]

以上四字皆出魏碑。楷書一出，至唐大盛，配合字樣講究，終成後世書體之主流也，可參本書第五章。

---

[199] 見趙壹：〈非草書〉，載《歷代書法論文選》（上海：上海書畫出版社，1979年10月），頁1。
[200] 見唐‧張懷瓘：《書斷‧卷上‧章草》引。（《景印文淵閣四庫全書》，臺北：臺灣商務印書館）。
[201] 據（日）二玄社編：《大書源》（東京：株式會社二玄社，2007年）。
[202] 據（日）二玄社編：《大書源》（東京：株式會社二玄社，2007年）。
[203] 據（日）二玄社編：《大書源》（東京：株式會社二玄社，2007年）。

第六節　餘論及總結

　　黃季剛先生《說文略說》為先生民國八年（西元1919年）任教武昌高等師範學校時之講義，[204] 亦為今日所知黃先生於文字學體系最為完整之著作。文雖稱略，然其中據《說文》伸發之學理，堪稱精闢。茲於前述諸節亦酌參之，然其中足以研參之處仍多，故本節擇要說明，既補前述之不足，亦作為本章之總結。至於季剛先生研治文字學之條例與方法，則可參閱本書第四章。

壹、文字之變易與孳乳

　　黃季剛先生《說文略說》之〈論變易孳乳二大例〉一節，曾對文字所以演變之脈絡，概分為二，一為變易，一為孳乳。前者主以形變，後者則循聲音而發展。綜觀中國文字數量雖多，若析其演變脈絡，以此二者為要。季剛先生於此二例，各分三類，說法甚精，節引如下：[205]

一、變易

　　《說文・敘》曰：「以迄五帝、三王之世，改易殊體。」此變易之明文也。變易之例，約分為三：

(一)字形小變：如上，古文作⊥，指事也。篆則為𠄞，此但依據古文，偶加筆畫，實無意義。中，古文亦作𠁩（中本古文，據古文偏旁知之）。其中一曲，亦毫無所表也。……後來隸、草變更，與正字宛若二文，皆此例之行者也。

(二)字形大變，而猶知其為同：如冰與凝，後世以為二字者也，而《說文》以為同……不但此也，祀之與禩，一文也，使《說文》不以為重文，未嘗不可為二字也。瓊與璇，一文也，使《說文》不以為重文，未嘗不可為二

---

[204] 參滕志賢編：〈黃侃生平著述年表〉，收錄於《新輯黃侃學術文集》（南京：南京大學出版社，2008年11月），頁401-417。
[205] 黃季剛先生：《黃侃論學雜著・說文略說・論變易孳乳二大例》（上海：中華書局，1964年9月），頁6-10。

字也。凡《說文》所云重文，多此一類。後世俗別字之多，又此例之行者也。

(三)字形既變，或同聲，或聲轉，然皆兩字，驟視之，不知為同：天之訓為顛，則古者直以天為首，在大字中則天為最高，在人身中則首為最高，此所以一言天而可以表二物也。然與天同語者，有囟，聲稍變矣，由囟與天而有顛。此之造字，純乎變易也。顛語轉而有頂，有題，義又無大殊也。假使用一字數音之例，而云天又音囟，音顛，音頂，音題，又有何不可？是故囟、顛、頂、題，皆天之變易字也。而《說文》不言其同，吾儕驟視亦莫悟其同也。……後世造字，因聲小變而別造一文，又此例之行者也。

二、孳乳

　　《說文·敘》曰：「其後形聲相益，即謂之字；字者，言孳乳而寖多也。」是孳乳之明文。黃君以為此中亦有三類：

(一)所孳之字，聲與本字同，或形由本字而得，一見而可識者也：如由人而有仁，仁訓親也；然《說文》又有儿字，即古文奇字人，而訓仁人；是仁之語本於人也。……由水而有準，準，平也；水之性平，故準從水來。由雷而有纇，種類相似也；雷之聲同，故纇從雷來。此孳乳之字聲與本字同者也。

(二)所孳之字，雖聲形皆變，然由訓詁展轉尋求，尚可得其徑路者也：如諄云：告曉之孰也；諄與孰聲轉，而皆从臺聲，是以知諄之語亦由臺來也。皮云：剝取獸革者謂之皮；米下則云：分枲莖皮也；是二義相近，是以知皮之語當由米來也。……凡此類字，展轉推求，而踪跡自在。亦有一義而二原，同字而別解者，果得其觸理，求之亦非甚難也。

(三)後出諸文，必為孳乳，然其詞言之柢，難於尋求者也：名物諸文，如《說文》玉部、艸部中字，《爾雅·釋草》以下諸篇，不明其得名之由，則從何孳乳不可說，後世字書，俗別字多，苟其關於訓詁，大概可以從省併，惟名詞之字，不易推得本原，亦由名物之孳乳，自來解者甚少耳。

以上為季剛先生變易及孳乳見解，後世俗書所以滋多，蓋亦由此之故。季剛先生於《說文略說·論俗書滋多之故》一節亦見發抒。[206] 季剛先生以變易及孳乳二例，說明後世俗書滋多之因，對於觀察歷代文字流變，可謂深得其要者也。

貳、字體之分類

　　黃季剛先生於《說文略說》中，曾論及中國文字之字體分類，蓋從《干祿字書》分俗、通、正三體，《五經文字》、《九經字樣》兼載篆、隸、正、通、間舉訛謬，而後《佩觿》、《復古篇》、《字鑑》皆能依據正書，以訂俗誤。至清則有畢沅撰《經典文字辨證》，歸納五例：曰正、省、通、別、俗。季剛先生進而取證劉歆、許慎之言，得分古今二類八目。茲錄之於下：[207]

第一類：《說文》正字

㈠正：《漢書》稱《凡將》、《急就》、《元尚》皆《倉頡》中正字。《說文》敘篆文，合古籀，遂為正文之淵橢。今所謂正，並以《說文》正文為主。

㈡同：《說文》言五帝三王之世，改易殊體；又六國時，文字異形。今《說文》所載重文，皆此物也。

㈢通：咮、鯀、盉，各有本義，而皆可通用咮；甌、協、恊，各有本義，而皆可通用協。此出於轉注。

㈣借：難易之字不作戁，而作難；厚薄之字，不作洦，而作薄。此出於叚借。

第二類：《說文》後出字

㈤訛：《說文》所舉𨑃、彳、屮、丐四字是。[208]後世則如塏作聲，荅作答是。

㈥變：《說文》所舉篆、籀、省、改諸文是。後世則如淖為潮，莜為蓧是。

㈦後：《說文》犧下云：「賈侍中說，此非古。」[209]後世則如从弟有悌，从赴有訃是。

㈧別：《說文》所舉今字俗字，後世則如祝為呪，瑲作鏘是。

若從文獻觀之，文字類別當不僅於此八類，單是「異體字」即有眾多名稱，可見季剛先生所舉唯基礎耳，可據此而廣蒐之。

參、《說文》之依據

黃季剛先生於〈說文略說〉中，論及「說文所依據」，曾分為「六書之依據」、「字體之依據」及「說解之依據」三部分，[210]先生於「六書之依據」部分云：

> 《說文》一書，凡言象、言从者，皆解析文字；其言闕、或但言如此者，皆但知其為何字，而不知其下筆之理者也。惟其所言者，皆有所依據。凡字於六書屬何類，許君必有所據而言之，決非任意指為象形或指事、會意、形聲也。今且鈔解釋字形之文，在《說文》之前者，次錄《三倉》訓詁中言字體所从者；次錄鄭康成經注言字形者，以證《說文》言从某、象某之文，必有所宗，初無杜撰也。

按先生所舉諸例，「《說文》引者」如：[211]

[208] 此條字例，季剛先生原作𨑃、什、虫、尚四字，今據隸書資料取形。按：依《說文‧敘》，許氏之說，當偏於對時人妄解文字之態度，舉例指陳其非。
[209] 《說文解字》，頁53。原文「古」下有「字」字。
[210] 見黃季剛先生：《黃侃論學雜著‧說文略說》（上海：中華書局，1964年9月），頁29-35。
[211] 下文所列字例皆出季剛先生《說文略說》，原書無表，字例原為楷體，茲改為篆體；字例之《說文》頁碼（據段注本），則為著者所加。此僅為節錄，讀者可詳參原書。下同。

字序	字例	頁碼	說解	《說文》依據
1	王	9	董仲舒曰：古之造文者，三畫而連其中，謂之王；三者、天地人也，而參通之者王也。孔子曰：一貫三為王。	董仲舒
2	士	20	孔子曰：推十合一為士。	孔子
3	斨	45	从斤斷艸，譚長說。	譚長
4	厸	50	《韓非》曰：背厶為公。	《韓非》
5	乏	70	《春秋傳》：反正為乏。	《春秋傳》
6	歬	70	从是少，賈侍中說。	賈侍中
7	堲	104	漢文帝去其口以从土。	漢文帝
8	爲	114	王育曰：爪，象形也。	王育
9	貞	128	一曰：鼎省聲，京房所說。	京房
10	卉	129	从卜，从中，衛宏說。	衛宏

「《三倉》訓詁」如：[212]

字序	字例	頁碼	說解
1	玨	19	雙玉為珏，故字从兩玉。
2	爨	106	字从臼持缶，甑也。冂為竈口，廾以推柴內火。
3	圂	281	字从囗，豕在其中也。
4	賢	284	字从貝、卵。
5	壘	316	揚雄說：即《說文》所引。
6	孚	436	字从爪卪也。
7	厶	441	自營為私。
8	府	458	字本从彡，杜林改从寸也；杜林以為法度之字皆从寸，後改如是。
9	駛		字从馬史聲。[213]
10	焰	576	與冰同意，故字从仌。

---

[212] 讀者若欲知字例所據，可參見清·孫星衍所輯之《倉頡篇》（「叢書集成初編」，上海：商務印書館）。
[213] 按：《說文》並未收「駛」字。

「鄭注三禮」如：

字序	字例	頁碼	說解	鄭注三禮內容[214]
1	豐	210	其為字从豆，曲聲。	《儀禮注疏・卷十六・大射》：「厥明司宮尊于東楹之西。兩方壺。膳尊兩甒在南有豐冪。注：膳尊，君尊也。後陳之，尊之也。豐以承尊也。說者以為若井鹿盧，其為字從豆，曲聲，近似豆，大而卑矣。」（頁190）
2	槷	254	从木，熱省聲。	《周禮注疏・卷三十九・冬官考工記第六》：「直以指牙，牙得，則無槷而固；不得，則有槷必足見也。注：得謂倨句鑿內相應也。鄭司農云：『槷，椊也。蜀人言椊曰槷。』玄謂槷讀如涅，從木熱省聲。」（頁601）
3	齎	282	其字以齊、次為聲，从貝變易。	《周禮注疏・卷六・天官・外府》：「凡祭祀、賓客、喪紀、會同、軍旅，共其財用之幣，齎賜予之財用也。注：齎，行道之財用也。《聘禮》曰：『問幾月之齎。』鄭司農云：『齎或為資，今禮家定齎作資。』玄謂齎、資同耳。其字以齊次為聲，從貝變易，古字亦多或。」（頁99）
4	綜	651、662	杜子春云：綜當為糸旁泉。	《周禮注疏・卷四十・冬官考工記・鮑人》：「察其線，欲其藏也。注：故書『線』或作『綜』。杜子春云：『綜當為系旁泉，讀為綅，謂縫革之縷。』」（頁621）
5	紝	658	古緇，以才為聲。[215]	《周禮注疏・卷十四・地官・媒氏》：「凡嫁子娶妻，入幣純帛，無過五兩。注：純，實緇字也。古緇以才為聲。」（頁217）

[214] 本欄內容為著者所加。夾注頁碼據《十三經注疏》本（臺北：藝文印書館）。
[215] 按《說文》「緇」下段注云：「〈玉藻〉大夫佩水蒼玉而純組綬。注：純當為緇，古文緇字或作糸旁才。又《周禮・媒氏》純帛。注：純實緇字也。古緇以才為聲。〈繫統〉王后齍於北郊，以供純服。注：純以見繒色。《論語》今也純。鄭讀為緇。鄭意今之紂字，俗譌為純耳。然則，許書當為紂篆，解云：古文緇從糸才聲。而缺者，豈從今書，不從故書之例與！」

先生於「字體之依據」部分云：

〈序〉曰：「倉頡之初作書，蓋依類象形，故謂之文。其後
形聲相益，即謂字。」又曰：「以迄五帝三王之世，改易殊
體。」又曰：「宣王太史籀著大篆十五篇，與古文或異。」
又曰：「孔子書六經，左丘明述《春秋傳》，皆以古文。」
又曰：七國「文字異形。」又曰：李斯《倉頡》等三篇，
「皆取古文大篆或頗省改，所謂小篆者也。」又曰：「秦書
有八體，一曰大篆，二曰小篆。」又曰：「揚雄作《訓纂
篇》。」又曰：「《倉頡》已下十四篇，凡五千三百四十
字。」又曰：「亡新頗改定古文，時有六書：一曰古文，孔
子壁中書也；二曰奇字，即古文而異者也；三曰篆書，即小
篆。」又曰：「北平侯張蒼獻《春秋左氏傳》。」又曰：
「郡國亦往往於山川得鼎彝，其銘即前代之古文，皆自相
似。」又曰：「今敘篆文，合以古籀。」綜上所言，則《說
文》以小篆為質，[216]而益以古文，及奇字，及古文異體，及
大篆異體，及篆書異體，及後所改定，及鼎彝之銘。實萃集
倉頡造書以來迄於漢世文字之大成。如或有遺漏，則為編者未
周，或見聞亦有不及耳。今如謂《說文》為已完具，則《說
文》偏旁有而正篆無者已多；如謂《說文》為祇據小篆，而
不識古文，則顯與〈序〉文不合。折衷立論，當云《說文》
為據六書以解釋字體之書，漢以前文字已略具於是；繼此而
有發見，當以補苴罅漏，而不可妄破《說文》。斯為平情之
言歟！

先生曾略疏《說文》所載字屬於古籀篆者，略舉數例如下：

古文：

弌[1]：古文一。案於正篆下言古文某者，其正篆不定是小篆，正篆下言
　　籀文某者同。

丄[1]：此古文上。此以古文為正篆之明證。

𠂹[2]：亦古文旁，此古字多或之證。

𧖫[18]：《夏書》：玭從虫賓。凡引經者多是古文。引全句者同。

屮[22]：古文或以為艸字。此明古文通借，籀文通借同。

（下略）

籀文：

𠂹[2]：籀文旁，此籀文之首見於《說文》者。

艸部[45]：蒜篆後有一行云：「左文五十三，大篆從茻。」據此，是芥下
　　　　諸字皆有一從茻之大篆。

𦷾[47]：籀文蓬省。案已有大篆蓬，又有此𦷾，是籀文亦多或。

𦺞[162]：籀文以為車轙字，此明籀文通借。

奭[139]：燕召公名，《史篇》名醜。案此稱《史篇》；然揚子雲曰：
　　　　「《史篇》莫善於《倉頡》，作《訓纂》。」是《倉頡》亦稱
　　　　《史篇》。此《史篇》未必即《史籀》。

（下略）

篆文：

丄[2]：篆文上。此稱篆文之首見者，又可為篆文亦作重文之證。

禩[4]：祀或從異。此不能斷其為古、籀、篆，而但稱為或者。然《周
　　禮》故書已有禩字，是古文也。凡稱或者，中有古籀文，以是例
　　之。

𤳙[33]：司馬相如說：薐從遴。凡稱某說者，多非《倉頡》中字，則亦古
　　籀也。

犧[53]：賈侍中說：此非古字。既云非古字，則古籀文無之。古蓋以獻為
　　犧；《司尊彝》：獻尊，先鄭注：獻讀為犧可證。

對[104]：漢文帝以為責對而為言，多非誠對，故去其口以從士。此篆體中
　　有漢世所改之明證。

（下略）

對於所疏《說文》字體言所出者，並無一條稱某彝之文。季剛先生以為其由有二：

> 一則古時鼎彝所出本少，見於史者，獨有美陽、仲山父二鼎而已。當時拓墨之法未興，許君未必能遍見，故《說文》中絕無注出某彝器者。二則〈敘〉云：鼎彝之銘「即前代之古文，皆自相似。」《說文》中所云古文者，必有鼎彝與壁中之相類似者；既以孔氏古文為主，則鼎彝可略而不言。若謂《說文》竟無鐘鼎，又非也。

先生於「說解之依據」部分云：

> 〈序〉曰：「博采通人，至於小大，信而有徵，稽譔其說。」又曰：「其偁《易》孟氏，《書》孔氏，《詩》毛氏，《禮·周官》，《春秋》左氏，《論語》，《孝經》皆古文也。」又曰：「其於所不知，蓋闕如也。」又曰：「聞疑載疑。」許沖上書云：「先帝詔侍中騎都尉賈逵修理舊文，臣父故南閣祭酒慎本從逵古學。」又曰：「慎博問通人，攷之於逵，作《說文解字》，六藝群書之詁皆訓其意。」據此諸文，是《說文》中之說解與引書，皆有憑據；其有疑殆，丘蓋不言，而無一字之鑿空。故許君云：「遵守舊文而不穿鑿，……非其不知而不問，人用己私，巧說衺辭，使天下學者疑。」世顧謂《說文》之訓，多不與常訓合，遂疑許君有獨刱之見；此大非矣。

先生亦嘗疏《說文》所引諸家說解及六藝以外群書。茲略舉如下：
《說文》所引諸家說解，如：
董仲舒王、蠭。

孔子王、士、羊、烏、黍、儿、貉、犬、狗。

尹彤屮。

淮南子芸、畜、蜩、蠿。

司馬相如芎、𨘷、鞇、嗙、䳄、䲭、蔂、㦿、蚼、蝬、轞。

杜林董、荄、蓋、畀、構、朩、㝵、怯、湑、耿、娸、㚇、㜣、䶩、黿、榦、軎。

劉向蔞。

譚長䜟、獔、造、叚、牖、辿、䀀。

賈侍中䑲、䞣、迹、蹢、謓、檷、穛、稽、驁、囧、𥄎、卮、豫、㜭、毒、隉、亞、㠯、

酏。

傅毅讋。

（下略）

《說文》所引書，如：六藝不計。

《老子》盅。

《漢律》祉。

《逸周書》沶、又貑下《周書》。

《墨子》緗。

《五行傳》痾。

《爾雅》瑗。

逸《論語》瑮。

《春秋國語》珠。

《楚詞》菩。

《孝經說》仌。

（下略）

肆、駁孫詒讓、顧炎武之說

由上節所引黃季剛先生之文觀之，誠如先生所云：「《說文》之為書，蓋無一字、無一解不有所依據，即令與它書違悖，亦必有其故。其說解不見它書者，由它書既不盡用本字，則本義亦無由楬明也。近世人或目《說文》

為專載小篆，而古文、大篆未為完備；或稱《說文》說解穿鑿勦說之失；皆不識《說文》之真義者也。」[217]先生所云，蓋指如孫詒讓《名原‧序》及顧炎武《日知錄》之所言。茲舉孫氏之說如下，並附季剛先生之辨駁於後。孫氏云：

> 今《說文》九千文，則以秦篆為正；其所錄古文，蓋捃拾漆書經典及鼎彝款識為之；籀文則出於《史篇》，要皆周以後文字也。倉沮舊文，雖襍廁其閒，而叵復識別。況自黃帝迄於秦，夐歷八代，積年數千；王者之興，必有所因於故名，亦必有所作於新名；新故相襲，變易孳益，巧歷不能計，又孰從而稽覈之乎？自宋以來，彝器文閒出，攷釋家或據以補正許書之譌闕，邇年又有龜甲文出土，尤簡淆奇詭。[218]

又云：

> 李斯之作小篆，廢古籀，尤為文字之大厄。蓋秦漢閒諸儒，傳讀經典，已不能精究古文……《書》、《詩》傳自伏生、毛公，《左氏春秋》上於張蒼；大毛公當六國時，前於李斯；伏固秦博士，張則柱下史，咸逮見李斯者；三君所傳，尚不無舛駁。斯之學識，度未能遠過三君，而迺奮肊制作，徇俗蔑古，其違失倉、史之恉，甯足責邪？[219]

季剛先生駁曰：

> 《說文》雖以小篆為正，實兼晐史皇以降之書。試以字數明

---

[217] 見黃季剛先生：《黃侃論學雜著‧說文略說》（上海：中華書局，1964年9月），頁24-25。

[218] 清‧孫詒讓：《名原》（《四部未收輯刊》影印清光緒三十一年刻本，北京：中華書局），頁318。

[219] 同前注。

之：李斯《倉頡》、趙高《爰歷》、胡毋敬《博學》，漢時合為一篇，斷六十字以為一章，凡五十五章，是小篆總數僅得三千三百字耳。《說文》之數，正篆則溢九千，重文亦逾千數，較之秦篆，三倍而強；是知正文之中，不少古籀。今孫氏漫云：《說文》九千文則以秦篆為正，此其不攷，一也。

小篆之文，並非李斯別出新意，有所制作，如孫休、武瞾之為也。《說文‧序》曰：「六國之時，文字異形，秦并天下，丞相李斯乃奏同之，罷其不與秦文合者。」夫云「罷其不與秦文合者」，則必留其與秦文合者矣；此所留者，秦固有之文，非斯所手造也。今以《說文》古籀旁證，有同於《說文》所載古籀者，亦有同於《說文》正篆者；是則正篆本於古籀，較然明白矣。古文諸字，雖未必盡出軒轅，除公、厶、禿諸字，造自倉頡，明文可見者；獨體諸文，勢不得造於後世。孫氏乃云《說文》所載古籀要皆周以後文字；此其不攷，二也。

《說文》之於古文，則受之賈逵；而稱《易》孟氏，以及《論語》、《孝經》皆古文；於籀文，則本之王育；於山川所得鼎彝，則云其銘即前代之古文，皆自相似；所謂皆自相似者，必彼此參互而定之，又證之於壁經《左傳》也。〈序〉又曰：「必遵修舊文而不穿鑿。」又曰：「非其不知而不問，人用己私，是非無正，巧說衺辭，使天下學者疑。」又曰：「博采通人，至於小大，信而有證。」又曰：「聞疑載疑。」許沖上《說文》書曰：「博問通人，攷之於逵。」據此諸文，是《說文》於篆書外，所載古籀、鼎籀，無一臆說。今自宋以來，彝器踊盛；近日甲骨諸文，出自泉壤；雖其物未必皆贗，而說者紛紜，無師以正。漢世說經者，於《古文尚書》十六篇，《逸禮》三十九篇，以無師說，稱之曰逸。輓近古器，慮亦同茲，即偶有一二明白可信者，尚當在

慎取之列。孫氏遽取此等後出之文，欲以陵駕許書之上；此
其不攷，三也。

李斯用小篆，而未嘗廢古文；故秦書八體有大篆，古文在
大篆中也。即令廢由李斯，伏生、毛公、張蒼未必遂用李
斯，忘其師授。今云「秦漢間諸儒傳讀經典，已不能精究
古文」，是直視伏生輩皆老而善忘之師丹矣。且李斯作小
篆，皆取《史籀》大篆，或頗省改者。省改之迹，明見《説
文》，自餘無變焉。今云李斯「奮肊制作」；此其不攷，四
也。[220]

以上即為先生駁正孫氏之說。

按許氏之《說文》，向為學者推崇，然亦見質疑者，孫氏之說可謂代
表。孫氏既疑《說文》收字所據，並述及以古文字資料證之《說文》，多
見參差，此即為《說文》一書，於今日最受疑議者。蓋以甲金文證之《說
文》，因見參差，論者遂以茲非議許氏。客觀而論，甲金文之形與今楷差距
實遠，今世所以能推究古文字者，《說文》正為津梁。文字流變，代見差
異，《說文》篆形，既能上承古脈，下為楷源，又如何言為無據。季剛先生
之辨駁，誠允也。即若顧炎武於《日知錄》中所云：

自隸書以來，其能發明六書之指，使三代之史，尚存於今
日，而得以識古人制作之本者，許叔重《說文》之功為大。
後之學者，一點一畫，莫不奉之為規矩。而愚以為亦有不盡
然者。且以六經之文，左氏、公羊、穀梁之傳，毛萇、孔安
國、鄭眾、馬融諸儒之訓，而未必盡合。況叔重生于東京之
中世，所本者不過劉歆、賈逵、杜林、徐巡等十餘人之說，
而以為盡得古人之意，然與否與？一也。五經未遇蔡邕等正

---

[220] 黃季剛先生：《黃侃論學雜著・說文略說・論說文所依據中》（上海：中華書局，1964年9
月），頁26-28。

定之先，傳寫人人各異，今其書所收，率多異字，而以今經校之，則《說文》為短。又一書之中，有兩引而其文各異者，後之讀者將何所從？二也。流傳既久，豈無脫漏？既徐鉉亦謂，篆書堙替日久，錯亂遺脫，不可悉究，今謂此書所闕者，必古人所無，別指一字以當之，改經典而就《說文》，支離回互，三也。今舉一二評之。如秦、宋、薛，皆國名也。秦，从禾，以地宜禾，亦已迁矣；宋，从木為居；薛，从辛為皋；此何理也？《費誓》之費，改為茀，訓為惡米；武王載斾之斾，改為坺，訓為畬土；威為姑，也為女陰，殷為擊聲，困為故廬，普為日無色，此何理也？貉之為言惡也，視犬之字如畫狗，狗、叩也，豈孔子之言乎？訓有，則曰不宜有也。《春秋》書日有食之。訓郭，則曰，齊之郭氏，善善不能進，惡惡不能退，是以亡國，不幾於勦說而失其本指乎？居為法古，用為卜中，童為男有皋，襄為解衣耕，弔為人持弓會敺禽，辱為失耕時，臾為束縛捽絏，罰為持刀罵詈，勞為火燒門，宰為皋人在屋下執事，冥為十六日月始虧，刑為刀守井，不幾於穿鑿而遠於情理乎？武瞾師之而制字，荊公廣之而作書，不可謂非濫觴于許氏者矣。若夫訓參為商星，此天文之不合者也。訓亳為京兆杜陵亭，此地理之不合者也。書中所引樂浪事數十餘，而他經籍反多闕略，此采摭之失其當者也。

今之學者，能取其大而棄其小，擇其是而違其非，乃可謂善學《說文》者與！[221]

先生亦引孫星衍之說，加以辨駁。孫氏〈與段大令若膺書〉云：

---

[221] 清・顧炎武：《日知錄・卷二十二・說文》（《原抄本日知錄》，臺南：平平出版社，民國63年1月），頁611。

僕少讀《水經注》，稱許氏字說專釋于篆而不本古文，怪
酈道元讀書鹵莽，并〈說文敘〉中所云「今敘篆文，合以
古籀」之言，都未寓目。及見顧炎武《日知錄》指駁《說
文》，又可撫掌。今舉其一二。如駁《說文》「郭」字云：
「齊之郭氏，善善不能進，惡惡不能退，是以亡國。」此出
《新序》。蓋郭字，國名，因述其國之事，用劉向說也。又
駁《說文》「弔」字，云：「人持弓，會敺（毆）禽。」此
出《吳越春秋》陳音之言。皆非許叔重臆說，顧氏未能遠
考。又「奊」字為束縛捽抴，則即《漢書》「瘐死獄中」本
字，無足異者。至詆《說文》參為商星，為不合天文；亳為
京兆杜陵亭，為不合地理；則顧氏尤疏陋。據《說文》參商
為句，以注字連篆字讀之，下云「星也」，蓋言參、商俱星
名。《說文》此例甚多，如「偓佺，仙人也」之類，得讀
「偓」斷句，而以「佺仙人」解之乎？若亳為京兆杜陵亭，
出《秦本紀》。寧公二年，遣兵伐蕩社；三年，與亳戰。皇
甫謐云：「亳王號湯，西夷之國。」《括地志》：「按其國
在三原、始平之界。」《說文》指謂此亳，非《尚書》「亳
殷」之「亳」。彼亳，古作薄字，在偃師；惟杜陵之亳，以
亭名，而字從高省，此則許叔重說文字必用本義之苦心。顧
氏知亳殷之亳，不省亳王之亳，可謂不善讀書，以不狂為狂
矣。[222]

孫氏之辨，可謂擲地有聲，然抑或有人仍以顧氏之說，非無道理，蓋《說
文》說解之疑，豈若顧氏所舉諸例而已？然許氏唯一人，說解唯一時，博采
通人，信而有徵，當僅囿於當時之環境；析形解義，亦僅限於能見之篆。形
既非遠古，義又有所囿，後人如何能以古往今來苛求之？古文經學家，視經

---

[222] 清・孫星衍：《孫淵如詩文集・問字堂集・卷四・與段大令若膺書》（《四部叢刊續編》，臺北：臺灣商務印書館），葉九。

為史，言求有據，信以許氏之經學背景，必當如此。否則，縱索求無稽，亦可隨意發抒，何來從闕之說？《說文》既為駁正俗鄙而撰，則必有如經史之講究，撰作之際，當求形音義皆有據矣。此即為《說文》之價值。有此一書，上可沿波討源，溯古文之端緒；下可振葉尋根，得隸楷流變之淵藪。故曰探究中國文字，無論古今，皆當以《說文》為發軔，為津梁，捨此則莫由也。

第二章
《說文解字》本書之條例

　　關於《說文》條例，呂景先氏嘗撰《說文段註指例》一書（1946），據段注歸納許書之例及段氏作注之例。茲參考其法，據《說文》原書及段注注文，分章歸納《說文》本書條例及段注《說文》條例。其中標目或與呂氏相同，乃承前輩之說，不敢妄斷耳。

第一節　分部立文之條例

一、部之前後，以形相近為次；文之先後，以義相引為次

　　《說文解字·敘》曰：「據形系聯，引而申之。」段玉裁注[1]：「謂五百四十部次弟，大略以形相連次，使人記憶易檢尋，如八篇起人部，則全篇三十六部皆由人而及之是也。雖或有以義相次者，但十一而已。部首以形為次，以六書始於象形也；每部中以義為次，以六書歸於轉注也。」[2]

　　又一篇一部後「文五重一」下段注云：「凡部之先後，以形之相近為次。凡每部中，字之先後，以義之相引為次。《顏氏家訓》所謂隱栝有條例也。《說文》每部自首至尾，次第井井，如一篇文字。如一而元，元始也，始而後有天，天莫大焉，故次以丕，而吏之从一終焉是也。」[3]

二、凡一字有他字从之者，必為立部

　　《說文》：「玨[19]、二玉相合為一玨。凡玨之屬皆从玨。」段注：「因

---

[1]　本章凡段玉裁注皆簡稱為段注。
[2]　《說文解字注》，頁789。
[3]　《說文解字注》，頁1。

有班瑸字，故珏專列一部，不則綴於玉部末矣。凡《說文》通例如此。」蘸[48]篆下段注云：「此不與艸部五十三文為類，而別立蘸部者，以有薅字從蘸故也。」然亦間有省併者。如橐[50]、二余也。下云「文十二重一」。段注云：「橐之音義同余，非即余字也。惟橐從二余，則《說文》之例，當別余為一部，上篇蘸薅不入艸部是也。容有省併矣。」

三、文體不一，或有從此者，或有從彼者，如此即雖為一字，亦必析為二

《說文》：「巾[503]、籀文大，改古文。」段注：「謂古文作大，籀文乃改作巾也。本是一字，而凡字偏旁或從古或從籀不一，許為字書，乃不得不析為二部，猶人儿本一字，必析為二部也。」《說文》：「大[496]古文巾也。」段注：「大下云，古文巾；巾下云，籀文巾。此以古文籀文互釋，明祇一字，而體稍異，後來小篆偏旁或從古或從籀，故不得不殊為二部，亦猶從儿從𠈃必分系二部也。」《說文》𠈃[409]下段注云：「同字而必異部者，異其從之之字也。」

四、會意字之入部，以所重者為主

《說文》：「鉤[88]、曲鉤也。從金句、句亦聲。」段注：「按句之屬三字，皆會意兼形聲，不入手、竹、金部者，會意合二字為一字，必以所重為主，三字皆重句，故入句部。」

五、每部中字之先後相屬，義必相近

《說文》：「儓[370]、埶也，材過萬人也。」段注：「以上七字大徐作傲也二字，非古義，且何不與傲篆相屬而廁之俊篆下乎？二篆[(4)]相屬則義相近，全書之例也。」《說文》：「誻[100]、訟也。」段注：「訟、各本譌說，今依《篇》、《韵》及《六書故》所據唐本正。《爾雅‧釋言》、《小

___
(4)　此字經韵樓刊本段注作「傳」，當訛。

雅・魯頌》、《傳》、《箋》皆云:『訩、訟也。』按下文系之云『訟、爭也。』《說文》之通例如是。」

六、說文分部通例,以義為次,惟上諱必列于部首之下一字,所以尊君也

《說文》:「祜²、上諱。」段注:「言上諱者五,禾部秀,漢世祖名也;艸部莊,顯宗名也;火部炟,肅宗名也;戈部肇,孝和帝名也;祜、恭宗名也;殤帝名隆不與焉。……計許君卒於恭宗已後,自恭宗至世祖,適五世,世祖已上,雖高帝不諱,蓋漢制也。此書之例,當是不書其字,但書上諱二字,書其字,則非諱也。今本有篆文者,後人補之,不書,故其詁訓形聲俱不言。假令補之,則曰:『祜、福也。从示古聲。』祜訓福,則當與祿、禠等為類,而列於首者,尊君也。」

七、難曉之篆,先於易知之篆

《說文》:「軜⁷²⁹、車網轙也。」段注:「此篆在輈篆之先,故輈篆下但云車旁,而不言網。凡許全書之例,皆以難曉之篆先於易知之篆。如輯下云:『車輿也。』而後出輿篆,軜下云:『車網轙也。』而後出轙篆是也。」

八、全書之例,先人後物,如為部首,則雖屬物,亦必先之

《說文》:「💧¹⁶⁹、胾肉。」段注:「《說文》之例,先人後物,何以先言肉也?曰以為部首,不得不首言之也。」又:「💧¹⁷¹、臂。羊豕曰臑。」段注:「許書嚴人物之辨,人曰臂,羊豕曰臑。……不曰『羊豕臂曰臑』,而先言臂者何也,尊人也。」又「💧¹⁷¹、肥也。」段注:「按肥當作脂,脂字不廁於此者,許嚴人物之別。」

九、字體之先後，則以先篆文而古籀為正例，先古籀後篆文為變例，變例之興，或起於部首，或由於尊經

《說文》：「尽[688]、取撝而言也。从二，二、耦也。从弓，弓古文及字。」段注：「許以先篆後古籀為經例，先古籀後篆為變例，變例之興，起於部首。」《說文》：「𣎳[128]、易卦之上體也。」段注：「許書以先小篆後古文為正例，以先古文後小篆為變例，曷為先古文也。於其所從糸之也。」《說文》：「二[1]、高也。此古文上，指事也。」段注：「凡《說文》一書，以小篆為質，必先舉小篆，後言古文作某，此獨先舉古文，後言小篆作某，變例也，以其屬皆从古文上，不从小篆上，故出變例而別白言之。」《說文》：「𦜘[346]、篆文呂从肉旅聲。」段注：「呂本古文，以古文為部首者，因躳从呂也。此二部之例也。」《說文》：「龜[686]、古文从𠔼。」段注：「古文各本作篆文，今依《玉篇》正，凡先古籀後篆者，皆由文勢不得不尒，此非其比也。」《說文》：「槷[251]、槎識也。」段注：「《說文》之例，先小篆，後古文，惟此先壁中古文者，尊經也。」《說文》：「鬲[138]、𩰫也。」段注：「《說文》之例，敘篆文合以古籀，鬲者古文，非小篆也，何以廁此也？凡《書》、《禮》古文，往往依其部居錄之，不必皆先小篆後古文，亦不必如上部之例，先古文必糸以小篆，所以尊經也。」

十、至於古籀二者之次，則先籀文後古文

《說文》：「𦉭[744]、侌數也。𣎴、古文四如此，三、籀文四。」段注：「按《說文》之例，先籀文，次古文。此恐轉寫誤倒。」

第二節　行文屬辭之條例

一、凡篆一字，先訓其義，次釋其形，次釋其音

《說文》：「𡴀[1]、始也。从一兀聲。」段注：「凡文字有義有形有音，《爾雅》已下義書也；《聲類》已下音書也。《說文》形書也。凡篆一

字，先訓其義，若始也、顚也是；次釋其形，若从某某聲是；次釋其音，若某聲及讀若某是。合三者以完一篆，故曰形書也。」

二、先舉篆之从某从某，或从某某聲，然後釋其从某之故

《說文》：「醫[757]、治病工也。从殹、从酉。」段注：「四字各本無，今補。許書之例，必先舉篆之从某从某，或从某某聲，而下又釋其从某之故，往往云：故从某者是也。」

《說文》：「瑱[13]、已玉充耳也。」段注：「凡字从某為某之屬，許君必言其故。」

三、屬辭之法，凡數篆相屬，皆言某甲義，而後釋某甲曰某乙也

《說文》：「㩜[614]、拘擊也。」段注：「以下十七篆皆言擊，而取後釋擊曰扑。許書文法往往如是。」

第三節　說解文字之條例

一、以說解釋文字

《說文》：「屼[443]、屼山也。」段注：「許書之例，以說解釋文字，若屼篆為文字，屼山也為說解，淺人往往氾謂複字而刪之。如『髦』篆下云：『髦髮也。』『崧』篆下云：『崧周。』『河』篆、『江』篆下云：『河水、江水』皆刪一字，今皆補正。」

二、全書說解或言詞，或言意，或錯見。意者、文字之義也，詞者、文字之形聲合也

《說文》：「䚐[434]、意內而言外也。」段注：「有是意於內，因有是

言於外，謂之䛐。此語為全書之凡例。全書有言意者，如歐[5]、言意；欿、無腸意；歉、悲意；然、䰞意之類是也。有言䛐者，如吺、詮䛐也；者、別事䛐也；皆、俱䛐也；咠、䛐也；魯、鈍䛐也；晳、識䛐也；曾、䛐之舒也；乃、䛐之難也；尒、䛐之必然也；矣、語已䛐也；弞、兄䛐也；夸、驚䛐也；媧、芔惡驚䛐也；魁、芔鬼驚䛐也；臮、眾與䛐也之類是也。意即意內，䛐即言外，言意而䛐見，言䛐而意見，意者、文字之義也；言者、文字之聲也；䛐者、文字形聲之合也。凡許之說字義，皆意內也；凡許之說形說聲，皆言外也。有義而後有聲，有聲而後有形，造字之本也；形在而聲在焉，形聲在而義在焉，六藝之學也。」

《說文》：「豙[49]、从意也。」段注：「从、相聽也。豙者聽从之意。司部曰：『䛐者意內而言外也。』凡全書說解，或言䛐，或言意，義或錯見，言从意，則知豙者从䛐也；言䛐之必然，則知尒者必然意也。隨从字當作豙，後世皆以遂為豙矣。」

三、許之說義，有僅言本義者，有言本義而及今義者，絕不解引申義

《說文》：「鱄[584]、鱣魚也。」段注：「各本此下有『皮可為鼓』四字……淺人朘讀古書，率尒妄增。不知字各有本義，許書但言本義。」

《說文》：「俄[384]、頃也。」段注：「《玉篇》曰：『俄頃、須臾也。』《廣韻》曰：『俄頃、速也。』此今義也。尋今義之所由，以俄頃皆偏側之意，小有偏側，為時幾何？故因謂俄忽為俄頃，許說其本義以晐今義，凡讀許書，當心知其意矣。」

《說文》：「鐫[713]、破木鐫也。从金雋聲。一曰琢石也。」段注：「此破木引申之義耳。凡似此者，皆淺人所增也。」

---

[5] 此字段注訛為歙，非是。《說文‧欠部‧歊字》[417]云：「歊，言意也。」

四、連綿之字，不可分釋

《說文》：「綊[664]、絘綊也。」段注：「其義已釋於上，故此但云絘綊也。凡絫連字不可分釋者，其例如此。」

五、二字成文，義釋於上

《說文》：「瑾[10]、瑾瑜，美玉也，从王堇聲。」

《說文》：「瑜[10]、瑾瑜也。」段注：「凡合二字成文，如瑾瑜、玫瑰之類，其義既舉於上字，則下字例不復舉。」

《說文》：「麞[476]、狻麞、獸也。从鹿兒聲。」

《說文》：「猊[481]、狻麞，如虪苗食虎豹，从犬夋聲。」段注：「〈釋獸〉曰：『虎竊毛謂之虪苗。』狻麞如虪苗食虎豹，許所本也，於此詳之。故鹿部麞下祇云：『狻麞也。』全書之例如此，凡合二字成文者，其義詳於上字，同部異部皆然。」

《說文》：「絘[664]、絘綊、雍輿馬飾也。从糸正聲。」

《說文》：「綊[664]、絘綊也。从糸夾聲。」段注：「其義已釋於上，故此但云絘綊也。凡絫連字不可分釋者，其例如此。」

六、嚴人物之辨，物中之辨

《說文》：「尾[406]、微也。从到毛在尸後。」段注：「而許必以尾系之人者，以其字從尸，人可言尸，禽獸不得言尸也。凡全書內，嚴人物之辨每如此。」

《說文》：「脂[177]、戴角者脂，無角者膏，从肉旨聲。」段注：「按上文膏系之人，則脂系之禽，此人物之辨也。」

第四節　訓詁方式之條例

一、依形立解，不可假借

《說文》：「憌[517]、惡兒。从心員聲。」段注：「許造此書，依形立解，斷非此形彼義，牛頭馬脯，以自為矛盾者。……他書可用叚借，許自為書，不可用叚借。」

二、疊韻為訓，不可顛倒

《說文》：「頁[1]、顛也。」段注：「此以同部疊韻為訓也，凡門聞也；戶護也；尾微也；髮拔也皆此例。凡言元始也；天顛也；丕大也；吏治人者也。皆於六書為轉注，而微有差別，元始可互言之，天顛不可倒言之。」

三、義界方式，與音有關

《說文》：「吏[1]、治人者也。」段注：「治與吏同在第一部，此亦以同部疊韵為訓也。」

《說文》：「地[688]、萬物所陳列也。」段注：「地與陳以雙聲為訓。」

四、許書互訓，即為轉注

《說文》：「二[2]、底也。」段注：「許氏解字，多用轉注，轉注者，互訓也。底云下也，故下云底也。此之謂轉注。全書皆當以此求之。」

《說文》：「銓[714]、稱也。从金全聲。」段注：「稱各本作衡，今正，禾部稱銓也，與此為轉注，乃全書之通例。」

《說文》：「荏[24]、桂荏，蘇也。」段注：「是之謂轉注，凡轉注有各部互見者，有同部類見者。」

《說文》：「老[402]、考也。」段注：「戴先生曰：『老下云考也，考下曰老也，此許氏之恉，為異字同義舉例也。一其義類，所謂建類一首也，互

其訓詁，所謂同意相受也。』考老適於許書同部，凡許書異部而彼此二篆互相釋者視此，……老考以疊韵為訓。」

《說文》：「禓[400]、但也。」段注：「但各本作袒，今正。人部曰：但者禓也，故此云禓者但也，是為轉注。序云：『五曰轉注，建類一首，同意相受，考老是也。』老部曰：老者考也，考者老也。是之謂建類一首，同意相受。凡全書中異部而互訓者視此。禓訓但，但訓禓，其一耑也。」

《說文》：「老[402]、考也。」段注：「序曰：『五曰轉注，建類一首，同意相受，考老是也。』戴先生曰：『老下云考也，考下云老也。此許氏之恉，為異字同義舉例也。一其義類，所謂建類一首也，互其訓詁，所謂同意相受也。』考老適於許書同部，凡許書異部而彼此二篆互相釋者視此。如寣、窒也，窒、寣也，但、禓也，禓、但也之類。」

五、本形為訓，不可妄刪

《說文》：「紡[652]、紡絲也。」段注：「紡、各本作網，不可通。唐本作拗，尤誤。今定為紡絲也三字句，乃今人常語耳。凡不必以他字為訓者，其例如此。」

《說文》：「河[521]、河水。」段注：「各本水上無河字，由盡刪篆下複舉隸字，因并不可刪者而刪之也。許君原本當作河水也三字，河者篆文也，河水也者其義也，此以義釋形之例。」

《說文》：「屼[443]、屼山也。」段注：「許書之例，以說解釋文字，若屼篆為文字，屼山也為說解，淺人往往氾謂複字而刪之。如髦篆下云髦髮也，巂篆下云巂周，河篆、江篆下云河水、江水，皆刪一字，今皆補正。」

《說文》：「髦[430]、髦髮也。」段注：「三字句，各本刪髦字，作髮也二字。此如巂下之刪巂，作周，燕也。」

《說文》：「巂[142]、巂周，燕也。」段注：「各本周上無巂，此淺人不得其句讀，刪複舉之字也。」

六、析言渾言，兼容並包

《說文》：「 ⁶⁸²、有足謂之蟲，無足謂之豸。」段注：「有舉渾言以包析言者，有舉析言以包渾言者，此蟲豸析言以包渾言也。蟲者頓動之總名，前文既詳之矣。故祇引《爾雅・釋蟲》之文。豸者、獸長脊行豸豸然欲有所伺殺形也。本謂有足之蟲，因凡蟲無足者其行但見長脊豸豸然，故得叚借豸名，今人俗語云蟲豸。」

《說文》：「 ⁶⁸¹、蟲之總名也。」段注：「蟲下曰：有足謂之蟲，無足謂之豸。析言之耳，渾言之則無足亦蟲也。」

《說文》：「玼 ¹⁸、蜃甲也。所以飾物也。」段注：「〈釋器〉曰：『以蜃者謂之玼。』按《爾雅》：『蜃、小者玼。』〈東山經〉：『嶧皋之水多蜃玼。』傳曰：『蜃、蚌屬；玼、玉玼，亦蚌屬。』然則蜃玼二物也，許云一物者，據《爾雅》言之。凡物統言不分，析言有別。」

《說文》：「蘇 ²⁴、桂荏也。」段注：「蘇、桂荏。〈釋艸〉文，〈內則〉注曰：『薌、蘇、荏之屬也。』《方言》曰：『蘇亦荏也。關之東西，或謂之蘇，或謂之荏。』郭樸曰：『蘇、荏類。』是則析言之，則蘇荏二物，統言則不別也。」

七、以今字釋古字

《說文》：「窞 ³⁴⁷、深也。」段注：「此以今字釋古字也。窞濬古今字，篆作窞濬，隸變作㴱深。水部濬下但云水名，不言淺之反，是知古深淺字作㴱，深行而㴱廢矣，有穴而後有淺深，故字從穴。《毛詩》：『㴱入其阻。』傳曰：『㴱、深也。』此㴱字見六經者，毛公以今字釋古字，而許襲之，此㴱之音義原流也。……許水部不載深淺一義，故全書深淺字用窞，今發其例於此。」

八、引經傳為訓

《說文》：「躩 ⁶⁵、趨進躩如也。」段注：「有但引經文不釋字義者，如此及詞之邨矣，紕衣長，短右袂是也。又色艴如也，又足躩如也。」

《說文》：「輚[733]、《春秋傳》曰：輔車相依。」段注：「凡許書有不言其義，徑舉經傳者，如訏下云：詞之訏矣。鶴下云：鶴鳴九皋，聲聞于天。虦下云：色虦如也。絢下云：詩云素以為絢兮之類是也。此引《春秋傳》，僖公五年文。不言輔義者，義已具於傳文矣。」

《說文》：「訏[89]、詞之集矣。」段注：「許所偁葢三家詩。」

九、兼采異說為訓

《說文》：「社[8]、地主也，从示土。《春秋傳》曰：共工之子句龍為社神。《周禮》二十五家為社，各樹其土所宜木。」段注：「許既从今孝經說矣。又引古左氏說者，此與心字云土藏也象形，博士說以為火藏一例，兼存異說也。」

十、析本字為訓

《說文》：「頖[51]、半反也。」段注：「反、覆也。反者叛之全，叛者反之半。以半反釋叛，如以是少釋尟。」

第五節　《說文》用語之體例

一、凡某之屬皆从某

《說文》：「一[1]、惟初大極，道立於一，造分天地，化成萬物。凡一之屬皆从一。」段注：「凡云凡某之屬皆从某者，自序所謂：分別部居，不相襍廁也。」

二、从某某聲

《說文》：「元[1]、始也。从一兀聲。」段注：「凡言从某某聲者，謂於六書為形聲也。」

三、省聲

《說文》：「䄫³、戒絜也。从示、齍省聲。」段注：「謂減齍之二畫，使其字不緐重也。凡字有不知省聲，則昧其形聲者，如融、蠅之類是。」

《說文》：「融¹¹²、炊气上出也。从鬲、蟲省聲。䖯、籒文融不省。」

《說文》：「蠅⁶⁸⁶、營營青蠅。蟲之大腹者。从黽虫。」段注：「虫猶蟲也，此蟲大腹，故其字从黽虫會意，謂大腹如黽之蟲也。其音則在六部，余陵切，故繩為蠅省聲，非許之精詣，則必仞為形聲字，遂使古音不可攷矣。」

《說文》：「繩⁶⁶³、索也。从糸、蠅省聲。」段注：「蠅字入黽部者，謂其虫大腹如黽類也，故蠅以黽會意，不以黽形聲。繩為蠅省聲，故同在古音弟六部，黽則古音如芒，在弟十部。」

四、亦聲

《說文》：「吏¹、治人者也。从一、从史、史亦聲。」段注：「凡言亦聲者，會意兼形聲也。凡字有用六書之一者，有兼六書之二者。」

五、古文

《說文》：「弌¹、古文一。」段注：「凡言古文者，謂倉頡所作古文也。」

六、闕

《說文》：「旁²、溥也。从二、闕、方聲。」段注：「闕為从門之說未聞也。李陽冰曰：『冂象旁達之形也。』按自序云：『其於所不知，蓋闕如也。』凡言闕者，或謂形，或謂音，或謂義，分別讀之。」

〈敘〉：「其於所不知，蓋闕如也。」段注：「許全書中多箸闕字，有形音義全闕者，有三者中闕其二、闕其一者，分別觀之。書凡言闕者十有

四，容有後人增竄者，如單下大也，从吅甲、吅亦聲，闕，此謂从甲之形不可解也。𨸏从反邑，𠨍从反丮，㔾从反卩，卯从卩㔾、𣲚从二水，灥从三泉，皆云闕。謂其音讀缺也。𦥛下直云闕，謂形義音皆缺也。戠下云闕，从戈、从音，謂其義及讀若缺也。」

七、或从

《說文》：「祀[3]、祭無已也。从示巳聲。禩、祀或从異。」段注：「古文巳聲異聲同在一部，故異形而同字也。」

八、以為

《說文》：「子[749]、十一月昜气動萬物滋，人㠯為偁。」段注：「此與以朋為朋攩，以韋為皮韋，以烏為烏呼，以來為行來，以西為東西一例。凡言以為者，皆許君發明六書叚借之法。子本陽气動萬物滋之偁，萬物莫靈於人，故因叚借以為人之偁。」

《說文》：「屮[22]、艸木初生也。象丨出形有枝莖也。古文或㠯為艸字。」段注：「凡云古文以為某字者，此明六書之叚借以用也。本非某字，古文用之為某字也。如古文以洒為灑埽字，以疋為《詩．大雅》字，以丂為巧字，以臤為賢字，以㞋為魯衞之魯，以哥為歌字，以詖為頗字，以𡇒為醜字，籀文以爰為車轅字，皆因古時字少，依聲託事。至於古文以中為艸字，以疋為足字，以丂為亏字，以俟為訓字，以臭為澤字，此則非屬依聲，或因形近相借，無容後人效尤者也。」

據段注可知，以為之由來，有因依聲，有因形近，非一端也。

《說文》：「鳳[149]、神鳥也。……从鳥凡聲。𠣟古文鳳，象形，鳳飛羣鳥從㠯萬數，故㠯為朋黨字。」段注：「此說假借也。朋本神鳥，以為朋黨字，韋本相背，以為皮韋，烏本孝烏也，以為烏呼，子本十一月昜气動萬物滋也，人以為偁。凡此四以為，皆言六書假借也。」

《說文》：「洒[568]、滌也。……古文㠯為灑埽字。」段注：「凡言某字古文以為某字者，皆謂古文假借字也。洒灑本殊義而雙聲，故相假借，凡假

借多疊韵或雙聲也。」

《說文》：「𦔮[119]、堅也。……古文已為賢字。」段注：「凡言古文以為者，皆言古文之假借也。」

《說文》：「韋[237]、相背也。……獸皮之韋，可已束物，枉戾相韋背，故借已為皮韋。」段注：「此與西朋來子烏五字下文法略同，皆言假借之恉也。」

《說文》：「𠧪[591]、鳥在巢上也。象形。日在𠧪方而鳥𠧪，故因已為東𠧪之𠧪。」段注：「此說六書叚借之例，叚借者，本無其字，依聲託事，古本無東西之西，寄託於鳥在巢上之西字為之，凡許言以為者類此。」

九、讀若、讀如、讀與某同

《說文》：「禴[6]、數祭也。……讀若春麥為𢆥之𢆥。」段注：「凡言讀若者，皆擬其音也。凡傳注言讀為者，皆易其字也。注經必兼茲二者，故有讀為有讀若，讀為亦言讀曰，讀若亦言讀如。字書但言其本字本音，故有讀若無讀為也。」

《說文》：「玐[17]、石之似玉者，……讀與私同。」段注：「凡言讀與某同者，亦即讀若某也。」

《說文》：「皇[9]、大也。从自王。……自讀若鼻。」段注：「言皇字所从之自，讀若鼻，其音同也。」

《說文》：「窜[345]、塞也。……讀若〈虞書〉曰竄三苗之竄。」段注：「《說文》者，說字之書，凡云讀若，例不用本字。」

十、一曰

《說文》：「禷[3]、絜祀也。一曰：精意已享為禷。」段注：「凡義有兩岐者，出一曰之例。」

《說文》：「藝[27]、菫艸也。一曰拜商藋。」段注：「《說文》言一曰者，有二例：一是兼採別說，一是同物二名。」

《說文》：「䲙[582]、鮦魚一曰䱥也。」段注：「此一曰猶今言一名也。

許書一字異義言一曰，一物異名亦言一曰，不嫌同辭也。」

《說文》：「叢[274]、叢木，一名荊也。」段注：「一名當作一曰，許書之一曰，有謂別一義者，有謂別一名者。」

《說文》：「祝[6]、祭主贊詞者。从示从儿口，一曰从兌省。」段注：「此字形之別說也。凡一曰有言義者，有言形者，有言聲者。」

十一、所以

《說文》：「聿[118]、所㠯書也。」段注：「以用也。聿者，所用書之物也。凡言所以者視此。」

《說文》：「鞙[110]、所㠯引軸者也。」段注：「所以者字，依楊倞注荀卿補，凡許書所以字，淺人往往刪之。」

十二、同意

《說文》：「羋[147]、羊鳴也。从羊象气上出。與牟同意。」段注：「凡言某與某同意者，皆謂其製字之意同也。」

《說文》：「工[203]、巧飾也。象人有規榘。與巫同意。」段注：「凡言某與某同意者，皆謂字形之意有相似者。」

十三、屬別

《說文》：「雞[145]、雒屬也。」段注：「按《說文》或言屬，或言別，言屬而別在焉，言別而屬在焉。」

《說文》：「秫[326]、稻屬。」段注：「凡言屬者，以屬見別也，言別者，以別見屬也。重其同則言屬，秫為稻屬是也，重其異則言別，稗為禾別是也。」

《說文》：「貔[460]、豕屬。」段注：「凡言屬者，類而別也，別而類也。」

《說文》：「瀚[549]、勃澥，海之別也。」段注：「《毛詩》傳曰：『沱、江之別者也，海之別，猶江之別，勃澥屬於海而非大海，猶沱屬於

江，而非大江也。』《說文》或言屬，或言別，言屬而別在其中，言別而屬在其中，此與稗下云禾別正同。」《周禮》注：「州、黨、族、閭、比者，鄉之屬別，則屬別並言也。」

《說文》：「䒷[35]、莪，蘿也、蒿屬。」段注：「凡言屬，則別在其中，故鄭注《周禮》，每云屬別。」

《說文》：「屬[406]、連也。」段注：「凡異而同者曰屬，鄭注〈司徒・序官〉云：『州、黨、族、閭、比者，鄉之屬別。』注〈司市〉云：『介次、市亭之屬別小者也。』凡言屬而別在其中，如秔曰稻屬，秏曰稻屬是也。言別而屬在其中，如稗曰禾別是也。」

《說文》：「瓊[17]、玉屬也。」段注：「凡言某屬者，謂某之類。」

十四、从（從）

《說文》：「豊[210]、行禮之器也。从豆象形。」段注：「上象其形也。林罕《字源》云：『上从卄。』郭氏忠恕非之。按《說文》之例，成字者則曰从某，假令上作卄，則不曰象形。」

《說文》：「亼[225]、三合也。从人一，象三合之形。」段注：「許書通例，其成字者必曰从某，如此言从人一是也，从人一而非會意，則又足之曰象三合之形。」

《說文》：「舍[225]、市居曰舍，从亼屮口。」段注：「屮口二字今補，全書之例，成字則必曰從某，而下釋之也。」

《說文》：「𦖫[390]、相聽也。」段注：「許書凡云从某，大徐作从，小徐作從，江氏聲曰：『作从者是也，以類相與曰从。』」

十五、某詞

《說文》：「𥏪[138]、𥏪也。」段注：「凡毛傳之例云辭也，如〈芣苢〉之薄，〈漢廣〉之思，〈草蟲〉之止，〈載馳〉之載，〈大叔于田〉之忌，〈山有扶蘇〉之且皆是。《說文》之例云某𥏪，𦣻部外，欥為詮𥏪，矣為語已𥏪，矤為況𥏪，㕧為出气𥏪，各為異𥏪，㗊為驚𥏪，尒𥏪之必然也，曾𥏪

之舒也皆是，然則『詈也』二字非例，當作『誰詈也』三字。」

第六節　《說文》取材之條例

一、字體不一，擇善而從

《說文》：「僊[387]、長生僊去，从人䙴、䙴亦聲。」段注：「按上文偓佺、仙人也。字作仙，葢後人改之。《釋名》曰：『老而不死曰仙，仙、遷也，遷入山也。故其制字人旁作山也。』成國字體，與許不同，用此知漢末字體不一，許擇善而從也。」

二、尊經尊古文

《說文》：「嬖[437]、治也。从辟乂聲。〈虞書〉曰：『有能俾嬖。』」段注：「今嬖作乂，葢亦自孔安國以今字讀之已然矣。計辥嬖字，秦漢不行，小篆不用，《倉頡》等篇不取，而許獨存之者，尊古文經也，尊古文也，凡尊經尊古文之例視此。」

三、法後王，尊漢制

《說文》：「一[1]、弌古文一。」段注：「此書法後王，尊漢制，以小篆為質，而兼錄古文籀文，所謂今敘篆文，合以古籀也。」

四、敘篆文，合古籀

〈序〉云：「今敘篆文，合㠯古籀。[771]」段注：「許重復古，而其體例不先古文籀文者，欲人由近古以攷古也。小篆因古籀而不變者多，故先篆文，正所㠯說古籀也。隸書則去古籀遠，難以推尋，故必先小篆也。」

五、大篆應省改而不省改

《說文》：「藗[34]、牡茅也。从艸遬聲。遬籀文速。」段注：「凡速聲

字皆從速，則牡茅字作蓮可矣。而小篆偶從遬，與他速聲字不畫一，故箸之〈序〉曰：『小篆取史籒大篆，或頗省改。』蓮者大篆，文應省改而不省改者也。」

六、仿古文製小篆

《說文》：「革[108]、獸皮治去其毛曰革。革、更也。象古文革之形。」段注：「凡字有依做古文製為小篆，非許言之，猝不得其於六書居何等者，如革曰象古文革之形，弟曰從古文之象，民曰從古文之象，酉曰象古文酉之形是也。」

《說文》：「弟[239]、韋束之次弟也。从古文之象。」段注：「《說文》小篆有从古文之像似者凡三：曰弟、曰革、曰民。皆各像其古文為之。」

《說文》：「民[633]、眾萌也。从古文之象。」段注：「仿佛古文之體少整齊之也。凡許書有从古文之形者四：曰革、曰弟、曰民、曰酉。」

《說文》：「酉[754]、就也。象古文酉之形也。」段注：「古文酉謂丣也。仿佛丣字之形，而製酉篆。此與弟从古文弟之形，民从古文民之形，革从古文革之形為一例。」

七、或字不能悉載

《說文》：「璊[15]、玉經色也。从王㒼聲。禾之赤苗謂之穈，言璊玉色如之。」段注：「各本从木作樠，今依《毛詩·釋文》。宋槧穈即艸部蘪字之或體，艸部不言或作穈而此見之，亦可見或字不能悉載。」

八、雖有其字而無所從之部首亦不錄

《說文》：「䰟[142]、翳也。所已舞也。」段注：「許無䕝字者，無每部，亦無縣糸部，無所入也。」

第七節　異部合讀之條例

《說文》：「惟[509]、凡思也。从心隹聲。」段注：「《方言》曰：『惟、思也。』又曰：『惟、凡思也；慮、謀思也；願、欲思也；念、常思也。』許本之曰：惟凡思也，念常思也，懷念思也，想冀思也，思部慮謀思也。凡許書分部遠隔，而文理參五可以合觀者視此。」

《說文》：「閬[594]、門高也。从門良聲。」段注：「《文選·甘泉賦》注引作門高大之皃也。𨸏部曰：阬、閬也，此曰閬門高皃，相合為一義，凡許書異部合讀之例如此。」

《說文》：「㳅[556]、不深也。」段注：「許於深下但云水名，不云不淺，而測下、淺下、突下，可以補足其義，是亦一例。」

《說文》：「蛸[673]、蠭蛸，堂蜋子。从虫肖聲。」段注：「按蠭字从䖵，故入䖵部，凡一物二字而異部者例此。」

第八節　複見附見字之條例

《說文》：「孌[628]、慕也。从女𢇍聲。」段注：「此篆在籀文為嬌，順也。在小篆為今之戀慕也。凡許書複見之篆，皆不得議刪。」

《說文》：「嬌[624]、順也。从女雟聲。《詩》曰：『婉兮孌兮。』孌、籀文嬌。」段注：「宋本如此，趙本、毛本刪之。因下文有孌慕也，不應複出。不知小篆之孌為今戀字，訓慕；籀文之孌，為小篆之嬌，訓順。形同義異，不嫌複見也。據全書之例，亦可嬌後不重出，而於慕也之下益之云：『籀文以為嬌字。』凡言古籀以為某字者，亦可附於某字之下。如屮篆下可出中篆云，古文屮；巧篆下可出丂篆云，古文巧，其道一也。今毛詩作孌，正用籀文。」

以上謂字有兩體二義，便可複見不嫌。

《說文》：「瑱[13]、已玉充耳也。䪽、瑱或从耳。」段注：「耳形真聲，不入耳部者，為其同字異處，且難定其正體或體。凡附見之例昉此。」

以上言附見字列部之例。

第九節　《說文》於經傳從違之條例

一、引《詩》

(一)許於《詩》主古文，宗毛傳：

　　《說文》：「叚[121]、椎物也。」段注：「用椎曰椎，〈考工記〉：『段氏為鎛器。』徐丁亂反，劉徒亂反，徐音是也。鎛欲其段之堅，故官曰段氏。〈函人職〉曰：『凡甲鍛不摯則不堅。』鍛亦當作段。金部曰：『鍛、小冶也。』小冶、小鑄之竈也。後人以鍛為段字，以段為分段字，讀徒亂切，分段字自應作斷。蓋古今字之不同如此。〈大雅〉：『取厲取碬。』毛曰：碬、段石也。鄭曰：段石所以為段質也。古本當如是。石部、碬、段石也。從石段。《春秋傳》鄭公孫段字子石，古本當如是。段石與厲石各物，《說文》訓詁，多宗毛傳。」

　　《說文》：「鷺[153]、白鷺也。」段注曰：「周頌、魯頌傳曰：鷺、白鳥也。……白鷺當作白鳥，許之例，多因毛傳也。」

　　《說文》：「冥[315]、窈也。」段注：「窈、各本作幽，唐玄應同。而李善〈思玄賦〉、〈歎逝賦〉、〈陶淵明‧赴假還江陵詩〉三注皆作窈，許書多宗《爾雅》、毛傳，〈釋言〉曰：『冥、窈也。』孫炎云：：『深闇之窈也。』郭本作幼。釋云：『幼稺者多冥昧。』頗紆迴。〈小雅‧斯干〉傳曰：『正、長也；冥、窈也。』正謂宮室之寬長深窈處。」

(二)雖主毛傳，意有未安則不從：

　　《說文》：「畬[702]、二歲治田也。从田余聲。《易》曰：『不菑畬田。』」段注：「二各本作三，今正。《周易音義》云：『畬、馬曰：田三歲。』《說文》云：『二歲治田。』此許作二之證。攷〈釋地〉曰：『一歲曰菑，二歲曰新田，三歲曰畬。』〈小雅〉、〈周頌〉毛傳同。馬融、孫炎、郭樸皆同，鄭注《禮記‧坊記》、許造《說文》、虞翻注《易‧无妄》皆云：『二歲曰畬。』許全書多宗毛公，而意有未安者則不從，此其一也。」

(三)主毛傳亦不廢三家：

《說文》：「旝[313]、旌旗也。从队會聲。《詩》曰：『其旝如林。』《春秋傳》曰：『旝動而鼓。』一曰：建大木置石其上，發已機已槌敵。」段注：「〈大雅‧大明〉文，今《毛詩》作會，鄭箋以盛合其兵眾釋之。然則毛作會，三家詩作旝，許偁毛而不廢三家也。」

《說文》：「蓷[45]、艸也。从艸隹聲。《詩》曰：『食鬱及蓷。』」段注：「宋掌禹錫、蘇頌皆云：『《韓詩‧六月》食鬱及蓷。』許於詩主毛而不廢三家也。」

二、引《書》

(一)《說文》於《書》，主宗古文：

《說文》：「卟[128]、易卦之上體也。〈商書〉曰：『曰貞曰卟。』从卜每聲。」段注：「今《尚書》、《左傳》皆作悔，疑卟是壁中古文，孔安國以今文讀之易為悔也。或曰：據許則小篆有此字，玉裁謂不然，許書以先小篆後古文為正例，以先古文後小篆為變例。卟為先古文也，於其所從系之也。如斅者古文，學者小篆，斅從教則必先之埶然也。然則卟本古文，非小篆，因其從卜，則系之卜部亦埶然也。不曰篆文作悔，亦不於心部悔下列卟，云古文悔者，本非一字也，小篆無卟，而壁中古文有卟，不可以不存之於卜部，凡其存《尚書》古文之例如此。」

《說文》：「禷[4]、已事類祭天神。从示類聲。」段注：「《五經異義》曰：今《尚書》夏矦、歐陽說，禷、祭天名也，以禷祭天者，以事類祭之，以事類祭之何？天位在南方，就南郊祭之是也。古《尚書》說，非時祭天謂之禷，言以事類告也。肆禷于上帝，時舜告攝，非常祭也。許君謹案：《周禮》郊天無言禷者，知禷非常祭，從古《尚書》說。玉裁案：郊天不言禷，而〈肆師〉：『類造上帝。』……皆主軍旅言，凡經傳言禷者，皆謂因事為兆，依郊禮而為之，《說文》亦從古《尚書》說。」

(二)雖主古文，亦不廢今文：

《說文》：「枿[319]、木生條也。〈商書〉曰：『若顛木之有㠯枿。』」

段注：「下云：古文言由枿，則作皀者，伏生、歐陽、夏侯之書也。許於《書》儷孔氏，而不廢伏生，於此見矣。」

三、引《禮》

(一)《說文》於《禮》，古今並重，或從古文，或從今文：

《說文》：「臑[177]、有骨醢也。从肉奥聲。臡、臑或从難。」段注：「按〈公食大夫禮〉注曰：『今文臡作麇，麇系臑之誤。《儀禮》、《爾雅音義》曰：『臡、《字林》作臑。』《五經文字》曰：『臡見《禮經》、《周禮》。《說文》、《字林》皆作臑。』據此則《說文》本無臡字甚明，後人益之也。許於禮經或從今文，或從古文。此從今文臑，鄭則從古文臡也。』」

《說文》：「揖[600]、攘也。从手咠聲。一曰：手箸匈曰揖。」段注：「禮經有揖有厭。厭、一涉切，推手曰揖，引手曰厭。推者推之遠胸，引者引之箸胸。如〈鄉飲酒〉主人揖先入，此用推手也。賓厭眾賓，此用引手也，謙若不敢前也。今文厭皆作揖，則今文禮有揖無厭，許君於禮，或從古文，或從今文，此手箸胸曰揖，蓋於此從今文，不從古文。」

《說文》：「堋[699]、喪葬下土也。从土朋聲。《春秋傳》曰：『朝而堋。』《禮》謂之封。《周官》謂之窆。〈虞書〉曰：『堋淫于家』亦如是。』」段注：「禮謂《禮經》，所謂《儀禮》十七篇也。〈既夕禮〉：『乃窆，主人哭踊無算。』注云：『窆、下棺也。今文窆為封。』按許於《禮經》，有從今文者，有從古文者，此云禮謂之封，則從今文也。」

(二)所以或從此，或從彼者，惟其是而已：

《說文》：「鉉[711]、所已舉鼎也。从金玄聲。《易》謂之鉉，《禮》謂之鼏。」段注：「許引《易》、《禮》，以博異名。猶土部堋下云，《禮》謂之封，《周官》謂之窆也。凡單言《禮》者，皆謂《禮經》，今之《儀禮》也。據鄭則《禮》今文為鉉矣。許何以鉉專系《易》也。許於《禮經》之字，古文是者，則從古文，今文是者，則從今文。此從古文作鼏，故曰《禮》謂之鼏也。如〈士喪禮〉今文銘皆為名，從今文，故不錄銘字。〈聘

禮〉、〈士喪禮〉今文赴作訃，從古文，故言部不錄訃字。〈士虞〉、〈少牢特牲〉古文酳皆作酌，許從古文，故酉部不錄酳字。〈既夕禮〉今文窆為封，從今文，則以窆專系《周官》也。」

㈢若從今文，則不錄古文；從古文，則不錄今文。依一則廢一：

《說文》：「訃[64]、趨也。从走卜聲。」段注：「〈聘禮〉赴者未至。〈士喪禮〉赴曰君之臣某死。注皆云：今文赴作訃。按古文訃告字祇作赴者，取急疾之意。今文从言，急疾意轉隱矣。故言部不收訃字者，從古文不從今文也。凡許於《禮經》，從今文則不收古文字，如口部有名，金部無銘是也。從古文則不收今文字，如赴是也。〈襍記〉作訃不作赴者，《禮記》多用今文禮也。《左傳》赴者，左丘明述《春秋傳》以古文，故與古文禮同也。」

《說文》：「鬑[432]、鬵髮也。」段注：「漢時有鬎字，許不錄者，禮古文作鬎，今文作鬎，許於此字從古文，故不取今文也。凡許於《禮經》，依古文則遺今文，依今文則遺古文，猶鄭依古文則存今文於注，依今文則存古文於注也。」

《說文》：「耆[402]、老也。从老省旨聲。」段注：「〈曲禮〉六十曰耆，許不言者，許以耆為七十已上之通偁也。鄭注〈射義〉云：『耆耋皆老也。』古多假借為嗜字。又按〈士喪禮〉、〈士虞禮〉魚進鬐。注：『鬐、脊也。古文鬐為耆。』許書髟部無鬐字，依古文禮故不錄今文禮之字也。徐鉉沾附，未識此意，許於禮經古文今文之字，依一則廢一。」

四、引《春秋》

許於《春秋》宗左氏而不廢公羊

《說文》：「嘂[87]、高聲也。一曰大嘑也。从吅丩聲。《春秋公羊傳》曰：『魯昭公嘂然而哭。』」段注：「言《公羊》者，以別於凡偁左氏經云

《春秋傳》也。序言其偁《春秋左氏》蓋主左氏而不廢公羊。」

第十節　《說文》引經之條例

一、許書何為而引經

　　《說文》：「蘿[42]、艸木生箸土，从艸麗聲。《易》曰：『百穀艸木麗於地。』」段注：「此引《易‧象傳》，說从艸麗之意也。凡引經傳，有證字義者，有證字形者，有證字音者。如艸木麗於地，說从艸麗；豐其屋，說从宀豐，皆論字形耳。陸氏《易‧釋文》乃云：『《說文》作蘿作寷。』不亦謬哉！他如蘇字之引〈夏書〉；荊字、相字、晉字、和字、葬字、庸字、𠫓字之引《易》，孌字之引《詩》，有字之引《春秋傳》，朲字之引《孝經說》，罔字之引《孟子》，易字之引《祕書》，畜字之引《淮南王》，公字之引《韓非》皆說字形會意之恉。」

二、引經以證字形

　　《說文》：「𢙼[318]、敬惕也。从夕寅聲。《易》曰：『夕惕若厲。』」段注：「凡漢人引《周易》夕惕若厲，不暇枚舉。許書𩨗字下亦作夕惕若厲。此引者說从夕之意也。夕惕者，火滅脩容之謂。凡許書引《易》，井者法也，說荊从井之意。引《易》地可觀者，莫可觀於木。說相从目木之意。引《易》先庚三日，說庸从庚之意。引《易》豐其屋，說寷从宀豐之意。引《易》百穀艸木麗於地，說蘿从艸麗之意。引《易》突如其來如，不孝子突出不容於內也。說𠫓从倒子之意，皆偁《周易》以說字形之意。」

　　《說文》：「相[134]、省視也。从目木。《易》曰：『地可觀者莫可觀於木。』《詩》曰：『相鼠有皮。』」段注：「此引《易》說从木之意也。目所視多矣，而从木者，地上可觀者莫如木也。〈五行志〉曰：『說曰：木、東方也，於《易》地上之木為觀。』顏云：『坤下巽上，觀。巽為木，故云：地上之木。』許葢引《易》觀卦說也。此引經說字形之例。」

　　《說文》：「蘇[42]、艸盛皃。从艸緜聲。〈夏書〉曰：『厥艸惟

褖。」」段注：「依鍇本及宋本作褖，馬融注《尚書》曰：『褖、抽也。』
故合艸褖為薟，此許君引〈禹貢〉，明從艸褖會意之恉，引經說字形之例，
始見於此。」

《說文》：「轡[669]、馬轡也。从絲車，與連同意。《詩》曰：『六轡如
絲。』」段注：「〈小雅・皇皇者華〉文，此非以證轡字，乃以釋从絲之意
也。六轡如絲，毛傳曰：言調忍也。如絲則是以絲運車，故其字从絲車，凡
引經說會意之例如此。」

《說文》：「醺[757]、醉也。从酉熏聲。《詩》曰：『公尸來燕醺
醺。』」段注：「〈大雅・鳧鷖〉文，今詩作來止熏熏，上四章皆云來燕，
則作燕宜也。醺醺，恐淺人所改。毛傳：薰薰、和悅也。許以來燕熏熏釋此
篆之从酉熏，正與釋豐、釋麗、釋荊、釋庸之引《易》同例，此亦引經釋會
意之例也。」

《說文》：「鍦[720]、怒戰也。从金慁省。《春秋傳》曰：『諸侯敵王所
慁。』」段注：「《春秋傳》者，文公四年《左傳》文。杜曰：敵猶當也。
慁、恨怒也。心部曰：慁、大息，从心氣，是則王所慁，王所怒也。敵王所
怒，故用金革，此引以證會意之恉，與引艸木麗乎地說麗，引豐其屋說豐，
引莫可觀於木說相，引在冋之野說駧同意。」

《說文》：「駧[473]、牧馬苑也。从馬冋。《詩》曰：『在冋之野。』」
段注：「冋各本作坰，淺人不知許書之例者所改也。今正。〈魯頌〉曰：
『駉駉牧馬，在坰之野。』坰或冋字，冂古文冋字。邑外謂之郊，郊外謂
之野，野外謂之林，林外謂之冋。《詩》言牧馬在冋，故偁為从馬冋會意之
解，與麗下、豐下、相下、厷下引《易》，買下引《孟子》說字形正同。馬
在冋為駧，猶艸木麗於地為麗也。」

《說文》：「庸[129]、用也。从用庚。庚、更事也。《易》曰：『先庚三
日。』」段注：「〈巽〉九五爻辭。先庚三日者，先事而圖更也。引以證用
庚為庸。與麗、豐引《易》同意。」

三、引經以證字音

《說文》：「珤[16]、石之次玉者，已為系璧。从王羊聲。讀若《詩》曰瓜瓞菶菶。一曰：若叾蚌。」段注：「〈大雅・生民〉文，此引經說字音也。」

《說文》：「瞂[132]、直視也。从目必聲。讀若《詩》云：『泌彼泉水。』」

《說文》：「瞂[133]、視高皃。从目戉聲。讀若《詩》曰：『施罟濊濊。』」

《說文》：「瞲[134]、目突皃也。从目矞。讀若《易》曰：『勿卹之卹。』」

《說文》：「趥[65]、走也。从走戜聲。讀若《詩》：『威儀秩秩。』」

四、引經以證字義

(一)引經以證本義：

《說文》：「蘻[39]、艸皃。从艸歊聲。《周禮》曰：『轂斃不蘻。』」段注：「〈攷工記〉文，斃字誤，當依本書作敝。鄭眾云：『蘻當為槀。』康成云：『蘻、蘻暴陰柔，後必橈減，幬革暴起。』按此荀卿及漢人所謂槀暴也。橈減為槁木之槁，與革之暴相因，而致木歉則革盈，〈瓬人〉注云：『暴者墳起也。』先鄭謂蘻當是槀字之誤，後鄭謂蘻為槁之假借，其義則通，不言蘻讀為槁者，從先鄭作槀亦得也。凡許君引經傳有證本義者，如薇薇山川是。有證假借者如轂敝不蘻，非關艸皃也。」

《說文》：「蘛[39]、艸旱盡也。从艸俶聲。《詩》曰：『薇薇山川。』」段注：「〈大雅〉文，今詩作滫滫。毛云：『滫滫、旱氣也。山無木，川無水。』按《玉篇》、《廣韻》皆作蒾，今疑當作蘛，艸木如湋滫無有也。」

(二)引經以證假借：

《說文》：「璪[14]、玉飾。如水藻之文，从王喿聲。〈虞書〉曰：『璪火粉米。』」段注：「《古文尚書・咎繇謨》文，按〈虞書〉璪字，衣之文也。當从衣而从玉者，假借也。衣文玉文，皆如水藻，聲義皆同，故相假

借，非衣上為玉文也。凡《說文》有引經言假借者例此。」

　　《說文》：「偆[378]、非真也。从人叚聲，〈虞書〉曰：『叚于上下。』」段注：「〈堯典〉文，此引經說假借也。彳部曰：徦、至也。經典多借假為徦，故偆之。淺人不得其例，乃於〈虞書〉曰之上，妄加一曰至也四字，又分非真也為古雅切，至也為古額切，而不知古音無此區別也。今刪正。學者苟於全書引經說假借之處，皆憭然，則無所惑矣。」

　　《說文》：「娸[619]、人姓也。从女丑聲。〈商書〉曰：『無有作娸。』」段注：「〈鴻範〉文，今《尚書》娸作好，此引經說叚借也。娸本訓人姓，好惡自有真字，而壁中古文叚娸為好，此以見古之叚借，不必本無其字，是為同聲通用之肇耑矣。此如朕坙讒說，叚聖為疾。尚狟狟叚狟作桓，布重莫席，叚莫為織蒻之義，曰圛，叚圛為升雲半有半無之義，皆偆經以明六書之叚借也。」

　　《說文》：「忼[507]、忼慨也。忼慨、壯士不得志於心也。从心亢聲。一曰：《易》『忼龍有悔。』」段注：「忼之本義為忼慨，而《周易・乾》上九，忼龍則叚忼為亢，亢之引申之義為高，〈子夏傳〉曰：『亢、極也。』《廣雅》曰：『亢、高也。』是今《易》作亢為正字，許所據孟氏《易》作忼，叚借字也。凡許引經說叚借，如無有作娸，聖讒說，曰圛皆是。」

　　《說文》：「坺[691]、坺土也。一臿土謂之坺。从土犮聲。《詩》曰：『武王載坺。』」段注：「〈商頌・長發〉文，今《詩》作斾。傳曰：『斾、旗也。』按毛詩當本作坺，傳曰：『坺、旗也。』訓坺為旗者，謂坺即斾之同音叚借也。此如〈小宛〉訓題為視，謂題即眡之叚借，〈斯干〉訓革為翼，謂革為翱之叚借，若此之類，不可枚數。淺學者少見多怪，乃改坺為斾，以合旗訓，蓋亦久矣。許之引此詩則偆經說叚借之例，如引『無有作娸』，說娸即好；引『朕坙讒說』，說坙即疾。」

第十一節 《說文》偁古之條例

一、偁引古語，不改其字

《說文》：「人[369]、天地之性冣貴者也，此籀文象臂脛之形。」段注：「冣本作最，性古文以為生字，《左傳》『正德利用厚生』，《國語》作『厚性』是也。許偁古語，不改其字。」

二、偁引古書，不無異同

㈠辭句之異原文：

《說文》：「隝[742]、鄭地阪，从𨸏為聲。《春秋傳》曰：『將會鄭伯於隝。』」段注：「隝今經傳皆作鄬。襄七年十有二月，公會晉侯、宋公、陳侯、衛侯、曹伯、莒子、邾子于鄬。三經同。《左氏傳》曰：『及將會于鄬，子駟相，又不禮焉』句，本無鄭伯字，許以此敘鄭事，故增此二字，凡引古書，不無異同者例此。」

㈡偁古而異其句讀：

《說文》：「蓼[24]、辛菜，薔虞也。从艸翏聲。」段注：「此云蓼、薔虞也；下文云：薔虞、蓼也。是為轉注。正與蘇、桂荏也；桂荏、蘇也同。特以篆籀異其處耳。顏注《急就篇》乃云：『虞蓼一名薔，叔重云：蓼一名薔虞。非也。』夫釋艸一篇，許君偁用異其讀者，往往而是。其萌虇蕍為蕍虇蕍也。鎬矦莎為莎鎬矦也。蔨月爾為蔨土夫也。蘋葑蓯為葑須從也，何所疑於蓼評薔虞哉！」

三、偁引書名，許有專屬

㈠凡言禮者，謂禮經也：

《說文》：「縉[656]、帛赤色也。从糸晉聲。《春秋傳》曰：『縉雲氏。』《禮》有縉緣。」段注：「凡許云禮者，謂禮經也，今之所謂《儀禮》也。」

《說文》：「柶263、《禮》有柶，柶、匕也。從木四聲。」段注：「凡言禮者，謂禮經十七篇。」

《說文》：「鉉711、所已舉鼎也。从金玄聲。《易》謂之鉉，《禮》謂之鼏。」段注：「凡單言禮者，皆謂禮經。今之《儀禮》也。」

㈡周官謂之《周禮》，十七篇記則稱《禮記》：

《說文》：「秅331、二秭為秅，从禾乇聲。《周禮》曰：『二百四十斤為秉，四秉曰筥，十筥曰稷，十稷曰秅。四百秉為一秅。』」段注：「《周禮》當是本作《禮記》，淺人所改也。許書之例，謂《周官經》曰《周禮》，謂十七篇曰禮，十七篇之記謂之《禮記》。如偫、鉼、毛、牛、虌、羊、苄、豕、薇系之《禮記》是也。」

㈢偁《國語》時亦謂之《春秋傳》：

《說文》：「槎271、衺斫也。從木差聲。《春秋傳》曰：『山不槎。』」段注：「〈魯語〉里革曰：『山不槎蘗。』……許書亦有謂《國語》為《春秋傳》者，此其一也。」

㈣凡言《春秋傳》多指左氏，若為公羊，必曰《春秋公羊傳》：

《說文》：「鄆299、魯下邑。从邑軍聲。《春秋傳》曰：『齊人來歸鄆。』」段注：「按許引左氏，則言《春秋傳》曰，引公羊則言《春秋公羊傳》曰，以別於左氏。」

㈤泛偁傳曰，不定何書：

《說文》：「鱏583、鱏魚也。从魚覃聲。傳曰：『伯牙鼓琴，鱏魚出聽。』」段注：「傳曰者，諸書多有之，不定為何書也。」

四、偁引古書，先本義，後假借

《說文》：「顥424、白皃。从景頁。《楚詞》曰：『天白顥顥。』南山四顥，顥、白首人也。」段注：「見〈大招〉，王逸曰：『顥顥、光貌。』按此當廁白首人也之下，寫者亂之耳。土部坋下引《左傳》『朝而坋』在前。引〈虞書〉『坋淫于家』在後。可證偁古之例。」

五、其儷人則尊之惡之各異態度

《說文》：「犧[53]、宗廟牲也。从牛羲聲。賈侍中說：『此非古字。』」段注：「他皆儷名，獨賈逵儷官者，尊其師也。」

《說文》：「袷[366]、士無市有袷，制如榼。缺四角，爵弁服，其色韎，賤不得與裳同，从市合聲。」段注：「此下鉉本有『司農曰裳纁色』六字，恐是淺人增注，司農者，不詳其何人？許自賈侍中而外，無舉官者。」

《說文》：「偰[381]、送也。从人㑊聲。呂不韋曰：『有侁氏吕伊尹媵女。』古文吕為訓字。」段注：「凡許引《呂氏春秋》皆直書呂不韋曰，此與爛下是也，惡其人也。」

第十二節　《說文》說解用字之條例

一、說解中字，或用本義，或用引申義

《說文》：「鎕[711]、盈器也。圜而直上，从金巠聲。」段注：「盈各本作溫，今正。許書溫系水名，盈訓仁也。盈訓仁，故引申為盈烱字，烱下曰盈也。薀下曰：安薀盈也。凡經史可借用溫，而許書不宜自相矛盾。凡讀許書者知此則九千三百餘文之說解，絕無不可通之處矣。蓋非用其字之本義，即用其字之引申之義，斷無有風馬牛不相及者也。溫訓水名，此云溫器也，是為風馬牛不相及矣。」

二、說解用字，不用假借

《說文》：「鱻[587]、新魚精也。从三魚，不變魚也。」段注：「許書玼下云，新玉色鮮也。黨下云，不鮮也。其字蓋皆本作鱻，凡鮮明、鮮新字，皆當作鱻。自漢人始以鮮代鱻，如《周禮》經作鱻，注作鮮，是其證。至《說文》全書不用叚借字。」

《說文》：「陟[739]、登也。从阜步。」段注：「〈釋詁〉曰：『陟、陞也。』毛傳曰：『陟、升也。』陞者升之俗字，升者登之叚借。《禮‧喪服》注曰：『今文禮皆登為升。』俗誤已行久矣。據鄭說則古文禮皆作登

也。許此作登不作升者，許書說解不用叚借字也。」

《說文》：「㥶[517]、惪皃。从心員聲。」段注：「以下惪字廿二見，併上文四見，各本皆作憂，淺人用俗行字改之也。許造此書，依形立解，斷非此形彼義，牛頭馬脯，以自為矛盾者。惪者愁也，憂者和行也。如今本則此廿餘篆，將訓為和行乎！他書可用叚借，許自為書，不可用叚借。」

三、雖不用借字，亦不免從俗

《說文》：「䄟[6]、數祭也。从示毳聲。讀若舂麥為䅽之䅽。」段注：「為䅽之䅽，字从木，各本譌从示，不可解。《廣雅》『䅽、舂也。』楚芮反。《說文》無䅽字，即臼部舂去麥皮臼臿也。江氏聲云：『《說文》解說內，或用方言俗字。篆文則仍不載䅽。』」

《說文》：「琜[10]、琜瓄、玉也。从玉來聲。」段注：「《廣雅》玉類有琜瓄。按說解有瓄而無篆文瓄者，葢古衹用賣，後人加偏旁，許君書或本說解內作賣，或說解內不妨從俗，而篆文則不錄也。」

《說文》：艸部「左文五十三，重二。大篆从茻。」[45]段注：「左當作𠂇，葢許時已通用左，許從俗也。」

《說文》：「𡙇[160]、棄除也。从廾推華，糞、采也。官溥說，佀米而非米者矢字。」段注：「此偁官說釋篆上體采佀米，非米，乃矢字。故廾推華除之也。矢、艸部作菌，云糞也。謂糞除之物為糞，謂菌為矢，自許已然矣。諸書多假矢，如〈廉藺傳〉：『頃之，三遺矢。』是也。許書說解中多隨俗用字。」

四、若云某古文，則此古文必見許書

《說文》：「𠂔[146]、㡿也。从丫𡿨。」段注：「各本此下有𡿨古文別，此淺人所妄增。說詳八部、卜部。凡許自注云某古文某者，皆見於許書。」

綜觀本章所述，概為《說文》一書之編纂體例。《說文》既為字書，許氏編纂之際必設體例，今雖無由得其原例，然由本章歸納所得，當亦可得其大要。《說文》為現存於世，最早及最全之字書，由體例成就觀之，更能知其非凡也。

第三章
段玉裁注《說文》之條例

第一節 自明作注之條例

　　本節所述為段氏自明注解《說文》之例，既言古韻分部所據，另言注解之原則，並且強調校訂《說文》傳本之重要，可視為段氏研治《說文》之基本態度。

一、古韻分部：明注文古韻分部所據。

　　《說文》：「一[1]、惟初太極，道立於一，造分天地，化成萬物。」段注：「凡注言一部、二部以至十七部者，謂古韵也。玉裁作《六書音均表》，識古韵凡十七部，自倉頡造字時至唐虞三代秦漢以及許叔重造《說文》曰某聲、曰讀若某者，皆條理合一不紊故既用徐鉉切音矣，而又某字志之曰，古音第幾部，又恐學者未見六書音均之書，不知其所謂，乃於《說文》十五篇之後，附《六書音均表》五篇，俾形聲相表裏，因耑推究，於古形古音古義可互求焉。」

二、訓詁得失：明訓詁必考源流得失之要。

　　《說文》：「璏[13]、佩刀上飾也。天子以玉，諸侯以金。从王彘聲。」段注：「〈小雅〉：『鞞琫有珌。』傳：『鞞、容刀鞞也，琫上飾，珌下飾。』〈大雅〉：『鞞琫容刀。』傳：『下曰鞞，上曰琫。』戴先生疑〈瞻彼洛矣〉之珌下飾，當為鞞下飾，珌、文飾皃。有珌與首章有奭句法同，《說文》訓鞞為刀室，誤也。玉裁按：鞞之言裨也，刀室所以裨護刀者，漢人曰削，俗作鞘。琫之言奉也，奉俗作捧，刀本曰環，人所捧握也。其飾曰琫，珌之言畢也，刀室之末，其飾曰珌，古文作璏。傳云：『鞞、容刀鞞也。謂刀削。其云琫上飾，珌下飾者，上下自全刀言之，琫在鞞上，鞞在琫

下，玭在鞞末。〈公劉〉詩不言玭，故云下曰鞞，舉鞞以該玭，鞞琫有玭。言鞞琫而又加玭也。〈王莽傳〉：『瑒琫瑒玭。』孟康曰：『佩刀之飾。上曰琫，下曰玭。』若劉熙《釋名》曰：『室口之飾曰琫，琫、捧也。捧束口也。下末之飾曰琕，琕、卑也，下末之言也。』琕即鞞之譌，劉意自一鞘言之，故雖襲毛上曰琫、下曰鞞之云，而大非毛意。至杜預本之注《左傳》云：『鞞佩刀削上飾，鞛下飾。』又互譌上下字矣。凡訓詁必考其源流得失者舉昧此。」

《說文》：「𢪛[605]、摵也。從手𦬸聲。」段注：「摵之訓見下，揃謂摵也。《急就篇》：『沐浴揃摵寡合同。』《莊子》：『皆媙可以休老。』本亦作揃摵，揃摵者，道家休養之法，故《莊》云可以休老，史游與沐浴寡合同類言，寡合同即嗇精寡慾之說也。若〈士喪禮〉、〈士虞禮〉之蚤揃，蚤讀為爪，謂斷爪，揃讀為翦，許作𦬸謂𦬸須也。〈士虞禮〉揃或為鬋，〈曲禮〉亦作蚤鬋。注云：『鬋鬢也。』釋鬋為𦬸理鬢髮，是《禮經》揃字為𦬸若鬋之叚借，而不用揃之本義。顏師古注《急就》曰：『揃摵謂鬋拔眉髮也。』葢去其不齊整者，顏氏誤以《禮經》之揃，釋莊、史之揃摵。是誤以叚借為本義也。訓詁不通其源，斯誤有如此者。」

《說文》：「𢱬[605]、取易也。從手寽聲。」段注：「按将與寽二篆義別，寽見受部云：五指寽也，五指寽者，如用指取禾采之穀是也。将則訓取易而義不同。《詩》：『薄言将之』、『将采其劉』。傳曰：『将、取也。』此将之本義也。若董逌《詩詁》曰：『以指歷取也。』朱子《詩集傳》曰：『将取其子也。』此於今之俗語求其義，而不知今之俗語，許書自有本字。凡訓詁之互審慎如此。」

三、諟正譌字：明諟正許書說解用字之要。

《說文·敘》云：「假借者，本無其字，依聲託事，令長是也。」[764]段注：「葢許說義出於形，有形以範之，而字義有一定，有本字之說解以定之，而他字說解中不容與本字相背，故全書譌字必一一諟正，而後許免於誣。許之為是書也，以漢人通借緐多，不可究詰，學者不識何字為本字，

何義為本義，雖有《倉頡》、《爰歷》、《博學》、《凡將》、《訓纂》、《急就》、《元尚》諸篇，楊雄、杜林諸家之說，而其篆文既亂襍無章，其說亦零星閒見，不能使學者推見本始，觀其會通，故為之依形以說音義，而製字之本義昭然可知，本義既明，則用此字之聲而不用此字之義者，乃可定為叚借。本義明而叚借亦無不明矣。」

四、校勘許書：明校正許書傳本之要。

《說文》：「蒃[441]、屮而奪取曰篡。从厶算聲。」段注：「奪當作敓，奪者手持隹失之也。引伸為凡遺失之偁，今吳語云奪落是也。敓者彊取也，今字奪行敓廢，但許造《說文》時，畫然分別，書中不應自相剌謬，凡讀許書當先校正有如此者，屮而敓者，下取上也。」

五、更定俗字：明不可以俗字疑許書之要。

《說文》：「玶[19]、石之有光者，璧玶也，出西胡中。从王丣聲。」段注：「按古音丣丣二聲同在三部為疊韻，而畱、玶、莤、聊、騮、貊、劉等字，皆與丣又疊韻中雙聲。昴、貿、茆等字與丣疊韻中雙聲，部分以疊韻為重，字音以雙聲為重，許君丣丣畫分，而从丣之字，俗多改為从丣，自漢已然，丣金刀為劉之說，緯書荒繆，正屈中、止句、馬頭人、人持十之類，許所不信也。凡俗字丣變丣者，今皆更定，學者勿持漢人繆字以疑之。」

六、考正舊次：明復原許書原次之要。

《說文》：「璑[13]、玉佩。从玉敫聲。」段注：「璬、珩、玦三字，鉉本在玥下瑞上，鍇本則珩、玦又綴於部末，皆非舊次，凡一書內舊次可考者訂正之。」

《說文》：「婧[576]、寒也。从仌青聲。」段注：「瘦、凊二篆，舊在凍篆之前，非其次也，今更正。凡全書內多有互正者，學者依此求之。」

七、辨明原文：明刪去淺人竄補原文之要。

《說文》：「爽[129]、明也。从㸚大。爽、篆文爽。」段注：「此字淺人竄補，當刪，爽之作爽，爽之作爽，皆隸書改篆，取其可觀耳。淺人補入《說文》云此為小篆，从㸚既同，何不先篆後古籀乎！凡若此等，不可不辨。」

《說文》：「卟[128]、卜以問疑也。从口卜。讀與稽同。」段注：「當作卜口，卜而以口問也。凡若此等，未能盡正，學者於此例之，可以三隅反矣。」

《說文》示部末：「文六十三，重十三。」[9]段注：「六十三，鍇本作六十五，禪下有禰、裩二字。云禰秋畋也，从示爾聲。裩、祝也。从示虘聲。即犬部之獹，言部之詛也。用此知《說文》多為淺人增竄，部末凡數，多非原文。示部鉉六十三，鍇六十五可證。」

《說文》一篇末：「十四部，文六百七十二，重八十，凡萬六百三十九字。」[48]段注：「此第一篇部文重文解說字之都數也。每篇末識之以得十四篇都數，識於敘目之後云：『此十四篇五百四十部九千三百五十三文，重一千一百六十三，解說凡十三萬三千四百四十一字是也。』自二徐每篇分上下，乃移之冠篇，首非是。小徐書轉寫尤舛誤，今復其舊云。」

八、擇從善本：明選擇許書善本之要。

《說文》：「㫄[2]、溥也。从二，闕，方聲。」段注：「凡徐氏鉉鍇二本不同，各从其長者，如此處鍇作方聲，闕，闕字在方聲下，於未聞从冂之說不暸，故不从之是也。後不悉注。」

《說文》：「刷[183]、刮也。从刀、㕞省聲。禮有刷巾。」段注：「有鉉譌布，黃氏公紹所據鍇本不誤，而宋張次立依鉉改為布，今繫傳本乃張次立所更定，往往改之同鉉，而佳處時存《韵會》也。」

第二節　論造字命名之條例

本節所述旨在說明段注所及造字、六書體用、聲義同源、於形得義、形構無定、文字命名等例，此為段氏析解《說文》之重要理念。

一、造字之條例

(一)文字始作，有義而後有音，有音而後有形，音必先乎形：

《說文》：「坤[688]、地也。《易》之卦也，从土申，土位在申也。」段注：「此說从申之意也。〈說卦傳〉曰：坤也者，地也，萬物皆致養焉。故曰：致役乎坤，坤正在申位，自倉頡造字已然。後儒乃臆造乾南坤北為伏羲先天之學；〈說卦傳〉所定之位，為文王後天之學，甚矣！人之好怪也。或問伏羲畫八卦，即有乾、坤、震、巽等名與不？曰：有之。伏羲三奇謂之乾，三耦謂之坤，而未有乾字、坤字，傳至於倉頡，乃後有其字，坤、巽特造之，乾、震、坎、離、艮、兌以音義相同之字為之。故文字之始作也，有義而後有音，有音而後有形，音必先乎形。名之曰乾坤者，伏羲也；字之者，倉頡也。畫卦者，造字之先聲也。」

《說文》：「𥸨[434]、意內而言外也。从司言。」段注：「意者、文字之義也；言者、文字之聲也；𥸨者、文字形聲之合也。凡許之說字義，皆意內也；凡許之說形說聲，皆言外也。有義而後有聲，有聲而後有形，造字之本也。形在而聲在焉，形聲在而義在焉，六藝之學也。」

(二)六書體用之說，及其造字關係之條例：

《說文·敘》：「保氏教國子先己六書。」[762]段注：「六書者，文字聲音義理之總匯也。有指事、象形、形聲、會意而字形盡於此矣。字各有音，而聲音盡於此矣。有轉注、叚借而字義盡於此矣。異字同義曰轉注，異義同字曰叚借，有轉注而百字可一義也，有叚借而一字可數義也。字形、字音之書若大史籀著大篆十五篇，殆其一耑乎！字義之書，若《爾雅》，其冣著者也。趙宋以後，言六書者，匈裌陋隘，不知轉注叚借所以包括詁訓之全，謂六書為倉頡造字六法，說轉注多不可通。戴先生曰：『指事、象形、形聲、

會意四者，字之體也，轉注、叚借二者，字之用也。』聖人復起，不易斯言矣。」

《說文‧敘》：「形聲者，已事為名，取譬相成，江、河是也。」[763]段注：「事兼指事之事、象形之物言，物亦事也。名即古曰名今曰字之名。譬者諭也，諭者告也，以事為名謂半義也，取譬相成謂半聲也。江河之字，以水為名，譬其聲如工可，因取工可成其名。其別於指事、象形者，指事、象形獨體，形聲合體；其別於會意者，會意合體主義，形聲合體主聲。聲或在左、或在右、或在上、或在下、或在中、或在外，亦有一字二聲者，有亦聲者，會意而兼形聲也。有省聲者，既非會意，又不得其聲，則知其省某字之為聲也。」

《說文》：「鹵[592]、西方鹹地也。从𠂖省，㇇象鹽形。」段注：「凡既从某而又象其形，謂之合體之象形。多不成字，其成字者則會意也。轉寫者以其不成字而刪之，致文理不可讀，皆當依此補之。合體象形有半成字半不成字者如鹵从鹵而又以㇇象之是也。有兩不成字者，如𦏷以弓象鳥，以図象巢是也。」

《說文》：「天[1]、顛也。至高無上。从一大。」段注：「凡會意合二字以成語，如一大，人言，止戈皆是。」

按：以上說明六書體用之別及四體造字之方法。

《說文》：「丕[1]、大也。从一不聲。」段注：「丕與不音同，故古多用不為丕，如不顯即丕顯之類，於六書為假借，凡假借必同部同音。」

《說文》：「祇[3]、地祇提出萬物者也。从示氏聲。」段注：「凡假借必取諸同部。」

按：以上言假借之法，必取諸同部也。

《說文》：「灑[568]、滌也。从水麗聲。」段注：「凡言某字古文以為某字者，皆謂古文假借字也。洒灑本殊義而雙聲，故相假借，凡假借多疊韵或雙聲也。」

按：此謂假借之法，或取雙聲也。

《說文》：「皋[503]、大白也。从大白。古文㠯為澤字。」段注：「叚借多取諸同音，亦有不必同音者，如用皋為澤、用丂為亏、用屮為艸之類。」

此謂假借之法，亦有不必同音而取形似。

《說文》：「㰒[271]、裹斫也。从木㸚聲。」段注：「《周禮》有柞氏，〈周頌〉曰：『載芟載柞。』毛云：『除木曰柞。』柞皆即㰒字，異部假借，魚歌合韵之理也。」

按：此言假借之法，有取合韻者。

《說文》：「緹[657]、帛丹黃色也。从糸是聲。袛、緹或作袛。」段注：「从衣氏聲也。古氏與是同用，故是聲亦从氏聲。此篆與衣部袛裯之袛大別，其義則彼訓短衣，其音則氏聲在十五部，氏聲在十六部也。按《唐石經·周易》：『袛既平。』《詩》：『袛攪我心。』、『亦袛以異。』《左傳》：『袛見疏也。』《論語》：『亦袛以異。』以及凡訓適之字皆从衣氏，蓋有所受之矣。張參《五經文字》，經典字書之砥柱也。衣部曰：『袛、止移切，適也。』《廣韵》本孫愐《唐韵》曰：『袛、章移切，適也。』《玉篇》衣部亦曰：『袛，之移切，適也。』舊字相承可據如是。至《集韵》云：『袛、章移切，適也。』始从示，然恐轉寫轉刊之誤耳。至《類篇》則袛袛二文皆訓適。至《韵會》而从示之袛訓適矣。此其遞譌之原委也。袛之訓適，以其音同在十六部而得其義。凡古語曹皆取諸字音，不取字本義，皆叚借之法也。」

按：此謂假借之法，在古語曹皆取諸字音，不取字本義。

(三)以聲爲義之例：

1.聲義同原：

《說文》：「禛[2]、已真受福也。从示真聲。」段注：「此亦當云从示、从真、真亦聲。不言者省也。聲與義同原，故龤聲之偏㫄多與字義相近。此會意形聲兩兼之字致多也。《說文》或偁其會意，略其形聲，或偁其形聲，略其會意，雖則渻文，實欲互見，不知此則聲與義隔。又或如宋人《字說》，袛有會意，別無形聲，其失均誣矣。」

2.凡字之義，必得諸字之聲：

《說文》：「鏓[716]、鎗鏓也。从金悤聲。一曰：大鑿中木也。」段注：「中木也，各本作平木者，《玉篇》、《廣韵》竟作平木器，今正。鑿非平木之器，馬融〈長笛賦〉：『鏓硐隤墜。』李注云：『《說文》曰：鏓、

大鑿中木也。」然則以木通其中皆曰鎗也。今按中讀去聲，許正謂大鑿入木曰鎗，與種植、舂杵聲義皆略同。《詩》曰：『鑿冰沖沖。』傳曰：『沖沖、鑿冰之意。』今四川富順縣邛州鑿鹽井深數十丈，口徑不及尺，以鐵為杵架高縋而鑿之，俗傋中井，中讀平聲，其實當作此鎗字，囪者多孔，蔥者空中，聰者耳順，義皆相類。凡字之義必得諸字之聲者如此。」

3.凡從某聲皆有某意：

《說文》：「鰕[586]、鰕魚也。从魚叚聲。」段注：「凡叚聲如瑕鰕騢皆有赤色。古亦用鰕為雲縀字。」

《說文》：「翑[140]、羽曲也。从羽句聲。」段注：「凡從句者皆訓曲。〈釋木〉曰：『句如羽喬。』上句曰喬。然則羽曲者謂上句反鄉。」

《說文》：「胊[176]、脯挺也。从肉句聲。」段注：「凡從句之字皆曲物，故皆入句部。胊不入句部何也，胊之直多曲少，故釋為脯挺，但云句聲也。云句聲則亦形聲包會意也。」

《說文》：「藼[31]、艸也。从艸晶聲。《詩》曰：『莫莫葛藟。』一曰秬鬯。」段注：「秬鬯之酒，鬱而後鬯。凡字從晶聲者皆有鬱積之意。」

《說文》：「瓃[15]、玉器也。从玉晶聲。」段注：「《說文》無晶字，而云晶聲者，……晶象回轉形，木部欙字下曰：刻木作雲靁，象施不窮。楊雄賦曰：輼轤不絕。凡從晶字皆形聲兼會意。」

《說文》：「詖[91]、辨論也。古文㠯為頗字。从言皮聲。」段注：「此詖字正義。皮、剝取獸革也，柀、析也，凡从皮之字皆有分析之意，故詖為辨論也。」

《說文》：「頒[104]、賦事也。从業八，八、分之也，八亦聲。讀若頒，一曰讀若非。」段注：「凡從非之字，皆有分背之意。」

《說文》：「斐[429]、分別文也。从文非聲。」段注：「析言之則為分別之文，以字从非知之也。」

《說文》：「回[279]、回也。从口云聲。」段注：「凡從云之字皆有回轉之意。」

《說文》：「夗[318]、轉臥也。从夕卩。臥有卩也。」段注：「凡夗聲、宛聲字皆取委曲意。」

　　《說文》：「甬[320]、艸木𠂹甬甬然也。从𠃊用聲。」段注：「按凡从甬聲之字皆興起之意。」

　　《說文》：「𬘓[394]、交衽也。从衣金聲。」段注：「凡金聲、今聲之字，皆有禁制之義。」

　　《說文》：「襛[397]、衣厚皃。从衣農聲。《詩》曰：『何彼襛矣。』」段注：「凡農聲之字，皆訓厚。醲、酒厚也。濃、露多也。襛、衣厚皃也。引伸為凡多厚之偁。」

　　《說文》：「濃[564]、露多也。从水農聲。《詩》曰：『零露濃濃。』」段注：「〈小雅・蓼蕭〉傳曰：『濃濃、厚皃。』按酉部曰：『醲、厚酒也。』衣部曰：『襛、衣厚皃。』，凡農聲字皆訓厚。」

　　《說文》：「娠[620]、女妊身動也。从女辰聲。《春秋傳》曰：『后緡方娠。』一曰：官婢女隸謂之娠。」段注：「凡从辰之字皆有動意，震振是也。」

　　《說文》：「增[696]、增也。从土曾聲。」段注：「此與會部䯑、衣部襘音義皆同。凡从曾之字，皆取加高之意。……凡从卑之字，皆取自卑加高之意。所謂天道虧盈益謙，君子捊多益寡也。凡形聲中有會意者例此。」

　　《說文》：「軍[734]、圜圍也。四千人為軍，从包省、从車，車、兵車也。」段注：「於字形得圜義，於字音得圍義，凡渾輯煇等軍聲之字，皆兼取其義。」

　　《說文》：「陘[741]、山絕坎也。从𨸏巠聲。」段注：「凡巠聲之字皆訓直而長者。」

　　《說文》：「俇[382]、小兒。从人光聲。《國語》曰：『俇飯不及壷飧。』」段注：「小當作大，字之誤也。凡光聲之字多訓光大，無訓小者。〈越語〉：『句踐曰：諺有之曰：觥飯不及壷飧。』韋云：觥、大也。大飯謂盛饌。盛饌未具，不能以虛待之，不及壷飧之救飢疾也。言己欲滅吳，取快意得之而已，不能待有餘力。」

　　《說文》：「㶴[489]、盛火也。从火多聲。」段注：「凡言盛之字从多。」

　　《說文》：「㖿[435]、有大慶也。从卩多聲。讀若侈。」段注：「凡从多

之字訓大。」

　　《說文》：「兀[409]、高而上平也。从一在儿上。」段注：「凡从兀聲之字，多取孤高之意。」

　　《說文》：「襂[393]、禪衣也。一曰盛服。从衣參聲。」段注：「凡參聲字多為濃重。」

　　《說文》：「芌[25]、大葉實根駭人，故謂之芌也。从艸亏聲。」段注：「口部曰：吁、驚也。毛傳曰：訏、大也。凡于聲字多訓大。芌之為物葉大根實，二者皆堪駭人，故謂之芌。其字从艸于聲也。」

　　《說文》：「齮[80]、齧也。从齒奇聲。」段注：「按凡從奇之字多訓偏。如掎訓偏引，齮訓側齧。」

　　《說文》：「鼖[208]、大鼓謂之鼖，鼓八尺而兩面，已鼓軍事。从鼓、賁聲。」段注：「凡賁聲字多訓大，如毛傳云：墳、大防也。頒、大首皃，汾、大也皆是。卉聲與賁聲一也。」

4.凡同音多同義：

　　《說文》：「嘶[101]、悲聲也。从言、斯省聲。」段注：「斯、析也，澌、水索也。凡同聲多同義。鍇曰：今謂馬悲鳴為嘶。」

　　《說文》：「真[388]、僊人變形而登天也。从匕、目、乚，ㄇ、所已乘載之。」段注：「此真之本義也，經典但言誠實，無言真實者，諸子百家乃有真字耳，然其字古矣。古文作𠗾，非倉頡以前已有真人乎！引伸為真誠。凡積、鎮、瞋、謓、膜、填、寘、闐、嗔、滇、鬒、瑱、䫜、慎字皆以真為聲，多取充實之意，其顛、槙字以頂為義者，亦充實上升之意也。」

　　《說文》：「騢[466]、馬赤白襍毛。从馬叚聲。謂色似鰕魚也。」段注：「鰕魚謂今之蝦，亦魚屬也。蝦罶有紅色，凡叚聲多有紅義，是以瑕為玉小赤色。」

5.形聲多兼會意：

　　《說文》：「犫[52]、牛息聲。从牛雔聲。一曰牛名。」段注：「《五經文字》且云：『犫作犨，訛。』葢唐以前所據《說文》，無不从言者。凡形聲多兼會意。雔从言，故牛息聲之字从之。」

　　《說文》：「池[558]、陂也。从水也聲。」段注：「夫形聲之字多含會

意。沱訓江別，故从它，沱之言有它也。停水曰池，故从也，也本訓女陰也。」

《說文》：「㶾[489]、火飛也。从火𡿺。……」段注：「此與熛音義皆同。《玉篇》、《廣韵》亦然，引申為凡輕銳之偁。……凡从票為聲者，多取會意。」

《說文》：「薾[38]、華盛。从艸爾聲。《詩》曰：『彼薾惟何。』」段注：「此於形聲見會意。薾為華盛，濔為水盛。」

《說文》：「鋻[709]、剛也。从金臤聲。」段注：「此形聲中有會意也。堅者土之臤，緊者絲之臤，鋻者金之臤。彼二字入臤部，會意中有形聲也。」

《說文》：「朸[255]、木之理也。從木力聲。平原有朸縣。」段注：「以形聲包會意也。阞下曰地理，朸下曰木理，泐下云水理，皆從力，力者筋也，人身之理也。」

6.某字有某義，故言某義之字從之為聲：

《說文》：「泐[564]、水之理也。从水阞聲。」段注：「𨸏部曰：阞、地理也。从𨸏。木部曰：朸、木之理也。从木。然則泐訓水之理，从水無疑矣。……水理如地理木理可尋，其字皆从力，力者、人身之理也。……形聲包會意也。」

《說文》：「悒[513]、不安也。从心邑聲。」段注：「邑者、人所聚也。故凡鬱積之義从之。」

《說文》：「漮[564]、水虛也。从水康聲。」段注：「〈釋詁〉曰：『漮、虛也。』虛師古引作空。康者、穀皮中空之謂，故从康之字皆訓為虛。歑下曰：饑虛也。㡾下曰：屋㡾㝗也。」

《說文》：「璣[18]、珠不圜者。从王幾聲。」段注：「凡經傳沂鄂謂之幾，門橜謂之機，故珠不圜之字从幾。」

《說文》：「枼[272]、楄也。枼、薄也。從木世聲。」段注：「凡木片之薄者謂之枼，故葉、牒、鍱、䈎、偞等字皆用以會意。《廣韵》：『偞、輕薄美好皃。』」

《說文》：「鍠[716]、鐘聲也。从金皇聲。《詩》曰：『鐘鼓鍠鍠。』」

段注：「按皇大也。故聲之大字多从皇。」

　　《說文》：「吤[206]、驚語也。从口亏、亏亦聲。」段注：「按亏有大義，故从亏之字多訓大者，芌下云：『大葉實根駭人。』吤訓驚語，故从亏口，亏者驚意，此篆重以亏會意，故不入口部，如句丩屬字之例。」

7.聲同義近，聲同義同：

　　《說文》：「晤[306]、朙也。从日吾聲。《詩》曰：『晤辟有摽。』」段注：「晤者启之明也。心部之悟，疒部之寤，皆訓覺，覺亦明也。同聲之義必相近。」

　　《說文》：「歟[415]、安气也。从欠與聲。」段注：「如趣為安行，舉為馬行疾而徐，音同義相近也。今用為語末之辭，亦取安舒之意，通作與。」

　　《說文》：「娃[629]、圜深目兒也。从女圭聲。或曰：吳楚之閒謂好娃。」段注：「洼、深池也。窐、甑空也。凡圭聲字義略相似。」

　　《說文》：「裨[399]、接也、益也。从衣卑聲。」段注：「會部曰：朇、益也。土部曰：埤、增也。皆字異而音義同。」

　　《說文》：「袢[399]、衣無色也。从衣半聲。一曰《詩》曰：『是紲袢也。』讀若普。」段注：「日部曰：普、日無色也。袢讀若普，則音義皆同。女部曰：姅婦人污也，義亦相近。」

　　《說文》：「齰[80]、齧堅聲。从齒吉聲。」段注：「石部曰：硈、石堅也。皆於吉聲知之。」

　　《說文》：「癉[355]、勞病也。从疒單聲。」段注：「〈大雅〉：『下民卒癉。』〈釋詁〉、〈毛傳〉皆云：『癉、病也。』〈小雅〉：『哀我癉人。』〈釋詁〉、〈毛傳〉曰：『癉、勞也。』許合云勞病者，如嘽訓喘息兒，僤訓車敝兒，皆單聲字也。」

　　《說文》：「秒[327]、禾芒也。从禾少聲。」段注：「艸部云：『薒、末也。』禾芒曰秒，猶木末曰杪。」

　　《說文》：「薒[38]、苕之黃華也。从艸與聲。一曰：末也。」段注：「金部之鏢、木部之標皆訓末，……禾部曰秒禾芒也。秋分而秒定。按《淮南・天文訓》作秋分薒定，此薒為末之證也。」

　　《說文》：「歉[418]、飢虛也。从欠康聲。」段注：「飢者、餓也。㵎者

水之虛，寠者屋之虛，歡者餓腹之虛。」

　　《說文》：「繎654、楸絲也。从糸辰聲。」段注：「楸、分離也。水之衺流別曰辰，別水曰派，血理之分曰衇，楸絲曰紙。」

　　《說文》：「鍊710、治金也。从金柬聲。」段注：「涷、治絲也。練、治繒也。鍊、治金也。皆謂瀶涷欲其精，非苐冶之而已，冶者銷也。引申之凡治之使精曰鍊。」

㈣以形爲義之例：

1.於形得義：

　　《說文》：「香220、芳米也。从皀厶聲。或說厶皀也。」段注：「皀者穀之馨香也。其字从厶皀，故其義曰芳米。此於形得義之例。」

　　《說文》：「靦427、面見人也。从面見，見亦聲。《詩》曰：『有靦面目。』」段注：「此以形為義之例。」

　　《說文》：「夶390、菲也。从二人相背。」段注：「乖者戾也。此於其形得其義也。」

　　《說文》：「県428、到首也。賈侍中說，此斷首到縣県字。」段注：「到者、今之倒字，此亦以形為義之例。」

　　《說文》：「㹜482、兩犬相齧也。从二犬。」段注：「義見於形也。」

　　《說文》：「臯503、大白也。从大白。古文㠯為澤字。」段注：「全書之例，於形得義之字，不可勝計。臯以白大會意，則訓之曰大白也。猶下文大在一上則為立耳。」

　　《說文》：「沝573、二水也。闕。」段注：「即形而義在焉。」

　　《說文》：「𤋱587、二魚也。」段注：「此即形為義，故不言从二魚。二魚重而不竝，《易》所謂貫魚也，魚行必相隨也。」

　　《說文》：「𠂤724、二斤也。闕。」段注：「二斤也。言形而義在其中。」

2.物盛則三之：

　　《說文》：「晶315、精光也。从三日。」段注：「凡言物之盛皆三其文。日可三者，所謂纍日也。」

　　《說文》：「焱495、火蕐也。从三火。」段注：「凡物盛則三之。」

《說文》：「惢[575]、三泉也。闕。」段注：「凡積三為一者，皆謂其多也。不言从三泉者，不待言也。」

《說文》：「羴[149]、羊臭也。从三羊。」段注：「羊多則气羴，故从三羊。」

《說文》：「雥[149]、羣鳥也。从三隹。」

《說文》：「众[391]、眾立也。从三人。」段注：「會意。《國語》曰：『人三為眾。』」

《說文》：「品[85]、眾庶也。从三口。」段注：「人三為眾，故從三口。」

《說文》：「磊[457]、眾石皃。从三石。」段注：「石三為磊，猶人三為眾。磊之言絫也。」

《說文》：「蟲[682]、有足謂之蟲，無足謂之豸。从三虫。」段注：「有舉渾言以包析言者，有舉析言以包渾言者，此蟲豸析言以包渾言也。……人三為眾，虫三為蟲，蟲猶眾也。」

《說文》：「驫[474]、眾馬也。从三馬。」

《說文》：「麤[476]、行超遠也。从三鹿。」段注：「鹿善驚躍，故从三鹿。引伸之為鹵莽之偁。…三鹿齊跳，行超遠之意。《字統》云：『警防也。鹿之性相背而食，慮人獸之害也。故从三鹿。』楊氏與許乖異如此。」

《說文》：「毚[477]、疾也。从三兔。」段注：「與三馬、三鹿、三犬、三羊、三魚取意同。兔善走，三之則更疾矣。」

《說文》：「猋[482]、犬走皃。从三犬。」段注：「此與驫、麤、毚同意。」

《說文》：「鱻[587]、新魚精也。从三魚。不變魚也。」段注：「此釋从三魚之意，謂不變其生新也。他部如驫、麤、猋等皆謂其生者，鱻則謂其死者，死而生新自若，故曰不變。」

《說文》：「譶[102]、疾言也。从三言。讀若沓。」段注：「《文選・琴賦》：『紛澀譶以流漫。』注：『澀譶，聲多也。』」

(五)古形橫直無定：

《說文》：「愚[518]、蒿也。从心上貫凸，凸亦聲。」段注：「此八字乃淺人所改竄，古本當作从心丑聲四字。丑貫古今字，古形橫直無一定，如目字偏旁皆作凸，患字上从丑，或橫之作申而又析為二中之形，蓋恐類於申也。」

按：

《說文》成書，始將字形畫一。甲金文中形體多不一致，筆畫或多或少，或左或右，或橫或直，雖非圖畫，尚未脫圖畫之痕跡。例如「羊」字，甲骨文有 𓏲 𓏲 𓏲 等形，金文有 𓏲 𓏲 𓏲 𓏲 等形，而小篆定作羊，欲增一筆不可，減一筆不能。「須」字金文有 𓏲 𓏲，篆文作須。「子」甲文有 𓏲 𓏲 𓏲 𓏲 諸形，金文有 𓏲 𓏲 𓏲 𓏲 諸形，篆文作子。「耳」字甲文作 𓏲 𓏲 𓏲，金文作 𓏲，篆文作耳，「昌」字甲文作 𓏲，金文作 𓏲，篆文作昌。[1]

(六)並之與重，或同或異：

《說文》：「多[319]、緟也。从緟夕。夕者相繹也，故為多。緟夕為多，緟日為疊。夗、古文並夕。」段注：「有並與重別者，如棘、棗是也。有並與重不別者，夗、多是也。」

(七)古一字不限一體一聲：

《說文》：「戕[637]、絕也。从从持戈。一曰田器古文。讀若咸，一曰讀若《詩》『攬攬女手』。」段注：「一說謂田器字之古文如此作也。田器字見於全書者，銍、鈂、鈐、鎌皆田器，與戕同音部，未宷為何字之古文，疑銍字近之。此如銚本田器，斗部作斛，云出《爾雅》。古一字不限一體也。」

《說文》：「竊[336]、盜自中出曰竊。从穴米，禼、廿皆聲也。廿、古文疾，禼、偰字也。」段注：「一字有以二字形聲者。」

㈧從寸之字多有法義：

《說文》：「冠[356]、絭也。所㠯絭髮，弁冕之總名也。从冖元、元亦聲。冠有法制，故从寸。」段注：「古凡法度之字，多从寸者。」

㈨人體之字，類多從尸：

《說文》：「𦣝[599]、廣頤也。从𦣞巳聲。𢈈古文𦣝从戶。」段注：「按此古文从戶，疑當作从尸，凡人體字多从尸，不當从戶也。」

㈩訓寒之字多從仌：

《說文》：「滄[576]、寒也。从仌倉聲。」段注：「仌者寒之象也，故訓寒之字皆从仌。」

二、命名之條例

㈠統言不分，析言有別：

《說文》：「珧[18]、蜃甲也。所以飾物也。从王兆聲。《禮記》曰：『佩刀天子玉琫而珧珌。』」段注：「〈釋器〉曰：『以蜃者謂之珧。』按《爾雅》：『蜃小者珧。』〈東山經〉：『嶧皋之水多蜃珧。』傳曰：『蜃、蚌屬；珧、玉珧，亦蚌屬。』然則蜃珧二物也，許云一物者，據《爾雅》言之。凡物統言不分，析言有別。」

《說文》：「蘇[24]、桂荏也。从艸穌聲。」段注：「《方言》曰：『蘇亦荏也。關之東西，或謂之蘇，或謂之荏。』郭樸曰：『蘇、荏類。』是則析言之則蘇荏二物，統言則不別也。」

㈡對文則異，散文則通：

《說文》：「瞍[137]、無目也。从目叜聲。」段注：「無目與無牟子別，無牟子者，黑白不分，無目者，其中空洞無物。故《字林》云：『瞍、目有眹無珠子也；瞽者、才有眹而中有珠子，瞍者才有眹而中無珠子，此又瞽與瞍之別，凡若此等，皆對文則別，散文則通。』」

㈢物之爲名，可單可絫：

《說文》：「萒[30]、艸也。枝枝相值，葉葉相當。从艸昜聲。」段注：「按《說文》凡艸名篆文之下皆複舉篆文某字曰某艸也。如葵篆下必云葵菜

也,蓋篆下必云蓋艸也,篆文者其形,說解者其義,以義釋形,故《說文》為小學家言形之書也。淺人不知,則盡以為贅而刪之,不知葵菜也,蓋艸也,河水也江水也皆三字句,首字不逗,今雖未復其舊,為舉其例於此。此𦽉篆之下,本云𦽉艸也,各本既刪𦽉字,又去也字,則𦽉篆不為艸名,似為凡枝枝相值葉葉相當之偶矣。《玉篇》𦽉下引《說文》,謂即蓬𦽉、馬尾、蔄陸也。蔄同𦽉,攷《本艸經》曰:『商陸一名𦽉,根一名夜呼。』陶隱居曰:『其花名𦽉。』是則絫呼曰蓬𦽉,單呼曰𦽉。或謂其花𦽉,或謂其莖葉𦽉也。」

㈣物之取名,異名同實:

《說文》:「𧄼[27]、菫艸也。一曰拜商藋。从艸翟聲。」段注:「凡物有異名同實者,〈釋艸〉曰:『茨、菫艸。』陸德明謂即《本艸》之蔄藋。按郭釋以烏頭,烏頭名菫,見《國語》。而茨名無見,陸說為長。」

㈤二字為名,不可刪一:

《說文》:「苦[27]、大苦、苓也。从艸古聲。」段注:「〈毛傳〉、《爾雅》皆云:『卷耳、苓耳。』《說文》苓篆下必當云:『苓耳、卷耳也。』今本必淺人刪其苓耳字,卷耳自名苓耳,非名苓,凡合二字為名者,不可刪其一字,以同於他物。如單云蘭非芄蘭,單云葵非鳧葵是也。此大苦斷非苓耳,而苦篆、苓篆不類廁,又其證也。」

㈥兩字為名,不可因一字之同,謂為一物:

《說文》:「𪆿[152]、鴟鴞、寧鴂也。从鳥号聲。」段注:「鴟、當作雎,雎、雖也。鴟鴞則為寧鴂,雎舊則為舊罶,不得舉一雎字,謂為同物,又不得因鴞與鳧音近,謂為一物,又不得因雎鴞與鴟鵂音近,謂為一物也。雎舊不可單言雎,雎鴞不可單言鴞。凡物以兩字為名者,不可因一字與他物同,謂為一物。」

《說文》:「𪃋[152]、寧鴂也。从鳥夬聲。」段注:「《小正》、《孟子》借鴂為鴃,《離騷》:『恐鵜鴂之先鳴。』楊雄作鴨鴂,或釋為子規,或釋為伯勞,未得其審。而《廣韵》乃合鵜鴂、鴟鴂為一物。凡物名因一字相同而溷誤之類如此。」

《說文》：「𨅖[685]、𪓑𪓑也。从它象形。𪓑頭與它頭同。」段注：「《周禮·蟈氏》：『掌去𪓑𪓑。』鄭司農云：『蟈、蝦蟇也。』〈月令〉曰：『螻蟈鳴。』𪓑𪓑、蝦蟇屬，書或為掌去蝦蟇。玄謂蟈今御所食蛙也。齊魯之間謂𪓑為蟈，𪓑、耿𪓑也。蟈與耿𪓑尤怒鳴，為聒人耳，故去之。按蛙即𪓑字，依大鄭說則𪓑𪓑二字為一物；依後鄭說，則𪓑即蟈為一物，𪓑乃耿𪓑為一物。依許𪓑下曰𪓑𪓑也，似同大鄭說，然有當辯者。許果合二字為一物，則𪓑篆下當云𪓑𪓑蝦蟇也；𪓑下云𪓑𪓑也，乃合全書之例。而蝦蟇篆居虫部，此則單舉𪓑篆釋曰蝦蟇，𪓑篆下則曰𪓑𪓑也，是許意𪓑𪓑為一物，𪓑為一物。凡兩字為名，一字與他物同者，不可與他物牽混，知𪓑𪓑非𪓑也。」

(七)單字為名，不可與雙字為名者相混：

《說文》：「𧍢[670]、蟲也。从虫召聲。」段注：「謂蟲名也。按《玉篇》以蛁蟟釋之，非也。蛁自蟲名，下文蚗下蟟別一蟲名。凡單字為名者，不得與雙字為名者相牽混。蛁蟟即蛁蟟，不得以釋蛁也。」

(八)物之小者細者，謂之子、女或卵：

《說文》：「蒻[28]、蒲子，可㠯為平席。世謂蒲蒻。从艸弱聲。」段注：「蒲芺子者，蒲之少者也。凡物之少小者，謂之子，或謂之女。」

《說文》：「𨼪[743]、城上女牆俾倪也。从𨸏卑聲。」段注：「土部曰：『堞、城上女垣也。』凡小者謂之女。女牆即女垣也。俾倪疊韻字，或作睥睨，或作埤堄，皆俗字。城上為小牆作孔穴，可以窺外，謂之俾倪。《左傳·宣十二年》：『守陴者皆哭。』杜注：『陴、城上俾倪。』《釋名》云：『城上垣曰俾倪，言於其孔中俾倪非常。亦曰陴。陴、裨也。言裨助城之高也。亦曰女牆。』」

《說文》：「鮞[581]、魚子也。一曰：魚之美者，東海之鮞。从魚而聲。」段注：「魚子、謂成細魚者，上文曰：魚子已生者，謂初出卵，此云魚子，則成細魚矣。凡細者偁子。」

《說文》：「蒜[45]、葷菜也。菜之美者，雲夢之葷菜。从艸祘聲。」段注：「《大戴禮·夏小正》：『十二月納卵蒜，卵蒜者何？本如卵者也。納者何？納之君也。』案經之卵蒜，今之小蒜也。凡物之小者偁卵。」

㈨物之大者，謂之牛、馬或王：

《說文》：「莙[28]、牛藻也。从艸君聲。讀若威。」段注：「按藻之大者曰牛藻，凡艸類之大者，多曰牛曰馬。郭云：江東呼馬藻矣。」

《說文》：「蝒[673]、馬蜩也。从虫面聲。」段注：「凡言馬者謂大，馬蜩者，蜩之大者也。」

《說文》：「蕍[35]、王彗也。从艸湔聲。」段注：「〈釋艸〉字作葥，郭云：『似藜可為彗。』按凡物呼王者皆謂大。」

㈩鳥名多取其聲爲之：

《說文》：「鵃[151]、鶻鵃也。从鳥舟聲。」段注：「凡鳥名多取其聲為之。郭云：『今江東亦呼為鶻鵃。』正謂江東皆呼骨嘲而定此音也。」

⑪古地名多依㕟俗方語：

《說文》：「義[639]、己之威義也。从我、从羊。羛[639]、墨翟書義从弗，魏郡有羛陽鄉。讀若錡。今屬鄴，本內黃北二十里鄉也。」段注：「此以地名證羛字，又箸其方音也。凡古地名多依㕟俗方語。如蓮勺呼輦酌，卑水呼班水，鮦陽呼紂陽，大末呼闥末，剡呼舌剡反，酈呼蹢躅之蹢，曲逆呼去遇，如是者不可枚數，羛陽讀若錡同也。然注家皆讀羛陽虛宜切，與錡音稍不同也。」

⑫菑葉海藟瓦諸字之注，亦申言其所以得名之本：

《說文》：「菑[42]、不耕田也。从艸、田、巛聲。《易》曰：『不菑畬。』甾[42]、菑或省艸。」段注：「攷諸經傳，凡入之深而植立者，皆曰菑。」

《說文》：「葉[38]、艸木之葉也。从艸枼聲。」段注：「凡物之薄者，皆得以葉名。」

《說文》：「海[550]、天池也。㠯納百川者，从水每聲。」段注：「凡地大物博者，皆得謂之海。」

《說文》：「藟[31]、艸也。从艸畾聲。《詩》曰：『莫莫葛藟。』一曰：秬鬯。」段注：「按凡藤者謂之藟。系之艸則有藟字，系之木則有櫐字，其實一也。」

《說文》：「𤬭[644]、土器已燒之總名，象形也。」段注：「土部坏下曰，一曰瓦未燒瓦謂已燒者也。凡土器未燒之素皆謂之坏，已燒皆謂之瓦。」

第三節　闡述古今形音義演變之例

本節所述旨在說明段注所及古今文字變遷之例，或因形，或因義，或因音，學者當參據《說文》，方能詳識其原則。

一、字形古今演變及古今行廢之例

《說文》：「𠈲[383]、愉也。从人兆聲。《詩》曰：『視民不佻。』」段注：「古本皆作愉，汲古閣作偷，誤也。心部曰：『愉、薄也。』〈小雅·鹿鳴〉曰：『視民不恌。』許所據作佻是。毛傳曰：『恌、愉也。』按〈釋言〉：『佻、偷也。』偷者、愉之俗字，今人曰偷薄、曰偷盜，皆从人作偷，他侯切。而愉字訓為愉悅，羊朱切，此今義今音今形，非古義古音古形也。古無从人之偷，愉訓薄音他侯切，愉愉者和氣之薄發於色也。盜者澆薄之至也，偷盜字古只作愉也。凡古字之末流鍼析類如是矣。」

《說文》：「𨽌[504]、臨也。从立隶聲。」段注：「臨者、監也。經典蒞字或作涖，注家皆曰臨也。《道德經·釋文》云：『古無蒞字，《說文》作𨽌。』按蒞行而𨽌廢矣。凡有正字而為叚借字所敚者類此。」

《說文》：「𧈫[386]、裼也。从人旦聲。」段注：「衣部曰：『裼者、但也。』二篆為轉注，古但裼字如此，袒則訓衣縫解，今之綻裂字也。今之經典凡但裼字皆改為袒裼矣。衣部又曰：『羸者、但也；裎者、但也。』〈釋訓〉、〈毛傳〉皆曰：『袒裼、肉袒也。』肉袒者、肉外見無衣也。引伸為徒也。凡曰但、曰徒、曰唐，皆一聲之轉，空也。今人但謂為語辭，而尟知其本義，因以袒為其本義之字，古今字之不同類如此。」

二、字之引申轉移之例

(一)引申義行本義廢也：

《說文》：「㝢[341]、尻也。从宀、豛省聲。」段注：「按此字為一大疑案，豛省聲讀家，學者但見从豕而已，从豕之字多矣，安見其為豛省耶？何以不云叚聲，而紆回至此耶！竊謂此篆本義乃豕之尻也，引申叚借以為人之尻，字義之轉移多如此。牢、牛之尻也，引伸為所以拘罪之陛牢，庸有異乎！豢豕之生子取多，故人尻聚處借用其字，久而忘其字之本義，使引伸之義得冒據之。蓋自古而然，許書之作也，盡正其失，而猶未免，此且曲為之說，是千慮之一失也。」

(二)義之歧出，字之日增也：

《說文》：「醒[757]、病酒也。一曰：醉而覺也。从酉呈聲。」段注：「〈節南山〉正義引《說文》無一曰二字，蓋有者為是。許無醒字，醉中有所覺悟，即是醒也。故醒足以兼之。《字林》始有醒字，云酒解也。見《眾經音義》。蓋義之歧出，字之日增多類此。」

(三)文字故訓引申，本有其原則也：

《說文》：「齍[213]、黍稷器所吕祀者，从皿齊聲。」段注：「按《周禮》一書，或兼言齍盛，或單言齍，單言盛，皆言祭祀之事，他事絕不言齍盛，故許皆云以祀者。兼言齍盛，若〈甸師〉、〈舂人〉、〈肆師〉、〈小祝〉是也。單言齍，若〈大宗伯〉、〈小宗伯〉、〈大祝〉是也。單言盛，若〈饎人〉、〈廩人〉是也。……凡文字故訓引伸，每多如是，說經與說字不相妨也。」

三、文字形義相互演變之例

(一)明其原因：

《說文》：「監[392]、臨下也。从臥、㔾省聲。」段注：「〈小雅〉毛傳：『監、視也。』許書：『瞰、視也；監、臨下也。』古字少而義賅，今字多而義別。監與鑒互相假。」

(二)舉其實例：

《說文》：「📇⁵³²、沇水出河東桓東王屋山，東為泲。从水允聲。 𠫔⁵³³、古文沇如此。」段注：「各本篆作𠫔誤，今正。臣鉉等曰：『口部已有，此重出。』按口部小篆有𠫔，然則鉉時不從水旁也。口部𠫔下曰：『山閒𠫔泥地，從口、從水敗皃。蓋𠫔字在古文則為沇水、沇州。在小篆則訓山閒𠫔泥地。如變字在籀文則訓順，在小篆則訓慕，皆同形而古今異義也。古文作𠫔，小篆作沇，隸變作兗，此同義而古今異形也。』

第四節　兼明注書解字之例

本節所述蓋指段注文中提及字書解字及注家解經之異。許氏解字據之本形本義，與注書者頗異其趣，然論其方法，實無二致。

一、原則之不同：注書依文立義，解字本形本義。

《說文》：「鬈⁴³⁰、髮好也。从髟卷聲。《詩》曰：『其人美且鬈。』」段注：「〈齊風・盧令〉曰：『其人美且鬈。』傳曰：『鬈、好皃。』傳不言髮者，傳用其引伸之義，許用其本義也。本義謂髮好，引伸為凡好之偁。凡說字必用其本義，凡說經必因文求義，則於字或取本義，或取引伸假借，有不可得而必者矣。故許於毛傳，有直用其文者，凡毛許說同是也。有相近而不同者，如毛曰鬈好皃，許曰髮好皃。毛曰飛而下曰頡，許曰直項也是也。此引伸之說也。有全違者，如毛曰匪文章皃，許曰器似竹匧，毛曰干澗也，許曰犯也是也，此假借之說也，經傳有假借，字書無假借。」

《說文》：「虛³⁹⁰、大丘也。崑崙丘謂之崑崙虛。古者九夫為井，四井為邑，四邑為丘，丘謂之虛。从丘虍聲。」段注：「按虛者今之墟字，猶崑崙今之崐崘字也。虛本謂大丘，大則空曠，故引伸之為空虛。如魯少皞之虛，衛顓頊之虛，陳大皞之虛，鄭祝融之虛，皆本帝都，故謂之虛。又引伸之為凡不實之稱，〈邶風〉『其虛其邪』，毛曰：「虛、虛也。」謂此虛字乃謂空虛，非丘虛也。一字有數義數音，則訓詁有此例。如許書已巳也。謂

此辰巳之字其義為已甚也。虛訓空，故丘亦訓空，如《漢書》丘亭是。自學者罕能會通，乃分用墟虛字，別休居、邱於二切，而虛之本義廢矣。」

《說文》：「𦣞[599]、廣頤也。从𦣞已聲。𦣞、古文𦣞从戶。」段注：「廣頤曰，引申為凡廣之偁。〈周頌・昊天有成命〉傳曰：『緝明也。』熙、廣也。熙乃𦣞之段借字也。熙从火，其義訓燥，不訓廣也。毛傳於〈文王〉曰『緝熙、光明也。』與〈昊天有成命〉傳不同，而〈敬之〉傳曰：『光、廣也。』然則光即廣，二傳義本同，不得如鄭箋云：廣為光字之誤。周內史說《周易》曰：『光、遠而自、他有耀者也。』然則光即廣可知。《大戴禮》：『積厚者流光。』即流廣也。〈釋詁〉：『緝熙、光也。』即〈周語〉叔向所云：『緝明、熙廣也。』毛公兼取之為傳，學者互觀其會通。凡詁訓有析之至細者，有通之甚寬者，非好學深思，心知其意，不能盡其理也。熙訓廣而熙乃𦣞之段借，然則古經熙字可作𦣞者多矣。」

二、說義之不同：注經主說大意，字書主說字形。

《說文》：「蓏[23]、在木曰果，在艸曰蓏。从艸㼌。」段注：「各本作在地曰蓏，今正。考《齊民要術》引《說文》：『在木曰果，在艸曰蓏。』以別於許慎注《淮南》云：『在樹曰果，在地曰蓏。』然則賈氏所據未誤，後人用許《淮南注》、臣瓚《漢書注》改之。惟在艸曰蓏，故蓏字从艸。凡為傳注者，主說大義，造字書者，主說字形。此所以注《淮南》，作《說文》，出一手而互異也。」

三、用詞之不同：注經與解字各有體例，用詞不同。

《說文》：「㯮[269]、車轂中空也。從木𣎴聲。讀若藪。」段注：「大鄭云讀為藪者，易㯮為藪也，注經之法也。許云讀如藪者擬其音也，字書之體也。」

《說文》：「䄍[6]、數祭也。从示毳聲。讀若舂麥為𣂪之𣂪。」段注：「凡言讀若者，皆擬其音也。凡傳注言讀為者，皆易其字也。注經必兼茲二者，故有讀為、有讀若，讀為亦言讀曰，讀若亦言讀如，字書但言其本字本

音，故有讀若無讀為也。讀為讀若之分，唐人作正義，已不能知。為與若兩字，注中時有譌亂。」

《說文》：「祇[3]、地祇提出萬物者也。从示氏聲。」段注：「古人云當為者，皆是改其形誤之字，云當為者，以音近之字易之。云讀如者，以同音之字擬之。」

《說文》：「讀[91]、籀書也。从言賣聲。」段注：「擬其音曰讀，凡言讀如讀若皆是也。易其字以釋其義曰讀，凡言讀為讀曰當為皆是也。」

以上言「讀若」、「讀為」、「當為」三詞之別也。此外又有「或為」一詞，亦解經所常用者，然字書無之也。

《說文》：「禓[8]、道上祭，从示易聲。」段注：「按〈郊特牲〉：『鄉人禓，孔子朝服立於阼。』即《論語》『鄉人儺，朝服而立於阼階』也。注：『禓或為獻，或為儺。』凡云或為者，必此彼音讀有相通之理。易聲與獻儺音理遠隔，記當本是禓字，从示易聲。則與獻儺差近。」

「猶」者義隔而通之，「之言」者通其音義以為訓詁。

《說文》：「讎[90]、猶瘖也。从言雔聲。」段注：「凡漢人作注云猶者，皆義隔而通之，如公穀皆云孫猶孫也，謂此子孫字同孫遁之孫。鄭風傳：漂猶吹也，謂漂本訓浮，因吹而浮，故同首章之吹。凡鄭君、高誘等每言猶者皆同此。許造《說文》，不比注經傳，故徑說字義不言猶。惟窐字下云：『珡猶齊也。』此因珡之本義極巧視之，於窐从珡義隔，故通之曰猶齊，此以應釋讎甚明，不當曰猶應。蓋淺人但知讎為怨罟，以為不切，故加之耳。然則爾字下云：『麗爾猶靡麗也。』此猶亦可刪與！曰此則通古今之語，示人麗爾古語，靡麗今語。魏風傳：『糾糾猶繚繚、摻摻猶纖纖』之例也。」

《說文》：「窐[203]、窒也。从珡、从穴窒宀中。珡猶齊也。」段注：「說从珡之意，凡漢人訓詁本異義而通之曰猶。珡从四工，同心同力之狀。窒不必極巧，故曰猶齊。注經者多言猶，許書言猶者三見耳。」

《說文》：「翊[94]、大言也。从言羽聲。」段注：「〈禮器〉：『德發揚，詡萬物。』注：『詡猶普也。』按詡之本義為大言，故訓為普則曰猶。凡古注言猶者視此。」

　　《說文》：「瀌[554]、浮也。从水䍃聲。」段注：「謂浮於水也。鄭風：『風其漂女。』毛曰：『漂猶吹也。』按上章言吹，因吹而浮，故曰猶吹。凡言猶之例視此。」

　　《說文》：「公[50]、平分也。从八厶。八猶背也。韓非曰：『背厶為公。』」段注：「鄭注〈堯典〉『分北三苗』云：『北猶別也。』證以韋昭〈吳語〉注云：『北、古之背字。』然則許鄭之語正互相發明，分別之乃相僢背，其義相因相足，故許不云八背也而云猶背，鄭不云北別也而云猶別。凡古訓故之言猶者視此。」

　　《說文》：「閼[129]、麗爾，猶靡麗也。从門㸚，㸚其孔㸚㸚，从尒聲。此與爽同意。」段注：「麗爾，古語；靡麗，漢人語。以今語釋古語，故云猶。毛傳云：『糾糾猶繚繚也，摻摻猶纖纖也』，是此例也。」

　　《說文》：「祼[6]、灌祭也。从示果聲。」段注：「〈大宗伯・玉人〉字作果，或作祼。注兩言祼之言灌。凡云之言者，皆通其音義以為詁訓。非如讀為之易其字，讀如之定其音。如載師，載之言事；族師，師之言帥。禮衣，禮之言宣；翣柳，柳之言聚；副編次，副之言覆；禋祀，禋之言煙；卝人，卝之言礦皆是。未嘗曰禋即讀煙，副即讀覆也。以是言之，祼之音本讀如果，卝之音本為卯，讀如鯤，與灌礦為雙聲。後人竟讀灌讀礦，全失鄭意。古音有不見於周人有韵之文而可意知者，此類是也。」

　　《說文》：「罷[360]、遣有辠也。从网能。网、辠网也。言有賢能而入网，即貰遣之。《周禮》曰：『議能之辟』是也。」段注：「按罷民、罷士謂偷惰之人，罷之音亦讀如疲，而與疲義殊。〈少儀〉：『師役曰罷。』鄭曰：『罷之言疲勞也。』凡曰之言者皆轉其義之詞。」

　　《說文》：「磺[453]、銅鐵樸石也。从石黃聲。讀若穬。」段注：「凡云之言者，皆就其雙聲疊韵以得其轉注假借之用。」

　　《說文》：「慊[515]、疑也。从心兼聲。」段注：「疑者、惑也。故下文受之以惑，今字多作嫌，按女部，嫌者不平於心也，一曰疑也。不平於心為嫌之正義，則嫌疑字作慊為正，今則嫌行而慊廢，且用慊為歉，非是。又或用為慊為匧，尤非是。〈大學〉：『此之謂自謙。』注曰：『謙讀為慊，慊之言猒也。』凡云之言者，皆就字之本音本義而轉之。猒足非慊之本義

也。」

　　《說文》：「㴤567、濁也。从水念聲。」段注：「義與澱、淤、滓相類。〈禮運〉曰：『龍以為畜，故魚鮪不淰。』注：『淰之言閃也。』凡云之言者，皆假其音以得其義。蓋濁其本義，閃其引伸假借之義也。」

　　《說文》：「㶯551、水相入兒。从水內，內亦聲。」段注：「凡云某之言某，皆在轉注假借閒。」

　　《說文》：「卵686、凡物無乳者卵生，象形。凡卵之屬皆从卵。北687古文卵。」段注：「凡漢注云之言者，皆謂其轉注叚借之用。以礦釋卝，未嘗曰卝古文礦，亦未嘗曰卝讀為礦也，自其雙聲以得其義而已。」

四、方法之無異：注書與解字之例雖異，方法卻無二致。

　　《說文》：「烏158、孝鳥也。象形。鵋159篆文烏从隹昚。」段注：「謂烏即孝鳥字，此以今字釋古字之例。古文作烏，小篆作鵋，鼻下曰厚也，《周禮》注曰勸讀為勳，皆以今字釋古字。」

　　《說文》：「聯597、連也。从耳、从絲。从耳，耳連於頰；从絲，絲連不絕也。」段注：「連者、負車也。負車者，以人輓車，人與車相屬，因以為凡相連屬之偁。周人用聯字，漢人用連字，古今字也。《周禮》官聯以會官治，鄭注：『聯讀為連，古書連作聯。』此以今字釋古字之例。」

　　綜觀本章所述，概為段氏《說文》注例，段氏為《說文》注家成就斐然者，其細繹《說文》，由古韻、版本始，終於注書、解字之異趣，既可謂為《說文》注例，視為段氏訓詁理念之體系亦可也。又本書第四章另舉近人黃季剛先生研治《說文》之例，季剛先生評析《說文》，究以初文，經緯全書，既得許氏之理緒，亦得研治《說文》之途徑，可與第二、第三章前後互參也。

第四章
黃季剛先生研治文字之條例

第一節　《文字聲韻訓詁筆記》中所見之條例

　　黃季剛先生於文字學之專著，僅見《說文略說》，其餘見解散見於黃焯整理之《文字聲韻訓詁筆記》、《說文箋識》及先生親自批點之《說文解字》等[1]。粗略觀之，似若難成文章，實則績緒文彩，自見體例。即以先生《說文略說》為例，此文涵括「論文字初起之時代」、「論文字製造之先後」、「論六書起源及次第」、「論變易孳乳二大例」、「論俗書滋多之故」、「論六書條例為中國一切字所同循不僅施于說文」、「論字體之分類」、「論字書編制遞變」、「論說文所依據」、「論自漢迄宋為說文之學者」等節，概可理分如下之重點：

一、文字起源及創造
二、六書與文字
三、文字之演變
四、俗書之滋多
五、字體之分類
六、《說文》之依據
七、「說文學」之發展
八、《說文》以降字書之體制

綜此八者，論及字史、字理、字體、正俗、字書等方面，皆為探究中國文字之重點，正為字學理論體系所在，且以《說文》為其骨幹。如以字史論之，

---

[1]　《說文略說》為先生民國八年任教武昌高等師範學校時之講義。參滕志賢編：〈黃侃生平著述年表〉，收錄於《新輯黃侃學術文集》（南京：南京大學出版社，2008年11月），頁401-417。

據此上參古文字，則《說文》之前字史可明；下參隸楷，則《說文》之後字史可憭。由此可知，季剛先生文字學之奠基由《說文》始，以《說文》為依據之文字研究法正為季剛先生治文字學之特色，若欲知先生治文字學條例，捨此而莫由也。

　　黃焯幫先生整理之《文字聲韻訓詁筆記》，因為筆記，其中說法難免雜陳，似無體系，但觀書中所列小節，實各成段落，如以此書為本，參合相關資料，雖未必能盡現先生之字學條例，當亦可窺先生治理字學觀念於一二。茲即以《文字聲韻訓詁筆記·文字學筆記》為據，理分其例如下。例分「治文字之例」及「治《說文》之例」二者，前者以討論文字學之各種問題，後者獨為治《說文》而論。每則概先列明條例及著者之解說，而後注明所據先生筆記各節，按語則附列於末。

壹、治文字之例

一、治小學不可無系統及條理之例

> 研治小學，需有系統及條理，此為綱領，亦為基本。捨此，
> 僅為瀏覽粗看，非為學問也。然則，治小學，當理其條例，
> 絕不可為無據之言。

本例所據為〈小學·有系統條理始得謂之小學〉[2]、〈治小學不可講無條例之言與無證據之言〉[3]等節。

> **著者按：**
> 小學者，文字形音義之謂也，文字之創，人人皆可，然則治小學何難，凡人皆可自謂其是。然文字演變，有其條理，形音義皆然。逕以私意，望形直解，

---

[2]　自「夫所謂學者」至「則霧中之花，始終模糊耳」。黃焯整理：《文字聲韻訓詁筆記》（上海：上海古籍出版社，1983年4月），頁2。
[3]　黃焯整理：《文字聲韻訓詁筆記》（上海：上海古籍出版社，1983年4月），頁12。

望音直說，望義直訓，則形無六書，音無古今，義無訓例，誠不可矣。故治文字，當以學理爲常識，以條例爲原則，言必有據，理必見緒。先生言：「凡治小學，必具常識，欲有常識，必經專門之研究始可得之。」[4]易言之，前人專研之說可爲今人之常識，今人專研之說，可爲後人之常識。常識者，治學之不可或缺者，亦即言治小學，未嘗有妄斷妄解而能見功者。此即爲許氏治《說文》之態度，亦爲季剛先生治小學之態度。今觀先生手批《說文》，箋注符號達四十餘種，皆爲標識文字形音義關係所用，正爲先生治小學者之基礎，故其所論，自能言必有據，信而有徵。

二、文字演變分變易及孳乳二途之例

文字演變分變易及孳乳二途，前者聲義全同而別作一字，後者譬之生子，血脈相連。二者皆有其根，即為聲韻。聲韻為文字之根。

本例所據為〈論文字變易孳乳二例〉[5]、〈文始〉[6]等節。

著者按：

此例言明文字演變二例，一爲變易，一爲孳乳。聲韻全同，別造之字，爲之變易，如「唁」本已从口，復添口爲之，可謂爲俗。孳乳者，由一聲義之源，父生子，子又生子，不斷因應新義而造新字，形聲孳乳即爲主脈。前者，有如異體，故曰廢之可也，後者則爲文字配合語言發展，滋生之正途，語言有所需求，自當不斷再造。今觀文字發展，變易、孳乳之根皆文字之根。異體演變固繁，音義皆當回歸正字；形聲孳乳雖遠，究之初文，聲母之音義俱存，故曰聲音爲文字之根。進而論之，文字對應語言之詞，詞以音繫之語義，不究聲音，

---

[4]　同注(2)。
[5]　自「古今文字之變，不外二例」至「蓋文字之形體無窮，而聲音則爲有限也」。黃焯整理：《文字聲韻訓詁筆記》（上海：上海古籍出版社，1983年4月），頁34。
[6]　黃焯整理：《文字聲韻訓詁筆記》（上海：上海古籍出版社，1983年4月），頁94。

語義何能得知？文字又何所寄託？唯先生所謂變易可廢，直就文字之本義而言，否則，如咺於《說文》已具「弔生」之義，並非純然爲人言。弔生雖亦爲人言，場合有異，語用有別，添口區分，亦爲語言需求。此條當與「文字變易條例有六之例」一起參看。季剛先生此說當承之太炎先生之《文始》。章先生《文始·敘例》云：「道原窮流，呂一形衍爲數十，則莫能之其散，余呂顓固，粗聞德音，閔耇修之未宏，傷膚受之多妄，獨欲浚抒流別，相其陰陽，于是刺取《說文》獨體，命呂初文，其諸淆變及合體象形、指事與聲異而形殘，若同體複重者，謂之準初文，都五百十字，集爲四百三十七條，討其類物，比其聲均。音義相讎謂之變易，義自音衍，謂之孳乳。坐而次之，得五六千名。雖未達神恉，多所缺遺，意者形體聲類更相扶胥，異于偏觭之議。」[7]當是季剛先生之所本，其「初文轉注」之說亦由此出發耳。

三、文字變易條例有六之例

文字變易如蛻化，孳乳則如分裂。綜而言之，條例有六，或以書法，或以筆畫，或以傍音，或為全體變易，或以聲韻轉易，或為一字之推變。觀此六例，涵括形變、音變及義變，文字所以演變，概不出於此。

本例所據為〈略論文字變易之條例及字體變遷〉一節。[8]

┌───
│ 著者按：
│ 此則論及文字變易之六例，或以書法，或以筆畫，或以傍音，或爲全體變易，
│ 或以聲韻轉易，或爲一字之推變。中國文字爲形符，演變過程，或見形變，或
│ 見音變，或因方言雜揉，一義多造。先生將之歸分六例，並言「全體與傍音之

(7)　章太炎：《文始》（臺北：臺灣中華書局，民國59年8月），頁2。
(8)　自「《說文·序》云」至「而聲韻之變易，則必消滅也」。黃焯整理：《文字聲韻訓詁筆記》（上海：上海古籍出版社，1983年4月），頁28-33。

變易，始終不可廢。而聲韻之變易，則必消滅也」。[9]綜觀漢字流變，異體滋生，或以形旁變易，或以音旁變易，此即爲「全體及傍音」之變，文獻充斥，始終如此。他若水之與川，依聲韻論之，或因方言旁造，二字實爲一字，就造字本義言，不必旁生，然就後世分用而言，義已稍見不同，難以廢除。至於第六之「文字變易」例，與先生所主張之「初文轉注」相關，參見下文。

另季剛先生於〈答太炎先生論三體石經古文書〉中，亦嘗提及「筆意、筆勢」之不同，因與文字演變有關，附參於此：

竊謂古文改易殊體，浸成奇字，大氐不出省、變二塗，然必不省不變者尚存，始有可說。故𩵋字若亡，即𩵋字不可說。羊字若亡，即𦍋字不可說。其或省、變之柢雖亡，而仍能說者，則必師訓相傳，碻可信據。故家從豭省，宕從碭省，自非博考，寧非武斷。此外則古文有存其形，而終不能說其爲何字者，今所見古器物文多此類。有知其爲何字，而終不能說其形聲者，故許書每言古文△如此。云古文△者，以師讀而知之，三體石經古文亦類是矣。云「如此」者，往往不知所以下筆，其所從既不可說，故以疑辭了之。或並不言如此，又不說所從，亦準闕疑之例。昔徐鼎臣錄篆文筆迹小異諸字，[10]其意實本許書所云△字從古文之體，既有此例，而後知古之爲字有筆意可說與筆勢從變二科。顏之推云，學者不觀《說文》，則冥冥不知一點一畫有何意義。[11]此但就

---

[9]　黃焯整理：《文字聲韻訓詁筆記》（上海：上海古籍出版社，1983年4月），頁33。
[10]　按徐鍇《說文解字繫傳・卷三十九・說文解字疑義》錄有𧝄𧘇（衣）、𨂰𨂻（長）等字，云：「右皆《說文》字體與小篆有小異者……然而愚智不同，師說或異，豪端曲折，不能不小有異同，許慎所解，解其義也，點畫多少皆案程式，李斯小篆隨筆增減，所謂秦文，或字體或與小篆爲異，其中亦多云此篆文、此古文是也。」（《百部叢書集成初編》，臺北：藝文印書館），葉二。
[11]　按此據《顏氏家訓・書證》：「大抵服其爲書，隱括有條例，剖析窮根源，鄭玄注書，往往引以爲證；若不信其說，則冥冥不知一點一畫，有何意焉。」（王利器集解《顏氏家訓集解》，頁458）。

筆意言，未足以馭筆勢之變也。夫⊥T二文即作二一，尚為可說，變為上下，則旁二注無可說矣。一貫三為王，玉象三玉之連及其貫為玉，以二字相溷，推王之中畫近上以為別，則無意矣。李陽冰說無據。[12]不悉筆勢省變而一點一畫求之，必至於妄說，近世鐘鼎之家免於妄者少矣。[13]

著者按：

季剛先生此說將文字於省、變中，有字構之意可說者，謂之爲「筆意可說」，如二一；如無字構意可說者，謂之爲「筆勢從變」，如上下。《說文》中凡於筆勢從變，許氏無可解說者，即以疑辭或從闕釋之，如謂「古文某如此」即是。蓋文字之變，雖循字構，然時見添益之筆畫無理可說者，不唯篆體如此，即後世隸楷亦然。如因土、士易混，故土變易作圡或圡；王（君王）、王（美石）無別，故美石之王變易作玉。益點以別，此點於字構，無理可說，即如先生所謂上、下之注無可說者。季剛先生雖僅謂「筆意」、「筆勢」之分，然於文字演變中，已全然概括。後世談異體，分「合於六書」與「未合六書」二類，當亦可就「筆意」與「筆勢」申述之。前者如岡之作崗，果之作菓，添益部分，皆見其理，則屬「筆意可說」者；後者如岡之作罡，芻之作多，字構之理難解，概謂之「筆勢從變」應亦可也。

四、治文字須兼顧形音義，必以六書為端之例

研治文字，形音義兼具，不可偏廢，音韻之於文字、訓詁，猶人身之有脈絡關節，有一不明，不足以論小學，不足以談古籍。

---

[12] 按大徐本《說文解字・王部・王字》引李陽冰說曰：「中畫近上，王者則天之義。」
[13] 黃侃、黃焯撰：《蘄春黃氏文存》（武昌：武漢大學出版社，1993年3月），頁43。

本例所據為〈形音義三者不可分離〉[14]、〈音韻與文字訓詁之關係〉[15]、〈訓詁學成立之原因〉[16]等節。

著者按：

文字為語言書寫符號，對應語言之詞。詞有音義，文字方有音義，故論文字不可與音義離，亦即不可離聲韻、訓詁而單言文字。否則文字惟留形符，與語言何干？漢語文獻歷史長久，書面語即為歷代語言之實錄，後世論究文獻之義，並非單就形解義，乃先就字之音義解詞，而後就詞之音義解文，然則，文字之形音義，即為書面語詞符之形音義，三者不可須臾離也。六書者，即為文字形符於語言之紀錄及運用實況，亦即後世藉書面語以解文獻之媒介。如捨六書，則文字原則不明，相應詞之音義亦必難明。太炎先生及季剛先生可謂深諳此理者，故曰治文字須兼顧形音義，必以六書為端也。設若有人不明此理，反謂章黃不識語言學，自非實情。即至今日，探究漢語語言學，所視者漢字，所解者音義，未明六書，孤立音義，必當如盲擲射，難中其的。復又可從古文字論之。出土文字考釋之法雖多，仍必先析形，而後結合音義，方能相應於古代語言，否則徒然望形生義而已。由此可知，研治中國文字，不在析形解構，而在於結合音義於語言之中。此其間，音韻最為關鍵，蓋語言發抒，語音為主，義寄於音，音寄於形，故先生云：「音韻之於文字、訓詁，猶人身之有脈絡關節也。」[17]良有以也。

五、推求本字之例

　　文字雖多假借，欲求語言之本，則當求本字。本字者，形音

---

[14] 自「小學必形聲義三者同時相依」至「文字、聲韻始有系統條理之學」。黃焯整理：《文字聲韻訓詁筆記》（上海：上海古籍出版社，1983年4月），頁47-48。

[15] 自「音韻之學，最忌空談音理」至「故即謂之體可也」。黃焯整理：《文字聲韻訓詁筆記》（上海：上海古籍出版社，1983年4月），頁34-35。

[16] 自「黃先生云：音韻、文字、訓詁互相為用」至「而必歸於形、義，始可為鎖鑰也」。黃焯整理：《文字聲韻訓詁筆記》（上海：上海古籍出版社，1983年4月），頁185。

[17] 黃焯整理：《文字聲韻訓詁筆記》（上海：上海古籍出版社，1983年4月），頁35。

義皆相應之謂。欲求本字，則當求本音。語音雖隨時變遷，
然凡言變者，必有不變者以為之根。不有本音之學，則本字
無從推得。

本例所據為〈略論推尋本字之法〉一節。[18]

> **著者按：**
>
> 藉《說文》推究文字之本原，乃治文字之正途，然《說文》成於東漢，距文字
> 之原始已遠，若欲就其中窺其原貌，則非求本字不可。本字者，形、聲、義三
> 者多相應，六書中即象形、指事字之謂，亦即許〈敘〉之「依類象形」，依物
> 類象形即象形，依事類象形即指事也。此二類字，出於文字初造之際，相應於
> 未有文字之語言，其後假借日繁，借於造字，借於文章，因聲借形，形音義遂
> 離。今若欲求文字於書面語義之確詁，捨本字而莫由。研治文字，形變固為重
> 要，然推究創字原由，明其音義流變，更為重要。其中最難解紛者莫過假借，
> 然文字既為語言而造，必有其根，此根即為文字運用萬宗之源，能求本字，假
> 借線索可明，文字表述之語義不歧。先生云：「語言先於文字，故吾人語言多
> 不能盡出者以此。夫言不空生，論不虛作，萬無無此語言而虛造此字者，故凡
> 文字之作，為語言生，息息相應。語音雖隨時變遷，然凡言變者，必有不變者
> 以為之根。由文字以求文字，由語言以求文字，固非求本字不可也。」[19]正為
> 此義。由此數語，更可證明先生於語言學理了解之深邃，其能於文字、聲韻、
> 訓詁三者皆見成就，正以此也。

六、推求語根之例

治文字除求本字之法，更有求語根之法。單獨之本，本字是

---

(18) 自「六書之中，惟象形、指事字形、聲、義三者多相應，其他則否」至「由語言以求文字，
固非求本字不可也」。黃焯整理：《文字聲韻訓詁筆記》（上海：上海古籍出版社，1983年4
月），頁53-55。
(19) 黃焯整理：《文字聲韻訓詁筆記》（上海：上海古籍出版社，1983年4月），頁55。

也；共同之本，語根是也。因會意、形聲以求象形、指事之字，是求其本字也；因象形、指事字以推尋言語音聲之根，是求其語根也。藉文字以求語根之法，需形、音、義兼具，或見一名一根，或見一名多根。然語根之學非重在遠求皇古之前，乃為當前爭取字書之用。即利用當前之字書，藉語根而得文字得義之所由。

本例所據為〈略論推尋語根之法〉一節。[20]

> **著者按：**
>
> 語根者，語言得義之所由也。語言為詞所構成，故語根實指語詞得義之所由。書面語中之詞，即為文字所書寫，若欲考究語根，即需藉文字之形音義以考之。然而為何須考究語根？蓋文字所記載之詞，每一詞義皆有所本。語言早於文字，文字仿語言而造，字字有義，義皆本於語言。今欲治文字，當非僅以形構為要，即以六書言之，已含語言之用。故文字形音義初始結合之原點，為本字；而更循音求義，則為語根。此為文字與語言關係之至切者，豈可忽之？先生云：「凡有語義，必有語根。言不空生，論不虛作，所謂名自正也。」[21]正此義也。觀之一「示」字，尋其語根有三，曰上，曰垂，曰出。於是，《說文》解「示」之字義「天垂象見吉凶，所以示人也。從二。三垂，日月星也」自可憭然。許氏《說文》於指事、象形皆以本字釋之，進而以語根求之，則形聲，凡從某聲多兼某義，亦能知其所以；會意，則人言為信、止戈為武之義亦能得之。遠古之漢語雖未能明白，語言與文字結合初始亦難知曉，然可藉《說文》以推尋語根，溯其源流，此亦《說文》於古漢語研究之功，而此法亦所謂振葉以尋根，沿波以討源者也。章黃兩先生治文字，既重形音義三者不可分，復重語言之原始，誠可謂洞知文字與語言不可須臾分者也。

[20] 自「凡會意、形聲之字，必以象形、指事字為之根」至「非止由假借字推出本字而已也」。黃焯整理：《文字聲韻訓詁筆記》（上海：上海古籍出版社，1983年4月），頁57-61。
[21] 黃焯整理：《文字聲韻訓詁筆記》（上海：上海古籍出版社，1983年4月），頁59。

七、一字多音之例

古人於象形、指事字多隨意指稱，不以聲音為限，故往往一字可讀多音。《說文》形聲字有聲子與聲母音理殊隔者，皆可以一字多音解說之。

本例所據為〈一字多音〉[22]、〈初文音義不定於一〉[23]、〈音韻與文字訓詁之關係·一、形聲·(一)形聲字之子母必須相應〉[24]等節。

著者按：

季剛先生治文字學概以許氏《說文》為據，六國文字紛亂，《說文》晚出於秦整理文字之後，此書正見將諸系文字彙整為一，啓後世隸楷演變之脈絡。然則，《說文》一書能反映者，當非僅限於漢季，其中隳括古文字之流緒，無疑也。本書第六章，論古文字研治之法，首以《說文》為要，亦此理也。《說文》之文字既為集結，推究初文原始，難謂一形一音。先生雖時謂「倉頡造字」，亦僅為造字階段之表示，並非即謂文字即出一人之手。文字既非一人所創，初文之形，或一形指多事，或一形象多物，自亦當然。就後世而言，即為一字多音之謂。故農字從囟得聲，泥、心二聲差距頗遠，無法理解。蓋初文囟，原當有泥、心二聲，故後世形聲偏旁遂有此現象，讀泥聲者，農、腦之謂；讀心聲者，細、思之謂。

故曰凡《說文》形聲字有聲子與聲母音理殊隔者，皆可以一字多音解說之。此說當與「無聲字多音」說互參。林師景伊《文字學概說》亦曾引及季剛先生論無聲字多音說云：「形聲字有聲子與聲母聲韻不同者，實因此一聲母或聲母之母為無聲字，當時具有數音，而數音中之某一音，正與此聲子之本音相同，故

---

[22] 自「一字多音之理，在音學上必須詮明」至「古人於象形、指事字多隨意指稱，不以聲音為限」。黃焯整理：《文字聲韻訓詁筆記》（上海：上海古籍出版社，1983年4月），頁51-53。

[23] 自「黃先生創立聲母多音之論」至「此皆聲母多音之證也」。黃焯整理：《文字聲韻訓詁筆記》（上海：上海古籍出版社，1983年4月），頁204-205。

[24] 自「凡一字之中點畫帶有聲音者，形聲也」至「然則能知子母同音相應者，音韻之功也」。黃焯整理：《文字聲韻訓詁筆記》（上海：上海古籍出版社，1983年4月），頁36。

取以為聲。其後無聲字漸失多音之道，此一聲子所从之聲母，再不復存有與此聲子相同之音讀，故聲韻全異，乃滋後人疑惑也。」[25]無聲字多音說之依據正為一字多音之說。

季剛先生詳理《說文》，以初文為據，推之形聲，進而得初文音義未定於一，進而以無聲字多音說解形聲字聲韻畢異之理。並據此理，結合轉注，提出初文轉注之說，循一字多音之分化，將文字形聲相益之過程作一綜理。由此可知，「一字多音之例」於季剛先生文字學說中殊為重要，而其所以能如此，即為評點《說文》之功。如以「少」為例，今觀先生手批之《說文》，於「少」字下，朱批：「少有齒音訬，有脣音眇，有喉音鈔。」[26]其餘諸例，莫不如此。

八、轉注及假借之例

> 轉注者，所以恣文字之孳乳；假借者，所以節文字之孳乳。
> 凡一義而數聲者，依聲而製字，則轉注之例興；一聲而數義者，依聲而製字，則假借之用顯。

本例所據為〈說文綱領・六書〉一節涉及「轉注」與「假借」部分。[27]

著者按：

季剛先生之轉注說當與假借說參看。凡一聲有多義者，依聲所製之字，即為假借；反之，一義有多聲，依其聲而個別製字，所製之字，即互為轉注。然則，假借者，無論有無本字，借聲託以所借之義之謂。至於轉注之「建類一首」，眾說紛紜，先生云：「建類者，言其聲音相類。一首者，言其本為一字。同意相受，又言別造之文其受有所受也。」[28]先生此說當承太炎先生轉注說而有所

---

[25] 林尹先生：《文字學概說・第二篇・第五章・形聲》（臺北：正中書局，民國60年12月），頁133。

[26] 黃季剛先生：《黃侃手批說文解字》（北京：中華書局，2006年5月），頁92。

[27] 自「蓋考老為轉注之例」至「幸有鄭君先明斯例，矩矱在古，宜無議焉」。黃焯整理：《文字聲韻訓詁筆記》（上海：上海古籍出版社，1983年4月），頁77-81。

[28] 黃焯整理：《文字聲韻訓詁筆記》（上海：上海古籍出版社，1983年4月），頁79。

發揮，更承《文始》之「初文」説，[29]將轉注與造字初文結合，故主張「初文轉注」之説，藉由《説文》，推衍一義之初文與所孳乳之後起同義字。此説乃季剛先生六書觀頗為重要之見解，下文特獨列為一例，藉以參看。

九、初文多轉注例

> 凡同聲同義而異字即為轉注，其或聲音小變，或界義稍異，
> 亦得謂之轉注。亦即聲音意義相連貫而造字，即謂之轉注。
> 初文者，謂象形、指事字，包含獨體合體二者。然則，凡以
> 初文推究文字聲義相聯之關係，謂之初文轉注。

本例所據為〈初文多轉注〉[30]、〈音韻與文字訓詁之關係・以聲韻求文字之系統〉[31]、〈推廣初文轉注之義〉[32]等節。

著者按：

凡同聲同義而異字即為轉注，其或聲音小變，或界義稍異，亦得謂之轉注。亦即聲音意義相連貫而造字，即謂之轉注。初文者，謂象形、指事字，包含獨體及合體二者。然則，凡以初文推究文字聲義相聯之關係，謂之初文轉注。即以先生所舉「屮」字系列為例，此系列發展脈絡如下：

屮 —> 鼗

　—> 𧌖 —> 𧐢

　　　—> 𠕓

　—> 薰

---

(29)　見章太炎先生《文始・敘例》（臺北：臺灣中華書局，民國59年8月），頁1。
(30)　自「倉頡所造初文五百二十字」至「可以此法穿貫之」。黃焯整理：《文字聲韻訓詁筆記》（上海：上海古籍出版社，1983年4月），頁61-64。下另有舌、齒音，可另參。
(31)　自「詳探而審溯之，則獨體之文，文字之根源也」至「此又足為聲母多音之證也」。黃焯整理：《文字聲韻訓詁筆記》（上海：上海古籍出版社，1983年4月），頁44-46。
(32)　自「初文謂凡象形指事字，包獨體合體二者」至「寅與乙對轉」。黃焯整理：《文字聲韻訓詁筆記》（上海：上海古籍出版社，1983年4月），頁66-67。

—> 昜

—> 豺

—> 帚 —> 鬣

　　　 —> 彘

　　　 —> 肅

—> 彑 （讀若瑕，後出字作狶） —> 雙聲轉爲狶

—> 狟

—> 豩、豜、丏 —> 貒

—> 豸、彔、帚 —> 貇、蕭

與彑同狀而不同物 —> 昜

諸字皆與音義之轉有關，而推其源頭，皆爲某一初文所衍生。他如「中」字、
「一」字系列，亦乎如此。此即爲先生所謂「初文轉注」也。若藉此法，《説
文》所收字，可理分字族，建立演變之脈絡。季剛先生於文字變易條例第六例
「文字變易」例云：「就一字而推變數字，其大較不變者也。就一義而多立異
名，其本始不變者也。《説文》列字，屬於此類者甚多。」[33]可知此處之轉
注，蓋以初文爲源，依音義推衍，或爲聲轉，或爲韻轉，其義則以初文之義爲
範疇。初文者，象形、指事字也。文字滋生，由簡而繁，此即許〈敍〉所云：
「依類象形，故謂之文；形聲相益，即謂之字。字者，言孳乳而寖多也。」故
先生云：「故獨體爲文，最朔之書也。合體爲字，後起之書也。綜合前後，更
益實多。然變易雖自殊體，而可以聲音得之；孳乳雖自異義，而可以訓詁得
之。」[34]就漢字史言，《説文》收字固已晚出，卻處於秦統一文字，六國文
字歸整之後，因此，季剛先生就《説文》，以轉注脈絡觀察文字之發展，雖未
必盡符上古文字發展實況，然藉音義以觀文字演變，卻可視爲綜理文字演變脈
絡之法，振葉尋根，可識上古；得根振葉，能知隸楷。今觀先生手批之《説
文》，時見某由某來，某出於某，黃焯整理該書之〈序例〉即云：「凡箋識中
云某由某來，某出於某，或云某與某相應，此多取章君《文始》之誼。……凡

<hr>

[33] 黃焯整理：《文字聲韻訓詁筆記》（上海：上海古籍出版社，1983年4月），頁31。
[34] 黃焯整理：《文字聲韻訓詁筆記》（上海：上海古籍出版社，1983年4月），頁29。

初文云某與某相應者，俱由聲義聯係，取多據《說文》說解爲言。……凡《說文》同部之字，其音義相同相近者，輒相比次。惟間有相雜廁者，皆分別注明之。……凡從某之字，不見於本部中而見於他部者，如士、正諸字皆從一，即用朱書彙錄於一字之後。……凡他字說解有同用此字者，即將他字分列於此字之下，意在明其聲義相關之理。……凡聲母字兼具喉、舌、齒、脣四音或二音三音者，則注喉、舌、齒、脣等字於其字之下，以爲聲母多音之證。……凡云某有喉音某，有舌、齒、脣音某，而其字之本音有非喉音及舌、齒、脣音者，蓋皆別有所據，特未言其由耳。」(35) 凡此數例，無一非論及聲義相聯者，可見，「初文轉注」，當爲季剛先生承太炎先生轉注及《文始》之說，於文字學之重要論見也。

貳、治《說文》之例

一、明《說文》綱領之例

《說文》一書之綱領可分為字體、六書、說解、引經、闕，此為研治《說文》之基礎。凡此五者，已盡括《說文》收字、六書條例及訓詁之體例。

本例所據為〈說文綱領〉一節。(36)

著者按：

自許氏《說文》出，後世研治者眾，抒論其法，所在多有。季剛先生舉字體、六書、說解、引經、闕等五者，以明《說文》綱領，蓋爲入門之例。其中「說解」之例最爲可觀，先生云：「研治《說文》，貴能玩索白文，白文通順，

(35) 黃焯整理：《黃侃手批說文解字·序例》（北京：中華書局，2006年5月），頁1-3。
(36) 黃焯整理：《文字聲韻訓詁筆記》（上海：上海古籍出版社，1983年4月），頁74-90。

疑誤乃愬。」[37]白文者，許氏之原文，治《說文》當從原文下手，方能避開後人擅改迷蘁，此爲識認說解之基礎。其後可分六端說之：[38]一者曰「《說文》每字說解，壹以本義爲主，不關於經典之義，亦不關於通俗之義」，此例說明許氏說文解字，概以本義爲宗，後人不宜以《爾雅》、《方言》之義求之。二者曰「古人用字，祇明詞位，不明詞性。異其詞位，則異其詞性矣」，此例說明，季剛先生治《說文》具有語言學觀念，漢語之詞未見形態變化，詞性判斷取決於語句中之詞序，詞序不同，詞性亦見同，未明此說，則易以專意擅改《說文》。三者曰「《說文》爲解說文字而作，蓋不徒爲其說解而已。有一字數解皆可通於形體者，許君必並存之。『一曰』諸文即其顯微」，此例明言《說文》「一曰」之重要。「一曰」之例，既明同形異說，又待之後哲以解何者爲原始，何者爲後起。四者曰「許君生於東漢，又爲汝南召陵人，書中擬讀之音，即其時其地之音也，若執以爲古音則誤」，此例明言《說文》讀若之音，乃許氏當世之音，非爲文字初創之音，用者宜詳慎之。五者曰「說解中『從某從某』之文，一以言字體所從，一以教人下筆。又凡言『象某、從某』，皆有所本」，此例明言「從某」與「象某」，許氏之用心。例中云「從某」者具習字之指引，則《說文》之用，又不僅析解文字而已。六者曰「古人著書，次第無定義，書成之後，或多沾補。即許書列字亦無定序，而書成之後，又有沾補也」，此例言許氏編書，隨過程而有所調整，段氏玉裁不知此義，嘗爲許氏調移字序，先生遂謂其爲多事。凡此六者，正爲治《說文》者，不可不先識者。

二、明治《說文》之法之例

欲治文字，從《說文》始。欲治《說文》，得有其法。入門之法，謂以常用字爲對象，識說解體例，作比較聯貫之歸納。若欲研治，粗略言之，則首識六書，進析文與字，再識

[37]　黃焯整理：《文字聲韻訓詁筆記》（上海：上海古籍出版社，1983年4月），頁83。
[38]　此六端見於黃焯整理：《文字聲韻訓詁筆記》（上海：上海古籍出版社，1983年4月），頁85-86。

訓詁條例。如求精進，則形音義之探求為要，或探其淵源，
或析其流變，或以古證今，或以今訓古。或理其字組，或印
證語言。

本例所據為〈看說文三法〉[39]、〈治說文之方法〉[40]、〈說文之研究法有
七〉[41]等三節。

著者按：

本例承上例而來，明言治《說文》之法，可分粗略瀏覽與精進之階段。粗略言
之，則首識六書，進析文與字，再識訓詁條例。如求精進，則形音義之探求爲
要，或探其淵源，或析其流變，或以古證今，或以今訓古，或理其字組，或印證
語言。總其大概，六書爲本，體例爲綱，形音義爲鑰，語言爲參，古今對照。此
其間，不惟兼括前例内容，並強調形體流變及語言觀察之重要。季剛先生論《説
文》，多處提及必與語言學理相涉，實乃《說文》學中不可忽視者也。

三、《說文》部首數可以增省之例

《説文》五百四十部，純為係字歸部所需，非因字原立部，
如細究之，並非不可增省，可增者，如「學部」，可減者，
如「句部」。

本例所據為〈說文部數可以增省〉一節。[42]

著者按：

理歸漢字之部首，自《說文》後，頗見改易。由篆改楷，雖是主因，然以義類
歸部，改以形類歸部，亦是演變之緣由。直至今日，參差仍見。若論及部首

---

[39]　黃焯整理：《文字聲韻訓詁筆記》（上海：上海古籍出版社，1983年4月），頁90。
[40]　黃焯整理：《文字聲韻訓詁筆記》（上海：上海古籍出版社，1983年4月），頁90-91。
[41]　黃焯整理：《文字聲韻訓詁筆記》（上海：上海古籍出版社，1983年4月），頁91。
[42]　黃焯整理：《文字聲韻訓詁筆記》（上海：上海古籍出版社，1983年4月），頁91-92。

即為字原之觀念，則一般論者，概以《說文》部首為準據，以為增刪不得。季剛先生以為，即若許氏所分，亦見權宜。正見漢字部首為漢字整理之法，五百四十，僅為一說，部首歸納，隨宜可變。《字彙》二一四部，雖因《康熙字典》沿用而彰顯，然後世改易之說仍多，正因此也。

四、治小學雖當攻治《說文》、《廣韻》，卻不可忽視時宜之例

文字、聲韻隨時而變，不可株守《說文》、《廣韻》二書而不知變通，即此二書又何嘗無訛俗別字？治小學當通古今，知時宜，方不致為癡騃也。

本例所據為〈說文綱領‧六書〉一節。[43]

著者按：

此例甚為重要。講究文字聲韻，如欲守古，易株守《說文》及《廣韻》而不知變通。論形音，則全以二書為據，若有違異者，即斥之為非。然語言文字，代見約定俗成，流變本屬當然，季剛先生曾云：「俗體云者，求之古籀，既無其字；校以秦文，更有不合，義無所从，乃名曰俗。俗體、或體，其在漢世，本皆通行。許君作書，不容悉遺。秦篆三千之文衍為九千，由斯旨也。」[44]可知《說文》何嘗未有俗或之體，後世又何能視此而不見。即以聲音論，自古以來，聲音流轉於脣吻之間，輕重開合、方音雜揉、訛讀成俗，變化自多，又何能盡括於對轉、旁轉之間，更何況《廣韻》兼收古今南北之音，龐雜難免，又何能逕以此書而定天下眾音之尊？故治小學者，當明考古，又貴知今，去泰去甚，以求時宜。[45]

[43] 自「治小學者專攻《說文》、《廣韻》」至「則訛音之論亦可以不作矣」。黃焯整理：《文字聲韻訓詁筆記》（上海：上海古籍出版社，1983年4月），頁81-82。
[44] 黃焯整理：《文字聲韻訓詁筆記‧說文綱領‧字體》（上海：上海古籍出版社，1983年4月），頁76。
[45] 季剛先生《六祝齋日記》云：「余最愛顏魯公書序有云：『若總據《說文》，便下筆多礙。當

第二節　林景伊先生歸納黃侃治《說文》之條例疏釋

　　黃季剛先生受業於餘杭章太炎先生之門，於文字音韻最所精詣，於《廣韻》固韋編三絕，日必數檢。於《說文》一書亦勤於檢校，窮其義蘊。余（陳新雄）嘗見先師瑞安林先生景伊（尹）過錄黃君手批《說文》，朱墨爛然，密如蟻行。其用功之勤，實後人莫及也。惜年方五十，竟告棄世。先師林景伊先生嘗就親炙於先生者，演為〈研究說文條例二十二條〉。⁽⁴⁶⁾先師曰：「黃先生研究《說文》之條例，乃黃先生傳授《說文》時所講解者，尹為之歸納整理，以為本人研究之途徑，並非黃先生之原文，黃先生亦未有此類條例發表，至於若干引證說明，亦非全部為黃先生所舉證，乃尹據其條例，舉例以明其有徵者，故特附說明。」

　　新雄謹按：黃先生研究《說文》之二十二條例，乃余受之於先師林先生，據當年筆記所整理者，既承師說，全部精義之闡發應歸之於本師林先生。若記載之疏漏，書寫之訛謬，所加按語及例證之未贍者，則新雄之咎也。又本條例最早發表於拙作〈說文解字之條例〉一文中，載《香港浸會學院學報・第九卷》（1982）⁽⁴⁷⁾，後續發表於《木鐸・第十期》（1984）⁽⁴⁸⁾，並收錄於拙著《文字聲韻論叢》（1984）⁽⁴⁹⁾，瞬逾二十載，師說諄諄，言猶在耳，今余已老邁，謹趁此機會，稍作疏釋，盼能添益師說於一二。

　　謹按林先生於二十二例所言及季剛先生之學說重點，概有六項：

壹、論述語根之說

去泰去甚，使輕重合宜。」」先生雖誤元孫序為魯公之序，然對「去泰去甚，使輕重合宜」甚喜愛之，可為先生重視時宜觀念之證。收《黃侃日記》（江蘇：江蘇教育出版社，2001年8月），頁133。

(46) 謝雲飛君《中國文字學通論》於〈附錄〉曾收林先生整理之條例十八條，亦為謝君據林先生授課所整理者。謝君按云：「此為黃先生傳授《說文》條例時所講解者，本師瑞安林景伊先生為之歸納整理，以為研究之途徑，並非黃先生之原文，黃先生亦未有此類條例發表，此為林師鄉日授《說文》時所聲明者。」（臺北：臺灣學生書局，民國52年9月初版，頁382-395）。至於謝君與新雄整理者，有所參差，當是個人筆記及領略不同所致，讀者可兼容並參。

(47) 《香港浸會學院學報・第九卷》（香港：香港浸會學院，1982年），頁1-13。

(48) 《木鐸・第十期》（臺北：中國文化大學中文研究所，民國73年6月），頁51-77。

(49) 陳新雄：《文字聲韻論叢》（臺北：東大圖書公司，民國83年1月）

貳、論述《説文》音讀之説
參、論述形聲字之説
肆、論述形聲與假借之説
伍、論述無聲字多音之説
陸、論述《説文》之依據

本節將以此六項為綱，理分二十二例，逐條補列新雄疏按之語。每項引述之例，皆依原序。各例內容，未必僅涉一事，故有相參諸例，皆附於按語之末。讀者若欲觀看原例全貌，自可參閱拙作諸文。

壹、論述語根之説

「語根」之説可謂為章黃小學，解釋轉注、形聲、音訓等問題時，最為重要之見解。林先生於此發揮多例，如第一例云：

文字古簡今繁，故研究《説文》，必須明其字義，求其語根，初文五百，秦篆三千，許氏所載，乃幾盈萬，文字既由簡而繁，聲韻訓詁，亦莫不然。蓋文字之增加而繁複，亦勢使然也。故知繁由簡出，則簡可統繁，簡既孳繁，則繁必歸簡，明至繁之字義，求至簡之語根，文字語言訓詁之根本胥在是矣。

著者按：

季剛先生之初文及語根之説，爲其學説之要，可參上節所列壹之五、六及九等三例。初文及語根之求，實爲季剛先生就《説文》之書，以明語言文字緣起之法，故曰以至簡之語根求至繁之字義。先生之文字學乃據《説文》闡發形音義三者結合之學，亦即爲結合聲韻、訓詁之文字學，由此可證也。先生另於〈訓詁述略〉云：「案初文五百（餘杭章君説），秦篆三千，許氏所載，乃幾盈萬，是文字古簡而今繁也。聲音訓詁亦然，故形聲義三者，莫不由簡趨繁，此勢之必至也。然繁由簡出，則簡可統繁，簡既孳繁，則繁必歸簡，於至繁之字

義，求至簡之語根，文字語言訓詁之根本，胥在是矣。」⁽⁵⁰⁾此說當爲林先生立例之所據。另段玉裁於《說文》「坤」字下注云：「故文字之始作也，有義而後有音，有音而後有形，音必先乎形。」⁽⁵¹⁾於「喜」字下注云：「有義而後有聲，有聲而後有形，造字之本也。形在而聲在焉，形聲在而義在焉，六藝之學也。」⁽⁵²⁾亦可爲參。此種「聲義同源」之觀念，正爲研讀《說文》不可廢者，亦爲治文字之基礎也。又此例述及語根之問題，可與二十二例之第二、三、七、二十一等例互參。

第二例云：

> 不可分析之形體謂之文，可析之形體謂之字，字必統於文，
> 故語根必為象形、指事之文。

著者按：

黃焯編輯黃季剛先生口述《文字聲韻訓詁筆記》，有闡述黃先生此種觀念者，今取與先師林先生之說互相參照。《文字聲韻訓詁筆記·音韻與文字訓詁之關係·二、以聲韻求文字之系統》一節云：

一	獨體象形指事字	文
二	合體象形指事字	
三	變體字複體、反文、倒文、省文之類	
四	先出會意字	
五	形聲字	字
六	後出會意字	
七	雜體字	

就四體略表文與字之關係，會意形聲字中，仍殘留象形、指事之痕跡。《說

---

(50) 黃季剛先生講，潘重規先生記：〈訓詁述略〉，收入《制言》第七期（臺北：成文出版社，民74年3月），頁713。
(51) 《說文解字注》（臺北：藝文印書館，民國62年8月），頁688。
(52) 《說文解字注》（臺北：藝文印書館，民國62年8月），頁434。

文・序》首言：「倉頡見鳥獸蹏迒之迹，知分理之可相別異，初造書契。」則象形、指事字中，有爲圖畫也，符號也。圖畫所以象形，符號所以表事，初皆尚簡，故爲獨體。然物之形也易同，而象形之字不能同也。天中之日與樹間之果，所圖不易別也，而象形之字必不能率作○也。沙中之金，與雨中之點，不易分也，而率作‥，亦必難識別矣。故獨體象形有時而窮，於是進而衍爲合體象形，而象形之範圍廣矣。欲以名木上之果也，乃畫果形以合於木，而果字出焉。欲以明將明之時也，乃畫日形升於地上，而旦字成焉。蓋萬物可象之形，有不可以獨體畫之者也。指事者，既以簡單符號以代複語，其不足用也固矣，況事不能盡以獨體表之者乎！方圓可指，大小不可指矣；大小可指，黑白不可指矣。於是進而爲合體指事焉。如心在宀下皿上爲盜，王在門中爲閏，必待合數字以指之，其義方明也。然日在一地上爲旦者，以解說知之也。去此解說，則旦豈不可爲日將落乎！故合體象形，猶不能一望而知也。晶訓精光，以解說知之，去此解說，則晶光之晶，豈不可爲疊乎？故合體指事亦不能盡指也。於是所謂獨體會意者出焉。然水有大小，木有高低，可以會意也。而水之有江河溝洫，會意不能盡之矣。木之有桃李松栝，會意不能盡之矣。於是合體象形指事會意一變而爲形聲，而無字不可造矣。故以孳乳次第言，當首象形、指事，而次會意、形聲，此一說也。文字之初，根基言語，迨乎造字，亦必名詞與動詞同出，固不可強爲之先後也。蓋論其造字之動機，自應分別先後；論其因言語以造字，自必同時而出。二說皆可通也。雖然，文字之由少趨多，由簡趨繁，由渾趨析，其程序本出於一。然由少趨多者，多必從少分出；由簡趨繁者，繁必從簡分出。詳探而審溯之，則獨體之文，文字之根源也。文字基於言語，言語發乎聲音，四書未造之時，未嘗無此言語也。然則推求文字之孳生統系以得其條理者，非音韻將何由乎？夫獨體之文又可生文，所生之本文又可生字，故獨體其本也。一字之義，有先有後，後起之義，因乎本有，故始義其源也。複體、合體積於獨體，其得聲也，往往因之，故獨體，聲音之母也，欲求文字之系統，必先基諸音韻；欲求六書之本始，必先問乎獨體。然則獨體與音韻之於六書，猶衣裳之有要領也。[53]

---

[53]　黃焯整理：《文字聲韻訓詁筆記》（上海：上海古籍出版社，1983年4月），頁42-44。

著者又按：

季剛先生治《説文》之法，有曰先了解「孰爲文，孰爲字」之説，參上節貳之
二例。文既爲本，故曰：「凡會意、形聲之字，必以象形、指事字爲之根。而
象形、指事字又必以未造字時之語言爲之根。故因會意、形聲以求象形、指事
之字，是求其本字也。」[54] 凡季剛先生提及「語根」者，必強調象形、指事
與聲韻、訓詁之關係。此例述及語根之問題，當與二十二例之第一、三、七、
二十一等例互參。

第三例云：

> 文字之基，在於語言，文字之始，則為指事、象形，指事、象
> 形既為語根，故意同之字，即形不同者，其音亦必相同。

著者按：

此例云：「文字之基，在於語言，文字之始，則爲指事、象形，指事、象形既
爲語根，故意同之字，即形不同者，其音亦必相同。」然六書中，唯形聲能表
音，故從形聲偏旁能尋所據語音之初始。季剛先生於〈訓詁述略〉云：

不可分析之形體謂之文，可分析者謂之字，字必統於文，故語根必爲象形、指
事。今爲舉例於后，如：

才　《説文》：「艸木之初也。」

裁　《説文》：「制衣也。从衣𢦏聲。」（形聲字）

載　《説文》：「乘也。从車𢦏聲。」（形聲字）《爾雅》郭注：「取物終
　　更始。」

餏　《説文》：「設飪也。从丮从食才聲。讀若載。」（形聲字）《玉
　　篇》：「始也。」《經傳釋詞》作語詞載字用。

栽　《説文》：「築牆長版也。从木𢦏聲。春秋傳曰：『楚圍蔡里而

---

[54] 黃焯整理：《文字聲韻訓詁筆記》（上海：上海古籍出版社，1983年4月），頁57。

栽。』」（形聲字）《論衡》：「草木出土爲栽蘗。」

𪊺 《說文》：「餅籒也。从麥才聲。」（形聲字）

前列諸字皆屬齒聲，同有初義。栽、載、𪊺、栽、𪊺皆形聲字，不能爲語根，凡此諸字皆自才來，才爲指事，即諸字之語根也。蓋文字之基在於語言，文字之始則爲象形、指事，故同意之字往往同音，今聚同意之字而求其象形、指事字以定其語根，則凡中國之文字皆有所歸宿矣。[55]

季剛先生此言，當即林先生立例之所本。茲據季剛先生所舉「才」字之例析述之：

《說文》：「才[274]、艸木之初也。昨哉切。」從母咍部[dz'ə][56]；「𢦏[637]、傷也。从戈才聲。祖才切。」精母咍部[tsə]；「烖[489]、天火曰烖，从火𢦏聲。祖才切。」精母咍部[tsə]；「𨛍[302]、故國在陳留。从邑𢦏聲。作代切。」精母咍部[tsə]；「裁[392]、制衣也。从衣𢦏聲。昨哉切。」從母咍部[dz'ə]；「胾[178]、大臠也。从肉𢦏聲。側吏切。」精母咍部[tsjə]；「載[734]、桼也。从車𢦏聲。作代切。」精母咍部「tsə」；「栽[255]、築牆長版也。从木𢦏聲。將來切。」精母咍部[tsə]；「材[255]、木梃也。从木才聲。昨哉切。」從母咍部[dz'ə]；「𪊺[235]、餅籒也。从麥才聲。昨哉切。」從母咍部[dz'ə]「財[282]、人所寶也。从貝才聲。昨哉切。」從母咍部[dz'ə]；「哉[58]、言之閒也。从口𢦏聲。將來切。」精母咍部[tsə]。推溯才爲初文，則才得聲之字，形固不同，然音多見相承，戈、栽、哉、裁、胾、載、栽、材、𪊺、財、哉等皆是。論究其義，才有始義，故从才得聲之字，亦多具始之義。故可曰才爲語根，凡從此語根得聲之字，多具始義。此例述及語根之問題，可與二十二例之第一、二、七、二十一等例互參。

以上略疏林先生歸納及論述季剛先生語根學理之說。

---

[55] 黃季剛先生講，潘重規先生記：〈訓詁述略〉，收入《制言》第七期（臺北：成文出版社，民74年3月），頁714。

[56] 新雄謹案：古聲母以黃氏十九紐爲準，古韻部以拙說三十二部爲準，擬音則採拙著《古音研究》。

貳、論述《說文》音讀之說

　　季剛先生研治文字主據《說文》，許氏解說之例，形音義兼具，音乃連繫形義之媒介，故治文字，理當對《說文》音讀，先作認識。林先生於此亦見多例，其第十二例云：

> 凡《說文》中重文或形聲字中重文聲母，今讀之雖與本字聲
> 母之音義或有差異者，在古人讀之音必相同，義亦可通。

逖[75]、遠也。从辵狄聲。逷、古文逖。

墣[690]、凷也。从土菐聲。圤、墣或从卜。

球[12]、玉也。从王求聲。璆、球或从翏。

稑[324]、疾孰也。从禾坴聲。穋、稑或从翏。

柄[266]、柯也。从木丙聲。棅、或从秉。

籚[196]、竹高匧也。从竹鹿聲。簏、籚或从彔。

麗[274]、守山林吏也。从林鹿聲。麗、古文从彔。

漉[566]、浚也。从水鹿聲。淥、漉或从彔。

飽[223]、猒也。从食包聲。䬺、古文飽从采聲。䭽、亦古文飽，从卯聲。

觵[188]、兕牛角可吕歙者也。从角黃聲。觥、俗觵从光。

纊[666]、絮也。从糸廣聲。絖、纊或从光。

著者按：

《說文》重文即如後世所謂異體字，音義全同而寫法相異，故知許慎納編時必然音義全同領頭篆文。即以林先生所舉諸例，从丙與从秉，从鹿與从彔，至今音仍相同。逖與逷，墣與圤，飽與䬺，則為一聲之轉；从黃與光，黃本从光得聲，故觵與觥同，纊與絖同。至於球之从翏，球，巨鳩切，屬《廣韻・平聲・尤韻》。此韻收字之形聲偏旁，多見从翏者，如劉（力求切）、摎（力求切）、嘐（力求切）、鏐（力求切）、瘳（丑鳩切）、璆（巨鳩切）、繆（莫浮切）等，可知求、翏音近，古韻歸幽部。稑之重文从翏，稑，力竹切，屬《廣韻・

入聲‧屋韻》。「力竹切」下收字多見从翏者，如戮、勠、穋、蓼、憀等字，可知坴、翏音同，古韻歸覺部。翏字，《説文》[141]：「高飛也。从羽从。」於《集韻》除平聲尤韻之「力求切」外，於入聲屋韻，另見「力竹切」之音，是爲無聲字多音。

第十三例云：

> 凡《説文》讀若之字，必與本字同音，其義亦可通假，欲知
> 形聲字假借之關鍵及古音通轉之體系，不可不詳明其例而悟
> 其理。

例一：

祘[8]、明視已筭之。从二示。讀若筭。蘇貫切，心母元部[suan]。筭[200]，數也。从竹具。讀若筭。穌管切，心母元部[suan]。筹[200]，長六寸所已計厤數者。从竹弄。穌貫切，心母元部[suan]。祘讀若筭，算亦讀若筭，故祘算通。

例二：

璆[10]、玉也。从王矛聲。讀若柔。耳尤切，泥母蕭部[nǐɐu]。柔[254]、木曲直也。从木矛聲。耳由切，泥母蕭部[nǐɐu]。夒[236]、貪獸也。一曰：母猴。佀人，从頁，巳、止、夂，其手足。奴刀切，泥母蕭部[nɐu]。

例三：

殳[121]、鳥之短羽飛几几也。象形。讀若殊。市朱切。定母侯部[diau]。殳[119]、已杖殊人也。从又几聲。市朱切。定母侯部[diau]。殊[163]、死也。从歺朱聲。市朱切。定母侯部[diau]。媮[624]、好也。从女殳聲。昌朱切。透母侯部[tiau]。姝[624]、好也。从女朱聲。昌朱切。透母侯部[tiau]。

著者按：

《說文》：「鼟[6]、數祭。……讀若春麥爲桑之桑。」段注：「凡言讀若者，皆擬其音也。」凡讀若之音必與本字同音，就其形聲偏旁分析，亦必音同可通。如祣讀若算，故祣與算同音；算亦讀若筭，故算、筭音亦同；然則，祣與算音同可通。瓔從憂聲，亦讀若柔，則憂、柔音同可通。几讀若殊，從几聲之殳，與殊音同可通。從几之妭，與從朱之妹，音亦同可通。即以妭字論，從殳音不從殳義，其爲好義，乃妹之假借。此例述及讀若之問題，可與第十五例互參。又此例述及形聲假借之問題，可與二十二例之第五、十七等例互參。

第十九例云：

《說文》之字有本有聲而不言聲者，此於無聲字中可以明之。如道從辵、從首，實首聲也。皆從比、從白，實比聲也。差從左、從㐅，實㐅聲也。輔從車、從付，實付聲也。馗從九、從首，實九聲也。鑯從金、從獻，實獻聲也。逵從辵、從坴，實坴聲也。位從人、從立，實立聲也。（此舉大小徐皆不言聲者，若大徐言聲，小徐不言，或小徐言聲，大徐不言，不在此例。）

《說文》：「䢔[76]、所行道也。從辵首。」段注：「首亦聲。」徒晧切，定母幽部[d'əu]。《說文》：「𦣻[427]、古文百也。巛象髮，髮謂之鬊，鬊即巛也。」《說文》：「𦣻[426]、頭也。象形。」皆書九切，透母幽部[t'ĭəu]。《說文》：「皆[138]、俱詞也。從比從白。」古諧切，見母微部[krəi]。《說文》：「从[390]、密也。二人為从，反从為比。」毗二切，並母脂部[b'ĭei]。《說文》：「差[202]、貳也。左不相值也。從左㐅。」初牙切，清母歌部[ts'rai]。《說文》：「㐅[277]、艸木華葉㐅。象形。」是為切，定母歌部[d'ĭɐai]。《說文》：「輔[736]、反推車令有所付也。從車付。讀若茸。」而隴切，泥母東部[nĭaug]。《說文》：「付[377]、予也。從寸持物已對人。」方遇切，幫母侯部[pĭau]。《說文》：「馗[745]、九逹道也。佀龜背故謂之馗。從九首。𨒋，馗或從辵坴。馗，高也。故從坴。」段注云：

「九亦聲。」又云：「厷亦聲。」渠追切，匣母幽部[ɣjĕu]。《說文》：「九[745]、易之變也。」舉有切，見母幽部[kĭəu]。《說文》：「坴[690]、土𡴆坴坴也。從土圥聲。讀若速。一曰：坴梁地。」力竹切，來母覺部[lĭəuk]。《說文》：「轙[733]、車衡載轡者，從車義聲。𨫔，轙或從金獻。」段注：「獻聲與義聲古合音最近。」魚綺切，疑母歌部[ŋrjai]。《說文》：「獻[480]、宗廟犬名羹獻，犬肥者以獻。從犬鬳聲。」許建切，曉母元部[xian]。《說文》：「鬳[112]、鬲屬。從鬲虍聲。」牛建切，疑母元部[ŋian]。《說文》：「虍[211]、虎文也。象形。凡虍之屬皆從虍。讀若《春秋傳》曰：『虍有餘。』」荒烏切，曉母魚部[xa]。《說文》：「位[375]、列中庭之左右謂之位。從人立。」段注：「古者立位同字。」于備切，匣母沒部[ɣjĭuət]。《說文》：「𡗕[504]、伍也。從大在一之上。」力入切，來母緝部[lĭəp]。《說文》：「麗[476]、旅行也。從鹿丽。」「儕[375]、待也。從人待。」「軌[735]、車迹也。從車從省。」以上三例，則大小徐為會意而段玉裁改為亦聲者，或大小徐為形聲而段氏改為會意者。

著者按：

此例所言，以大徐、小徐及段注本作一對照，大小徐皆不言聲者，段注仍或云從某聲，可知許氏當初雖不言聲，然結合無聲字多音觀念，或仍可循得其得聲之線索。茲將諸例列表示之：

大小徐不言聲，段注言聲之字	段注疑所從聲母	古聲韻說明
《說文》：「馗[76]、所行道也。從九首。」段注：「首亦聲。」徒晧切，定母幽部[d'əu]。	《說文》：「𦣻[427]、古文百也。《象髮，髮謂之鬊，鬊即《也。」書九切，透母幽部[t'ĭəu]。	馗屬定母幽部，首屬透母幽部；古聲僅清濁之異，古韻同部。
《說文》：「皆[138]、俱詞也。從比從白。」古諧切，見母微部[krəi]。	《說文》：「从[390]、密也。二人為从，反从為比。」毗二切，並母脂部[b'ĭei]。	皆屬見母微部，比屬並母脂部；古韻脂微旁轉。[57]

---

[57] 參見陳新雄：《古音研究・第二章・古韻研究》（臺北：五南圖書公司，民國88年4月），頁454。

《說文》：「²⁰²、貳也。左不相值也。从左巫。」初牙切，清母歌部[ts'rai]。	《說文》：「²⁷⁷、艸木華葉巫。象形。」是為切，定母歌部[d'ieai]。	差屬清母歌部，巫屬定母歌部，古韻同部。
《說文》：「⁷³⁶、反推車令有所付也。从車付。讀若茸。」而隴切，泥母東部[niaug]。	《說文》：「³⁷⁷、予也。从寸持物已對人。」方遇切，幫母侯部[piau]。	軵屬泥母東部，付屬幫母侯部；古韻東侯對轉。⁽⁵⁸⁾
《說文》：「⁷⁴⁵、九達道也。佀龜背故謂之馗。从九首。^巋、馗或从辵坴。馗、高也。故从坴。」段注云：「九亦聲。」又云：「坴亦聲。」渠追切，匣母幽部[ɣjiəu]。	《說文》：「⁷⁴⁵、易之變也。」舉有切，見母幽部[kiəu]。 《說文》：「⁶⁹⁰、土凷坴坴也。从土先聲。讀若速。一曰：坴梁地。」力竹切，來母覺部[liəuk]。	馗屬匣母幽部，九屬見母幽部；古聲同為喉音，古韻同為幽部。 逵屬匣母幽部，坴屬來母覺部；古韻幽覺對轉。⁽⁵⁹⁾
《說文》：「⁷³³、車衡載燿者，从車義聲。鐕、轙或从金獻。」段注：「獻聲與義聲古合音最近。」魚綺切。疑母歌部[ŋrjai]。	《說文》：「⁴⁸⁰、宗廟犬名羹獻。犬肥者以獻。从犬鬳聲。」許建切，曉母元部[xian]。 《說文》：「¹¹²、鬲屬。从鬲虍聲。」牛建切，疑母元部[ŋian]。 《說文》：「²¹¹、虎文也。象形。凡虍之屬皆从虍。讀若《春秋傳》曰：『虍有餘。』」荒烏切，曉母魚部[xa]。	轙屬疑母歌部，獻屬曉母元部；歌元對轉。歌元對轉，《詩》凡四見，故曰古合音最近。⁽⁶⁰⁾
《說文》：「³⁷⁵、列中庭之左右謂之位。从人立。」段注：「古者立位同字。」于備切，匣母沒部[ɣjiuət]。	《說文》：「⁵⁰⁴、侸也。从大在一之上。」力入切，來母緝部[liəp]。	位屬匣母沒部，立屬來母緝部；古韻沒緝旁轉。⁽⁶¹⁾

(58) 參見陳新雄：《古音研究·第二章·古韻研究》（臺北：五南圖書公司，民國88年4月），頁444。

(59) 參見陳新雄：《古音研究·第二章·古韻研究》（臺北：五南圖書公司，民國88年4月），頁446。

(60) 參見陳新雄：《古音研究·第二章·古韻研究》（臺北：五南圖書公司，民國88年4月），頁437。

(61) 參見陳新雄：《古音研究·第二章·古韻研究》（臺北：五南圖書公司，民國88年4月），頁462。

另三例則爲：

1.大小徐本言聲，段注本不言聲者：

　大小徐本：《說文》：「麤、旅行也。从鹿丽聲。」

　段注本：《說文》：「麤、旅行也。从鹿丽。」

　按：《說文》丽爲麗之古文，音自相同，故麗从丽聲，亦見其理。段注云：「各本丽下有聲字，今正。」[62]

2.大徐本不言聲，段注本不言聲，小徐本言聲者：

　大徐本：「儮、待也。从人从待。」

　小徐本：「儮、待也。从人待聲。」

　段注本：「儮、待也。从人待。」

　按：儮，直里切，定母之部[d'ǐə]；待，徒在切，定母之部[d'ǐə]；二字古音同。段注云：「此舉會意包形聲也。小徐本作从人待聲。」[63]

3.大徐本言省聲，小徐本及段注本不言聲者：

　大徐本：「輈、車迹也。从車從省聲。」

　小徐本：「輈、車跡也。从車從省。」

　段注本：「輈、車迹也。从車從省。」

　按：輈，即容切，精母東部[tsioŋ]；從，疾容切，從母東部[dz'ioŋ]；二音唯聲母清濁送氣之異。段注云：「大徐有聲字，非也；此以會意包形聲。」[64]

又按：

段氏於「儮」下所云之「會意包形聲」似指會意可包形聲，故不必曰聲，如《說文》：「屮[38]、艸初生地兒。从艸出。」二徐作「出聲」，段注云：「言會意以包形聲也。」《說文》：「耤[186]、犇也。从耒井。」二徐作「井聲」，段注云：「會意包形聲。」等皆是。然《說文》：「葊[277]、榮也。从艸夸。」二徐作「从艸从夸」，段注卻云：「夸亦聲。此以會意包形聲也。」似又謂會意之从屬，有聲旁之謂。他如「醭[757]、从酉辛」，二徐作「从酉从辛」，段亦注云：

[62]　《說文解字注》（臺北：藝文印書館，民國62年8月），頁476。
[63]　《說文解字注》（臺北：藝文印書館，民國62年8月），頁375。
[64]　《說文解字注》（臺北：藝文印書館，民國62年8月），頁735。

「此以會意包形聲，卒亦聲也。」可見段氏當以《說文》會意字，從屬不言聲者，未必無聲可說，許氏之例，不必明言聲字，故如「軮」字，大徐有聲字，段即斥之爲非。唯於相同情形之字，卻或注云「亦聲」，難免令人疑段氏有隱贊二徐之意也。然則，段氏所謂「會意可包形聲」者，隱含形聲之義，更可證明《說文》會意，實可分爲有聲之會意及無聲之會意矣。

又此例第九、十、十一、十四、十五、十九等例皆涉無聲字多音之理，宜互參也。

第二十例云：

> 《說文》之字本有聲，而得聲之後，其音轉變，因而不言
> 聲。如天從大，實大聲；熏從黑，實黑聲；尔從入，實入
> 聲；悉從心，實心聲；內從入，實入聲；皆有線索可尋，觸
> 類旁推，可以悉明。

按會意字雖形與形相益而成，似無關聲理。然先有語根而後有文字，字據語根而造，故盡可能利用能表達意義之語根爲其構形。《說文》：「天[1]、顛也。至高無上。從一大。」他前切，透母真部[t'iɐn]。《說文》：「大[496]、天大、地大、人亦大焉。象人形。古文巿也。」徒蓋切，定母月部[d'ats]。《說文》：「熏[22]、火煙上出也。從屮，從黑。屮、黑，熏象。」許云切，曉母諄部[xiuən]。《說文》：「黑[492]、北方色也。火所熏之色也。從炎上出囱。」呼北切，曉母職部[xək]。《說文》：「尔[49]、詞之必然也。從丨八，八象气之分散，入聲。」兒氏切，泥母脂部[nǐei]。《說文》：「人[226]、內也。象從上俱下也。」人汁切，泥母緝部[nǐəp]。《說文》：「悉[50]、詳盡也。從心釆。」息七切，心母質部[sjǐɛt]。《說文》：「心[506]、人心、土臧也。在身之中，象形。博士說已為火臧。」息林切，心母侵部[sjǐəm]。《說文》：「悉[506]、睿也。從心、從囪。」息茲切，心母之部[sjǐə]。《說文》：「囪[505]、頭會腦蓋也。象形。」息進切，心母真部

[sjĭɐn]。《說文》：「內²²⁶、入也。从冂入，自外而入也。」奴對切，泥母沒部[nəts]。

> **著者按：**
>
> 由前例可知，《說文》會意字或見有聲之會意與無聲之會意，即若無聲之會意，若從語根察之，則或亦見其爲聲之線索。如天从大，實大聲；重从里，實里聲。茲將此例所舉字例列表如下：

聲子		聲母	
天	他前切，透母真部[tʻĭɐn]	大	徒蓋切，定母月部[dʻats]
熏	許云切，曉母諄部[xĭuən]	黑	呼北切，曉母職部[xək]
尒	兒氏切，泥母脂部[nĭĕi]	入	人汁切，泥母緝部[nĭəp]
悉	息七切，心母質部[sjĭɛt]	心	息林切，心母侵部[sjĭəm]
思	心母之部[sjĭə]	囟	息進切，心母真部[sjĭɛn]
內	泥母沒部[nəts]	入	人汁切，泥母緝部[nĭəp]

表中之聲子與聲母，或見古聲相近或相同，或見主要元音有所相應，此即例中所云：「皆有線索可尋，觸類旁推，可以悉明」者也。此點亦可從聲訓觀之。季剛先生云：「完全之訓詁必義與聲皆相應。而古書說解不能完全爲聲訓者，或從其便，或不知其得聲之由來耳。若《說文》義訓只居十分之一二，而聲訓則居十之七八。」⁽⁶⁵⁾然則，聲訓爲訓詁之正例，據林先生分析聲訓條例，可分爲五：即聲義同源、凡同聲多同義、凡字之義必得諸字之聲、凡从某聲多有某義、形聲多兼會意。⁽⁶⁶⁾可知聲訓線索多具涵於形聲，即《說文》中釋義未見从某聲者，亦未必即爲無聲可說，亦可從語根推求之。倂參下例。

第二十一例云：

⁽⁶⁵⁾ 黃焯整理：《文字聲韻訓詁筆記・義訓與聲訓》（上海：上海古籍出版社，1983年4月），頁190。

⁽⁶⁶⁾ 林尹先生：《訓詁學概要・第六章・訓詁的條例》（臺北：正中書局，民國61年10月），頁122。

《説文》訓釋，往往取諸同音，如天之訓顛，知天、顛後世
音異，古人讀之則不別。吏治人者也，知吏、治後世音異，
古人讀之則同。自此以下，如：帝、諦也；禮、履也；反、
覆也；禂、禱也；祫、大合祭先祖親疏遠近也；祀、祭無已
也；福、備也；祈、求也；旁、溥也諸文，更不知其數。要
之，《説文》説解中字，與聲韻無涉者至尠，此亦可由説解
而明語根也。

《說文》：「天¹、顛也。」他前切，透母真部[tʼien]。《說文》：「顛⁴²⁰、
頂也。从頁、真聲。」都年切，端母真部[tien]。於古同部雙聲且疊韻，故
為推因。《說文》：「吏¹、治人者也。从一从史、史亦聲。」力置切，來
母之部[liə]。《說文》：「治⁵⁴⁵、治水出東萊曲城陽丘山南入海，从水台
聲。」直之切，定母之部[dʼiə]。亦古同部雙聲兼疊韻，此為義界。

著者按：

季剛先生〈訓詁述略〉云：「古人制字，義本於聲，即聲是義，聲音、訓詁同
出一原。文字孳生，聲從其類，故今曰文字、聲音、訓詁，古曰字讀，讀即兼
孕聲音、訓詁二事。蓋聲音即訓詁也。詳攷吾國文字，多以聲音相訓，其不以
聲音相訓者，百分之中，不及五六，故凡以聲音相訓者為真正之訓詁，反是
即非真正之訓詁。試取《說文解字》觀之，其說解之字，什九以聲訓，以意
訓者至希。推之……《釋名》諸書，莫不皆然。聲音為訓詁之綱宗，斷可知
矣。」[67]

又云：「推因，凡字不但求其義訓且推其字義得聲之由來，謂之推因。如《說
文》天、顛也之類是。」[68]

又云：「義界，綴字為句，綴句為章。字句章三者，其實質相等，蓋未有一字

---

[67] 黃季剛先生講，潘重規先生記：〈訓詁述略〉，收入《制言》第七期（臺北：成文出版社，民
國74年3月），頁714。
[68] 黃季剛先生講，潘重規先生記：〈訓詁述略〉，收入《制言》第七期（臺北：成文出版社，民
國74年3月），頁711。

而不含一句之義，一句而不含一章之義者也。凡以一句解一字之義者，即謂之義界。如《說文》吏、治人者之類是。」[69]

此當爲林先生立例之所本。另林先生對「義界」有所補充曰：「然而在義界的訓釋中，除極少數純屬義訓的，如『圜』訓爲『天體也』、『玦』訓爲『玉佩也』等外，凡義界多有一字或一字以上之字，與所訓之字有聲韵之關係。」[70]又此處所謂之「義訓」與「聲訓」對稱，季剛先生將「義訓」定義爲：「義訓者，觀念相同，界說相同，特不說兩字之製造及其發音有何關係者也。如《說文》：『元、始也。』以造字論，元與始之聲、形皆無關。元爲喉音，始爲舌音。元屬寒母，始屬咍母。」[71]故義訓無涉聲韻，而聲訓即藉聲以說義也。

季剛先生於〈訓詁述略〉一文中，將聲訓分爲二類：一、與所釋之字生同聲同類之關係者；二、與所釋之字雖無聲之關係，然常有同聲同類之字與之同義者。[72]更可見語言之釋，本於語根，同語根者義多相近，後代聲韻縱有變化，尋其線索，仍可見其蹤跡也。又此例述及語根之問題，可與二十二例中第一、二、三、七等例互參。

以上略疏林先生歸納及論述季剛先生《說文》音讀學理之說。

參、論述形聲字之說

形聲字為中國文字之大宗，亦為六書之至要者，蓋文字孳乳，循聲衍化，後世能知前代音緒，莫不於形聲尋之。形聲復多兼會意，理一形聲，亦得會意之鑰。此為季剛先生所特重者，景伊師於此發揮甚多。第六例云：

　　凡形聲字以聲命名者，僅取其聲。

---

[69] 黃季剛先生講，潘重規先生記：〈訓詁述略〉，收入《制言》第七期（臺北：成文出版社，民國74年3月），頁711。
[70] 林尹先生：《訓詁學概要》（臺北：正中書局，民國61年10月），頁71。
[71] 黃焯整理：《文字聲韻訓詁筆記·義訓與聲訓》（上海：上海古籍出版社，1983年4月），頁190。
[72] 黃季剛先生講，潘重規先生記：〈訓詁述略〉，收入《制言》第七期（臺北：成文出版社，民國74年3月），頁716-717。

如駕、鶖、雞、鴨之類。章太炎先生云，以音為表，惟鳥為眾是也。

著者按：

太炎先生《國故論衡‧語言緣起說》云：「語言者不馮虛起，呼馬而馬，呼牛
而牛，此必非恣意妄稱也。諸言語皆有根，先徵之有形之物，則可覩矣。何以
言雀，謂其音即足也。何以言鵲，謂其音錯錯也。何以言雅，謂其音亞亞也。
何以言雁，謂其音岸岸也。何以言駕鵝，謂其音加我也。」[73]蓋語言命名有
摹擬其聲者，其於形聲偏旁僅擬其聲，非「駕」有加義，「鵝」有我義也。
林先生《文字學概說》亦云：「不過形聲字所從的聲符，也有部分是無義可說
的。這又可分二種情形：一種是『以聲命名』、『狀聲』的字和『外來語』，
都是真正無義可說的。」「以聲命名」之字，如「鴉」從牙聲，因鴉鳴近牙；
「狀聲」之字，如「嚶」，狀鳥鳴嚶嚶之聲；「外來語」之字，如「珣」從旬
聲，為東夷語「珣玗璂」的譯音。[74]另劉師培先生亦嘗舉「鵲字之音，近於
鵲鳴；鷹字之音，近於鷹鳴；鴉字之音，近於鴉鳴；蛙字之音，近於蛙鳴；雞
字之音，近於喉雞之聲；狗字之音，近於喉犬之聲」為例，以證「以字音象物
音」，亦可為參。[75]

此言聲旁真正無義可說之形聲字。第八例云：

> 形聲字有聲母有聲子，聲子必從其母之音，聲母或尚有聲母
> 者，必推至於無聲而後已。故研究形體，必須由上而下，以
> 簡馭繁；追究聲音，必須由下而上，由繁溯簡也。

著者按：

分析形聲字之聲母，必究字根，亦即將形聲偏旁推至無聲字。然則，若究形
體，以字根為源，尋其脈絡之發展，如「句」為字根，從竹為「笱」，從金為

---

[73]　《國故論衡疏證上之八‧語言緣起說》（北京：中華書局，2008年6月），頁166-167。
[74]　林尹先生：《文字學概說》（臺北：正中書局，民國60年12月），頁135。
[75]　劉師培：《中國文學教科書‧第一冊‧第二課‧論字音之起原》，收《劉申叔先生遺書》（臺
　　　北：華世出版社，民國64年4月），頁2404。

「鉤」，從足爲「跔」，從肉爲「朐」、從羽爲「翑」。若究聲音，則栽、哉、裁、戴、載、栽、哉等字从「戈」得聲，而「戈」从「才」得聲，故「才」正爲戈、栽、哉、裁、戴、載、栽、哉、材、對、財等字之字根。另如若欲推究「時、侍、待、特、持」等字之聲亦然，則須由下而上，先析其聲旁爲「寺」，再析「寺」之聲旁爲「止」，「止」不可復析，《說文・止部》云：「止，出也。象艸過屮，枝莖漸益大有所之也。一者，地也。」⁽⁷⁶⁾是爲無聲字，則知「止」爲「時、侍、待、特、持」等字之字根。此即「形聲字有聲母有聲子，聲子必從其母之音，聲母或尚有聲母者，必推至於無聲而後已」，亦即「追究聲音，必須由下而上，由繁溯簡也」之義。

此言《說文》形聲字偏旁之分析法。第四例云：

> 凡形聲之字之正例，必兼會意。

王筠《說文釋例》曰：「聲者造字之本也，用字之極也，其始也呼爲天地，即造天地字，呼爲人物，即造人物字，以寄其聲，是聲者，造字之本也。及其後也，有是聲，即以聲配形而爲之，形聲一門所以廣也。綜四方之異，極古今之變，則轉注所以分著其聲也。無其字而取同音字表之，即有其字，取同聲之字以通之，則假借所以薈萃其聲也。是聲音者，用字之法也。」按王氏之說聲爲造字之本，聲爲用字之極，於文字之學，實能得其竅要，而聲在文字上之發展，全在形聲字之廣，至於若干轉注與假借字，亦往往因形聲字而溝通，象形指事字亦因形聲之發展而重造，故後人不能深明形聲字之作用者，每多與轉注假借相混也。

著者按：
王筠《說文釋例・卷一・六書總說》：「故其始也，呼爲天地，即造天地字以寄其聲，呼爲人物，即造人物字以寄其聲，是聲者，造字之本也。及其後也，

⁽⁷⁶⁾　《說文解字注》（臺北：藝文印書館，民國62年8月），頁275。

有是聲，即以聲配形而爲字，形聲一門之所以廣也。綜四方之異，極古今之變，則轉注之所以分著其聲也。無其字而取同聲之字以表之，即有其字而亦取同聲之字以通之，則假借之所以薈萃其聲也。是聲者，用字之極也，聲之時用大矣哉。」[77]此爲林先生論述所據。林先生另於《文字學概說‧第二篇‧第五章‧形聲》亦云：「形聲字的聲符除表聲之外，更有表義的功用。」[78]並引沈括《夢溪筆談‧卷十四》，述及王子韶之「右文說」云：「王聖美治字學，演其義以爲右文。古之字書皆從左文。凡字，其類在左，其義在右。如水類，其左皆從水。所謂右文者，如戔、小也。水之小者曰淺；金之小者曰錢；歺而小者曰殘；貝之小者曰賤。如此之類，皆以戔爲義也。」[79]段玉裁更於《說文》「禛」字下注云：「聲與義同原，故諧聲之偏旁多與字義相近。」[80]又於「禷」字下注云：「凡形聲多兼會意。」[81]皆此說之闡揚也。黃焯整理之季剛先生之《文字聲韻訓詁筆記》，於訓詁部分列有「右文說之推闡」一節，引述晉楊泉《物理論》、王子韶之說、王觀國《學林》、張世南《游宦紀聞》、黃生《字詁》、黃承吉《夢陔堂集》、劉申叔〈字義起於字音說〉、太炎先生《文始》諸家之說，記述右文說緣起及發展，並有「治右文之說者，亦須先明二事：一、於音符字須先審明其音素，不應拘泥於字形。蓋音素者，語言之本質；音符者，字形之跡象。音素即本眞，而音符有假借。……二、對於音素，應先分析其含義，不宜牽合於一說。」[82]凡此見解，對於深究形聲兼會意之說，頗具參考價值。

另謝雲飛君《中國文字學通論》所附錄者，於此條下，除王筠說外，另錄劉師培先生《小學發微補》之說。茲謹補附於此。劉先生云：「案《易經》有言，書不盡言，言不盡意。意即字義，言即字音，書即字形。惟有字義，乃有字音；惟有字音，乃有字形。許君作《說文解字》，以左旁之形爲主，乃就物之質體區別也。如從草之字，皆草類也；從木之字，皆木類也。然上古人民未具分

---

[77]　王筠：《說文釋例》（北京：中華書局，1987年12月第一版），頁9。
[78]　林尹先生：《文字學概說》（臺北：正中書局，民國60年12月），頁133。
[79]　宋‧沈括：《夢溪筆談‧卷十四》（臺北：臺灣商務印書館，民國59年6月），頁95。
[80]　《說文解字注》（臺北：藝文印書館，民國62年8月），頁2。
[81]　《說文解字注》（臺北：藝文印書館，民國62年8月），頁52。
[82]　黃焯整理：《文字聲韻訓詁筆記》（上海：上海古籍出版社，1983年4月），頁210-214。

辦事物之能，故觀察事物，以義象區別，不以質體區分。然字音原於字義，既為此聲，即為此義，凡彼字右旁之聲，同於此字右旁之聲者，其義象亦必相同。」[83]

劉先生另於《中國文學教科書‧第一冊‧第三課‧論字義之起原》云：「上古聲起於義，故字義咸起於右旁之聲，任舉一字，聞其聲即可知其義。凡同聲之字，但舉右旁之聲，不必舉左旁之跡，皆可通用。黃春谷說。蓋上古之字，以右旁之聲為綱，以左旁之形為目，蓋有字音，乃有字形也。且當世之民未具分辨事物之能，故觀察事物，以義象區別，不以質體區分。然字音既原於字義，既為此聲，即為此義。凡彼字右旁之聲，同於此字右旁之聲者，則彼字之義象，亦必同於此字之義象。義象既同，在古代亦只為一字。」[84]此亦即為季剛先生所云「字義起於字音說」之所本。[85]

以上略疏林先生歸納及論述季剛先生形聲字學理之說。

肆、論述形聲與假借之說

形聲字正例既必兼會意，其中無義可說者，或因假借，如第五例云：

凡形聲字無義可說者，可以假借義說之。

《說文》：「禧[2]、禮吉也。从示喜聲。」「禛[2]、已真受福也。从示真聲。」禧、禛二字聲皆兼義。但祿訓福而从彔聲，彔無福意，蓋鹿之假借也。蓋上古之時，畋獵為生，鹿肉美而性馴，行獵而遇鹿則為福矣。其字本當作禭，从鹿作禭，亦猶从羊作祥。造字者借彔為鹿，遂書作祿矣。《說文》从鹿之字多或从彔。例如：麓、守山林吏也，从林鹿聲，古文从彔作

[83] 謝雲飛：《中國文字學通論‧附錄一》（臺北：臺灣學生書局，民國54年1月），頁385。劉氏之說，見《小學發微補》，收《劉申叔先生遺書》（臺北：華世出版社，民國64年4月），頁515。
[84] 收《劉申叔先生遺書》（臺北：華世出版社，民國64年4月），頁2405。
[85] 見黃焯整理：《文字聲韻訓詁筆記‧字義起於字音說》（上海：上海古籍出版社，1983年4月），頁206。

鏖；瀫、浚也。从水鹿聲，或从泉作淥；睩、目睩謹也，从目录聲，讀若鹿。皆其證也。

著者按：

黃焯《文字聲韻訓詁筆記·音韻與文字訓詁之關係·一、形聲》一節云：[86]

形聲之字，雖以取聲為主，然所取之聲必兼形義，方為正派。蓋同音之字甚多，若不就義擇取之，則何所適從也。右文之說，固有至理存焉。而或以字體不便，古字不足，造字者遂以假借之法施之形聲矣。假借與形聲之關係，蓋所以濟形聲取聲之不足也。是故不通假借，不足以言形聲。顧假借施於形聲愈繁，而取聲本義愈不可得，故假借者，六書之癥疵也。惟凡言假者，定有不假者以為之根；凡言借者，定有不借者以為之本。則此類形聲必當因聲以推其本字，本字既符，則形、聲、義三者當仍相應。

黃先生所舉字例甚夥，茲以表格化呈現之：

甲、聲與義同一：		
01 禮、从豊。豊、行禮之器也。	09	祰、告祭也。以下以聲解義更顯。
02 祐、助也。右、手口相助也。	10	祏、以石為主。
03 禧、禮吉也。喜、樂也。	11	祫、大合祭。
04 神、天神引出萬物者也。申、神也。	12	祟、設緜蕝為營以禳災。
05 祥、福也。羊、祥也。	13	禬、會福祭。
06 禷、以事類祭天神。類、種類。	14	祴、祴樂。（祴之言戒。）
07 福、備也。（小徐）畐、滿也。	15	社、地主也。土聲。（小徐）
08 祖、始廟也。且、薦也。	16	祟、神禍也。出聲。（小徐）

---

[86] 以下黃先生之說及字例引自黃焯整理：《文字聲韻訓詁筆記》（上海：上海古籍出版社，1983年4月），頁39-42。茲分段引述，字例表格及序號為著者所加。

黃先生云：

　　以上舉例，形、聲、義三者皆相應，本形聲之正規。然此類
　　形聲易與會意涵。惟會意者，會二意、三意以成一意。此類
　　形聲，難單舉聲以代本字，其義未始不可通也。

此爲第一類。其第二類爲：

乙、聲之取義雖非其本義，而可以引申者：		
01	祜、福也。從古，古相傳也。古與大通，祜、大福也。	10　祀、祭無已也。從巳、巳象陽氣之出不窮。
02	禛、以真受福也。從真。真者、僊人變形而登天也。引申為真正、真誠意也。	11　祪、毀廟之主。從危。危、在高而懼也。危而可懼則易毀。
03	禎、祥也。從貞，貞、卜問也。卜問、正問也。正則祥矣。	12　祔、後死者合食於先祖，從付，付、予也。
04	祉、福也。從止。止、下基也。古止、正同義，正則福也。	13　礿、夏祭。有約薄之義。
05	祇、敬也。從氏。氏、至也。至、止同義，蓋敬未有不正者。	14　禷、數祭也。從毳。毳、獸細毛也。毛細則數矣。
06	褆、安福也。從是。是、正也。	15　禳、除也。從襄。襄、漢令解衣耕謂之襄。
07	祇、地祇。從氏。氏從乀，乀、地也。	16　禡、師行所止，下而祭其神。從馬。
08	祕、神也。從必。必、分極也，分極必祕矣。	17　祲、精氣感祥。從侵省。侵、漸進也。祲氣者，漸積而成。
09	齋、戒潔也。從齊省。齊、潔義通	

黃先生說：

　　以上舉例，或一引即明，或再申始解。要知形、聲、義三者
　　必相應，則無可疑。

此為第二類。其第三類為：

	丙、聲與義不相應者：			
01	祿、福也。从示。示者、刻木示示也。不相應矣。按示、鹿同聲，以示代鹿，謂狩獵之時以獲禽為福也。又示穀同聲，耕稼之時以獲穀為福也。	04	禋、潔祀也。从垔。垔、塞也。不可通。按當作㶴，㶴古慎字，㶴垔同聲。古文从中（艸），从火，燔柴也。从日，言祭天也。	
02	禠、福也。从虒。虒、委虒，虎之有角者，不相應也。按虒、賜同聲，假虒以代賜也。	05	祼、灌祭也。从果。果、木實也。不可通。按當作盥，臼水臨皿也。灌果同聲。	
03	祺、吉也。从其。其、簸其也。此不可通。按籀文从基，基在于固，固大義近，大類義近，假其以代基也。			

黃先生云：

> 以上所舉例，皆為形聲之變。蓋求之於義而不得，則進而求
> 之於聲；求之於聲，求其假借也。當造字之時，因倉猝無其
> 字而假之，於是形聲之例亂矣。故治小學者必多為條例以求
> 之，則古或以為不相應者，今必能得其相應之證也。

以上為第三類。觀此三類字例，形聲與假借關係自可憭然。此例可與二十二例
中之第十三、十七、十八等例互參。

然而「假借」一事實難，第十六例云：

> 六書中最難解者，莫如假借。許氏《說文》謂本無其字，依
> 聲託事。此假借之正例也。亦有本有其字而互相通假者，要
> 皆不離聲韻之關係。

例如：《說文》：「𣹲[568]，滌也。从水㒼聲。古文㠯為灑埽字。」按假借多

疊韻或雙聲也。《說文》段玉裁注言假借之變，博綜古今，共有三變。假借之始，本無其字，及其後也，既有字矣，而多為假借，又其後也，後代譌字亦得冒為假借。

著者按：

《說文·水部》云：「𣲷[568]，滌也。从水囿聲。古文呂爲灘埽字。」段玉裁注云：「凡言某字古文以爲某字者，皆謂古文假借字也。洒、灘本殊義而雙聲，故相假借。凡假借多疊韻或雙聲也。」又《說文·敘》：「假借者，本無其字，依聲託事，令長是也。」段玉裁注云：「託者寄也，謂依傍同聲而寄於此，則凡事物之無字者，皆得有所寄而有字。如漢人謂縣令曰令長，縣萬戶以上爲令，減萬戶爲長。令之本義，發號也；長之本義，久遠也。縣令、縣長本無字，而由發號、久遠之義，引申展轉而爲之，是謂叚借。許獨舉令長二字者，以今通古，謂如今漢之縣令、縣長字即是也。原夫叚借放於古文本無其字之時，許書有言以爲者，有言古文以爲者，皆可薈萃舉之。以者用也，能左右之曰以。凡言以爲者，用彼爲此也。」[87] 又云：「大氏叚借之始，始於本無其字，及其後也，既有其字矣，而多爲叚借，又其後也，且至後代譌字，亦得自冒於叚借。博綜古今，有此三變。」[88]

季剛先生云：「始制文字而百官治，萬民察，若非兼該眾義，則文不足用，文不足用，尚何察與治之有？故知叚借之法，行於太初；依其理以造形聲之字，而叚借之用益大。」[89]

季剛先生又云：「文字之有假借，單音發音爲之。以單音而爲語言，由語言而製文字，非恐其文字之混亂，以其意義之相亂也，故不得不以其形體表其意義也。六書內假借不明，則形聲不明。造字之時已有假借。轉注、假借爲中國文字盈虛、消長之法，如鳥之兩翼，車之兩輪也。凡言假借者，必有其本，故假借不得無根，蓋必有其本音本形本義在其間也。引申者由此而出，假借者則本

---

[87]　《說文解字注》（臺北：藝文印書館，民國62年8月），頁764。
[88]　《說文解字注》（臺北：藝文印書館，民國62年8月），頁764。
[89]　見《說文略說·論六書起原及次第》，收《黃侃論學雜著》（上海：中華書局，1964年9月），頁5。

無關係，蓋古者因倉卒無其字，而以同音之字代之也。」[90]
由段注及季剛先生所云，可知假借行於造字之初，藉音託事，或本無其字，或
本有其字，甚而詭字冒為假借。若不知其本音本形本義，則混借字為本字，學
術自難正確，研治古書，此事最難，故曰：「六書中最難解者，莫如假借。」
此例述及假借，當與第十七例合參。

第十七例云：

> 假借之道，大別有二，一曰有義之假借，二曰無義之假借。
> 有義之假借，聲相同義相近也。無義之假借者，聲相同取聲
> 以為義也。故形聲字同聲母者，每每假借。進而言之，凡同
> 音之字皆可假借。

無義之假借，無固定之字，只求音同。例如：爾、尔、你、女、汝、乃、
而、若皆是也。你字古無其字。

著者按：

林先生《文字學概說‧第二篇‧第七章假借》引季剛先生之說云：「季剛先生
講授《說文》時，曾說：『六書中最難解者，莫如假借。許氏《說文》謂本無
其字，依聲託事，此假借之正例，亦有本有其字而互通段者，要皆不能離聲韻之
關係。』又說：『假借之道，大別有二，一曰有義之假借，二曰無義之假借。
有義之假借者，聲相同而字義又相近也。無義之段借，聲相同而取聲以為義也。
故形聲字同聲母者，每每假借；語言同語根者，每每段借。進而言之，凡同音之
字皆可假借。』」[91]此當即為林先生立例之所本。有義之假借如令、長：
令，《說文》：「令[435]、發號也。從亼卩。」令本發號施令，借為縣令之令，由
本義引申而得。

---

[90]　黃焯整理：《文字聲韻訓詁筆記》（上海：上海古籍出版社，1983年4月），頁56。
[91]　林尹先生：《文字學概說》（臺北：正中書局，民國60年12月），頁185。

長，《說文》：「𠤎⁴⁵⁷、久遠也。从兀从七，亡聲。兀者，高遠意也。久則變七。𠤎者到亡也。」長本久遠義，借爲縣長之長，由本義引申而得。

無義之假借如之、而：

之，《說文》：「𡳿²⁷⁵、出也。象艸過中，枝莖漸益大有所之也。一者，地也。」用作介詞，爲無義之假借。

而，《說文》：「𡔖⁴⁵⁸、須也。象形。《周禮》曰：『作其鱗之而。』」用作連詞，爲無義之假借。

例中所舉爾、尔、你、女、汝、乃、而、若等字皆具第二人稱之義，爲託聲之無義假借。

又此例述及形聲假借之問題，可與第五、十三、十八等例互參。

第十八例云：

> 班固謂假借為造字之本，此蓋形聲字聲與義定相應，而形聲
> 字有無可說者，即假借之故也。

例如：丕¹、大也。从一不聲。按不為鳥飛不下來，丕有大意，不無大意，然不字雖無大意，不聲則有大意，蓋不聲與旁溥音近，借不為旁溥字，故丕訓大。

著者按：

班固《漢書·藝文志》云：「古者八歲入小學，故《周官》保氏掌養國子，教之六書，謂象形、象事、象意、象聲、轉注、假借，造字之本也。」⁽⁹²⁾
章太炎先生於〈轉注假借說〉云：「余以轉注、假借悉爲造字之則。」⁽⁹³⁾季剛先生於〈小學略說·論六書起原及次第〉中亦云：「六書爲造字之本。」⁽⁹⁴⁾
然則，似謂除指事、象形、形聲、會意之外，轉注、假借亦造字之法也。對

---

(92) 《漢書補注》（殿本二十五史，臺北：藝文印書館），頁885。
(93) 見章太炎先生撰，龐炎、郭誠永疏證：《國故論衡疏證上之九·轉注假借說》（北京：中華書局，2008年6月），頁186。
(94) 《黃侃論學雜著》（上海：中華書局，1964年9月），頁5。

此，林先生於《文字學概說‧第二篇‧第七章‧假借》曾有所析述云：「其實，太炎先生在〈轉注假借說〉中曾明白表示：『構造文字之崑在一字者，指事、象形、形聲、會意盡之矣。』轉注、假借顯然不是『構造文字之崑在一字者。』而季剛先生說到叚借與造字，是指形聲字在造字時，它的聲符就有叚借的現象；並不是說六書中的叚借字爲新造的字。所以季剛先生〈論六書起原及次第〉中說：『叚借之法，行於太初；依其理以造形聲之字，而叚借之用益大。是故形聲之字，其偏旁之聲，有義可言者，近於會意；即無義可言者，亦莫不由於叚借。』『叚借之用』的『用』字，值得我們特別留意！」[95] 由此可知，季剛先生所指爲形聲字無義可說者，造字之聲符假借之故也。此例述及形聲假借之問題，可與二十二例之第五、十三、十七等例互參。

以上略疏林先生歸納及論述季剛先生形聲與假借學理之說。

伍、論述無聲字多音之說

　　形聲字既是「以事為名，取譬相成」，然則，聲子與聲母必具聲韻關係，縱因音變，仍應或為同音，或為聲同，或為韻同，不應有聲韻畢異者。聲韻畢異之形聲字，除狀聲、譯音等因素外，當為上古無聲字多音所致，後世莫知其緒，並非真正無聲韻關係可說。「無聲字多音」乃季剛先生論述形聲字之重要發現，故林先生於此特多發抒。如第七例云：

　　《說文》內有無聲之字，有有聲之字，無聲字者，指事、象形、會意也。有聲字者，形聲字是也。無聲字可依其說解而尋其語根，有聲字者，可依其聲母而辨其體系。

若天顚也、日實也、月闕也、馬武也、水準也、火燬也、門聞也、戶護也之類，皆可由其說解而推求其語根。有聲字可就其聲以推求語根，若倫、論、

淪、綸、輪等字皆从侖得聲，則侖即其語根也。

著者按：

黃焯整理《文字聲韻訓詁筆記》於〈略論推尋語根之法〉一節，引述季剛先生之說云：「凡會意、形聲之字，必以象形、指事字爲之根。而象形、指事字又必以未造字時之語言爲之根。故因會意、形聲以求象形、指事之字，是求其本字也。因象形、指事字以推尋言語音聲之根，是求其語根也。然以假借求本字者，既以音聲之多變而不易得；則以本字求語根者，亦必以音聲之多變而不易得也。」[96] 林先生於《文字學概說》亦將形聲字所從聲符稱爲「字根」，侖即爲倫、論、淪、綸、輪等字之字根，侖有條理義，故所從諸字亦皆有條理之義。然如造字時，聲符用假借字，字根上雖然無義可說，在語根上「必可求得意義的來源」。語根者，「語言的發音根源」。[97] 至於如天顛也、日實也等無聲字因聲求義，乃聲訓之常例，黃焯整理之筆記於〈聲訓舉例〉一節，引季剛先生云：「詳考吾國文字，多以聲音相訓，其不以聲音相訓者，百不及五六。故凡以聲音相訓者，爲眞正之訓詁。反是，即非眞正之訓詁。」[98] 則《說文》中，凡此聲訓之字，正爲探究語根之所由，筆記於〈求訓詁之次序〉一節，季剛先生即云：「蓋文字之基在於語言，文字之始則爲象形、指事。故同意之字往往同音；今聚同意之字而求其象形字，以定其語根，則凡中國之文字皆有所歸宿矣。」[99] 又此例與第一、二、三、二十一等例皆涉語根之理，宜互參也。

第九例云：

形聲字有與所從聲母聲韻畢異者，非形聲字自失其例，乃無聲字多音之故。

---

[96] 黃焯整理：《文字聲韻訓詁筆記》（上海：上海古籍出版社，1983年4月），頁57。
[97] 林尹先生：《文字學概說》（臺北：正中書局，民國60年12月），頁135。
[98] 黃焯整理：《文字聲韻訓詁筆記》（上海：上海古籍出版社，1983年4月），頁200。
[99] 黃焯整理：《文字聲韻訓詁筆記》（上海：上海古籍出版社，1983年4月），頁198。

形聲字聲母與聲子之關係，計有下列數類：㈠聲韻畢同。㈡韻同聲異。㈢聲同韻異。㈣四聲之異。㈤聲韻畢異。段玉裁氏於聲韻畢異之形聲字，因與其古十七部諧聲表不合，故每有擅改《說文》者，段氏古韻十七部支脂之分用，而《說文》諧聲多有混者，此則無聲字多音之故也。例如「妃、匹也。從女己。」段注云：「各本下有聲字，今刪。此會意字，以女儷己也。芳非切，十五部。」蓋段氏十七部諧聲表，己聲在一部，妃在十五部，故段以為己非聲，而改作女己會意。「斯、析也。從斤其聲。」段注：「其聲未聞，斯字自三百篇及《唐韻》在支部無誤，而其聲在之部，斷非聲也。息移切，十六部。」「孚、五指孚也。從爪一聲。」段注：「聲疑衍，一、謂所孚也。呂戌切、十五部。」「配、酒色也。從酉己聲。」段注：「己非聲也。當本是妃省聲，故假為妃字，又別其音，妃平配去，滂佩切，十五部。」黃先生以為凡若此類，並非形聲字自破其例，乃無聲字多音之故，蓋字非一時一地之人所造，故同形體符號，往往因時空人之關係而代表不同之意義，因之乃有不同之聲音，《說文》中已明舉無聲字多音者亦甚多。例如：

丨[20]、下上通也。引而上行讀若囟，引而下行讀若退。

屮[22]、艸木初生也。象丨出形有枝莖也。古文或以為艸字，讀若徹。

皀[219]、穀之馨香也。象嘉穀在裹中之形。匕所以扱之。或說：皀、一粒也。又讀若香。

鵖[155]、鴔鵖也。從鳥皀聲。彼及切。幫母合部[pĭəp]。

鄉[303]、國離邑，民所封鄉也，嗇夫別治。從㘄皀聲。許良切，曉母唐部[xĭɑŋ]。

鵖鄉同從皀聲，而音讀不同者，正以皀原有二音也。

無聲字多音，雖前人間有言及者，卻為黃季剛先生所發明，無聲字多音，亦為黃先生所定名。

著者按：

黃焯整理《文字聲韻訓詁筆記·一字多音》一節，季剛先生云：「一字多音之理，在音學上必須詮明，而後考古始無窒礙。近世古韻師往往執古音無變之

論，不得不說古一字止一音。無如古一字多音之論，散見群書，不可悉數。於是方音、訛音、合音、協韻之說，紛然興起，以補其蟺漏。此說之弊最先可見者，即不能解釋《說文》形聲之理是。夫農从囟聲，農在舌音泥紐，冬韻。囟在齒音心紐，先韻。此於音理相隔頗遠，故知囟之一字，必有可以讀泥之音。質以瑙亦从囟，即囟之異體。知囟有瑙音，瑙轉農，碯是雙聲相變，然遂謂囟古讀泥紐而無心紐之音，則絀細。伵斯氏反。諸字所从，又不可說。故知囟之一字，古實兩音，讀信，則伵、細、思諸字从之得聲；讀瑙，則農从之得聲。凡《說文》聲子與聲母不同者，皆可由此得其解說也。又如彭从乡聲，在今音並紐，庚韻。乡在今音疏紐，鹽韻。一脣一齒，似不能通矣，然觀彭亦乡聲，而讀與焱同音，是乡古即代彭字也。由焱轉彭，正是雙聲。此二條為《說文》形聲之最難解釋者，如知一字多音，自無惑矣。」[100]

另於〈音韻與文字訓詁之關係‧一、形聲‧㈠形聲字之子母必須相應〉一節，季剛先生又云：「凡一字之中點畫帶有聲音者，形聲也，是謂有聲字。聲音不在點畫中者，象形、指事等是也，是謂無聲字。有聲之字必从無聲，則有聲之字，無聲之子；無聲之字，有聲之母。子生於母者也，子所得音，母必有之；母無其音，子安得从，故形聲子母必相應也。顧形聲之子，間有聲類與母不同者，必通轉同也。與音韻不同者，必聲母多聲也。然則能知子母同音相應者，音韻之功也。」[101]

無聲字多音乃季剛先生之創見，林先生於此發抒頗多，二十二例中，多條述及此，如此例即當與第十、十一、十四、十五、十九等例互參。

第十例云：

> 以無聲字多音，故形聲字聲子與聲母之關係，凡有二例：一則以同聲母者讀為一音，一則聲母讀如某一聲子之本音。

[100] 黃焯整理：《文字聲韻訓詁筆記》（上海：上海古籍出版社，1983年4月），頁51-52。
[101] 黃焯整理：《文字聲韻訓詁筆記》（上海：上海古籍出版社，1983年4月），頁36。

第一例：即今日讀之，其聲子與聲母之音，完全相同，或因聲韻之轉變，尚為雙聲或疊韻者。例如：禮从豊聲、禎从真聲、襪从類聲、祥从羊聲、期从其聲。

第二例：即今日讀之，聲母與聲子之聲韻完全不同，實則先有聲子之本音，造字時取一與此聲子本音相同之無聲字作為聲母（音符），此一無聲字在當時兼有數音，其中之某一音，正與聲子之本音相符合，故聲子與聲母亦為同音，其後無聲字漸失多音之道，於是此一聲子所从之聲母，再不復有此聲子本音相同之音讀，故聲韻全異，乃滋後人疑惑也。

著者按：

林先生《文字學概說》亦曾引及季剛先生論無聲字多音説云：「形聲字有聲子與聲母聲韻不同者，實因此一聲母或聲母之母爲無聲字，當時兼有數音，而數音中之某一音，正與此聲子之本音相同，故取以爲聲。其後無聲字漸失多音之道，此一聲子所从之聲母，再不復存有與此聲子相同之音讀，故聲韻全異，乃滋後人疑惑也。」[102]謝雲飛君於此條下附有林先生所舉「己」字之例，雖已見於第九例，然以所述較爲簡明，茲謹據補錄於此：

己：有「ㄐㄧˇ」（紀、記爲其聲子）、「ㄆㄟˋ」（配、妃爲其聲子）等音，是多音也。其孳乳之聲子有「紀記」及「配妃」二支，二支聲子之音均流傳至今，然聲母本身則至今已失一音，僅留「紀記」一支之音矣，然聲子「配妃」仍保留聲母既失之「ㄆㄟˋ」音至於今日。[103]

又此例與第九、十一、十四、十五、十九等例皆涉無聲字多音之理，宜互參也。

第十一例云：

> 言形體先由母而至子，言聲韻則由子而至母。史有吏聲，故

---

[102] 林尹先生：《中國文字學概說・第二篇・第五章・形聲》（臺北，正中書局，民國60年12月），頁132。

[103] 謝雲飛：《中國文字學通論・附錄一》（臺北：臺灣學生書局，民國54年1月），頁387。

吏可从史；方有旁聲，故旁可从方；子有李聲，故李可从子，因此可明瞭聲母多音，亦即無聲字多音，此文字學上為形體關鍵之處。

例如：

一[1]、惟初太極，道立於一，造分天地，化成萬物。於悉切，影母屑部[ʔiɐt]。

聿[118]、所已書也。楚謂之聿，吳謂之不律，燕謂之弗。从聿一聲。余律切，喻母沒部[rǐuət]。

𢎘[162]、五指乎也。从受一聲。呂戌切，來母沒部[lǐuət]。

律[78]、均布也。从彳聿聲。呂戌切，來母沒部[lǐuət]。

戌[759]、威也。从戊一，一亦聲。辛聿切，心母曷部[sǐuat]。

廿[89]、二十并也。人汁切。泥母合部[nǐəp]。

竊[336]、盜自中出曰竊。从穴米、卨、廿皆聲也。廿古文疾，卨、偰字也。千結切，清母曷部[tsʻǐat]。

童[103]、男有辠曰奴，奴曰童，女曰妾。从辛，重省聲。𡐦、籀文童中與竊中同从廿，廿、已為古文疾字。徒紅切，定母東部[dʻoŋ]。

疾[351]、病也。从疒矢聲。𤶾、籀文疾，廿、古文。秦悉切[dzʻǐɐt]。

疋[85]、足也。上象腓腸，下从止。《弟子職》曰：「問疋何止？」古文已為《詩》大雅字，亦已為足字，或曰胥字。一曰：疋、記也。凡疋之屬皆从疋。所菹切，心母魚部[sǐo]。

著者按：

《說文·敘》云：「形聲者，以事為名，取譬相成，江河是也。」是江从工聲，河从可聲，是工必有江音，可必有河音，否則無法取譬相成。然則，史既為吏之聲旁，史必具吏音；方旁、子李之例皆然。一既可為聿、予、戌等字之聲母，縱後世音讀見不同，仍一必兼具聿、予、戌等字之音。若論偏旁形體演變，則「一」之聲旁，孳乳此數字，此由母至子；若論數字之音韻，則分析聲旁，溯推至一，此由子推母。運用此法，則由象形、指事、會意，以簡馭繁，可知

文字之孳乳；反之，可由形聲，溯推象形、指事、會意，以繁溯簡。凡象形、指事、形聲、會意四體概在其間，故曰「此文字學上爲形體關鍵之處」。又此例與第九、十、十四、十五、十九等例皆涉無聲字多音之理，宜互參也。

第十四例云：

《說文》中有一字讀若數字之音，此即無聲字多音之故。

例如《說文》：「妃[620]、匹也。从女己聲。芳非切。」滂母微部[pǐuəi]。又：「配[755]、酒色也。从酉己聲。滂佩切。」滂母微部[p'əi]。然己，居擬切，見母之部[kǐə]。清儒既言同諧聲必同部，而妃、配、與己古韻不同者，乃無聲字多音之故也。蓋己字除己之本音外，尚有妃配等字之音。無聲字多音乃黃季剛先生之創見。所謂無聲字多音同一形體（符號），各地之人取象不一，故意義有殊，聲音不同。例如：丨、下上通也。引而上行讀若囟，引而下行讀若退。丙、舌皃。从谷省象形。讀若三年導服之導、一曰竹上皮，讀若沾。一曰讀若誓。皀、穀之馨香也。又讀若香。《說文》鄉从𤔔皀聲。許良切。曉母陽部[xǐaŋ]。鵖从鳥皀聲，彼及切，幫母緝部[pǐəp]。鄉鵖同从皀聲，而古音不同者，以皀原有二音故也。此皀字若許君未收又讀若香一音，則勢必如妃配从己聲之使人疑也。

著者按：

林先生《文字學概說・第二篇・第五章・形聲》云：「所謂『無聲字』，就是指象形、指事、會意三種沒有聲符的文字。文字不是一時一地一人所造，因造字的人意識不同，和方言的差異，所以對同一個無聲符的文字，每產生不同的意識與不同的讀音。如《說文》有『丨』字，下上通也，古本切；引而上行讀若囟；引而下行讀若退；就有三個讀音。又如『中』，讀若徹；或以爲艸字；那麼中也有徹、艸二音。後人不明瞭這個道理，看見形聲字和其聲符聲韻不同，就認定沒有聲音上的關係，常改爲會意。例如段玉裁見妃己聲韻畢異，把妃改成从女己會意，不知道『己』是一個無聲符的文字，在文字初造時可能有一種

讀音正讀若『妃』，所以『妃』才會取『己』爲聲。」[104]又此例與第九、十、十一、十五、十九等例，皆涉無聲字多音之理，宜互參也。

第十五例云：

> 《說文》中讀若之字，必與本字同音，與本字之聲母同音，其有與本字同音，而與本字之聲母異音者，則讀若之字與本字之聲母必皆另有他音，在他音亦必相同，此亦無聲字多音之證。

例如：《說文》：「璗[10]、玉也。從王𣪊聲。讀若鬲。」郎擊切。來母錫部[liek]。「鬲[112]、鼎屬也。」郎激切，來母錫部[liek]。「𣪊[120]、相擊中也。」古歷切，見母錫部[kiek]。「虩[212]、虎聲也。從虎𣪊聲。讀若隔。」古覈切，見母錫部[kiek]。「隔[741]、塞也。從𨸏鬲聲。」古覈切。見母錫部[kiek]。「擊[615]、攴也。從手𣪊聲。」古歷切，見母錫部[kiek]。

著者按：

《說文》：「祟[6]、數祭。……讀若春麥爲麷之麷。」段注：「凡言讀若者，皆擬其音也。凡傳注言讀爲者，皆易其字也。注經必兼茲二者，故有讀爲有讀若，讀爲亦言讀曰，讀若亦言讀如。字書但言其本字本音，故有讀若無讀爲也。」故知讀若乃擬其音，故曰「必與本字同音，與本字之聲母同音」，如璗，讀若鬲，鬲與璗並爲來母錫部，音同；虩，讀若隔，隔與虩，並爲見母錫部，音同。如有讀若之音，未合聲母之音者，則因無聲字多音，讀若之字與本字之聲母另有他音之故。此例述及讀若之問題，當與第十三例互參。又此例與第九、十、十一、十四、十九等例皆涉無聲字多音之理，宜互參也。

[104] 林尹先生：《文字學概說》（臺北：正中書局，民國60年12月），頁133。

以上略疏林先生歸納及論述季剛先生無聲字多音之說。季剛先生藉此闡釋形聲字聲韻畢異之例，上溯文字之初文，析解《說文》之疑難，自為研治中國文字者不容忽視之見解。

陸、論述《說文》之依據

　　季剛先生於《說文略說》中，對孫詒讓、顧炎武二氏，於《說文》質疑處，曾予以駁辨，以明許氏博采通人，言而有徵，林先生據此，亦嘗表彰此說。第二十二例云：

> 許氏博采通人，其說解多有依據，研求未深，絕不可妄加指駁竄改。陽冰二徐，既多謬誤，炎武博學，亦成鹵莽。蓋形聲義不能貫通，則成妄說；經籍未嘗遍讀則生妄疑，虛妄之弊，吾人宜自警惕。

按許〈敘〉云：「今敘篆文，合已古籀，博采通人，至於小大，信而有證，稽譔其說，將已理群類，解謬誤，曉學者，達神恉，分別部居，不相襍廁也。萬物咸覩，靡不兼載，厥誼不昭，爰明已諭。其偁《易》孟氏、《書》孔氏、《詩》毛氏、《禮‧周官》、《春秋》左氏，《論語》、《孝經》皆古文也。其於所不知，蓋闕如也。」

㈠李陽冰、唐人。《崇文總目》有李陽冰《校定說文》二十卷，今佚。陽冰改定《說文》謬誤之處，見於徐鍇《說文繫傳‧祛妄篇》者有：折斳，陽冰以折者用手，斳者自折。

　　《說文》：「𣂬[45]、斷也。从斤斷艸。譚長說。𣃔、籀文斳，从艸在仌中，仌寒故折。𢶏、篆文斳从手。」

　　《說文》：「毒[22]、厚也。害人之艸往往而生。从屮毒聲。�毒、古文毒从刀筲。」李陽冰以為毒非聲，應从屮母，母出土之盛，从土，土可制毒，非取毒聲。鍇曰：顏師古注《漢書》，毒音毒同，是古有此音，豈得非聲？母何得為出土之盛？方說毒而言土可制毒為不類矣。

著者按：

徐鍇《說文解字繫傳．卷三十六．袪妄》：「𣂚折，《說文》云：『斷草。籀文從手。』陽冰云：『㪿、折各異，㪿、自折；折、人手折之。』臣鍇按：古字令令長長皆同用，自毀爲壞，人毀爲壞，音怪，字亦不異。衣服爲衣，被此衣爲衣，去聲，亦復不殊。自折、人折何可遽異？此爲謬矣。」(105)

又云：「毒，《說文》從屮毐聲。陽冰云：『從屮毋出地之盛，從土。土可制毒，非取毐聲。毐、烏代反。』臣鍇按：顏師古注《漢書》毐音與毒同，是古有此音，豈得非聲？毋何得爲出地之盛，方說毒，而言土可制毒，爲不類矣。」(106)

㈡徐鉉、南唐人，後入宋，鉉所校定《說文》今尚存，即所謂大徐本《說文》是也。錢大昕謂其對於形聲相從之意，未能悉通，妄加竄改。《說文》：「代379、更也。从人弋聲。」徒耐切，定母職部[d'ək]。徐鉉疑弋非聲，謂代有忒音，不知忒亦从弋聲也。按《說文》：「忒513、更也。从心、弋聲。」他得切，透母職部[t'ək]。《說文》：「弋633、橜也。象折木衺銳者形，丿象物挂之也。」與職切，喻母職部[rǐək]。三字音皆相近也。又《說文》：「絰667、喪首戴也。从糸、至聲。」徒結切，定母質部[d'iɐt]。大徐以為當從姪省聲，不知姪亦从至聲也。。按《說文》：「姪622、女子謂兄弟之子也。从女、至聲。」徒結切，定母質部[d'iɐt]。《說文》：「至590、鳥飛從高下至地也。从一、一猶地也。象形，不上去而至下來，來也。」脂利切，端母質部[tjiɐt]。三字音亦相近也。

著者按：

錢大昕《十駕齋養新錄．卷四．二徐私改諧聲字》：「《說文》九千三百五十三文，形聲相從者十有其九，或取同部之聲，今人所云疊韻也。或取相近之聲，今人所云雙聲也。二徐校刊《說文》，既不審古音之異於今

(105) 南唐．徐鍇：《說文解字繫傳．卷三十六．袪妄》（《百部叢書集成初編》，臺北：藝文印書館），葉一。

(106) 同前注。

音，而於相近之聲，全然不曉，故於从某某聲之語，往往妄有刊落。然小徐猶疑而未盡改，大徐則毅然去之，其誣妄較乃弟尤甚。今略舉數條言之。元，从一兀。小徐云：『俗本有聲字，人妄加之也。』按元、兀聲相近。兀讀若敻；瓊，或作璇；是瓊、璇同音；兀亦與旋同也。髡，从兀，或从元。軏，《論語》作軌，皆可證元爲兀聲。小徐不識古音，轉以爲俗人妄加，大徐并不載此語，則後世何知元之取兀聲乎？普从日竝聲。按古音竝如旁，旁薄爲雙聲，普薄聲亦相近。漢〈中嶽泰室闕〉銘：『竝天四海，莫不蒙恩。』『竝天』即『普天』也。小徐以爲會意字，謂聲字傳寫誤多之，大徐遂刪去聲字，世竟不知普有竝聲矣。肭从月出聲。按出有去入兩音，肭亦有普忽、芳尾兩切，則肭爲出聲何疑？小徐乃云本無聲字，有者誤也。而大徐亦遂去之，此何說乎？毗，从目比聲。按比、頻聲相近。妣，或作㜜。毗由比得聲，取相近之聲也。小徐不敢質言非聲，乃枝爲日日比之之說，大徐采其語，而去聲字，毋乃是今而非古乎？」[107]

徐鉉校定《說文解字》：「伬、更也。从人弋聲。臣鉉等曰：『弋非聲。《說文》忒字與此義訓同，疑兼有忒音。徒耐切。』」[108]

又：「絰、喪首戴也。从糸至聲。臣鉉等曰：『當从姪省乃得聲。徒結切。』」[109]

(三)徐鍇《說文繫傳》今猶存可見，清盧文弨謂楚金《說文繫傳》大致傷於兀，而且隨文變易，初無一定之說，牽強證引，甚或改竄經典舊文以從之。又其引書，多不契勘，分疏音義亦有可疑。例如楚金於《說文》兂改爲「始也。从一兀。」並云：「元者善之長也。故从一。元、首也，故謂冠爲元服。故从兀，兀、高也，與堯同意。俗本有聲字，妄加之也。」段玉裁嘗駁之云：「徐氏鍇曰：不當有聲字。以髡从兀聲，軏从元聲例之，

---

[107] 清·錢大昕：《十駕齋養新錄·卷四·二徐私改諧聲字》（臺北：世界書局，民國52年4月），頁65。
[108] 漢·許慎撰，宋徐鉉校定：《說文解字·卷八上》（《四部叢刊初編》，臺北：臺灣商務印書館）。
[109] 漢·許慎撰，宋徐鉉校定：《說文解字·卷十三上》（《四部叢刊初編》，臺北：臺灣商務印書館）。

徐說非。古音元兀相為平入也。」[110]

著者按：

盧文弨〈與翁覃溪論說文繫傳書〉云：「《說文繫傳》一書向無力傳錄，未得細閱。今承以汪氏新雕本見貽，乃始受而卒業。……竊以為解說文字，惟當約文申義，義明而止，無取繁傅侈說也。楚金所解，大致微傷於宂，而且隨文變易，初無一定之說，牽強證引，不難改竄經典舊文以從之。如掄與樮不同也，而兩引《周禮》『掄材』，一則從手，一則改從木。……至其所引經史，亦多失其本意。如賞字下引《史記》張釋之以賞為郎，而為之說云：『即今州縣吏以身應役是也。賞錢即今庸直也。』此說謬甚。」[111]

徐鍇《說文解字繫傳·卷一》：「元，始也。從一兀。臣鍇曰：『元者，善之長，故從一。元，首也，故謂冠為元服。故從兀，兀，高也，與堯同意。俗本有聲字，人妄加之也。會意。宜袁反。』」[112]

(四)顧炎武清代樸學大師，一反宋元明心性之學，祛其空疏而歸徵實。揭舍經學而無理學之言，欲明經學必先明詁訓，於文字聲韻大有創見。雖博極群書，倘有懷疑之處，皆非的論。孫星衍及黃季剛先生曾力駁其謬。

《說文》「𨞈[301]、齊之郭氏虛，善善不能進，惡惡不能退，是已亡國也。從邑、䣜聲。」古博切，見母鐸部[kuak]。顧氏謂《說文》剿說而失其本旨。孫星衍謂此乃顧氏之誤，許氏之說，蓋出于《新序》，述劉向之語，以證其亡國之事也。

《說文》：「弔[387]、問終也。從人弓。古之葬者厚衣之以薪，故人持弓會歐禽也。弓葢往復弔問之義。」多嘯切、端母宵部[tieu]顧氏以為許君之謬。孫星衍曰：「人持弓會歐禽。此出《吳越春秋》，顧氏未能遠考。」顧氏又謂《說文》訓參為商星，此天文之不合者也。訓亳為京兆杜陵亭，

---

[110]《說文解字注》（臺北：藝文印書館，民國62年8月），頁1。

[111]清·盧文弨：《抱經堂文集·卷二十一·與翁覃溪論說文繫傳書》（《四部叢刊初編》，臺北：臺灣商務印書館），葉四。

[112]南唐·徐鍇：《說文解字繫傳·卷一》（《四部叢刊初編》，臺北：臺灣商務印書館），葉一。

此地理之不合者也。孫星衍曰：「此顧氏尤疏陋，據《說文》參商為句，以注字連篆字讀之，下云星也。蓋言參商俱星名[113]。《說文》此例甚多，如『偓佺，仙人也。』之類，得讀偓斷句，而以佺仙人解之乎！[114]若亳為京兆杜陵亭，出〈秦本紀〉，寧公二年，遣兵伐蕩社，三年與亳戰。皇甫謐云：『亳王號湯，西夷之國。』《括地志》云：『按其國在三原、始平之界。』《說文》指謂此亳，非《尚書》亳殷之亳，彼亳古作薄字，在偃師。惟杜陵之亳以亭名，而字從高省。此則許叔重《說文解字》必用本義之苦心，顧氏知亳殷之亳，不省亳王之亳，可謂不善讀書，以不狂為狂矣。」

《說文》：「𧞬[398]、漢令解衣耕謂之襄。从衣，𡈼聲。」顧氏亦加指責，黃季剛先生曰：「襄、古文𧞬，實即農字，農即男也。故襄字古文有男子之特徵，故謂襄解衣耕也。顧氏未明此字之根本，而妄責叔重，此亦顧氏之魯莽也。」

著者按：

季剛先生於《說文略說》中曾駁斥孫詒讓及顧炎武二氏之非，此二家所疑可為歷來疑論《說文》之代表。先生既以己說駁孫氏之疏，復引孫星衍之論，辨顧氏之非，所論皆擲地有聲，原文引錄於第一章末，茲弗庸另贅。

以上為林景伊先生歸納季剛先生治《說文》之例，雖未能盡括季剛先生學說，然已得其要，於語根及無聲字部分，更得季剛先生見解之妙悟也。

第三節　黃季剛先生治文字學方法綜述

　　黃季剛先生治文字學方法概可從前二節所述作一了解，綜而言之，可得如下之結論：

---

(113)《說文解字注》：「𠻖[316]、商星也。从晶㐱聲。㣎、或省。」
(114)《說文解字注》：「𠊱[376]、偓佺，古仙人名也。从人、屋聲。」

一、研治文字必據《說文》。

二、研治文字必究六書。

三、研治文字必兼形音義。

四、研治文字必溯語根。

五、研治文字必析初文。

六、研治文字必重形聲。

七、研治文字必知演變。

八、研治文字必慮時宜。

九、研治文字必參字書。

十、研治文字必識部首。

凡此十點，當可謂為先生治文字之法，論其發軔，必從《說文》一書始。今觀先生評點之《說文》，批語密麻，用功之勤，著實驚人，然猶未能遍明其治《說文》之途逕。陸宗達先生早年亦從季剛先生學，所撰〈基礎與專攻──從黃侃師學習《說文解字》的體會〉一文，則詳述季剛先生教其摩挲《說文》一書之法，茲分段引述如下：

季剛先生教我讀的第一部文字訓詁專書就是《說文解字》。他對我說，《說文》是文字訓詁的基礎，攻「小學」，由《說文》起步最為便捷。要我集中精力，學通，學透。然後再讀古代文獻的注疏和其他文字訓詁專書，便可觸類旁通，一隅而三。……季剛先生讓我先拿出段玉裁的《說文解字注》連讀三遍，然後拋開段注光讀《說文解字》白文。讀完了段注，白文似乎沒什麼可讀的了。其實不然。《說文》的基本功都在白文裡。首先，我把《說文》裡正篆本字下未出現的旁見材料都集中起來，抄在正篆本字下面。例如，「慶」字下說：「吉禮以鹿皮為贄，故從鹿省」，這一條抄在「鹿」字下面。「賑」字下說：「此古貨字」，這一條抄在「貨」字下面。而「賑」與「貨」既是異體字，則「為」

與「化」便是同音，所以，還要同時抄在「為」和「化」字下。「顡」字下說：「讀若翩」，這條抄在「翩」字下。「獱」是「猵」的重文，也就是說「賓」與「扁」作過一對異體字的聲符，它們的讀音也應相同或相近，於是又把這一條分別抄在「賓」與「扁」字下面。……類似這種旁見材料，大約有十多種、一萬一千多條，等全部作完，已經翻爛了好幾部線裝《說文》。這還不算完，還要把《說文》中全部的形聲字歸納到每個聲符下面，並且把每個聲符按聲和韻填到古韻表裡。同時，把說解裡和正篆音近義通的字挑出來。比如，「天，顛也，至高無上，從一大。」「天」是正篆，「顛」、「至」、「上」都與「天」或雙聲韻近，或疊韻聲近，或完全同音，而意義又相通；所以，全都圈出來。等把這些工作都作完，我又把《說文》通讀了幾遍。

此是初點《說文》之功。通讀《說文》數遍之後，陸先生又云：

說實在的，拿著一部《說文》翻來翻去，整天面對那九千來條材料，寫些重複的字，作這些煩瑣的工作，開始時真感到枯燥無比。但是，漸漸地，我不但弄熟了《說文》的部首、編排，而且完全明白了自己所作工作的意義。我理解了文字的形音義都是有系統的，散見在《說文》中各處的材料都是統一的，只有把它們集中起來，才能在紛繁之中見其頭緒，並從不同的角度解決文字訓詁的問題。我不但懂得了《說文》的體例，而且瞭解了許慎體現在《說文》裡的文字理論，更重要的是，我明確了傳統語言學形音義統一的基本方法，謀求到治文字訓詁學的主要途徑，有了一種豁然開朗的感覺。

如此一來，當已精熟《說文》而有所體會，然較之於黃先生，則又嫌不足，

陸先生續云：

> 我以為自己在《說文》上下的功夫夠多夠大了，其實，季剛
> 先生在《說文解字》上作的工作比他教我作的還要瑣細。我
> 曾親眼看見他把說解字中不見於正篆的字全挑了出來。開始
> 時我不理解為什麼要這樣作。後來，我在段玉裁的《說文解
> 字注》裡發現段把不見正篆的說解字全都改掉，因為這個，
> 造成了段注的不少失誤。我才明白，季剛先生挑出不見正篆
> 的說解字，是為了把古籍小篆與漢代當時的文字進行對比，
> 他承認文字的發展，承認前代小學家所謂的「俗字」。這使
> 他的文字訓詁工作少犯很多錯誤。由此我便漸漸懂得，任何
> 高深的專門學問都要從看來是最拙笨的工作開始。每一項枯
> 燥煩瑣的工作背後，都隱藏著一片學術的新天地。唯有從最
> 基礎的工作作起，才能深入到自己所學的領域中去。從此，
> 我對季剛先生的指點便更為信服。[115]

待《說文》基本功奠立後，黃先生更指點陸先生須精讀經典，陸先生云：

> 《說文》弄熟後，我又讀了不少小學專書，同時留意運用這
> 些專書去解決古代文獻閱讀中的問題。季剛先生在處理精與
> 博的關係上也給我很大的啟發。他熟讀九經三史，諸子百家
> 多有精研，詩詞歌賦出口成誦。唯其博，他便能吸收更多的
> 營養而達到精深的高度；唯其精，他才能將蕪雜的材料挑選
> 整理、去粗取精，作到博而不亂。但是，他的博，也是從一
> 兩部文獻開始的。我在他的指導下，精讀了《毛詩》、《左
> 轉》、三《禮》和《周易》，而且讀書量日益增多。掌握了

---

[115] 以上三段文字引述自陸宗達先生：〈基礎與專攻——從黃侃師學習《說文解字》的體會〉，載
《文史知識》1982年第5期，頁7-10。按：陸先生此文後又收錄於《與青年朋友談治學》（北
京：中華書局，1983年3月，頁89-97），內容有所更動，下文所引即為新版所增加者。

更多的古代的活語言，又熟悉了古代的訓詁材料，再來體會
《說文》，便覺得一切都活起來。隨著很多疑難問題的逐步
解決，我對《說文解字》的理解就更深入。我不但能熟練地
講解它、自如地運用它，還能夠評論它、甚至糾正它了。[116]

此為陸先生學步季剛先生之經過。由陸先生所述，概可知季剛先生治《說
文》之法有六：

一、熟讀段注本：藉以識許氏之例與段注之例。
二、精讀白文：藉以對照正篆間，形音義之關係。
三、分析形聲字：藉以歸納聲旁音系，並藉以對應古聲古
　　韻。
四、整理聲訓：藉以明白聲訓字及其體例。
五、挑取正篆外之釋字：藉以了解漢代語言文字之進展。
六、旁參經籍：藉以了解許氏書有所本，乃集先秦至漢語言
　　之大成。

其間述及文字演變及經籍參用，即本書第一章所涵括者；述及《說文》及段
注之條例，即為本書第二、三章所強調者；述及《說文》之語言價值，即為
本章第一節，季剛先生條例所意及者；述及形聲字及聲訓，即為本章第二節
林先生條例所側重者。易言之，本書一至四章，即循季剛先生治《說文》之
法，而有所發揮。許嘉璐氏於〈黃侃先生的小學成就及治學精神〉一文，亦
嘗述及季剛先生治文字學，首重《說文》一書：

黃侃先生在幾十年的治學生涯中，非常重視《說文解字》一
書。他同意段玉裁對《說文》的評價：「此前古未有之書，
許君之所獨創。」認為段氏的話「至精至確，無待更贅一詞

矣。」他把治《說文》看作是治小學的門徑，訓詁學的淵藪，「形聲訓詁之學莫備於《說文》。不明《說文》，不足以通古文。」因此他竭一生的精力對《說文》作了深入的研究。[117]

許氏亦強調季剛先生形音義並重之治學觀念。至於《說文》一書究竟有何價值，季剛先生何以強調治小學必從《說文》始？陸宗達先生亦曾闡解季剛先生之見解云：

中國傳統的語言文字學最早稱為「小學」，是為解釋古代文獻服務的，所以，它研究的對象是古代書面漢語。書面漢語是用漢字寫成的，離開了漢字，也就無從去了解這種在口頭上已經「死」去的古代語言。漢字是一種表意帶注音的文字，古代的漢字字形可以根據意義加以解釋，形中可以見義；而且，大量的形聲字用聲符注音，形中又可見音。所以，中國的傳統語言學家，便不約而同地採用了一個基本方法來研究古代書面漢語中的字和詞，那就是形、音、義相統一的方法。這一點，清代《說文》四大家之魁段玉裁說得最明白不過了。他說：
「小學有形有音有義，三者互相求，舉一可得其二。有古形、有今形、有古音、有今音、有古義、有今義，六者互相求，舉一可得其五。古今者，不定一名也。三代為古，則漢為今；漢魏為古，則唐宋以下為今。聖人之制字，有義而後有音，有音而後有形。學者之考字，因形以得其音，因音以得其義……」（《廣雅疏證序》）[118]

---

[117] 許嘉璐：〈黃侃先生的小學成就及治學精神〉，載《量守廬學記》（北京：生活・讀書・新知三聯書店，2006年11月），頁51。
[118] 著者按：段序載清・王念孫：《廣雅疏證》（北京：中華書局，1983年5月）。此處之「不定一名」，原文作「不定之名」。

《說文解字》就是運用形、音、義統一的原則編寫的一部字書。而且，他這部書不是隨隨便便把材料積在一起編起來就算了，而是有明確的、比較成熟的理論指導，非常注意字詞系統的一部專書。還是用段玉裁的話來說吧，段玉裁認為《說文》可以從形、音、義三個角度，分別編成三部書：

「其書（按：指《說文解字》）以形為主，經之為五百四十部，以義緯之，又以音緯之。後儒苟取其義之相同相近者，各比其類為一書，其條理精密勝於《爾雅》遠矣。後儒苟各類其同聲者，介以三百篇古音之部，分如是為一書，周秦漢之韻具在此矣。故許書可以為三書。」（《說文解字注》）[119]

所以，歷代文字訓詁學家言必稱《說文》，不是偶然的。季剛先生讓我從《說文》入門，更是他治學幾十年的經驗之談。[120]

陸先生之語頗允，不唯季剛先生治《說文》之用心明矣，即治小學必從《說文》始之理，亦明矣。許氏《說文》一書承續先秦文獻而來，就性質而言，實為集先秦至東漢語言大成之單詞詞典；就體例而言，則又為此時期語言形音義解說之總輯。今日欲窺古代漢語，固有甲金文等資料，然論語言體系之全面觀察，捨此莫由。季剛先生深明於此，故藉《說文》，探初文、究字根、講變易、析形聲、論六書、明條例、談時宜。設若無許氏之書，則古今之津梁絕，古文與楷書之關係亦難覓其緒，人持十為斗，虫者屈中之說，必層出不窮矣。本章前二節，對季剛先生治文字學，綜其條例，本節復引陸、許二氏之說，對先生研治之觀念及方法當可憭然矣。

---

[119] 著者按：引文見《說文解字注》，頁791。此處之「許書」，原文作「許一書」。

[120] 陸宗達先生〈基礎與專攻——跟從黃侃師學習《說文解字》的體會〉，收於《與青年朋友談治學》（北京：中華書局，1983年3月），頁89-97。

第五章
字樣學概說

第一節　字樣學之名義及興起

　　何謂「字樣」？《說文解字・木部》云：「樣，栩實也。」段玉裁注云：「按：樣，俗作橡，今人用樣為式樣字，像之假借也。唐人式樣字，從手作樣。」[1]然則，樣，後世多借為式樣之義。《廣韻》即云：「樣，式樣。」[2]《集韻》亦云：「樣，法也。」[3]「樣」既為「法式」，字樣者，即為文字書寫之法式，而研究此書寫法式諸種問題之科學即可謂之為「字樣學」也。

　　字樣學之興起與用字風氣實相攸關。若西漢用字頗見整飭，降至東漢，則漸滋訛亂，馬頭人為長，人持十為斗，廷尉以字斷法，六藝不修，字例不講，許氏已多感嘆。六朝之際，正值楷隸交替，復以紙張之使用，胡漢之雜陳，時風之崇尚夸飾，遂致用字觀念達空前之隨意與自由。訛俗叢生，更甚東漢。《顏氏家訓・雜藝篇》云：

　　　晉宋以來，多能書者，故其時俗遞相染，尚有部帙，楷正可觀。不無俗字，非為大損。至梁天監之間，斯風未變，大同之末，訛替滋生。蕭子雲改易字體，邵陵王頗行偽字。朝野翕然，以為楷式。畫虎不成，多所傷敗。至為一字，唯見數點，或妄斟酌，逐便轉移，爾後墳籍略不可看。北朝喪亂之餘，書迹鄙陋，加以專輒造字，猥拙甚於江南，乃以百念為憂，言反為變，不用為罷，追來為歸，更生為蘇，先人為

---

[1] 漢・許慎著，清・段玉裁注：《說文解字注》（臺北：藝文印書館，民國62年8月），頁245。
[2] 《廣韻・去聲・漾韻》：「樣，式樣。」（臺北：黎明文化事業公司，民國65年9月），頁424。
[3] 《集韻・去聲・漾韻》：「樣，法也。」（臺北：學海出版社，民國75年11月），頁597。

老，如此非一，徧滿經傳。(4)

另卷六〈書證篇〉亦云：

自有訛謬，過成鄙俗，亂旁為舌，揖下無耳，鼋鼉從龜，奮奪從萑，席中加帶，惡上安西，鼓外設皮，鑿頂生毀，離則配禹，壑乃施豁，巫混經旁，皋分澤片，獵化為獦，寵變為寵，業左益片，靈底著器；率字自有律音，強改為別；單字自有善音，輒析為異，如此之類，不可不治。(5)

皆為當時文字混亂之實況也。若此情形，北朝又甚於南朝，《魏書‧江式傳》云：

皇魏承百王之季，紹五運之緒，世易風移，文字改變，篆形謬錯，隸體失真，俗學鄙習，復加虛巧，談辯之士又以意說炫惑於時，難以釐改，故傳曰：「以眾非非行正，信哉？」得之斯情矣。乃曰追來為歸，巧言為辯，小兔為麔，神虫為蠱，如斯甚眾，皆不合孔氏古書、史籀大篆、許氏《說文》、石經三字也，凡所關古，莫不惆悵焉。(6)

《冊府元龜‧卷九五四》云：

北齊時，庫狄干為太宰，封章武郡王，不知書，署名為「干」字，逆上畫之，時人謂之「穿槌」……至子孫，始並

(4) 《顏氏家訓集解》（臺北：明文書局，民國71年2月），頁514。按：百念為憂，即為「惪」；言反為變，即為「䜁」；不用為罷，即為「甭」；追來為歸，即為「䢓」；更生為蘇，即為「甦」；先人為老，即為「㐱」。
(5) 《顏氏家訓集解》（臺北：明文書局，民國71年2月），頁463。
(6) 《魏書‧卷九十一‧術藝列傳‧江式》（殿本二十五史，臺北：藝文印書館），頁974。

知書。[7]

似以北朝多胡人，不習漢制，故訛濫於南朝。陳登原氏《國史舊聞·二六五·南北朝語文變化》一節云：

> 晉宋已來，已有俗字，大同之末，訛替滋生，尤見文字變化，並非全然關於胡人，但拘牽筆劃之習，胡人當比漢人為少，故曰別體之字、輒造之字，北方較江南為更多也。[8]

陳氏所云，甚為持平。

　　隋唐之際，訛俗仍多，敦煌藏卷及唐人碑帖，皆足證之，然以政局重歸一統，道德重整，用字整飭之要求，遂由端倪初見，終至全面推展，字樣學因此而興也。其中主流，當推顏師古及顏元孫二人。《舊唐書·顏師古傳》云：

> 太宗以經籍去聖久遠，文字訛謬，令師古於秘書省考定五經，師古多所釐正，既成，奏之。太宗復遣諸儒重加詳議，于時諸儒傳習已久，皆共非之，師古輒引晉宋已來古今本隨言曉答。援據詳明，皆出其意表，諸儒莫不歎服。於是兼通直郎散騎常侍，頒其所定之書於天下，令學者習焉。貞觀七年拜秘書少監，專典刊正所有奇書難字，眾所共惑者，隨宜剖析，曲盡其源。[9]

顏元孫《干祿字書·序》亦云及師古於貞觀中刊正經籍，而有《顏氏字樣》之撰，正可明師古所為，實乃唐代整理文字之初緒也。師古之後，雖有杜延業之《群書新定字樣》，然承此脈絡，更創規模，字樣學體系因之建立基礎

---

(7)　《冊府元龜·卷九五四》（《景印文淵閣四庫全書》，臺北：臺灣商務印書館）。
(8)　陳登原：《國史舊聞》（臺北：大通書局，民國60年7月），頁631。
(9)　《舊唐書·卷七十三·顏師古傳》（殿本二十五史，臺北：藝文印書館），頁1261。

者，卻為顏元孫之《干祿字書》。據其序云：

> 史籀之興，備存往制，筆削所誤，抑有前聞。豈惟豕上加
> 三，蓋亦馬中闕五，迨斯以降，舛謬寔繁，積習生常，為弊
> 滋甚。[10]

故其伯祖師古遂撰《顏氏字樣》，後復因「時訛頓遷，歲久還變」，杜氏延
業續修新定字樣，唯以「雖有增加，然無條貫，或應出而靡載，或詭眾而難
依」，仍未稱備，故元孫自尋原則：「字書源流，起於上古，自改篆行隸，
漸失本真，若總據《說文》，便下筆多礙，當去泰去甚，使輕重合宜」，於
是「參校是非，較量同異」，而成《干祿字書》一卷，依四聲為次，分言俗
通正三體，字有形近相亂者且附焉。體例既定，遂成標準，天寶以後，《五
經文字》、《九經字樣》諸書，當皆承此而創作者也。

　　因此，字樣學之興，實因楷書行用之後，文字脈絡難尋，遂使書體易
訛，隋唐肇興，力求整飭，需求標準，師古等人應運而出，而成其學理規模
者，首推顏元孫也。

第二節　字樣學與相關學科之關係

　　「字樣學」之名義既如上述，可知其自有學理畛域，與諸相關學科實有
所別，謹析述如下：

一、字樣學非即文字學，當涵屬文字學範疇之中

　　小學範疇有三：主治音者為聲韻學，主治形者為文字學，主治義者為訓
詁學。自乾嘉以來，治音者多宗《廣韻》，治形者多宗《說文》。丁福保氏
《說文解字詁林・自敘》云：

---

[10]　唐・顏元孫：《干祿字書・序》（《百部叢書集成初編》影印明萬曆周履靖輯刊《夷門廣牘》
　　　本，臺北：藝文印書館）。

滿清入關，崇尚經術，崑山顧氏以遺民懷義，猶兼漢宋，三惠興於吳中，說經為多，至戴震倡始於歙，王氏父子繼起於高郵，從此漢學別樹一幟。士大夫皆以粹於聲音訓詁之學為校理群經百家書之鈐鍵，而許氏《說文解字》一書，沉霾千載，復發光輝。若段玉裁之《說文注》，桂馥之《說文義證》，王筠之《說文句讀》及《釋例》，朱駿聲之《說文通訓定聲》，其最傑著也。四家之書，體大思精，迭相映蔚，足以雄視千古矣。其次若鈕樹玉之《說文校錄》，姚文田、嚴可均之《說文校議》……，不下數十家，靡不殫心竭慮，索隱鉤深，各有所長，未可偏廢，六書之學，浸以備矣。[11]

可知「說文學」於清際之盛。而究《說文》者，復以窮辨「六書」為能事，觀丁氏《詁林》前編中之「六書總論」，眾說雜陳，亦不下數十家。或以為中國文字學之內涵，書唯《說文》，觀念亦只「六書」云爾。然據林景伊師《文字學概說》云：

中國文字學是研究中國文字的科學，它的任務在說明中國文字發生、演進和特性；探討中國文字構造的法則和運用的條理；了解中國文字在形體、聲音、意義上的特殊關係；從而明白中國文字的前途與中國文字學發展的方向。[12]

因此，有關中國文字之各類問題當盡括於「文字學」範疇中，絕非以《說文》或「六書」為滿足而已。唐蘭氏更有所謂不破《說文》系統，不跳出六書牢籠，文字學則無新生命、新出路之說。[13]故今日無論從史料觀之，上自甲骨，下迄目前坊間用字資料；從時代先後觀之，上溯古文字，下迄現今文字，莫不當涵括於中國文字學之範疇。字樣學既以研究字體整理之標準為

[11] 丁福保：《說文解字詁林‧自敘》（臺北：臺灣商務印書館，民國65年2月），葉七。
[12] 林尹先生：《文字學概說》（臺北：正中書局，民國60年12月），頁31。
[13] 唐蘭：《中國文字學‧前論》（臺北：臺灣開明書局，民國67年1月），頁8。

宗旨，自適為文字學之一派也。

二、字樣學非形體學，字樣學需藉形體學為基礎

字樣學與形體學之資料範疇，頗為相似，二者皆需析述文字形體之結構，然前者以研究文字整理條例為宗旨，後者則偏重於文字形體演變之脈絡及歷史性探討。蔣善國氏《漢字形體學‧自序》云：

> 本書對於古今各種漢字的形體不但作了論述和總的分析，並且作了歷史的說明和研究著作的介紹。同時，并指出某種字體的特點。此外，影印了各種書法的代表作品，作為典型的例子。這些典型作品證明了漢字由古文、籀、篆變成隸、楷每種字體的特點與它種字體的細微區別，證明了每種字體在漢字發展史上的繼承性、關聯性，證明了各種字體的一點一畫都有它的譜系源流。[14]

觀其書目次，依古文字時代、過渡時代、今文字時代為序，逐段討論各種字體之演變，然則，形體學旨在推究每一字體於漢字發展史上之地位與承繼之脈絡，雖與字樣學求各代之標準有所不同，然說明文字紛歧之因與現象時，形體學實為字樣學之基礎。

三、字樣學非俗文字學，字樣學旨在擬訂用字之標準

唐蘭氏《中國文字學》中，論及《說文》、《字林》之後，文字學可分五大派，其中「俗文字學」與「字樣學」並列為二，可知二者實有所分野。「俗文字學」之興，據唐氏云：

> 俗文字在文字學史上應該有重要的地位，但過去沒有人注意

---

[14] 蔣善國：《漢字形體學‧自序》（北京：文字改革出版社，1959年9月），頁2。

過，這是重古輕今的毛病。顏之推說：「《通俗文》，世間
題云：『河南服虔字子慎造。』虔既是漢人，其書乃引蘇
林、張揖，蘇、張皆是魏人。且鄭玄以前，全不解反語，
《通俗》反音甚為近俗。阮孝緒又云：李虔所造，河北此
書，家藏一本，遂無作李虔者。晉《中經簿》及《七志》並
無其目，竟不得知誰制。然其文義允愜，實是高才。殷仲堪
《常用字訓》亦引服虔《俗說》，今復無此書，未知即是
《通俗文》，為當有異。近代或更有服虔乎？不能明也。」
──《顏氏家訓·書證篇》。學者文人所注意的是「倉雅」
之學，這些從經史百家裡搜集來的文字，大都是漢以前古字
的詁訓，不能代表近世新興的語言。漢以後，基於事實的需
要，許多人就去蒐集代表新語言的文字，《通俗文》是這一
類書裡最早發現的。據顏氏的推論，當然不是服虔做的，可
是殷仲堪既引過服虔《俗說》，可見這種字書在殷氏前（西
元四○○年以前）已經出現了。顏氏說：「文義允愜，實是
高才。」又說：「河北此書，家藏一本。」可以看出這本書
的精善和流行的廣遠。後來如王義《小學篇》、葛洪《要用
字苑》、何承天《纂文》、阮孝緒《文字集略》，一直到燉
煌所出唐人著的《俗務要名林》、《碎金》之類，都屬於這
個系統，可惜不受人重視，所以大部分材料都已散失湮滅
了。(15)

而「字樣學」之興，據唐氏云：

六朝是文字學衰頹，也是文字混亂的時期……唐人因六朝文
字混亂，又有一種整齊畫一的運動，這是字樣之學。顏師古
作《字樣》，杜延業作《群書新定字樣》，顏元孫作《干祿

(15) 唐蘭：《中國文字學·前論》（臺北：臺灣開明書局，民國67年1月），頁17-18。

字書》，歐陽融作《經典分毫正字》，唐玄宗開元二十三年
（西元七三五）作《開元文字音義》，自序說：「古文字唯
《說文》、《字林》最有品式，因備所遺缺，首定隸書，次
存篆字，凡三百二十部，合為三十卷。」林罕說：「隸體自
此始定。」中國文字史上第一次同文字是秦時的小篆，結果
失敗了。這第二次定隸書（即現在所謂楷書）卻成功了。楷
書體到現在還行用，已經過一千二百年了。後來張參作《五
經文字》、唐玄度作《九經字樣》、宋張有作《復古篇》，
一直到近世的《字學舉隅》，都屬於這個系統。[16]

可知「俗文字學」之興早於「字樣學」，其所謂俗，實乃「近世新興之語
言」，「正俗」之比較猶如「古今」，其不唯探究字形，亦涉及字音、詞
彙，其中字形部分則與字樣學有關。蓋「字樣」既是尋求文字書寫整齊畫
一，此「整齊畫一」並非「取古去今」或「以今非古」而已，必於「文字混
亂」中，求一標準，故凡屬字形之歧異，即為討論之對象。由此可知，俗文
字學涉及古今語言之變遷，而此變遷所衍生之「文字」資料，正為字樣學研
究之範疇。故俗文字學中許多著作，亦同為字樣學所當意及者。然字樣學之
宗旨蓋在用字標準之擬訂，復與俗文字學單就俗文字辨識稍有差異，二者之
學術範疇固見重疊，卻非異名而同實耳。

四、字樣學非字典學，字典學乃表達字樣整理成果之工具

　　字典昔稱「字書」，以解釋文字形音義為編輯宗旨，如許慎《說文解
字》、顧野王《玉篇》、《康熙字典》等即是。然則，字典者，亦為文字使
用之標準也。字典學即以討論如何樹立此標準之編輯學理、流程等問題為主
要內涵。字典與詞典性質相近，劉葉秋氏《中國字典史略》云：

---

[16]　唐蘭：《中國文字學·前論》（臺北：臺灣開明書局，民國67年1月），頁18-19。

　　一般群眾所說的字典，卻往往包括詞典，因為現在的字典大
　　都兼收語詞，詞典亦皆以單字為詞頭；二者之間始終有不可
　　分割的關係，不過解字釋詞，重點各異而已。[17]

胡明揚氏等所撰《詞典學概論》一書之〈導言〉，即說明詞典學研究主要方
向有二：一為有關詞典之一般理論，二為詞典編纂法。[18]可知字典之功用
雖亦為文字使用標準之樹立，卻與字樣學不盡相同。前者可容後者之研究成
果，亦即字樣整理之原則與結果可藉字典表現之。

　　由上述可知，字樣觀念所以成熟，乃因楷書出現以後，欲樹立書寫之準
繩，以解決東漢以來文字之混亂也。因此，字樣學以整理異體，擬訂正字為
宗旨。若從廣義言之，歷代之文字整理實亦皆可納參於字樣學研究中，蓋文
字整理當有一致之因由，而整理之目的亦當皆為樹立標準，故為求學理之周
全，今日研究字樣學宜採取較為廣義之觀念。

第三節　字樣學之學術價值

一、可擴大傳統文字學研究之範圍

　　字樣學既以整理異體，擬訂正字為宗旨，故對異體字之了解必為字樣
之主要基礎，而欲探究異體字，則需披尋於各類文字史料中，資料既非限於
《說文》系統之書，觀念亦非「六書」所能盡涵。如以石刻文字為例，羅振
玉等之《碑別字》，邢澍之《金石文字辨異》等書固不能割捨，碑版實物之
了解自亦為重要之工作，而石刻中之「芻」作「蒭」、「婿」作「聟」等之
情形，六書焉能歸納？其中之異體來源，或古或篆，或楷或隸，或正或草，
或俗或訛，殊非一致，若從文字史或形體學觀點視之，凡此皆為研究字體流
變不容忽視者。

　　又如傳統文字研究，或以為由篆變隸，線索唯一，即今之隸楷，所承

---

[17] 劉葉秋：《中國字典史略》（臺北：源流出版社，民國73年3月），頁1-2。
[18] 胡明揚：《詞典學概論》（北京：中國人民大學出版社，1982年1月），頁1。

之篆體，必因於《說文》某文。然而隸變過程實至為紛歧，《說文》之篆亦僅就許氏所能及者，許氏所未能及者未知凡幾。後世因多宗《說文》，故溯推見於許書者即謂之為正，否則即視為俗訛，殊非實情。如石刻、寫卷中「桑」字多寫為「桒」，《敦煌俗字譜》列入俗字，然究之甲骨文，此字作「🌿」（續三・三一・九），作「桒」者正為其相承之隸體，反較因於《說文》隸定之「桑」更為近古。故知篆之變隸，線索並非唯一。

　　然則，字樣學之研究必可使傳統文字學研究範疇擴大，部分觀念亦必隨之獲致補正。

二、可推測歷代用字之實況

　　字樣學以整理異體為基礎，並探尋相對之「正字」觀念何在，然所謂「異體」與「正字」之觀念，實乃代見更迭，並非一成不變也。然則，藉字樣學之研究，當可探究歷代用字之實況所在。如以《干祿字書》為例，其以「字組」編輯法，將異體、正字合為一組，如：

聰聡聰	上中通下正	流流	上俗下正
㓛功	上俗下正	減減	上俗下正
邦邦	上俗下正	噐器	上通下正
蝅蠶	上俗下正	訓訓	上通下正
凉涼	上俗下正	近匠	上俗下正

正可藉知在唐代聰、功、邦、蠶、涼、流、減、器、訓、匠等字之使用分歧情形。又如教育部所頒布《常用國字標準字體表》中，取「么」不取「幺」，取「直」不取「直」，取「育」不取「育」，取「冒」不取「冒」，取「舌」不取「舌」，取「告」不取「告」等，後日若欲瞭解今日使用文字之情形，凡此不正為線索乎？

三、可使學術傳達更正確

　　研究字樣學必須對歷代之異體字加以整理，異體字之資料即存在於如寫卷、版刻等文獻中。茲以敦煌寫卷為例，陳祚龍氏云：

> 關於敦煌卷冊，絕大多數既非成於一時，猶非出乎一手，其中文字之古、俗、別、或、通、假、奇、錯……一經展讀，到處皆是。[19]

可知如非對寫卷異體加以了解，學術訊息傳達恐生偏誤。版刻情形亦然，劉復等人所編之《宋元以來俗字譜》蒐羅有十二種版刻資料，正說明此類文獻異體之普遍，而字樣之研究正為解決此問題也。整理異體，擬訂正體，釐清正異之關係，尋得異體滋生原則及字例，自可一掃因異體所產生之學術迷亂也。羅振玉氏《碑別字‧序》云：

> 然經典數經傳寫，別搆之字多有因仍未改者，特先儒別字後人弗識，而鄙陋之士又曲造音訓，不知妄作，小學之不講，無怪經注之多支離也。故治經貴熟精六書，尤貴審辨別字，玉嘗以編中所載諸字校正古籍，多有捷悟，如《說文解字》：「牙，牡齒也。」段玉裁改作「壯齒」，注：「壯各本譌作牡，惟石刻《九經字樣》不誤。」玉案：古人書爿多作牛，如將字作牂之類，六朝石刻多有之。〈隋張貴男墓誌銘〉、〈唐虞書夫子廟堂碑〉，壯字皆作牡，許書原作「壯齒」，段說甚韙。然牡為壯之別字，非譌字也。逢，《廣韻》姓也，《後漢書‧劉玄傳》：「郡人逢安。」注：「逢字從夅。」《字鑑》：「逢，皮江切，姓也，從辵從夅，與逢遇字不同，《孟子》逢蒙學射於羿，當從此。」玉案：《說

文》無「逢」，僅有「逢迎」之「逢」，漢碑如〈逢盛碑〉
陰有「逢信」，〈孔宙碑〉陰有「逢祈」，〈景君碑〉陰
有「逢訴」，字皆从夆不从夅，與《後漢書》注及《字鑑》
說歧，襄恆惑之。嗣讀《匡謬正俗》云：「逢姓者，蓋出於
逢蒙之後，讀當如其本字，並無別音，今之為此姓者，自稱
乃與龐音同。」又《干祿字書》云：「逢逢，上俗下正，
諸同聲者準此。惟降字从夅。」於是始悟人姓之逢，古與逢
迎無別，亦無龐音，後儒別搆其畫，又別搆其讀，其實謬
耳。今證之此書，益信。《老子》：「終日號而嗌不嗄」，
《說文》無「嗄」，〈釋文〉：「嗄，一邁反，氣逆也。又
于介反。」又云：「當作噫。」傅奕校定《老子》古本作
「歇」，注：「于油切，氣逆也。」《說文》又無歇字，惟
《玉篇》「嚘」注：「于求切，《老子》曰：『終日號而不
嚘。』嚘，氣逆也。」乃知「嗄」為「嚘」之別字，古人寫
从憂字，多省作夏，〈漢李翊碑〉及〈周公禮殿記〉、〈樊
敏碑〉書「擾」字皆作「㩆」，可證。又《莊子釋文》：
「嗄，一作嚘。」尤可見《老子》之「嗄」字本作「嚘」。
《莊子釋文》乃陸氏原文，《老子釋文》云「一邁反」者，
乃宋重修時，寡學者所妄增也。此編之有裨如此。[20]

羅氏所云，足資為證。

四、可助版本之斠讎

　　字樣學之研究可助版本之斠讎。版本所以參差，字體之混誤亦為主因，
如王叔岷氏《斠讎學·第七章·通例·形誤》中即列有「俗書形近誤」等
例，並舉《韓非子·外儲說左上篇》：「妻子因毀新，令如故袴」為證。

[20] 羅振玉：《增訂碑別字·序》（與《金石文字辨異》合刊，臺北：古亭書屋，民國59年11月），
頁1-2。

王先慎集解本無子字，云：「《北堂書鈔》（一二八）引無，今據刪。《御覽》（六九五）引作『妻因鑿新袴為孔』。」王氏案云：

> 影宋本《御覽》作「妻因鑿新袴為孔效之」，今本毀字，即鑿之誤。鑿，俗書作鑿，因誤為毀。《顏氏家訓·書證篇》所謂「鑿頭生毀」是也。《淮南子·說林篇》：「毀瀆而止水」，《意林》引毀作鑿，毀亦鑿之誤，與此同例。[21]

又引《淮南子·原道篇》：「懷囊天地，為道關門。」高誘注：「門，道之門。」為證，劉文典集解云：

> 《御覽·五十八》引關作開。又引注作「開道之門」。[22]

王氏案云：

> 「關門」複語，關亦門也。《御覽》引關作開，開即關之誤。引注門作開，又因引正文關作開而誤也。關，俗書作開。開，俗書作開，兩形相近，故致誤耳。〈氾論篇〉高注：「為機關發之。」劉文典云：「《御覽·二百七十一》引『機關』作『機開』。」開亦關之誤，與此同例。[23]

拙著《干祿字書研究》第一編第四章第六節，亦嘗舉《干祿字書》「插插，上通下正」證明《漢書·卷三十六·楚元王傳》「根函地中」官本函作「垂」非是；復舉「螫穀，上俗下正」以證大徐《說文》「螻」字下「螫天螻」之「螫」當从〈夏小正〉、《爾雅》作「螫」較妥。然則，研究字樣學

---

[21] 王叔岷：《斠讎學（補訂本）》（臺北：中央研究院歷史語言研究所，民國84年6月），頁283。
[22] 同前注，頁284。
[23] 同前注，頁284。

有助於斠讎學由此可見一斑。

五、可供今日整理文字之參考

　　唐代字樣之興，使楷書成為後世主要之書體，然漢字形體容易歧衍，故唐以後仍多見整理，即至今日亦然。字樣學既以整理異體，擬訂正字為宗旨，則歷代整理之理念及成就，縱於今日必具參考價值。蓋異體之滋生，隨時而異，六朝之異體，傳至今日，或存或廢，今日亦自有新生之異體。可知字樣整理，絕非某代訂之，輒可歷代依循不悖。唐有字樣之整理，今日亦有字樣之整理。今日欲整理文字時，若《干祿字書》之觀念，自有參考之價值。諸如時宜之觀念、字組之體例、辨似與筆順等之成就，皆為今日所當意及者也。

第四節　字樣學發展史略

　　中國文字，楷源於隸，隸生於篆，然篆體亦非齊整，篆既有異，隸體所由，亦必非一：源流不同，體式自異，篆之異體遂轉而為隸之異體，復轉為楷之異體矣。而字樣者，既為文字書寫之準繩，若書寫異體生焉，「字樣」要求必然俱存；隸楷異體既涉於篆之異體，探研字樣學之發展，似不宜捨篆不言。然則，字樣之說固興於楷體通行之後，字樣學本當重於唐後之發展，然唐世之前，凡屬對字體整理有功者，仍當意及，方可得前人之鑑，此即上文廣義之說也。

　　下文即以唐代為基準，謹就個人管見，略述其前、後及當代之字樣學發展概況。

一、唐以前之字樣學

　　唐以前之字樣學，可從周宣王太史籀《大篆》十五篇談起，許慎《說文解字・敘》云：「倉頡之初作書，蓋依類象形，故謂之文，其後形聲相益即謂之字……以迄五帝三王之世，改易殊體，封于泰山者七十有二代，靡有同

焉……及宣王太史籀著《大篆》十五篇，與古文或異。」[24]知古文流衍，歧異旁生，遂有《史籀篇》之作，當為今日所知最早之字樣整理也。降而為秦之文字整理，如李斯、趙高、胡毋敬之《倉頡》、《爰歷》、《博學》諸篇之整理小篆，及程邈之整理隸書，皆見《說文解字‧敘》。

　　西漢之文字整理，則如司馬相如及揚雄等之成就，《漢書‧藝文志》載武帝時司馬相如作《凡將篇》，元帝時史游作《急就篇》，成帝時，李長作《元尚篇》，皆《倉頡》中正字也；《凡將》，則頗有出矣。《說文解字‧敘》亦云：「平帝時徵爰禮等百餘人，令說文字未央廷中，以禮為小學元士，黃門侍郎揚雄採以作《訓纂篇》。」另《漢書‧藝文志》列有無名氏之「《別字》，十三篇」，此「別字」之涵義，當如《後漢書‧儒林傳》所云「讖書非聖人所作，其中近鄙別字頗類世俗之辭」之「近鄙別字」之義。顧炎武《日知錄‧卷二十》云：「近鄙者，猶今俗用之字。」[25]是也。此書恐為今知最早整理異體字之專門著作矣。

　　東漢之文字整理，除賈魴《滂喜篇》及班固《續訓纂篇》外，東漢文字整理最見功者即《說文解字》及《熹平石經》。潘師石禪〈說文約論〉一文，亦有「《說文》集漢以前文字之大成」及「《說文》以前文字說解之大成」之說，[26]潘師於《中國文字學‧緒論》更云及《說文》一書之「五大工作」：完成六書理論、確立標準字形、詮明標準字義、保存正確解說、創立編排方法。於「確立標準字形」條下，潘師云：

　　　　許慎根據壁中書的古文，周秦兩代整理的標準字書，如《史
　　　　籀篇》、《倉頡篇》之類，整理成一部古代流傳下來的標準
　　　　文字。近人稱甲骨鐘鼎文字為古文字學，其實《說文》就是
　　　　最早的標準古文字學。至於標準字體，經過時俗更改，他也
　　　　時時采錄，譬如罪字本從辛自，秦始皇以辠似皇字，故改為
　　　　罪。又如對字本從丵口從寸，乃應對之字，故從口；漢文帝

---

[24]　見《說文解字注》（臺北：藝文印書館，民國62年8月），頁761-764。
[25]　見《原抄本日知錄‧卷二十‧別字》（臺北：平平出版社，民國63年1月），頁522。
[26]　〈說文約論〉一文，附載潘重規先生《中國文字學》書後（臺北：東大圖書，民國82年3月）。

以為責對而面言，多非誠對，故去其口以从士。這些都是《說
文》不廢通行俗字的例證。所以近人講的俗文字學的研究，
也當推本於許慎。[27]

潘師之說允也。故《說文》整理當代文字之功，於中國文字學史價值要矣。
另「熹平石經」之立，雖為經學，實具隸體整理之功也。除此之外，另見
服虔《通俗文》及周成《雜字》。服虔及周成皆為後漢人。《通俗文》乃將
應用於生活中之俗字，蒐輯成書者也。《顏氏家訓·書證篇》云：「河北此
書，家藏一本。」可見其實用之價值矣。周成《雜字》，性質同於前書，
《隋志》有「《雜字解詁》四卷」，云為「周氏」所撰，又云：「梁有《解
文字》七卷，周成撰。」二者當非一書。

　　六朝之文字整理，《隋志》列有張揖之《古今字詁》，《魏書·江式
傳》載江式上表云：「魏初博士清河張揖《埤蒼》、《廣雅》、《古今字
詁》。究諸《埤》、《廣》，綴拾遺漏，增長事類，抑亦於文為益者；然其
《字詁》，方之許慎篇，古今體用，或得或失矣。」[28]是其《字詁》或即
仿之《說文》，為古今字作解詁也。從《太平御覽》所引，似其書仍《說
文》，依部歸類也。另魏正始石經，分刻古篆隸三體，亦具文字體理之效。
另《魏書·江式傳》亦載江式上表論文字，江氏本有《古今文字》之撰議。
其書規模更勝《說文》，是為一部兼融古今形體、音讀、訓詁之字書製作，
惜因江式身卒，書竟未成。另有呂忱之《字林》。江式所上之表嘗云及呂忱
《字林》云：

　　晉世義陽王典祠令任城呂忱，表上《字林》六卷，尋其況

[27] 潘重規先生：《中國文字學》（臺北：東大圖書，民國82年3月），頁18。按：《說文》所載，
　　有直曰俗者，如：
　　屍，髀也，从肉象形。屍，俗屍从戶。
　　觵，兕牛角可以飲者也，从角黃聲，其狀觵觵故謂之觵。觥，俗觵从光。
　　袌，袂也，从衣采聲。袖，俗袌从由。
　　蟁，齧人飛蟲，从䖝民聲，䘓，俗蟁从虫从文。
　　灘，水濡而乾也，从水鸂聲，詩曰：「灘其乾矣。」灘，俗灘从隹。
[28] 《魏書·卷九十一·術藝列傳·江式》（殿本二十五史，臺北：藝文印書館），頁974。

趣，附託許慎《說文》，而按偶章句，隱別古、籀、奇、惑
之字，文得正隸，不差篆意也。[29]

　　據《封氏聞見記・卷二》及張參《五經文字・序例》所載，呂氏「更
按群典，搜求異字」、「集《說文》之所漏略」而增益之，其編輯宗旨似以
「正隸」為主，故「隱別古、籀、奇、惑之字，文得正隸，不差篆意也」。
書「附託許慎《說文》」，仍分五百四十部，凡一萬二千八百二十四字，至
其卷數，或云為七，或云為六，更有五篇之說，則不能得其確數也。
　　《字林》之外，尚有顧野王之《玉篇》。今傳《玉篇》有二，一為梁顧
野王原本，一為唐孫強增字、宋陳彭年、邱雍等重修之《大廣益會玉篇》，
二本頗見差異。《封氏聞見記》云：「梁朝顧野王撰《玉篇》三十卷，凡一
萬六千九百一十七字。」[30]據楊守敬跋《原本玉篇零卷》云，今本於書前
大中祥符六年牒後所載雙注云：「注四十萬七千五百有三十字」為「顧氏原
本之數」，[31]故知此書體例頗稱鉅大，唯今僅存四卷，無法盡窺全豹。據
《陳書・顧野王傳》，知其人「天文、地理、蓍龜、占候、蟲篆奇字，無所
不通」，故於文字整理上，顧氏必有其用心。

二、唐代之字樣學

　　唐代處於字樣學理念成熟之際，起初有顏師古之《顏氏字樣》及杜延
業《群書新定字樣》。《舊唐書・顏師古傳》云：「太宗以經籍去聖久遠，
文字訛謬，令師古於秘書省考定五經，師古多所釐正。」[32]《干祿字書・
序》云：「元孫伯祖故秘書監，貞觀中刊正經籍，因錄字體數紙，以示讎校
楷書，當代共傳，號為《顏氏字樣》。」今書已佚，汪黎慶《小學叢殘》輯
有九條，可藉窺顏書本貌。另《干祿字書》序文亦云：「時訛頓遷，歲久還

---

(29) 同注(28)。
(30) 《封氏聞見記校注・卷二・文字》（《晉唐箚記六種》，臺北：世界書局，民國73年9月），頁
　　6。
(31) 楊守敬跋文見載《玉篇零卷》書後（臺北：大通書局，民國61年12月）。
(32) 《舊唐書・卷七十三・顏師古傳》（殿本二十五史，臺北：藝文印書館），頁1261。

變，後有《群書新定字樣》，是學士杜延業續修，雖稍增加，然無條貫，或應出而靡載，或詭眾而難依。」此即杜氏《字樣》之大概。後繼則有顏元孫之《干祿字書》。顏元孫，為顏師古之從孫，所撰《干祿字書》實乃承顏師古及杜延業二書益其規模而成。名為「干祿」者，蓋唐以書判取士，律復漢法，「既考文辭，兼詳翰墨，昇沉是繫，安可忽諸」故也。書凡一卷，依平上去入四聲為次，每字又概分為正、俗、通三體，並見形近、音近之易混字辨似。其序云：「總據《說文》便下筆多礙，去泰去甚，使輕重合宜。」此種求「合時」而不泥於《說文》之權宜原則，正為元孫貫串全書之總觀念。此書不論體例及觀念，皆影響後世至深。

　　除此之外，尚有無名氏之《古今正字》及《字諟》。由慧琳《一切經音義》、希麟《一切經音義》所引《古今文字》及《廣韻》所引《字諟》，此二書，觀其名，察其實，似亦與文字整理有關。

　　另《唐志》載有歐陽融《經典分毫正字》一卷，[33]《崇文總目》亦載：

> 唐大學博士歐陽融譔，辨正經典文字，使不得相亂，篇帙今闕，全篇止《春秋》中帙，餘篇悉亡。[34]

然則，書之體例，當依五經次第編修，今佚不可考。馬國翰《玉函山房輯佚書》據宋本《玉篇》末所附《分毫字樣》輯出，然馬氏云：

> 惟《玉篇》末載有《分毫字樣》，與僧神拱《四聲五音九弄反紐圖》相次，是孫強所增加者。書名「分毫」，而字樣不依經次，意從原書掇取要略爾。[35]

故《分毫字樣》，恐非歐陽書之原貌。其所謂「分毫」者，即指形似易混字

(33) 見《唐書·卷五十七·藝文志》（殿本二十五史，臺北：藝文印書館），頁658。
(34) 宋·王堯臣：《崇文總目·卷一》（《百部叢書集成初編》，臺北：藝文印書館）。
(35) 清·馬國翰：《玉函山房輯佚書》（影印清同治十年濟南皇華管書局補刻本，臺北：文海出版社，民國56年），冊4，頁2344。

而言，其中見解多與《干祿字書》相仿，二者或有相承之關係。

　　唐代字樣成就另有《開成石經》、《五經文字》及《九經字樣》。潘師石禪《中國文字學・緒論》云：

> 唐《開成石經》，是用楷書書寫刻石的一部最大的書籍。這部書不但是經書的標準讀本，也是正楷文字的標準寫法。它的字體的審定的具體說明，便是《五經文字》、《九經字樣》兩部書，因此刻石經的時候，同時也刻了這兩部書。[36]

《四庫全書總目提要》引劉禹錫〈國學新修五經壁記〉云：

> 大歷中，名儒張參為國子司業，始詳定五經，書於講論堂東西廂之壁。積六十餘載，祭酒皡博士公肅，再新壁書，乃析堅木，負墉而比之，其製如版牘而高廣，背施陰關，使眾如一。[37]

張參〈序例〉亦有「書于屋辟」之文，是《五經文字》，初書於屋壁，復易以木版，開成中，方刻之於石。唐玄度之《九經字樣・序》云：

> 大歷中，司業張參掇眾字之謬，著為定體，號曰：「五經文字」，專典學者實有賴焉。臣今參詳，頗有條貫，傳寫歲久，或失舊規，今刪補宂漏，一以正之，又於《五經文字》本部之中，採其疑誤舊未載者，撰成《新加九經字樣》一卷。[38]

---

[36]　潘重規先生：《中國文字學》（臺北：東大圖書，民國82年3月），頁27。

[37]　《四庫全書總目提要・卷四十一》（臺北：藝文印書館，民國58年3月），頁850。

[38]　唐・唐玄度：《新加九經字樣・序》（《叢書集成初編》影印《後知不足齋》本，北京：中華書局）。

是《九經字樣》本承《五經文字》而刪補者，卷首牒文有「請附於五經字樣之末」之語，故此二書乃相附而刻。二書體例依部首而分，張參〈序例〉云：「近代字樣，多依四聲，傳寫之後，偏旁漸失，今則采《說文》、《字林》諸部，以類相從，務於易了。」[39]又云審訂經典用字，「以經典之文，六十餘萬，既字帶惑體，音非一讀，學者傳授，義有所存，離之若有失，合之則難並。」[40]故採之《說文》以明六書之要，有不備者，求之《字林》，其或古體難明，則以石經比例為助；石經湮沒，通以經典及釋文相承隸省引申之。此二書與《干祿字書》或見相承之關係，同為唐代字樣之重鎮也。

　　或有學者因觀張參〈序例〉云：「近代字樣多依四聲，傳寫之後，偏旁漸失，今則採《說文》、《字林》諸部以類相從，務於易了，不必舊次，自非經典文義之所在，雖切於時，略不集錄，以明為經不為字也。」遂據末句，將唐代字樣整理分為「為經」與「為字」二派。《五經文字》與《九經字樣》屬「為經」派，《干祿字書》則屬「為字」派。如此分法，似言《干祿字書》不為經。然此說有待商榷。一則以張參之書，為整飭經文用字而編，理當不錄經文以外用字，〈序例〉之義即此，並非指其全然未及通行用字。〈序例〉另言：「石經湮沒，所存者寡，通以經典及《釋文》，相承隸省，引而伸之，不敢專也。」張氏自注所引之例，即為「壽」、「栗」等字，既見通行，故亦取錄。二則以元孫書若全然不為經，以唐世重經取士，此書何能言干祿？且據《干祿字書·序》所云，此書當承師古字樣而來，師古所理者即為五經用字，元孫書分「正通俗」，其中正、通又何嘗未及於經典用字？張參之言本無分派之義，學者恐不宜過臆。即若《五經文字》為官訂標準，亦僅然限於經典用字而已。客觀言之，唐代字樣觀念最為宏觀者，仍當推《干祿字書》，既慮文獻承用，亦慮時宜標準。至於如敦煌所存字樣文獻，本章第六節所舉六種，其性質或近《干祿字書》，或為異體辨識，或為同音字組辨似兼為分科詞彙表，或純為分科詞彙表，或為流行語用字之指

---

[39]　唐·張參：《五經文字·序例》（《叢書集成初編》影印《後知不足齋》本，北京：中華書局）。
[40]　同前注。

引，蓋多為新詞新字之輯錄，與純字樣說或見不同，讀者自可詳參第六節。

三、唐以後之字樣學

宋代之字樣學成就首推郭忠恕之《佩觿》。《佩觿》三卷，上卷備論形聲訛變之由，分為三科，一曰造字，二曰四聲，三曰傳寫。中下二卷則取字畫疑似者，以四聲分十段：

一曰「平聲自相對」，如：「仝全，上音同，从人下工；下
　　是篆文全字，从入。」

二曰「平聲上聲相對」，如：「楷指，上止而翻，木名；下
　　之視翻，手指。」

三曰「平聲去聲相對」，如：「清清，上七經翻，清濁；下
　　千定翻，溫清。」

四曰「平聲入聲相對」，如：「戈弋，上古禾翻，干戈；下
　　與力翻，弋射。」

五曰「上聲自相對」，如：「也乜，上羊者翻，之也；下彌
　　也翻，蕃姓。」

六曰「上聲去聲相對」，如：「宄究，上歸止翻，姦宄；下
　　居又翻，究窮。」

七曰「上聲入聲相對」，如：「疋足，上五下翻，正也；下
　　即玉翻，手足。」

八曰「去聲自相對」，如：「券券，上丘願翻，契券；下巨
　　願翻，勞券。」

九曰「去聲入聲相對」，如：「系糸，上胡計翻，緒也；下
　　莫狄翻，細絲。」

十曰「入聲自相對」，如：「角甪，上古岳翻，頭角；下來谷
　　翻，甪里先生。」

此種「上某某下某某」之體例，當仿自《干祿字書》；此書不唯為繼元孫書後，宋代字樣學之鉅製，且為於文字訛變之因，初見系統論述者也。若其卷首三科，歷舉前人之誤，如：

> 《五經字書》不分挍校，徵長孫氏則曰可知而不可行；驗張司業又云久訛而不敢改。則有寵字為寵，錫字為錫，用攵代文，將无混无，若斯之流，便成兩失。[41]

清錢大昭《說文統釋·序》所評述諸說，即本此而加以擴充者也。

其餘如張有之《復古編》、釋適之《金壺字考》、顏愍楚《俗書證誤》及王洙《字書誤讀》等，或見《干祿字書》之沿襲，皆有可觀之處，針對隸書整理，則有洪适之《隸釋》及婁機之《漢隸字源》。

元代之字樣學可以周伯琦之《六書正譌》及李文仲《字鑑》為代表。周氏之書據《元史·周伯琦傳》曰：「伯琦字伯溫，饒州人，……博學工文章，而尤以篆隸真草擅名，當時嘗著《六書正譌》、《說文字原》二書。」[42]胡樸安氏《中國文字學史》云：

> 周伯琦嘗謂張有失之拘，鄭樵過于奇，戴侗病于雜，乃著《六書正譌》，以「禮部韻略」分隸諸字，以小篆為主，先注制字之義，而以隸作某，俗作某，辨別于下，亦有牽強之處，論者謂不如張有之《復古編》、李文仲之《字鑑》。[43]

茲舉二例以明之，如《平聲·一東》：

> 公，沽紅切，背厶為公，从八从厶，八猶背也，厶即私

---

[41] 宋·郭忠恕：《佩觿·卷上》（《叢書集成簡編》據《鐵華館叢書》本影印，臺北：臺灣商務印書館）。

[42] 《元史·卷一八七·周伯琦傳》（殿本二十五史，臺北：藝文印書館），頁2059。

[43] 胡樸安：《中國文字學史》（臺北：臺灣商務印書館，民國60年4月），頁121。

字，會意。漢呂紀以訟音公，別作公，非，公音克。

㤥 㤥，遠也，从心囱聲，俗作忽、忩並非。

李氏之書，據干文傳《字鑑·序》云，文仲伯父李伯英，嘗承祖訓，蒐求經史傳記、諸子百家之書，錄其字同而音異者，著為一書，名曰《韻類》。後文仲求韻內字之未正者正之，為《字鑑》一編。然則，李文仲《字鑑》及本其伯父《韻類》，補其所未及，刊除俗謬而成。書依二百六十部韻，分列諸字，辨其形義，並附異體，如《平聲·一東》：

隆　良中切，《說文》豐大也，从生降聲，隸省作隆，俗作
　　隆。

衷　陟隆切，方寸所蘊也，《說文》从衣中聲，《五經文
　　字》云作衷，譌。

《四江》：

尨　莫江切，《說文》犬之多毛者，从犬从彡，俗又加犬作狵
　　非。

雙　疏江切，偶也，《說文》隹二枚也，从雔又持之，又，
　　古右手字，俗作雙、𩀱。

其詳析正俗字形之从屬，於字樣整理觀念已勝元孫之《干祿字書》矣。

明代之字樣學，以明梅膺祚《字彙》成就最大。《字彙》書凡十二卷，並附首末二卷。見載明史〈藝文志〉，據其凡例云：「字宗正韻，已得其概，而增以《說文》，參以《韻會》，皆本經史俗用者；若《篇海》所輯怪僻之字，悉芟不錄。[44]」原刊於萬曆四十三年（西元一六一五年），綜其

---

[44] 《篇海》，金韓孝彥編，依《玉篇》分部，更取《類篇》及《龍龕手鑑》等書，增雜部三十有七，總五百七十九部。其子道昭改併為四百四十部，殊體僻字，靡不悉載。

字凡三萬三千一百七十九，俗僻雖悉不錄，卻仍見權宜。梅氏立「从古、遵時、古今通用」三原則，以處理典籍中之紛歧異體：

甲、从古：「古人六書，各有取義，遞傳於後，漸失其真，故于古字當从者、紀而闡之」。如土，俗作圡；灰，俗作灰；岡，俗作崗；幺，俗作么；幼，俗从刀之類，當从古。

乙、遵時：「近世事繁，字趨便捷，徒拘乎古，恐戾於今；又以今時所尚者，酌而用之」。如力，古作ㄌ；五，古作㐅；之，古作㞢；申，古作㐱之類，宜酌今。

丙、古今通用：「博雅之士好古，功名之士趨時，字可通用，各隨其便」，如礼古禾今，𠀉古丘今，从古從今，沈古沉今，肜古形今，蜨古蝶今之類，可使兩存，各行其好。

故梅氏並非一味反俗，唯其所遵時體，必字之結構與古相承，而今已便捷通用者，此與元孫「輕重合宜」之觀念並無二致。其「古今通用」一例，亦似元孫云「球璆竝正」例一般。此書於體例編排上，頗見特色：

甲、檢索方法之進步：

此書以筆畫之多少，為分部之次第，自一畫至十七畫，列二百十有四部，每部中又以筆畫之多少，為列字之次第，卷首則總列一畫至三十三畫之字；《康熙字典》體例即本於此。

乙、倡明筆順之準則：

其卷首五門中，列有「運筆」一項，教明運筆之筆順，因得正確之筆畫，如「川」字，先中丨，次左丿，次右丨。「止」字，先⊢，次⊥。「毋」字，先𠃌，次㇄，次丿，次一。梅氏云：「字雖無幾法可類推，試詳玩焉，則心有員機，手無滯迹，舉一可貫百矣。」筆順之講究，使字之結體，趨於固定。

丙、說明部首之歸屬：

卷首五門中，另見「檢字」一項，[45]教明隸變之字之歸部，如凡从「亻」者屬人部，凡从「刂」者屬刀部之類。梅氏云：「凡字偏

---

[45] 另三項即為「從古」、「遵時」及「古今通用」。

旁明顯者，循圖索部，一舉手得矣。」

丁、形似而異之字之分辨：

卷末附「辨似」一項，教明析分形似而異之字，如汜汜、盲肓、
刺刺、段叚之類。

綜而言之，梅氏此書於字樣整理之觀念，頗為進步與周全，影響後世亦
最深遠。清仁和吳任臣撰有《字彙補》一書，凡六卷，分補字、補音義、較
訛三部分。所收補者，多當時俗訛之字，恐即梅氏所謂「悉芟不錄」者也。
復有如《同文字彙》及《玉堂字彙》諸節略本傳世[46]；然模仿而規模最大
者，當屬張自烈之《正字通》。

張自烈之《正字通》據《字彙》補證而成。《四庫提要存目》云，此書
或題「廖文英撰」，或題「自烈、文英同撰」，凡十二卷。然考鈕琇《觚賸
粵觚》下篇，此書本自烈作，文英以金購得之，因掩為己有。自烈字爾公，
南昌人，文英康熙中，嘗官南康府知府，故得鬻得自烈書。〈提要〉又云：

其書視梅膺祚《字彙》，考據稍博，然徵引繁蕪，頗多舛
駁，又喜排斥許慎《說文》，尤不免穿鑿附會，非善本
也。[47]

雖然如此，此書體例及釋義自見特色，非一無可取者。

焦竑之《俗書刊誤》十二卷，《四庫提要》云：

其書第一卷至第四卷，類分四聲，刊正訛字，若丰之非㞷，
容不從谷是也。第五卷略記字義，若赤之通尺、鼬之同猶是
也。第六卷略記駢字，若句婁之不當作岣嶁，辟歷之不當作
霹靂是也。第七卷略記字始，若對之改口從士，本于漢文，

---

[46] 見蘇尚耀《中國文字學叢談》，頁173引。（臺北：文史哲出版社，民國65年5月）。
[47] 《四庫全書總目提要·卷四十三·經部·小學類存目》（臺北：藝文印書館，民國58年3月），
頁918。

疊之改晶從畾，本于新莽是也。第八卷音義同字異，若庖犧之為炮犧，神農之為神由是也。第九卷音同字義異，若錕鋙之與琨珸，滄浪之與簷篞是也。第十卷字同音義異，若敦有九音，湛凡七讀是也。第十一卷俗用襍字，若山岐曰岔，水岐曰汊是也。第十二卷論字易譌，若禾之與禾，支之與攴是也。(48)

此其大概。至其編輯宗旨，焦氏〈自序〉云：

> 夫書有通於俗，無害於古者，從之可也。有一點一畫，轉仄從橫，毫髮少差，遽懸霄壤者，亦可沿襲故常而不知變哉？此編所載，其略也。學者能觸類以求之，通經學古，此亦津筏也。(49)

今觀其書前四卷，若平聲十三文：

> 本，音叨，《玉篇》往來見貌，與根本之本，字不同。
> 劵，俗作勞非。

為其彙歸異體，以辨字樣之本文；而五卷以後，略記字義為其雜記；略記駢字則已意及詞誤，如豆留作逗留非、丁寧加口作叮嚀非之類；七卷則試論異體由來；八至十卷，則歸分異體，從而辨之；十一卷則純為俗用字詞之彙編，如「性凶惡曰譟譟」、「髮亂曰鬐鬆」、「亂言曰謅」、「矮短曰矬」之類；十二卷則集前人整理異體之心得，以證論字之易譌，所舉諸家之說，於今整理字樣，頗值參酌；故曰五卷而後，乃其書之特色也。

　　另如《海篇》、胡文煥之《字學備考》、陳士元之《古俗字略》等皆為

---

(48) 《俗書刊誤‧提要》（《四庫善本叢書》景印故宮博物院藏文淵閣本），葉二至三。按：此提要文字與單行之《四庫全書總目提要》略見參差，此文較詳，故據之。
(49) 明‧焦竑：《俗書刊誤‧自序》（《四庫善本叢書》景印故宮博物院藏文淵閣本），葉一。

明代字樣學之代表著作，其中具存之觀念及成就頗有可觀之處。

　　清代之字樣學的成就首推《康熙字典》。此書編輯，參與學者三十人，費時五年（始康熙四十九年，頒行於五十五年），方得以成，收字凡四萬七千零二十一字，其首條〈凡例〉云：

> 六書之學，自篆籀八分以來，變為楷法，各體雜出，今古代異。今一以《說文》為主，參以《正韻》，不悖古法，亦復便於楷書，考證詳明，體製醇確，其或《字彙》、《正字通》中，偏旁假借，點畫缺略者，悉為釐正。[50]

故其於紛歧字體中，頗思確立一「標準」：此由〈凡例〉餘條中，亦可得見，如「今則詳考各書，入之備考，庶無以偽亂真之弊」、「舊註不加考校，徒費推詳，今俱細為辨析，庶指事瞭然，不滋偽誤」、「今則檢其精確者錄之，其泛濫無當者，並皆刪去，不再駁辨，以滋異議」云云，是其書不唯兼收形、音、義之工具書而已，實亦具字樣整理之作用也。

　　另有刊正石刻文字諸書值得注意，宋洪适之《隸釋》、《隸續》及婁機《漢隸字源》已見碑刻文字整理，至清樸學之風特盛，承洪、婁二氏而立構者，首推顧藹吉之《隸辨》。據其序云：「《隸辨》之作，竊為解經作也，字不辨，則經不解。古文邈矣，漢人傳經多用隸寫，變隸為楷，益失本真。及唐開元，易以俗字，名儒病其蕪累。余因收集漢碑，間得刊正經文。《虞書》大鹿，舊本無林；〈泰卦〉包㡓，後人加艸；〈鄭風〉摻執，即為操執；《穀梁》王臣，當作王臣。若斯之累，取益頗多。」[51]故其必求於碑刻異體，理一頭緒。其序又云：「於是銳志精思，采摭漢碑所有字以為解經之助；有不備者，求之《漢隸字原》。」[52]顧氏於《漢隸字原》有訛失者，則循《隸釋》、《隸續》以正之。書凡八卷，前五卷依四聲排列碑刻異

---

[50]　《校正康熙字典・凡例》（臺北：藝文印書館，民國62年12月），頁28。
[51]　清・顧藹吉：《隸辨・序》（影印清康熙五十七年項絪玉淵堂刊本，北京：中華書局，1986年4月）
[52]　同前注。

體，第六卷專析五百四十部首，七、八卷為〈碑攷〉，並附〈隸八分攷〉
及筆法。歷時三十年，方得以成。今觀其書，隸字下，並引碑銘，時見按
語，體例頗見嚴謹。按語中博引諸家著述，稱正駁非，堪曰精闢之作。邢澍
《金石文字辨異》即多采《隸辨》。邢書凡十二卷，上平、下平各佔三卷，
餘三聲各兩卷。全書體例，以上字為綱領，繫以異體，皆注明出處，並加
案語。清末羅振玉、羅振鋆所纂輯之《碑別字》，亦承其體例。觀此三書，
雖皆為整理碑刻文字而撰作，然《隸辨》體小而慮精，後二者體雖宏構，所
收材料，卻多見重複，唯仍有可互補之處。清人纂輯石刻文字，另見趙之謙
之《六朝別字記》，然僅為未竟之稿，不唯字少，亦多重複。至於《碑別
字》，本為羅振鋆所編，凡五卷，後振玉續輯《碑別字補》五卷，復將二書
併為《增訂碑別字》五卷，其後玉子福葆增輯《碑別字續拾》一卷。民國
七十三年，秦公氏之《碑別字新編》一書，即承羅氏諸書，益以己見而成。

　　除碑刻字形外，另有熊文登《字辨》、畢沅《文字辨證》、鐵珊《增廣
字學舉隅》等書，輯錄經史及實用文書用字，或從古或從俗，亦為字樣書。
體例較全備者為鐵珊之書。《字學舉隅》原為龍殿所撰，同治十三年（西元
1874年）鐵珊增廣之，鐵氏序云：

> 結繩廢而書契興，六書之傳以載道也。學者苟斤斤焉致力於
> 此，可因字以思義，因義以立行，若徒於偏旁點畫考據見
> 長，抑末矣。然魯魚亥豕，沿襲多譌，使非童而習之，先入
> 者為之主，臨文作書，勢且茫然無依據，而今世子弟就傳
> 後，六經之外，厥惟時藝試帖，坊刻不諳字學，貧士購書無
> 力，此黃學博龍殿撰《字學舉隅》之所以作也。珊自典守蘭
> 垣，每閱生童文卷，字學恆多不講，故有文理佳而轉為破體
> 俗書所累者，爰不揣冒昧，特就原本增輯，分晰註釋之，欲
> 初學者易曉，故不厭其稍詳也。[53]

---

[53] 清‧鐵珊：《增廣字學舉隅‧序》（臺北：天一出版社，民國64年12月），頁9-10。

此其編纂之用心也。書凡四卷，卷一為「敬避字樣」、「六書大義」、兩字至五字之辨似、偏旁及用字之辨似，卷二為「正譌」、「更用各字」、「字體訣」、「習見古文通同本俗字略」、「場屋忌用雙單字」，卷三為「音略」、「俗音正誤」、「韻辨輯略」，卷四為「擡寫格式」、「古體假借字」、「一字數音」、「誤用字」、「摘誤典略」、「俗語字音」，可知其不唯整理字形而已，更旁涉語辭、語音及其他書寫之常識等。此書卷二所載「字體訣」可為特色，如云：

> 決瀆浼涼須水成，滅泯淨減非冫格。彔彖彘彝俱上彑，默黜黝黔宜左黑。[54]

以歌訣辨字，宜序所云「欲初學者易曉」也。

總而言之，字樣之訂定，乃文字整理之結果，而小學之書，形音義本互為相涉，故歷代小學著作，其中具存字樣整理觀念者，自非僅如前文所舉數者而已，[55] 前文唯略作敘述，以藉窺歷代字樣發展之波瀾也。若綜上所述，實已可知，字樣學之進展，乃依如下之脈絡而流衍：

㈠經籍異體之整理：如石經之設立、《五經文字》、《九經字樣》諸書皆為整理經籍中之異體而撰，陸德明《經典釋文》存載異體，為數甚多，亦可列屬此類。此為歷代字樣學發展之洪流，至清，其勢仍不衰，若吳雲蒸《說文引經異字》、邵瑛《說文解字群經正字》等書，亦皆具涵此觀念於其中。

㈡當代異體之整理：如李斯等之小篆、程邈之隸書及元孫之《干祿字書》等，皆主於當代書寫異體中，區理準則，此

---

(54) 同前書，卷二，頁293。
(55) 若欲詳觀之，則唐以前可參林明波先生《唐以前小學書之分類與考證》，唐以後可參《四庫全書總目提要》及胡樸安氏《中國文字學史》諸書。民國以來部分，則可參著者（曾榮汾）《干祿字書研究·結論編·第三章》及本章第七節。

　　　　為字樣學發展之正宗，宋婁機有《廣干祿字書》之作[56]，
　　　　至今日則有《國民常用字標準字體》之擬訂。

㈢前代異體之整理：如《說文解字》即是，對前代文字，參
　　佐資料，以訂定其標準，石禪師謂《說文》為古文字之標
　　準字樣。

㈣歷代異體之整理：如《字彙》、《正字通》、《康熙字
　　典》，皆涵括由篆籀至隸楷所衍生之諸種異體，雖似資料
　　之堆砌，然於「正字」之選擇，則頗需費心，非為易事
　　也。

㈤檢索方法及字樣理論之探研：如由《說文》至《字彙》部
　　首觀念之轉變，即欲對煩瑣之中國文字，理出一套最迅捷
　　之檢索方法。又如《佩觿》、《復古編》、《字彙》等
　　書，皆於異體整理理論上，已頗思建立系統，此種理論之
　　創發，於字樣學中最是珍貴。

　　若此五者，即為「字樣學」之學理要點所在。因有此發展，故今有教育部
《異體字字典》，總前人之成果，開未有之格局，誠為歷代字樣資料之集成
也。

　　詳考歷代字樣著述中，可得知《干祿字書》實居承啟之關鍵，蓋其書中
區分正俗之體制，意及時宜之精神，及以偏旁統領俗字之例，皆時見於後代
字樣學著作中，故元孫《干祿字書》可謂為字樣學成熟之先驅，規模雖曰不
大，於字樣學史中之地位則要矣。

---

[56]　婁氏之書，參謝啓昆《小學考‧卷十六》及陳振孫《直齋書錄解題‧卷三》；清，龔自珍亦疑
　　　有《干祿新書》之作，參《書譜‧七卷二期》，林微氏之〈辨龔自珍的干祿新書〉一文。

第五節　字樣學之重鎮──《干祿字書》之析介

一、《干祿字書》之稱名

　　《干祿字書》，唐初顏元孫所撰。六朝以降，吾國文字，書體訛亂滋生，元孫乃「參校是非，較量同異」，求立一標準，故有此書之撰也。據其序云：

> 史籀之興，備存往制，筆削所誤，抑有前聞；豈唯豕上加三，蓋亦馬中闕五。迨斯以降，舛謬寔繁，積習生常，為弊滋甚。元孫伯祖故秘書監貞觀中刊正經籍，因錄字體數紙，以示讎校楷書，當代共傳，號為《顏氏字樣》。懷鉛是賴，汗簡攸資。時訛頓遷，歲久還變。後有《群書新定字樣》，是學士杜延業續修。雖稍增加，然無條貫，或應出而靡載，或詭眾而難依。且字書源流，起於上古；自改篆行隸，漸失本真，若總據《說文》，便下筆多礙；當去泰去甚，使輕重合宜。不揆庸虛，久思編輯；頃因閒暇，方愜宿心。遂參校是非，較量同異，其有義理全僻，罔弗畢該，點畫小虧，亦無所隱。勒成一卷，名曰：《干祿字書》。[57]

然則，元孫此書本承其伯祖顏師古之《顏氏字樣》及杜氏延業《群書新定字樣》之脈絡，益宏規模，條貫理則而成。書之體例，以平上去入四聲為次，具言俗通正三體，偏旁同者不復廣出，字有相亂因而附焉。其所謂俗者，乃「例皆淺近，唯籍帳文案，券契藥方，非涉雅言，用亦無爽，儻能改革，善不可加」；所謂通者，乃「相承久遠，可以施表奏牋啟，尺牘判狀，固免詆訶」；其所謂正者，乃「並有憑據，可以施著述文章、對策、碑碣，將為允當」者也。

---

[57]　唐·顏元孫：《干祿字書·序》（《百部叢書集成初編》影印明萬曆周履靖輯刊《夷門廣牘》本，臺北：藝文印書館）。

至於圃分正、俗、通之故，顏氏序云：

> 有此區分，其故何哉？夫筮仕觀光，惟人所急，循名責實，
> 有國恆規，既考文辭，兼詳翰墨，昇沉是繫，安可忽諸？用
> 捨之間，尤須折衷，目以干祿，義在茲乎？(58)

此亦其書稱名之義也。且雖分三體，顏氏所持者，實乃時宜之原則。若籍帳
文案，券契藥方，非涉雅言，可用俗字；而筮仕觀光，惟人所急，故著述文
章，對策碑碣，當用正字；於所謂通者之例下猶且注云：

> 若須作文言及選曹銓賦，兼擇正體，用之尤佳。(59)

若涉國之恆規，故宜循名責實。然其所謂正字，亦未必盡合《說文》，乃自
改篆行隸，本真漸失，「若總據《說文》，便下筆多礙，當去泰去甚，使輕
重合宜」。此種隨時制宜，不離本道之精神，正為《干祿字書》之價值所在
也。

　「干祿」之義，典出《論語》，《論語·為政篇》云：

> 子張學干祿，子曰：「多聞闕疑，慎言其餘，則寡尤；多
> 見闕殆，慎行其餘，則寡悔。言寡尤，行寡悔，祿在其中
> 矣。」

干，求也；祿，祿位也。名曰：「干祿」，即元孫序所云：「昇沉是繫」之
意，然則此書之撰，主以士人為對象，王世貞跋云：「書曰干祿，蓋以書判
取士故耳。」誠斯言也。

　書成時間未詳，唯序中有「頃因閒暇，方契宿心」之語，或於唐玄宗即

---

(58) 同前注。
(59) 同前注。

位後，元孫遭貶之十年中所撰成者。

　　此書最早刻於唐代宗大曆九年（西元774年）正月，由元孫之姪顏真卿書勒於任所湖州刺史宅。唐文宗開成四年（西元839年）湖州刺史楊漢公重刻作記云：魯公勒成，「仍許傳本，示諸後生，一二工人，用為衣食業，晝夜不息，刓剝遂多」，是知原本於開成年間已殘。今世傳本多見，以明《夷門廣牘本》流通最廣。[60]

　　此書亦名《干祿字樣》，見歐陽修《集古錄》，然王昶跋云：「按顏元孫《干祿字書》一卷，見《唐志》，此碑題額標首皆作『字書』，《集古錄》因楊漢公跋，題曰『字樣』，非也。」[61]王氏之說允也。

二、《干祿字書》之體例

(一)編纂體例：

　　顏元孫序云：

　　勒成一卷，名曰干祿字書。以平上去入四聲為次每轉韻處，朱點其上；具言俗通正三體大較則有三體，非謂每字總然；偏旁同者，不復廣出謂𢘐攵氏回臼召之類是也；字有相亂，因而附焉謂彤肜、宄宊、褘褘之類也。[62]

此即為其全書之編纂體例，可析分為四：

　　1.全書分四部分，依平上去入四聲為次，字之次序則依韻次先後為準，
　　　每遇轉韻處，朱點其上。

---

(60)　有關《干祿字書》之版本，詳參著者（曾榮汾）《干祿字書研究‧第二編》及〈國內所藏《干祿字書》版本略述〉（載《木鐸》第十期，頁214-228）。

(61)　清‧王昶：《金石萃編》（《續修四庫全書》景印清嘉慶十年刻同治錢寶傳等補修本，上海：上海古籍出版社，1996年）。

(62)　《干祿字書‧序》（《百部叢書集成初編》影印明萬曆周履靖輯刊《夷門廣牘》本，臺北：藝文印書館）。

著者按：

今見諸本不見朱點或以其他符號替代者，異於元孫原本。字書韻次，有其特色，後刻諸家未能識此，直爲憾事，清柏鄉魏裔介所刊之本，雖加列韻目，惜所據爲《廣韻》，失字書之本貌矣。

2.每條字例包括此字之俗、通、正三體，或俗正、通正二體。

著者按：

云俗通正三體者，如：

猿猨蝯　　上俗中通下正

云俗正者，如：

玏功　　上俗下正

云通正者，如：

兇凶　　上通下正

3.偏旁同者，不復廣出。

著者按：

意即同一偏旁諸字，例舉一字爲原則，如：

聰聦聰　　上中通下正，諸從㥄者並同，他皆倣此。

夂攵　　上俗下正，諸從攵者並準此。

互氐　　上通下正，諸從氐者並準此。

囬回　　上俗下正，諸字有從回者，並準此。

《廣韻》亦仿此例，如：

祗　敬也，俗從互，餘同。

漆　柒俗，餘倣此。

4.字有形似或音近易混而義不同者，亦擇要列出，加以辨析。

著者按：

如：

符符　　上人姓，下符契

貽詒　　上貽遺，下詒言

> 徂殂　　上往，下死
>
> 餒餧　　上奴罪反，下於偽反
>
> 此例宋代郭忠恕撰《佩觿》時，承之，如：
>
> 俳徘　　上音裴，徘徊；下盆皆翻，俳優。
>
> 榣搖　　竝余招翻，上木名，下動也。

凡此，即元孫全書之編纂體例。

(二)字之取捨標準：

元孫序云：

> 史籀之興，備存往制，筆削所誤，抑有前聞，豈唯豕上加
> 三，蓋亦馬中闕五，迨斯以降，舛謬寔繁，積習生常，為弊
> 滋甚……且字書源流起於上古，自改篆行隸，漸失本真，若
> 總據《說文》，便下筆多礙，當去泰去甚，使輕重合宜。[63]

此云篆籀形成，本皆有其原則，然因筆削所誤，積衍成習，遂或以訛為真；
且自改篆行隸，文字本貌漸失，故今整理文字，若總據《說文》，恐有所
礙，自當「去泰去甚，使輕重合宜」。此兼顧文字本源及使用時宜之原則，
即為元孫全書取字之標準。此標準亦有所承沿，《顏氏家訓·書證篇》云：

> 世間小學者，不通古今，必依小篆，是正書記；凡《爾
> 雅》、《三蒼》、《說文》豈能悉得蒼頡本指哉？亦是隨代
> 損益，互有同異。西晉已往字書，何可全非？但令體例成
> 就，不為專輒耳。考校是非，特須消息……吾昔初看《說
> 文》，豈薄世字，從正則懼人不識，隨俗則意嫌其非，略是
> 不得下筆也。所見漸廣，更加通變，救前之執，將欲半焉。
> 若文章著述，猶擇微相影響者行之，官曹文書，世間尺牘，

　　幸不違俗也。[64]

此當即元孫所云「去泰去甚，使輕重合宜」之本也。

　　夫考文字之形成，既非出一人一時一地，故〈蒼頡〉云者，亦唯文字流變所知最初整理階段耳。自蒼頡以下，代見遞嬗，「約定俗成」之標準亦隨見差異，《說文・敘》云「封於泰山者七十有二代，靡有同焉」即此意也。然則，文字本依實用而存，合宜整理，自屬必須，此即有蒼頡古文，而另出大篆；既有大篆，而復見小篆、隸書之故也。

　　東漢以後，風俗漸壞，文字孳乳訛亂相生，俗儒解經，動輒變造經誼，以合己說，故許慎有《說文解字》之撰作，以小篆為依歸，說解文字本形本義，然東漢去古已遠，又焉能「悉得蒼頡本指哉」？許氏亦唯能究其所知循解耳，難免亦有漢人「約定俗成」之標準於內。自漢至唐「約定俗成」之標準，自亦有所異矣，故元孫此書，「實用」、「正字」二原則兼採之。後張參《五經文字》、唐玄度《九經字樣》皆承之。張氏《五經文字・序例》云：

　　　其或古體難明，眾情驚懼者，則以石經之餘，比例為助。[65]

張氏注云：

　　　若宜變為宜，晉變為晉之類。《説文》宜晉，人所難識，則以
　　　石經遺文宜與晉代之。[66]

唐氏〈進字樣表〉云：

---

[64] 《顏氏家訓集解》（臺北：明文書局，民國71年2月），頁462-463。
[65] 唐・張參：《五經文字・序例》（《叢書集成初編》影印《後知不足齋》本，北京：中華書局）。
[66] 同前注。

如總據《説文》，即古體驚俗；若依近代文字，或傳寫乖
訛。今與校勘官同商較是非，取其適中，纂錄為《新加九經
字樣》壹卷。[67]

二家之說皆因襲顏氏，此種原則，今日若欲整理文字，亦當酌采之。黃季剛
先生《六祝齋日記》即云：

此三説者，皆為今日作隸之定法。[68]

允哉斯言！

若此標準於元孫全書，可謂為最重要之原則；基於此，元孫方有「俗、
通、正」之文字整理體例之創發；若不識此，於元孫曰俗、曰通、曰正之
處，時滋生誤會矣。如《四庫提要》云：

每字分俗通正三體，頗為詳核。其中虫蟲、啚圖、商商、凍
涷，截然兩字，而以為上俗下正；又如兒、古貌字，而云貌
正兒通；韭之作韮、薾之作薿薿，直是俗字，而以為通用；雖
皆不免千慮之失，然其書酌古準今，實可行用，非詭稱復
古，以奇怪鈞名，言字體者，當以是酌中焉。[69]

段玉裁〈書後〉亦云：

顧其言字形字義，時分別不雅馴，如「羈羇」云：「上羈
勒，下羇旅」，而不知羈勒之義演之為羇旅，古無羇字也。
「屯乇」云：「上屯厄，下乇聚」，而不知屯、難也，屯聚不

(67) 唐・唐玄度：《新加九經字樣》，開成二年八月十二日牒文。
(68) 黃侃《六祝齋日記》載《華國月刊》卷二第二冊。又《黃侃日記・六祝齋日記・卷四》（南京：江蘇教育出版社，2001年8月），頁133，此本將「三」誤植為「之」字。
(69) 《四庫全書總目提要・卷四十一》（臺北：藝文印書館，民國58年3月），頁849。

散若有所難，其義相近，古無異字；亡屯又皆非正體，郭氏
《佩觿》實沿其誤。「弦絃」，云：「上弓弦，下琴絃」，
而古同用弦也。「梟梟」云：「上通下正」，而不知梟為隸
省，《五經文字》可考也。「冢塚」云：「上冢適、下塚
壟」，而不知古無是分別，且無塚字也。「丕否」云：「可丕
字與否泰字不同」，而六書絕無此説，丕字不見古籍，不知何
據也。「菫」字而曰：「菫菜」，不知菜義作「堇」也。「凍
涷」而曰：「上俗下正」，不知涷之義為水名，為涷雨，
而凍固正字也。「仚企」云：「上高舉兒，許延反，鮑明遠
《書勢》鳥仚魚躍；下企望，丘賜反」，而不知仚字本無高舉
之義，鮑氏《書勢》摘用〈景福殿賦〉「鳥企山峙」句，隸
體或寫止作山，淺者讀為許延反，而《廣韻》仚字下，「輕
舉」一義，踵其誤也。[70]

《干祿字書》所言雖未必皆是，然若此二家之説，皆以文字本義規範元孫所
云，不明元孫書有參合「實用」之例，若啚之為圖、商之為商、涷之為凍，
正皆為六朝、唐人俗寫之傳真，非涉本形本義之混用。其他所云不協者，亦
多可用當時書寫習慣解釋之，詳見《干祿字書研究》之〈斠證編〉。余嘉錫
氏《四庫提要辨證》亦嘗析述《提要》之非云：

案元孫是書，足稱詳核。《提要》所舉虫蟲、晶圖等字，
《説文》雖為二字，而俗書相亂，故元孫稱上俗下正。蓋其
體製，主在分別俗正，不盡株守《説文》，《提要》以其為
非，不免苛責古人。至於韭韮、芻蒭（芻之作芻芻，乃唐人俗體）
之例，分別通正，亦不為誤。嘗紬繹其書，凡所謂正者，並
有憑據，或本《説文》，或本經典；所謂通者，則隸省、隸

變，及增益偏旁之字屬焉；所謂俗者，乃點畫之間，略有訛誤者也。俗書韭之作韮，芻之作蒭，乃偏旁之增益，並非訛體，故不謂之俗。《提要》不考書之體例，無的放矢，多加非難，豈不為識者所笑乎？[71]

是知欲識讀此書，必先瞭解其體例，否則元孫之用心，或將昧沒而難顯矣。

(三)解字之體例：

元孫之書雖唯分俗、正、通三體，然其注解之例多矣，王昶《金石萃編》概分為六，其云：

> 其例凡六，有舉二字而注上俗下正者，功功之類是也；注上通下正者，蒙蒙之類是也；亦有二字並正者，躬躳之類是也；有兼舉二字而分疏其義者，童僮之注上童幼下僮僕之類是也；有舉三字而注上中通下正者，聰聰聰之類是也；注上俗中通下正者，茲茲茲茲之類也。[72]

然而王氏所云六例，並未盡涵元孫全書之注例，茲詳分如下：

1. 云「並正」者，如：

   鸑雛　並正

   覩睹　並正

2. 云「並正，多用上字或下字」者，如：

   襃褒　並正，多用下字。

   歌謌　並正，多用上字。

3. 云「並正」並加以補釋者，如：

---

[71] 余嘉錫《四庫提要辨證》（北京：中華書局，2007年11月），頁108-109。按：王昶跋云：「雖通卷未必折衷至當，盡合六書之義，然唐承六朝之後，書體譌謬百出，得是書綜其大概，以津逮學者，實足以輔翼經史，且其時《三蒼》、《字林》、《凡將》、《勸學》、《飛龍》諸書尚存，采擇既博，說或不同，未可概以許氏《說文》律之也。」王氏之說亦可為參。

[72] 清·王昶：《金石萃編·卷九十九》（《續修四庫全書》，上海：上海古籍出版社）。

洗洒　<u>並</u>正，上亦姑洗字，下亦洒掃字。

傃遡　向也，<u>並</u>正。

4.云「<u>並</u>某某字」，並加以補釋者，如：

俯俛　<u>並</u>俯仰字，俗以俛音免非也，然作上字為勝。

傲僥　<u>並</u>僥倖字，古堯反，相承已久，字書作傲，今不行用，僥亦僬僥字，謂南方短人也，音譙堯。

5.云「諸字從某者皆準（倣、從）某」者，如：

聦聰聰　上中通下正，諸從怱者<u>並</u>同，他皆倣此。

逢逢　上俗下正，諸同聲者<u>並</u>準此，唯降字等從夅。

囘回　上俗下正，諸字從回者<u>並</u>準此。

6.云「上某某，下某某」者，如：（音同）

沖种　上沖和，下种幼。

隋隨　上國名，下追隨。

7.云「上某某，下某某」，並加以補釋者，如：

童僮　上童幼，下僮僕，古則反是，今所不行。

麾撝　上旌麾，下謙撝字，其指撝亦作麾。

噎咽　上食噎，下咽喉，亦嗚咽。

8.云「上音某，下音某」或「上某某音某，下某某音某」者，如：（音異）

彤肜　上赤色，徒冬反；下祭名，音融。

俳徘　上俳優字，音排；下徘徊字，音裴。

9.云「上俗下正」者，如：

功功　上俗下正。

衰衷馮馮雄雄虫蟲　<u>並</u>上俗下正。

10.云「上俗下正」並加以補釋者，如：

芒邙北邙山，上俗下正，上芒刺字，音芒。

馱馱堇剷斫草，<u>並</u>上俗下正。

11.云「上通下正」者，如：

賣齎　上通下正。

鞋蹊蛙黿 　並上通下正。

12.云「上通下正」並加以補釋者，如：

兇凶　上通下正，亦懼也，許勇反。

燃然　然燒字，上通下正。

13.云「上俗中通下正」者，如：

膚膚膚　上俗中通下正。

猿猨蝯　上俗中通下正。

14.云「上俗中通下正」並加以補釋者，如：

乾乾乾　上俗中通下正，下亦乾燥。

墻牆牆床牀牀庄莊莊　並上俗中通下正，其粧扮合用此字，相承從米已久。

15.云「上中通下正」者，如：

菫菫蓻　上中通下正。

傍旁匑　上中通下正。

16.云「上中通下正」並加以補釋者，如：

麁麤麤　上中通下正，此與精粗意同，今以粗音才古反，相承已久。

17.云「俗作某或俗音某非也」者，如：

辝辥辭　上中並辝讓，下辭說，今作辝，俗作辞非也。

宵霄　上夜宵，下雲霄，俗作霄非也。

18.含夾注者，如：

年秊厘𠪨延延觜鑴鈆鉛沿船並同載鳶專專甎塼並上通下正。

塩鹽簷檐敛敛凾區音連詹詹沾霑並上通下正。

獻獻券券券字本從刀，從力古倦字建建並上通下正。

（四）「曰俗」之例：

元孫析字，有具言俗通正三體之例，據其序云：「所謂俗者，例皆淺近，唯籍帳、文案、券契、藥方，非涉雅言，用亦無爽，儻能改革，善不可加。」故知元孫書中之俗體，蓋皆用於民間，雖為淺近，若籍帳等諸類文書，非涉雅言，亦可用之，此為元孫重視實用之明證。至於俗、正二者關係如何，余嘉錫氏《四庫提要辨證》云：

> 所謂俗者，乃點畫之間，略有訛誤者也。[73]

余氏所云，未為全備，拙著《干祿字書研究》中，嘗舉證歸納為九例，引述如下：

1.省形例：

此例俗字較諸正字，於字形皆見省減，如功（功）、恭（恭）、昌（圖）、蚤（釜）等屬之。

2.益形例：

此例俗字較諸正字，於字形皆見增益，如支（支）、巨（巨）、儛（舞）等。

3.部首形近而混用例：

此例俗字較諸正字，皆因部首形近而混用，如馮（馮）、漸（漸）、凍（凍）、減（減）、清（清）、扗（柱）等屬之。

4.構字意符代換例：

此例俗字較諸正字，以新意符取代原有意符，而新字構意與原有之構造本意無大異者屬之，可分如下二種情形：
　　⑴代換意符與原意符義可通者：如墻（牆）、寵（寵）、耕（耕）等屬之。
　　⑵代換意符與原意符義不可通者：如床（牀）、舘（館）等屬之。

5.形近而混用例：

此例俗字較諸正字，皆因二字字形相近而訛混，如商（商）、嫡（嫡）等屬之。

6.隸變誤字例：

此例俗字較諸正字，皆因正字篆體於隸變過程中，字形產生訛誤，混為正字之異體，如堲（壻）、恠（怪）、寇（寇）、蛮（蠻）等屬之。

7.草書隸定例：

此例俗字較諸正字，皆因正字草省，復經隸定為正字之異體，如断（斷）、耻（恥）等屬之。

---

[73] 余嘉錫：《四庫提要辨證》（北京：中華書局，2007年11月），頁109。

8.形聲偏旁叚借例：

此例俗字較諸正字，皆因原正字之形聲偏旁，經後人叚借它字代之，而成正字之異體，如怜（憐）、鴉（鵶）、攉（搉）等。

9.純為當時書寫習慣例：

此例俗字較諸正字，皆因六朝唐人之書寫習慣，或臆通二字為一，或妄改原字之形，至無條例可尋者，如梟（梟）、乱（亂）等屬之。

元孫「解字之例」中有「俗作某非也」之例，知所謂俗者固雖通行可存，元孫意仍視其為非是，此當即為序云「儻能改革，善不可加」之意矣。

(五)「曰通」之例：

元孫序稱「所謂通者，相承久遠，可以施表奏箋啟、尺牘判狀，固免詆訶」，且又注云：「若須作文言及選曹詮試，兼擇正體用之尤佳。」故知「曰通」文字多行於文士階層，以「相承久遠」，故於表奏、牋啟等類文書可行用之。余嘉錫氏《四庫提要辨證》云：

> 所謂通者，則隸省、隸變及增益偏旁之字屬焉。[74]

拙著亦嘗舉證歸納其例如下：

1.省形例：

此例同於「曰俗」之首例，如肥（肥）、汙（汚）等屬之。

2.益形例：

此例同於「曰俗」之次例，如氐（氏）、圡（土）、迊（迎）、玏（巧）等屬之。

3.部首形近而混用例：

此例同於「曰俗」之第三例，如刧（劫）、撗（橫）等屬之。

4.構字意符代換例：

此例同於「曰俗」之第四例：

(1)意符義可通者，如猪（豬）、犲（豺）等屬之。

---

[74] 余嘉錫：《四庫提要辨證》（北京：中華書局，2007年11月），頁109。

⑵意符義無可通者，如掃（埽）、碁（棊）等屬之。

5.隸變通行字例：

此例通字較諸正字，皆因正字篆體隸變而產生之異體，於結構上較諸隸變訛字，仍存有循尋本形之脈絡者，如畱（留）、襦（襦）、聦聰（聰）、骨（骨）、賣（齎）、儒（儒）、詹（詹）等屬之。

6.隸變誤字例：

此例同於「曰俗」之第六例，如互（氐）、勘（尯）等屬之。

7.草書隸定例：

此例同於「曰俗」之第七例，如徒（徒）、安（安）、卟（叔）、此（此）、枔（於）等屬之。

8.形聲偏旁叚借例：

此例同於「曰俗」之第八例，如袮（禰）、駈（驅）、粘（殺）等屬之。

9.古今字例：

此例通字較諸正字，正字皆為仍存篆形之隸定字，而通字則依此而蛻變，雖已或失原篆之架構，卻仍保有衍化之相承關係。如年（秊）、叟（变）、並（竝）、旁（匃）等屬之。

10.因字義而添益偏旁例：

此例通字較諸正字，皆依正字之義而衍益一相關偏旁，如燃（然）、菲（韭）、薑（畺）等屬之[75]。

11.本為二字，久假混為一字例：

此例通字較諸正字，皆因正字、通字之音相同而叚借成習，遂混通字於正字，如筒（箶）、兇（凶）等屬之。

凡此十一例，與曰俗九例相較，同者過半，故元孫通、俗之分，時見混淆，如功之作功，謂之為俗；劫之作刼，則又為通；支之作支，與土作圡，氏之作氏實無相異，前者曰俗，後者曰通。它若斷（斷）與继（繼）、抂（枉）

---

[75] 菲為薑之異體，薑又為畺之異體，元孫不分云薑為畺之通，菲為薑之通，而直云菲為畺之通，全書之例如此。

與撗（橫）、皀（色）與肥（肥）等皆無大別。唯元孫既區分通俗，自有用心，其序所云通者，「相承久遠」，即二者之界限耳。或元孫整理俗、通之字，亦猶今日常用、次常用字之擬訂，嘗經資料之整理與統計矣。

㈥「曰正」之例：

元孫序云：

> 所謂正者，並有憑據，可以施著述文章、對策、碑碣，將為允當。

注云：

> 進士考試，理宜必遵正體；明經對策，貴合經注本文；碑書多作八分，任別詢舊則。[76]

故知所謂正者，字皆有據，於進士考試，明經對策，撰作碑碣當行用之；唯據其注云，知所憑者，未必《說文》，經典用字亦當包括，余氏《辨證》亦云：

> 凡所謂正者，並有憑據，或本《說文》，或本經典。[77]

拙著亦嘗舉證歸納如下之例：

1.所云正字與《說文》所載合者：

此例正字皆與《說文》所載篆體相合，於正字數中最多。如聰（聰）、功（场）、蒙（蘮）、叢（藂）等屬之。

---

[76] 唐・顏元孫：《干祿字書》（《百部叢書集成》影印明萬曆周履靖輯刊《夷門廣牘》本，臺北：藝文印書館）。

[77] 余嘉錫：《四庫提要辨證》（北京：中華書局，2007年11月），頁108-109。

2.所云正字與《說文》所載不合者：

⑴與《說文》來源不一者：

此例正字因隸源篆體與《說文》所載不同，故相見參差，如皋、發等屬之。[78]

⑵較《說文》所載更為常用：

此例正字概因《說文》所載，或已尠用，故採實用通行字為正，遂異於《說文》。如澀、藤、爵等屬之。[79]

3.所云正字不見《說文》所載者：

此例正字或因後造新字，或因經典傳承用字，《說文》雖未見，元孫仍列歸正字。如戾、儁、疊等屬之。

由上所云，知余氏《辨證》謂正字並有憑據，或本《說文》，或本經典之說，頗為可信，唯若皋、發諸字，元孫另有所憑，或更近古矣。

㈦易混字之例：

元孫序云：

字有相亂，因而附焉。

注云：

謂彤肜、宄究、禪褌之類是也。

---

[78]「皋」，《說文》作皋，隸定當作皋，然考《說文》，「本」從大十，郭忠恕「汗簡」則作傘，《類篇》作傘，故皋作皋，復變為皋，知元孫云皋為正，自有所憑，不必定依《說文》隸定作皋，方為正字矣。羅振玉《干祿字書箋證》云：「《說文》皋从本从白，此从半，誤。」（《貞松老人遺稿甲集之一》，葉十一）未允。又「發」，《說文》作發，從殳，然《干祿字書》從攵（攴）亦前有所承；發之初文當為殳，契文中有「殳」（《菁》三）、「殳」（《粹》五九三），即為殳字；攴殳二字於先秦文字或相見混，李孝定先生《甲骨文字集釋》冊三「殳」字下云：「金文从殳之字作殳，或又作殳（與攴同）。」（史語所研究專刊之五十，頁999）故殳可作發，後加聲符屮，遂為發（發）、發，然則，元孫此字似較《說文》為存古矣。

[79] 此「常用」之標準，元孫當經估量，《干祿字書》注例多見「多用上字或下字」之云，可以為證。

是知《干祿字書》有易混字辨析之例，此例字或因形近而混，或因音近而互為假借，依本節之三所列舉者，知此易混例可分「音同」及「音異」二者，拙著亦嘗舉證歸納其例如下：

甲、音同者：

1. 義同於《說文》所區分者：

此例易混字皆見載於《說文》，且元孫所區分之義，同於《說文》所云者，亦即古今義並無相異，如鍾鐘、妖祅等屬之。

2. 義異於《說文》所區分者：

此例易混字亦皆見載於《說文》，唯元孫所區分之義，已異於《說文》所云，亦即義由古而今，已或見歧衍。如隋隨、童僮等屬之。

3.《說文》所無而後世易混者：

此例易混字未全見載於《說文》，或為經典承用，或為後起之新字，因音同、形近而混，復可分為二例：

⑴全不見於《說文》者：如塗途、綵彩等屬之。

⑵或見於《說文》者：如符苻、佩珮等屬之。

乙、音異者：

1. 義同於《說文》所區分者：如宄究、餐飧等屬之。

2. 義異於《說文》所區分者：如醋酢、摘摛等屬之。

3.《說文》不全見載，形近而混者：如俳徘、祇秖、餒餧等屬之。

三、《干祿字書》為字樣學理之基礎

《干祿字書》體制雖曰不大，然由前文可知，元孫於撰作觀念、編排體例及運用之資料方面，皆見其特色，尤以此書為擬訂字樣而作，於正字之裁選及異體字之編次，顏氏所持具之原則，實正為今日探討字樣學學理之基礎也。例如：「注重文字實用」、「區分字級」、「易混字之析辨」及「以字根統類」等原則，皆為構成字樣學理體系之主要內涵，後世字樣學著作如《五經文字》、《九經字樣》、《佩觿》等書，觀念與體例當亦多承之此

書，故字史上楷書整理之全面性展開，進而匯聚成流，代見有功，實可云自元孫此書始也。劉葉秋《中國字典史略》云：

> 在篆書不用，隸楷通行之後，古今文字的形體，既有了較大的差別；而由形聲以孳乳的新字和習用的俗體，也日益增多；于是就有人注意考訂古今文字的同異：或仿唐人「字樣」的體例，著重於正字俗體的辨析；或致力於文字的形聲講變和字劃疑似的研究；或本《說文解字》以推求隸楷的變化。因此自宋以來，就產生了一些不同於《說文解字》的另一類型的字書。像《佩觿》、《復古編》、《字通》、《龍龕手鑑》、《字鑑》等，就都是這類的著作。它們和《干祿字書》實際屬於同一系統。[80]

由劉氏此言，更能證明《干祿字書》確為字樣學之重鎮，若欲研治字樣學當以此書為基礎也。

第六節　敦煌藏卷之字樣資料簡介

敦煌藏卷中存有許多與字樣相關資料，茲舉其中六種略述之，其目如下：

	藏卷編號	題目
01	斯388號	顏監字樣
02	斯388號	正名要錄
03	斯5731號	時要字樣卷下第三第四
04	斯6208號	新商略古今字樣撮其時要并行正俗釋上卷下卷
05	斯617號	俗務要名林
06	斯6204號	字寶碎金

---

[80] 劉葉秋：《中國字典史略》（臺北：源流出版社，民國73年3月），頁86。

六種文獻中，若以《干祿字書》為據，僅第一種體例性質最為相似，第二種為異體辨識，第三、四種為同音字組辨似兼具分科詞彙。第五種為分科詞彙表，第六種為流行語用字之指引。第三、四種，號為「時要」，當為「常用」之義；稱為「字樣」，指其「詞彙用字」，與「字形準繩」之「字樣」，當有廣狹義之區別，甚或宜歸屬於「俗文字學」之文獻矣。各舉部分內容以明之：

㈠《顏監字樣》：

簡介：斯388號卷子前半，原訂為《顏監字樣》，後半為《正名要錄》。《顏監字樣》有〈後記〉云：

> 右依《顏監字樣》甄錄要用者，考定折衷，刊削紕繆。《顏監字樣》先有六百字，至於隨漏續出不附錄者，其數亦多。今又巨細參詳，取時用合宜者。至如字雖是正多，正多廢不行，又體殊淺俗，於義無依者，並從刪翦，不復編題。其字一依《說文》及石經、《字林》等書，或雜兩體者咸注云「正」，兼云「二同」；或出《字詁》今文，并《字林》隱表，其餘字書堪採擇者，咸注「通用」；其有字書不載，久共傳行者，乃云「相承共用」。

此處「顏監字樣」，當即指顏元孫《干祿字書·序》所云，其伯祖故祕書監顏師古「貞觀中刊正經籍，因錄字體數紙以示讎校楷書」之《顏氏字樣》。唯據此〈後記〉，則此卷並非師古原書，或為元孫〈序〉所云學士杜延業續纂之《群書新定字樣》。元孫〈序〉嘗評杜書云：「雖稍增加，然無條貫；或應出而靡載，或詭眾而難依。」今以此書較之於《干祿字書》，或確如元孫所評，然若干體例卻隱然為《干祿字書》所本，元孫此言或乃衛護己祖，力求後出轉精乎？茲錄卷中部分為例：[81]

---

[81] 此處舉例就原卷選錄清晰者，與原卷字序未必相同。原卷字形如有保留之必要，則以原形貼示。下同。

契：正。𢍏：相承用。

奭：失亦反。𥄢：音拘，邪目視。

妒：正。妬：《說文》妒從女戶，後戶變作石，遂成下字，久已行用也。(82)

汎泛：並浮。氾：濫也。三字今並通用。汜：水名。似。

憘憙喜：樂。憘：悦也。今通用作憘好字，音許忌反。憙：炙也(83)。音僖。以上並從喜，喜音柱。(84)

昊晹晹：二同。音昊。

谿：正。溪：相承用。

舁豫：象屬也。一曰逸豫。預：安。念：亦豫音，並通用。

就此數例觀之，此書當就書中字詞，隨手錄需要辨識者而成。如為正異字組，則以正、同、通用、承用等用語區分之；如為辨似字組，則以音義說明辨似之。字詞排列未見其序。

(二)《正名要錄》：

簡介：此卷《正名要錄》接寫於《顏監字樣》後，前有題記云：

正名要錄霍王友兼徐州司馬郎知本撰。

是此書之作者為郎知本。書中所列多為寫卷中異體，分列數種情況：

1.正行者雖是正體，稍驚俗，腳注隨時消息用。如：

賢貴。北丘。

---

(82) 按段注本《說文解字》於〈女部〉將「妒」改作「妬」，注云：「各本作戶聲，篆亦作妒，今正。此如『柘』、『橐』、『矗』等字皆以石為聲，戶非聲也。」（臺北：藝文印書館，民國68年8月），頁628。杜忠誥君〈說妬〉一文，另從出土材料證明古文字本從石女會意，後形變為妒，亦有可參之處。杜文見載《紀念瑞安林尹教授百歲誕辰學術研討會論文集》（臺北：文史哲出版社，民國98年12月），頁103。

(83) 此字當作「憙」，原卷作「憘」，有修改痕跡。

(84) 此字當作「柱」，原卷右旁訛作「立」。

2.正行者正體，腳注訛俗。如：

歸 服。藕 姓。

3.正行者楷，腳注稍訛。如：

猜 瑅。瞽 瞽。

4.各依腳注。如：

章 從音。貝 從人亦從刀。

5.字形雖別，音義是同，古而典者居上，今而要者居下。如：

崧 嵩。川 坤。

6.本音雖同，字義各別例。如：

增 益。憎 惡。茲 此。滋 息益。

可見所謂「正名」者，乃謂書寫用字之準則，有如《干祿字書》之字樣性質。

㈢《時要字樣》卷下第三第四：

簡介：卷中有「時要字樣卷第四」之題，第三卷存十四行，第四卷末殘。試舉卷三部分為例：

霸：王。弛：弓。二。

怕：忄。帕：幞。🔲：分。三。

□：□。闞：姓。瞰：視。三。

淡：醶。啖：食。澹：水。三。

□：□。諒：信。恨：愴。量：四。

卷四部分：

讀：書。獨：孤。髑：髏。瀆：溝。犢：牛。（下缺）

禿：頭。誂：詆。鵚：鶖。三。

伏：甘。茯：苓。復：往。輹：（下缺）

從殘卷觀之，原當分四卷，依平上去入為序，就韻次，談列於麻後陽前，當承之《切韻》，為唐人韻書第一系。就釋字體例而言，概為同音字組之辨似，且釋字與被釋字多為複詞關係，當具有文字用法指引之功能。

㈣新商略古今字樣撮其時要并行正俗釋上卷下卷：

簡介：卷中有「新商略古今字樣撮其時要并行正俗釋下卷」之題，前後皆缺。上卷所存部分為事物名類，有分部，所錄皆為雙音節詞。下卷為單音節詞釋，從去聲始，體例如上列之《時要字樣》。茲疑原卷或據單音節詞，平上及去入分為上下卷，每卷先列單音節詞，後分科列多音節詞，皆為「時要」之語。單音節詞部分為同音字組之辨，多音節詞部分為分科知識。

試舉上卷之例：

菓子部
梨柿、□□、石榴、胡桃、林檎、搵㧖、梅杏、李奈……
酒部
春□、□□、酴醾、白醪、胡酒、蒲菊酒、醞釀、清酒、清濁……

下卷部分：

動：移。洞：穴。二。
誦：讀。頌：碑。訟：言。三。
被：服。髮：頭。綍：□上弓。俻：□。四。
穉：菟。稚：幼。穲：晚禾。緻：密。四。

所存部分，上下卷體例不同，上卷似分類詞彙表，下卷為同音字組之辨似，下卷體例同《時要字樣》。

㈤《俗務要名林》：

簡介：本卷體例有如類書，現存殘卷中分為「田農部」、「養蠶及機杼部」、「女工部」、「綵帛絹布部」、「珍寶部」、「香部」、「彩色

部」、「數部」、「秤部」、「市部」、「菓子部」、「菜蔬部」、「肉食部」、「飲食部」、「聚會部」、「雜畜部」、「獸部」、「虫部」、「魚鼈部」、「木部」、「竹部」、「草部」、「船部」、「車部」、「火部」、「水部」等。凡此分部即為「俗務」所需，可見性質仍屬識字及用字指引。每部收錄或見單詞或見複詞，並未一致。部中字詞之序，亦僅為堆砌而已。釋義或僅釋其音，未釋其義。

試舉數例，如「田農部」：

秜：田薄苗淺。虛忝反。
稆：苗自生。音呂。

「養蠶及機杼部」：

蠶：昨含反。
維子：上蘰對反。
榣：絡榣也。余照反。

「女工部」：

縈：絹縈也。於營反。
紗：所加反。

(六)《字寶碎金》：

簡介：此卷卷首留有殘序，其中有云：「今天下士庶同流，庸賢共處，語論相接，十之七八皆以協俗。既俗字之不識，則言話之訛詭矣。在（？）上者固不肯錄而示之，小學者又貪輕易而傚之，致使曖昧賢愚，蒙細無辯。余今討窮《字統》，援引眾書，《翰苑》、《玉篇》、數家《切韻》，纂成較量，絹成一卷。雖未盡天下之物名，亦粗濟含毛毫之滯思。號曰「字寶」，有若碎金。然零取救要之時，則無大改（？），而副筆濟用之力，實

敲其金，謂之碎金。開卷有益，讀之易識。取音之字，注引假借。余思濟眾
爲大，周以飾潔爲美，將指疑從來者也。成之一軸，常爲一卷，俯仰瞻矚，
實有所益，省費尋檢也。今分爲四聲，傍通列之如右。」
從此序觀之，本書之纂，原爲記錄當時流行語彙用字而編，仍無正俗對比之
問題。

　　試舉數例觀之：

肥尫尵：烏懷反、丑乖反。
人瞠眼：丑更反。
面皵風：支加反。
笑哯哯：由伊反。
語謺謺：音西。
物謺謺聲：音西，破疊聲也。

　　綜觀以上六種，前二種具正異區別，可列屬《干祿字書》類之字樣書；
第三、四種稱「字樣」者，爲同音辨似字組，並兼具分科詞彙表之性質。
第五、六種，一爲分類語詞之百科，一爲流俗語之用字指引。廣義而言，凡
爲用字指引，具辨似功能者，皆可列屬《干祿字書》之字樣系列，如純爲詞
彙表者，不當列屬之，然於中古詞語演變之參考，則頗具價值，或當歸屬於
「俗文字學」矣。

第七節　今日字樣學之新發展

　　字樣整理爲歷代之所需，若論今日字樣之整理成就，最重要者莫過於教
育部所整理之標準字體。此套字體之研訂，不但承前人之遺緒，更因處於電
腦科技發展之際，成爲中文電腦內碼及字形編輯之所據，影響之大，顯非前
人之所能及。茲從研訂歷史、原則及資訊利用等方面析述如下。

一、標準字體研訂簡史

教育部標準字體於民國七十一年九月研訂公布後，廣受各界注意，國立編譯館亦配合推廣，逐年將國中小學課本改用標準字體排版，以期於紛紜用字狀況中建立共同標準。這套標準字體的研訂歷經十餘年，包含常用、次常用、罕用及異體四個字表，共計四萬餘字，並因應電腦運用需求，日漸新發展。茲將研訂簡史臚列於下：

1. 民國五十八年（1969），教育部奉中央指示運用科學方法整理國字。
2. 民國五十九年（1970），教育部訂定研訂公布常用字，制定標準字體，以劃一印刷字體字模政策。
3. 民國六十二年（1973），教育部正式委託國立臺灣師範大學國文研究所成立專案小組，負責研訂國民常用字及標準字體。
4. 民國六十四年（1975）九月十五日教育部社教司印行《國民常用字表初稿》，分贈各界參考，計收4,709字。
5. 民國六十七年（1978）教育部將字表定名為「常用國字標準字體表」，五月二十日印行，字數改為4,808字，內收「教育部社會教育司委託國立臺灣師範大學國文研究所研訂常用國字及標準字體總報告」一文。
6. 民國六十八年（1979），行政院函交中央及各界對標準字體之修訂意見，經修訂137字，委由正中書局印製《常用國字標準字體表（訂正本）》試用本。六月出版。八月一日教育部公布該表試用三年，期滿修訂後正式頒布使用。
7. 民國七十年（1981），教育部印製《次常用國字標準字體表稿》。
8. 民國七十年（1981）三月二十九日教育部再印行《次常用國字標準字體表稿》7,894字，附異體字表稿2,845字。

9. 民國七十一年（1982）九月一日，教育部公告《常用國字
   標準字體表》試用期滿，自公告之日起啓用，該表凡收
   4,808字。並於九月二十日公告《次常用國字標準字體表》
   試用三年。十月，教育部印行《次常用國字標準字體表》
   6,332字，內附9個單位詞，4,399罕用字。
10. 民國七十二年（1983）十月，教育部印行《罕用國字標準
    字體表》18,388字。
11. 民國七十三年（1984）三月，教育部印行《異體字表》
    18,588字。補遺22字。
12. 民國七十六年（1986）委託國立臺灣師範大學國文研究所
    進行《次常用字表》的修訂，修訂成果與其他三個字表委
    請專人以毛筆楷體書寫。

以上即為教育部研訂標準字體之經過。爾後進入電腦製作字型時代，標準字
體更成為中文電腦字集納編之依據。

二、標準字體的研訂宗旨

教育部標準字體之研訂宗旨，可分為四大項：

1. 國語文教育及學術研究之需要。
2. 國民生活使用之需要。
3. 中文資訊輸入、編碼及字型之需要。
4. 「姓名條例」之需要。

其內涵如下：

1. 期盼國語文教育於文字教學上，由亂趨整，樹立標準，使學生識字與
   寫字，不因字形分歧而增添學習之困擾。

2.期盼理出新時代之用字標準，文字使用既經「約定俗成」，則如何理出代表今日之「用字標準」，從實用及學術研究立場觀之，皆甚重要。

3.期盼生活訊息傳播之用字標準趨於精準與便利。用字如不統一，常致使訊息交流，產生不必要的障礙與誤會。

4.期盼建立字形標準，提供資訊界作為輸入、編碼及字型（pattern）之規範。以免各行其是，徒增業界及使用者之困擾，並造成中文電腦發展之阻礙。

5.期盼確定姓名用字之範圍，使民眾命名時有所依循，以免造成識辨及資訊處理之困擾。

由以上所述，可知教育部標準字體研訂目標包括教育、學術、實用，及資訊等方面。若進一步探述，此四項目標所揭示之文字教育政策亦有四：

1.承繼歷史傳統，進行當代正字運動。
2.釐清異體使用，精簡及統一文字。
3.逐級整理文字，保存文字資料。
4.協助電腦發展，建立依循規範。

然則，標準字體之研訂乃時代之所需，而非反流行；乃排除用字之困難，而非增加困擾；乃保存文字之資料，而非廢除固有文字；乃符合資訊之需求，而非成為障礙。

三、標準字體研訂之原則與實例

㈠常用字之選擇：

民國六十二年二月一日，教育部委託國立臺灣師範大學國文所開始研訂「標準字體」，根據民國六十七年五月訂正之《常用國字標準字體表・前

言》(85)所述，當時參用之主要參考資料計有：

1. 中文大辭典
2. 中華大字典
3. 辭海
4. 辭源
5. 辭通
6. 康熙字典
7. 說文解字詁林
8. 正中形音義綜合大字典
9. 佩文韻府
10. 駢字類編
11. 聯綿字典
12. 國語辭典
13. 詩詞曲語匯釋
14. 甲骨文字集釋
15. 新聞常用字之整理
16. 國民學校常用字彙研究
17. 國民中小學教科書
18. 高級中學文史教科書
19. 中央日報
（60年1至4月合訂本）
20. 聯合報
（61年5至8月合訂本）
21. 香港時報
（61年9至12月合訂本）
22. 讀者文摘
（61年1至6月合訂本）
23. 中央月刊
（61年7至12月合訂本）
24. 兒童月刊
（61年7至12月合訂本）
25. 中華雜誌
（61年1至12月合訂本）
26. 綜合月刊
（61年1至6月合訂本）
27. 國語日報
（61年1至6月合訂本）
28. 教育部常用漢字表
29. 日本基本漢字
30. 角川常用漢字字源辭典
31. 金文正續編
32. 段注說文解字

(85) 教育部：《常用國字標準字體表（訂正本）》（臺北：正中書局，民國68年6月）。

33.說文叢刊第一輯　　　　41.歷代書法字彙

34.五經文字　　　　　　　42.中國書法大字典

35.九經字樣　　　　　　　43.金石大字典

36.干祿字書　　　　　　　44.金石字鑑

37.龍龕手鑑　　　　　　　45.辭彙

38.字彙　　　　　　　　　46.最新遠東漢英辭典

39.正字通　　　　　　　　47.王雲五綜合辭典

40.常用字彙初稿　　　　　48.國民小學教科書字彙統計表

49.國民學校現行國語課本國字初現課次及重現次數之分析研究

選字步驟如下：

⑴編訂「總字表」：列出十五種資料，逐本調查所出現之字，再累計單
　字之總出現次數，作為選字參考。此十五種資料如下表：

代號	書名	出版者	字數
	中文大辭典	中國文化研究所	49,905
A	日本基本漢字	三省堂	3,000
B	國民學校常用字	國立編譯館	3,861
C	教育部常用漢字表	教育部	3,451
D	古代漢語	泰順書局	1,086
E	角川常用漢字字源	角川書局	1,967
F	甲骨文字集釋	中央研究院	1,607
G	金文正續編	聯貫出版社	1,382
H	辭源	商務印書館	11,033
I	辭海	中華書局	11,769
J	國語辭典	商務印書館	9,286
K	形音義綜合大字典	正中書局	7,412
L	王雲五綜合詞典	商務印書館	6,788
M	辭彙	文化圖書公司	9,766
N	最新漢英辭典	遠東圖書公司	7,250

根據上舉「前言」的說明，此十五種資料，除《中文大辭典》代表總字數

外，其餘十四種可以分為三組：A－C可以為常用字的藍本；D－G為字源的依據；H－N為通行字的代表。綜合這三組資料，如三組兼備者，可視為第一級；A－C與H－N兩組兼有為第二級；A－C與D－G兼有者為第三級；D－G與H－N兼有者為第四級。以此結果作為字級挑選的參考。

　　⑵編訂「常用字表」：利用當代書刊雜誌，擇要抽樣調查最常用字，作為選取常用字之參考。使用資料包括：

　　　①國民中學《國文》、《歷史》、《地理》、《生物》、《公民》等各擇一課為樣本，選樣原則以專業名詞出現最少之課文為主。

　　　②高級中學《國文》、《歷史》、《地理》三種課本各抽一篇或一章為樣本，原則如上。

　　　③《中央日報》、《聯合報》、《國語日報》分擇國際版、社會版、副刊、廣告各一版為樣本。

　　　④《兒童月刊》、《中華雜誌》、《讀者文摘》、《香港時報》，各取其中一篇為樣本。

　　工作時，將資料逐字剪開、建卡、歸納、統計，製成表格，如：

等第	字體	注音	總數	備註
129	體	ㄊㄧˇ	153	

　　表中之「等第」是指出現總數之排序，「總數」即為出現次數之總計。

　　⑶編訂常用字資料來源及其出現次數表：將「總字表」B－N中出現較多之字挑選7,980字，結合「常用字表」，並併入《國民學校常用字彙表》之字頻統計，製成如下之表：

等第	字形	字音	出　現　情　形																擬等級
			A	B	C	D	E	F	G	H	I	J	K	L	M	N	O	P	
33	化	ㄏㄨㄚˋ	○	○	○	○	○	○	○	○	○	○	○	○	○	○	○	602	常

　　表中代號「O」是指「常用字表」，「P」是指《國民學校常用字彙表》。除「P」以外，所有資料之呈現情形皆以「○」號表示之。

(4)編訂《國民常用字調查表》：以「常用字資料來源及其出現次數表」
　　所選定之7,980字為基礎，將「常用字表」與「國民學校常用字彙
　　表」二者出現次的總和作為總出現次。依出現總次之高低排序，合併
　　正俗字，選其中最常用的4,709字製成此表。此為初步統計結果，民
　　國七十一年公布時，修訂為4,808字。

(二)標準字體之研訂：

　　根據七十一年公布的《常用國字標準字體表》說明部分所載，確定標準
字體原則有五，略引如下：[86]

1. 字形有數體而音義無別者，取一字為正體，餘體若通行，
　　則附注於下。例如：
　　「才」為正體。「纔」字附見，並於說明欄注明：「方才
　　之才或作『纔』。」
　　選取原則如下：
　　(1)取最通行者。例如：取「憀」不取「忴」。
　　(2)取最合於初形本義者。如：腳、脚今用無別，取「腳」
　　　　不取「脚」。
　　(3)數體皆合於初形本義者，選取原則有二：
　　　　①取其筆畫之最簡者，如取「舉」不取「擧」。
　　　　②取其使用最廣者，如取「炮」不取「砲」、「礮」。
　　(4)其有不合前述體例者，則於說明欄說明之。例如：
　　　　「麵」、「麪」皆通行，取「麵」不取「麪」，並於說明
　　　　欄注明：「本作麪。為免丐誤作丏，故作此。」
2. 字有多體，其義古通而今異者，予以並收。例如：「間」
　　與「閒」，「景」與「影」。古別而今同者，亦予並收，
　　例如：「証」與「證」。
3. 字之寫法，無關筆畫之繁省者，則力求符合造字之原理。

[86] 據教育部：《常用國字標準字體表》（臺北：正中書局，民國71年5月）。

例如：「吞」不作「吞」，「閨」不作「潤」。

4. 凡字之偏旁，古與今混者，則予以區別。例如：

日月之月作「月」（朔、朗、期），肉作「月」（肋、肯、胞）

艸木之艸作「艹」（草、花、菜），ㄗ作「艹」（歡、敬、穫）

5. 凡字偏旁，因筆畫近似而易混者，則亦予區別，並加說明。例如：

舌（甜、憩、舔）與舌（活、括、話）

壬（任、妊、茬）與王（呈、廷、聖）

以上可視為此次訂字樣的基本原則。由此五條原則可以得知：

1. 標準字體之選用乃就現有字形加以挑選，並非另創新形。
2. 標準字體之研訂或從古，或從俗，皆以符合六書原理為原則。
3. 標準字體之選取具涵教育意義，通行字體仍見原有字構者，優先考慮。

至於字形標準之研訂，則另有詳細原則。除究於文字學理外，另參考書法、美術、印刷、電腦等專家意見。由此可知，標準字體研訂「既循造字原理，兼顧從俗」之態度，堪稱嚴謹。標準字體研訂工作，歷經十餘年，參與工作之主要人員為：林尹教授、李鍌教授、王熙元教授、左松超教授、李殿魁教授、陳新雄教授、張文彬教授、許錟輝教授、黃慶萱教授、姚榮松教授、陳善相先生，以上為委員；編輯則有：文幸福、許學仁、曾榮汾、陳韻等。

四、標準字體與國內中文電腦之發展關係

教育部所研訂之標準字體與中文電腦發展之關係，可由下列歷程得知：

1. 民國七十年九月行政院訓令由教育部、國科會、主計處電子中心、中標局聯合制訂中文標準碼。

2. 民國七十一年國科會、教育部、中標局、主計處電子中心聯合訂成「中文資訊交換碼」常用字部分，並附40＊40宋體標準字體點陣字4,808字。

3. 民國七十五年中標局《通用漢字標準交換碼》（CNS11643）納編常用及次常用字，共計13,051字，成為各中文系統內碼納編字數標準。

4. 民國七十九年（1990）教育部經過公開招標評比後，於八十年委託華康科技公司製作《常用字表》及《次常用字表》楷、宋、黑、隸等體之電腦母稿。

5. 民國八十年（1991）教育部將《常用字表》及《次常用字表》毛筆本少量印行，作為製作電腦母稿之藍本及提供資策會擴編中文內碼交換碼（CNS11643）參考。

6. 民國八十一年五月中標局《通用漢字標準交換碼》（CNS11643）修訂續納編罕用及異體字，共計48,027字。

7. 民國八十二年（1993）六月，教育部經委託華康科技公司研製楷書及宋體字母稿完成，公布了《國字標準字體楷書母稿》11,151字（包括常用字4,808字，次常用字6,343字），及《國字標準字體宋體母稿》17,266字（包括常用字4,808字，次常用字6,343字，罕用字3,405字，異體字2,455字，附錄255字）。

8. 民國八十三年（1994）七月，教育部公布《國字標準字體楷體母稿》13,051字、《國字標準字體宋體母稿》17,266字、64＊64點陣格式電腦檔（13,051字）、字形電腦檔（13,051字，不含驅動程式）。

9. 民國八十三年（1994）七月，教育部編訂《標準字體教師手冊》，供教育界教學參考。

10. 民國八十五年（1996）四月教育部公告《常用國字標準字

體筆順手冊》，內容為教育部4,808個常用字之楷體字形書
寫筆順。

11.民國八十五年（1996）八月二十六日，教育部公告「教育
部審查國字標準字體實施要點」，以部頒之國字標準字體
為準則，接受電腦業界研發、製作中文字體軟體審查要
點，截至八十八年五月止，已有文鼎科技開發股份有限公
司研發之「文鼎標準楷體」通過審查。

12.為配合國際標準組織ISO 10646「廣用多八位元組編碼字元
集」國際標準擴編作業，民國八十八年（1999）五月，教
育部公告《國字標準字體宋體母稿增補編》，包括國字標
準字體5,879個宋體母稿（罕用字3,989字，異體字1,824字，
附錄字66字及684個CNS 11643中文標準交換碼之符號）、
True type格式字形檔。

13.民國八十九年（2000）至民國九十一年期間，教育部協助
行政院主計處，進行「國家標準交換碼第三、四、五字面
楷體向量字型」審查事宜。

14.為配合電腦發展為視窗環境，教育部於民國九十一年
（2002）起，進行「國字標準字體楷書母稿字形數位化製
作案」，於民國九十二年公布「教育部標準楷書」向量字
形，計13,067字。經民國九十五年重新包裝成可在Windows
95/98、Windows 2003、Windows XP系統、Apple及Linux等
系統中可使用的字庫。

15.民國九十二年（2003）經濟部標準檢驗局函請本部建置
「宋體向量字形」，供該局修訂CNS 11643「國家中文
標準交換碼」列印碼本之依據。教育部於民國九十二年
（2003）起，進行「教育部國字標準字體宋體字」字形數
位化製作，內容包括CNS 11643第一至第七字面之48,027個
宋體向量字形。至民國九十四年（2005）十二月完成，其
中，第一字面與第二字面共計13,051字，採用Big-5編碼方

式，包裝成字庫檔，並公開於教育部網站，供各界下載使用。

16.為配合電腦雙位元組字碼（Unicode 2Byte）的環境，民國九十五年（2006）七月，教育部宋體向量字形再進行「CJK雙位元組字碼區」字形庫的包裝，此字形庫計有20,902字，民國九十六年（2007）四月，公布於教育部網站，供各界下載運用。

由以上過程可知，教育部此套標準字體已成為國內中文電腦編碼所據及字型之標準。由此發展，既便於使用，亦利於業者開發，而且勢將使「教育課本」、「新聞媒體」、「一般書籍」及「電子媒體」等，所用字型齊一，古人所謂的「書同文」時代即將來臨。復因此套正字，兼承傳統，與「傳統文獻」用字差異不大，浩瀚古籍亦可藉此存錄，此套標準字體所能顯現之資訊功能無可限量。

以上即為教育部研訂標準字體及與電腦結合，並以茲推廣之簡史。在此階段，長期負責電腦字形審訂之主要成員為：李鍌教授（召集人）、李殿魁教授、陳新雄教授、許錟輝教授、張文彬教授、傅佑武教授、曾榮汾教授等。

五、標準字體研訂之檢討與改進

教育部此套標準字體自公布後，雖受各界重視，細究之，仍有許多問題有待檢討與改進。茲舉數點簡論之：

1.字級統計，應適時更新。
　　此套字體字級之統計依據六〇年代環境，但時代變遷，原分字級未必符合今日情形，因此未來應逐年公布年度字詞頻統計報告，除供教育界及資訊業界參考外，常用、次常用等字級當亦可隨之調整。
2.文字資料，當繼續擴充。

中文字資料若從文獻觀之，當不止四字表所納編之數，且
文字使用代見新增，為使此套字體涵括所有古今用字，文
字資料當繼續整理擴充，以期盡括所有中文字形。教育部
《異體字字典》雖已初見其功，仍後續維護，更形重要。

3. 字型美觀，應持續修飾。

此套字體之美觀上或仍有可再努力之處，如字構之胖瘦、
高低比例，或同一部件在不同字構中之筆形變化，應持續
聘請專家，予以調整與修飾。

4. 字體研訂史料，應彙編整理，以供研究參考。

此套字體之研訂歷史逾二十年，從最早資料之剪貼至電腦
字型檔之研發，其中經過，堪稱為中國文字現代化之最重
要歷程。此項工作亦可謂為今日字樣整理最重要之成就。
因此，教育部當著即動手收集相關文獻（包括計畫書、研
訂底稿、詳細研訂原則、不同版本之字表、工作大事紀、
工作人員名單等），彙編成冊，以供語文研究所需。

凡此四點，皆為今後可再努力之方向，盼能使此套字樣更臻理想。

第八節　治字樣學當由《說文》始

從以上各節析述，可以得知，字樣學為文字學之分支學問，基本學理
皆據文字學而有所發揮，故欲治字樣學，當先識文字學，仍以《說文解字》
為要。蓋許慎〈敘〉中所言，諸如文字混亂、用字道德、文字整理、整理體
例等，無一非字樣學所當研究者，可見許氏編纂此書時，當具擬訂字樣之
觀念，誠如潘師石禪所云，「確立標準字形」為《說文》之成就。[87] 許氏
〈敘〉中所提東漢文字之亂，是為《說文》編纂之背景；世人妄解文字，是
為許氏正本清源之動機；段玉裁云：

---

[87] 見本章第四節引，參注 (27)。

以滋蔓之俗體說經，有不為經害者哉？此許自言不得不為
《說文解字》之故，孟子曰：「予豈好辯哉？予不得已
也。」古聖賢作述皆必有不得已焉。[88]

由此可知，整理文字，以求學術傳述之正確，正為許氏整理字樣之用心。
《說文》收字，並非全然守古，其敘篆文，合以古籀，然亦兼收如「罪」、
「對」等字，潘師云：「至於標準字體，經過時俗更改，他也時時採
錄。」[89]正為許氏能知「時宜」之證。又以五百四十部首，理分群類，分
別部居，「凡某之屬皆从某」，正為許氏呈現字樣之體例。凡此，概與後世
字樣學理無異也，故曰治字樣學當由《說文》始。本書一至四章，多述《說
文》理念，質言之，即謂治文字學當發軔於《說文》，今從字樣學觀之，亦
乎如此，許氏之成就幾涵括文字學諸領域矣。

　　然而誠如唐蘭所云，後世所謂之「字樣學」，自楷書而後興，因此若
論字樣學理之成熟，仍當以《干祿字書》最為重要。其中注重文字實用之原
則、區分字級之原則、易混字之析辨原則、以字根統類之原則等，正為今日
研訂字樣之所據。拙著《字樣學研究》曾進一步綜理字樣學之基本學理，包
括：

一、異體字之認識

　　字樣之研訂，立基於異體字，故認識異體字，當為首要。此其間包括
異體字定義，異體字滋生之因，如創造自由、取象不同、孳乳類化、書寫變
異、書法習慣、訛用成習、譌例成俗、政治影響、適合音變、方俗用字、行
業用字等，並當析解異體字所具涵之六書觀。[90]

---

[88] 漢・許慎著，清・段玉裁注：《說文解字注》（臺北：藝文印書館，民國62年8月），頁771。
[89] 潘重規先生：《中國文字學》（臺北：東大圖書公司，民國82年3月），頁18。
[90] 參曾榮汾：〈異體字六書觀初探〉（第十九屆中國文字學學術研討會論文，民國97年5月）。

二、正字之選擇

　　字樣以講究正字為主，故正字之名義及標準應為明確。依字書見解，概可分為「說文派」及「時宜派」二者。宋張有《復古編》屬前者，顏元孫之整理屬於後者。拙見將正字涵義歸結為三：

　　1.本字，即文字初創，首次之「約定俗成」標準。
　　2.後世「約定俗成」標準，仍承過去構字源流者，如籀變篆、篆變隸，亦為正字。
　　3.本字已不見用，而今雖用假借字、或後起新字，如前、暮、薪、燃、趾之類，文字學上稱為「後起本字」，亦當列屬正字。

三、分級整理之原則

　　元孫《干祿字書》將文字分「正」、「通」、「俗」三級加以整理，其序云：「具言俗、通、正三體。」換言之，元孫乃採「字組」觀念將異體、正體並列顯示，此種字組整理法，正見元孫並非只取正而捨異。蓋文字使用，需經「約定俗成」，社會各階層之約定俗成標準亦如古今之異，未必如一，故字樣之擬訂，應是「引導」重於「強制」，元孫所謂「儻能改革，善不可加」，正是此用心也。此種既尊重各階層之用字立場，又能兼顧文字正確使用之引導用心，正為元孫分級整理文字最可貴之處，亦正是字樣學異於傳統文字學旨趣之所在。

四、易混字辨似之體例

　　元孫字書為字樣學所留下之學理，除正字、異體、時宜等觀念及體例外，對於易混字之辨似亦見相當之發揮。蓋文字者乃語言之記錄符號，而語言之傳達，語音是其媒介，故當文字錄其語音之際，能達形音義結合者，固為「正字」，然中國文字同音既多，形近亦繁，或因囿於學識，或因出於倉

促，混用他字以為正，致使通假為隔，形訛成障。小者令語意傳達無法通暢，大者足以使學術訊息發生偏誤，更遑論「前人所以垂後，後人所以識古」也。字樣者，既為文字書寫之準繩，實即欲樹文字使用之正確標準也。故除正體、異體之講究外，形似、音似字之區分，亦為不可忽視之主題。甚或可言，弗有易混字之辨似，難使字樣整理獲致確實之效果，因必先能選擇正確使用之字，而後方能論及正確形體之所在矣！

五、異體字例整理之觀念

文字於紛歧中有其條例，雖未能盡括所有現象，卻可收以簡馭繁之功。元孫書序云：「偏旁同者，不復廣出。」自注云：「謂忩、殳、氏、回、臼、召之類是也。」觀其書平聲：

聰聰聰　上中通下正，諸從忩者竝同，他皆倣此。
殳殳　　上俗下正，諸從殳者竝準此。
互氏　　上通下正，諸從氏者竝準此。
囬回　　上俗下正，諸字有從回者竝準此。

「諸從忩者竝同」意即凡忩者，偏旁皆可變化作忩，正則從忩，其餘類推。元孫立例觀念頗為明確，而此種科學整理觀念，於異體字之整理，如執綱領，十分重要。

凡此五點皆為討論字樣學所當意及者。除此之外，對於字樣資料亦應廣予蒐錄。例如，對於歷代文獻，凡涉及字樣觀念者，自當一併參考。再則，字樣之研訂，代見時宜。今日之字樣更因有電腦之使用，乃古人所無法意及者，其重要猶如刻版之行用，故今日字樣觀既見承古，更應創新，方符時代需求。若論治學之始，則宜由《說文》始，許氏編纂此書，既有擬訂字樣之觀念，為求與整體文字學理結合，當以此為階，拾級而登也。

另者，民國九十年六月教育部正式公布《異體字字典》，則為今日字樣整理之另項成就。其以常用、次常用及罕用三正字表為綱領，集古今六十二

種文獻，蒐羅其中之異體資料，彙編成十餘萬字之大字庫，並且析形解義，可謂自古以來未見之宏構。當然就漢字之龐雜而言，其中資料或未必為全，然自《說文》以來，歷代重要之字韻書概存其間。今日若欲研究字樣，如能自《說文》始，並以此字典為參，信字樣學之發展，必能日漸宏發，蔚為文字學之重要領域矣。

　　《異體字字典》之網址為：http://dict.vriants.moe.edu.tw。[91]

---

[91]　參見曾榮汾：〈教育部異體字字典之析介〉（《辭典學論文集》，臺北，辭典學研究室，民國93年12月），頁337-355。

第六章
古文字學概要

第一節　古文字學之名義與範疇

　　古文字學是研治古文字之學問。然則,何謂古文字?廣義言之,異於今字之前之文字皆是;狹義言之,則指商周古文為中心之文字。今日學界概以後者為主。古文字定義既定,則其範疇理當包括商代文字、周代文字、戰國文字及秦漢文字。商代文字以甲骨為主,周代文字以金文為主,戰國文字以簡牘為主,秦漢文字以簡帛為主。當然除此之外,各階段亦見其他材料,不過習慣上仍以其最大宗為主。

　　古文字材料出土之事涉及考古,出土後識認涉及考釋,考釋正確與否涉及語言,語言解讀涉及歷史,歷史解說涉及文化,其中字形演變涉及字史。凡此,匯聚成流,古文字學應然而生。其中包括文字學、考古學、語言學、文化學、歷史學等各種學問,總體言之,則以重建上古史為目的。由此亦可知古文字學之重要,亦可知古文字學研治之不易。

　　古文字學發展過程,民國二十四年(西元1934年)唐蘭《古文字學導論》一書實為標竿。其後學者談古文字學總論者,皆不出其範疇。茲謹藉其內涵,說明古文字學之名義及範疇。唐書分為上下編,上編目次為:

一、古文字學的範圍和其歷史
　　甲、古文字和近代文字的區別
　　　乙、古文字的四系
　　　丙、古文字的材料
　　　丁、古文字材料的發現和蒐集
　　　戊、古文字學略史
二、文字的起源和其演變
　　甲、原始時代的中國語言的推測

五、研究古文字的戒律

六、應用古文字學

　　甲、古文字的分類——自然分類法和古文字字彙的編輯

　　乙、研究古文字和創造新文字

　　綜觀唐書，論及緣起、觀念、材料、方法、期許五大重點。今日若欲談述古文字學，材料之豐富，已非唐氏當日可比，觀念、方法亦見不同，儘管如此，大概架構，仍不出唐氏所訂。故本節引唐氏說，作為名義及範疇之補充，下文亦循其脈絡，擇要說明古文字之發展概況，謹就材料、方法和相關研究課題作一析述。

第二節　古文字學材料之介紹

　　古文字學之研究首重材料，所以欲究其內涵，應以目前已發現之材料為研究範疇。就其數量多且內容豐富者論，概可分為四類：

　　一、甲骨文

　　二、金石文

　　三、簡牘

　　四、帛書

此四類材料之分布，由商至漢初。漢初之際，篆隸交替，出土材料，文字流緒仍見古意，故納之此段。然則若以材料所屬時代論，則可分為：

　　一、商代文字

　　二、周代文字

　　三、戰國文字

　　四、秦漢文字

此即為今日研治古文字學之學術範疇。然而歷代所存材料，不管為特殊或一

般用途,皆為殘編,今日所能為者,亦僅藉一斑,略窺全貌而已。

　　本來凡是古器物中,有書寫文字者,如陶文、璽印、貨幣、兵器、石刻等,皆當屬於古文字研究之材料,然若論及數量及內容,則以甲骨、金文、簡牘及帛書四類為要。本節即以此四類為主,概介其性質及出土情形。其中甲骨,主要用來研究商代文字,然商代亦見金文;反之,周代文字研究,主要藉用金文,然其中又旁涉甲骨。至於第三、四類,簡帛時代幾皆重疊,主要用來研究戰國至漢初之文字,惟其性質各異,發現之數量有別。另於金文部分兼及石刻,合稱為「金石文」。

一、甲骨文

　　古文字學中所指之甲骨文,主要是指在河南安陽小屯殷墟所挖掘出土之龜甲和牛骨材料(間有鹿頭骨、虎脛骨、象肩胛骨及人頭骨)。此地屬於商代後期之國都。甲骨出土時間甚早,然被識認為商代文字則晚至清光緒二十五年(西元1899年)。

　　根據董作賓先生《甲骨學六十年》所記,光緒二十五年後,至民國十七年,安陽小屯計有九次挖掘,總數當在八萬片以上,多為民間所為,亦多為私人所藏。民國十七年以後,至二十六年,約十年間,中央研究院共從事挖掘十五次,主持者為李濟、董作賓、郭寶鈞、石璋如等人。此為公家有系統之挖掘,在觀念、技術與時俱進中,所獲致之成果相當可觀。即以第十三次對小屯北地挖掘為例,董先生說:

　　這一次工作……得完好無缺的儲藏甲骨文字窖藏一所,坑為圓形,徑約二公尺,深一公尺餘,滿貯龜甲。此一坑中有完整的龜腹甲二百餘版,編號共為一萬七千八百零四片。就原坑未經擾亂及數量之多而言,實打破甲骨文字出土以來最高的紀錄。其中用朱墨寫的文字,刻劃卜兆之法,均為甲骨學上重要發現。遺址方面,得版築基址四處,寶窖一百二十七處,墓葬一百八十一處,其中有車坑、馬坑、殺頭、跪葬、牛、羊、犬坑等,又有建築前之水溝遺跡。所得重要遺物,

有完整之陶器、銅范；銅器有車馬飾；玉器有佩帶物等。[1]

此坑編號H127。單此一次發現，即勝前期九次之收穫，由此可知此十五次收穫之豐富。至於六十年（西元1899～1959年）來甲骨到底有多少材料？董先生根據見於著錄者、未著錄之材料，估計約在十萬片之譜。[2]中研院挖掘第一次至第九次材料，共獲帶字龜甲4,411片、字骨2,102片，共6,513片，董先生據而採字甲2,467片、字骨1,399片，計3,866片，編成《小屯‧殷墟文字甲編》，民國三十七年出版。第十三次至第十五次挖掘，獲字甲18,307片、字骨98片，共計18,405片，董先生擇其要者編為《小屯‧殷墟文字乙編》上中下三輯，分別於民國三十七年及四十三年兩次出版。後來張秉權將《乙編》零碎龜甲綴合，出版《殷墟文字丙編》上中下三輯六冊，計收632版，分別於民國四十六年、四十八年、五十六年出版。

在此之後，殷墟甲骨仍見出土，規模最大者，當推1971年及1973年「小屯南地甲骨」及1991年「花園莊甲骨」兩次之挖掘。

大陸在西元1971年及1973年，於小屯南地進行兩次挖掘，出土帶字甲骨四千多片，由中國社會科學院考古研究所編《小屯南地甲骨》一書，1981年出版。1991年，考古研究所又於殷墟花園莊東地挖掘一個編號91花東H3甲骨坑，出土甲骨1,583片（腹甲1,468片、背甲90片、卜骨25片），其中帶字之龜甲684片、牛骨5片。考古研究所編成《殷墟花園莊東地甲骨》一書，收錄甲骨561片，分為六冊，2003年出版。根據孫亞冰〈百年來甲骨文材料統計〉，自1899年王懿榮發現甲骨文至2004年底，海內外出土及收藏之甲骨文材料共十三萬片。[3]

此批材料年代主要從盤庚遷殷（西元前1384年）至帝辛亡國（西元前1112年），二百七十三年間，是研究殷商歷史最直接之史料。

殷墟甲骨主要是指龜背甲、龜腹甲、牛胛骨三種。使用時，須先經磨

[1] 董作賓先生：《甲骨學六十年》（臺北：藝文印書館，民國54年6月），頁38。
[2] 董先生統計為96,118片，見《甲骨學六十年》（臺北：藝文印書館，民國54年6月），頁135。
[3] 孫亞冰：〈百年來甲骨文材料統計〉，《故宮博物院院刊》2006年第1期（總第123期），頁24-47。

治。如龜背甲，去鱗，中剖為兩半；牛胛骨須去骨突。所有用來占卜之甲骨，應皆經去脂、漂白等過程。占卜時，先於甲骨之背以鑽挖成圓形之鑽及橢圓形之鑿（亦見於正面鑽鑿者），再以火灼鑽，爆裂出「卜」之裂痕，名為「兆」。兆之次序及情況，刻於兆旁，稱為「兆辭」。占卜後之紀錄，完整者包括占卜時、地及占者之名之「前辭」；所問問題之「貞辭」；吉凶判斷之「占辭」；應驗情況之「驗辭」等。連同記錄於骨臼、甲橋等處，用來表示甲骨來源、磨治者、保管者之「署辭」，構成甲骨卜辭之全部。研治甲骨文即以此為對象。

　　除殷墟甲骨之外，另見西周甲骨。西元1954年，首次於山西洪桐縣坊堆發現，後陸續於北京昌平縣白浮、陝西長安縣豐鎬遺址和扶風、岐山兩縣間之周原遺址。其中以周原數量為最，單是岐山縣鳳雛一地即出土一萬多片，帶字者約三百片。此批甲骨的年代早自文王，晚至昭王、穆王。文王時期之卜甲，文例近殷墟卜辭，形制則有所不同。如肩胛骨上多作圓鑿，龜甲上多作方鑿。《周禮・卜師》曾記載周之卜甲有「方兆」，當即指此類方鑿而言。另此批甲骨，上有由一至十之數字所組成之卦，六個為一組，當是後代陰陽爻卦之原形。[4]

　　甲骨材料研究者大概皆以拓本、摹本或影本為據，鮮有機會直接摹挲原物，三種版本各有優劣，為求存真，三者兼俱乃最佳之途徑。[5]

二、金石文

㈠金文：

　　古文字學上之「金文」，指青銅器上之銘文而言，由此可知，欲研治金文，當先對銅器所有認識。青銅乃銅、錫之合金，於銅內加錫，可使硬度提升。中國使用青銅歷史，當超過三千年。古代青銅器，依其器形、器用，

[4]　參李學勤：《古文字學初階》（臺北：萬卷樓圖書公司，2004年9月），頁40-42。
[5]　可參《菁》第一片之影本、拓本及摹本。影本圖片可參《甲骨金文選》（臺北：藝文印書館，民國61年10月），頁27；拓本圖片可參嚴一萍先生編《中國書譜殷商編》（臺北：藝文印書館，民國47年9月），頁7；摹本可參李圃選編《甲骨文選讀》（臺北：大通書局，民國71年8月），頁114。

概可分為十類：㈠烹飪器（如鼎、鬲、甗等）；㈡食器（如簋、盨、簠、敦、盂、豆等）；㈢酒器（如尊、卣、方彝、罍、瓿、壺、觥、觶、角、斝、觥、盉等）；㈣水器（如：盤、匜、缶、鑑等）；㈤樂器（如：鐘、鎛、鐃、鼓、錞于等）；㈥兵器（如：戈、戟、矛、鈹、劍、刀、殳、鉞、鏃、盾飾、冑等）；㈦車馬器（如：鑾、軎、鑣、銜、當盧、馬冠等）；㈧工具（如：斧、錛、鑿、削、鋸、鏟、臿、鑷、鑄、鐮、鎒等）；㈨度量衡（尺、量、權、衡杆等）；㈩雜器（如：鏡、帶鉤、燈、建築飾件、棺椁飾件等）。[6]

　　研治金文，除銘文外，須兼顧器形、紋飾、成組、工藝及出土等情況。早期銅器，銘文與器同時鑄成，戰國以後，則見器成之後，刻畫之銘文。

　　譚旦冏《商周銅器》一書，曾據已確定年代之器物概分為四期，並描述其特徵，茲摘要如下：[7]

(1)殷商器物：殷墟所出者，無論質料、形制、紋飾等皆具高度發展，藝術成就登峰造極，紋飾多為饕餮紋，款識簡略，多數僅具標識，或具簡短銘文者。

(2)周初（即西周初期）：銅器承殷商之舊，款識則漸發展具敍功紀事之用途。

(3)西周後期（即西周中晚期）：質地不若初期之精，然形制鉅大且粗獷，紋飾多作竊曲紋、瓦紋、鱗紋等，此時製器多為記敍功伐，故側重銘文，略於形制與紋飾。器物雖多，然已呈中衰現象。

(4)春秋戰國：器制轉為圓整光澤之薄製，與細密輕淺之紋飾。款識日趨簡單，亦見無銘文或銘文僅以刻鑿而成者。樂器與兵器特別發達。器制風格多變，頗具地域性。

---

[6]　此十類引自李學勤：《古文字學初階》（臺北：萬卷樓圖書公司，2004年9月），頁45。
[7]　參譚旦冏：《商周銅器》（中華叢書委員會出版，民國49年12月），頁1-20。

由此敘述，可得銅器演變之大概。

　　銅器銘文用作古文字之材料頗早，漢武帝時，雖仍將汾陰所獲之鼎，視為祥瑞，然宣帝時，美陽又獲一鼎，史載張敞已能對鼎銘加以解說，故知當時已有考釋銘文之實，理當視為金文之最早研究紀錄。[8]

　　漢代以後，續有發現，至宋大盛，葉夢得《避暑錄話·卷下》云：

> 宣和間內府尚古器，士大夫家所藏三代秦漢遺物，無敢隱者，悉獻於上，而好事者復爭尋求，不較重價，一器有直千緡者。利之所趨，人競搜剔山澤，發掘塚墓，無所不至，往往數千載藏，一旦皆見，不可勝數矣。[9]

器數既多，遂有專門著錄。其中以劉敞《先秦古器記》為首創。根據王國維《宋代金文著錄表》，所錄宋人著錄十一家：[10]

　　歐陽修《集古錄跋尾》

　　呂大臨《考古圖》

　　王　黼《宣和博古圖》

　　趙明誠《金石錄》

　　黃伯思《東觀餘論》

　　董　逌《廣川書跋》

　　王　俅《嘯古堂集古錄》

　　薛尚功《歷代鐘鼎彝器款識法帖》

　　無名氏《續考古圖》

　　張　掄《紹興內府古器評》

　　王厚之《復齋鐘鼎款識》

---

[8]　武帝獲鼎，事見《漢書·卷二十五上·郊祀志第五上》；張敞釋鼎，事見《漢書·卷二十五下·郊祀志第五下》。

[9]　宋·葉夢得《避暑錄話·卷下》（《景印文淵閣四庫全書》，臺北：臺灣商務印書館）。

[10]　王國維：《宋代金文著錄表》（《海寧王靜安先生遺書》冊八，臺北：臺灣商務印書館，民國65年7月）。

所錄器數共643件，扣除偽器、兵器、秦漢以後之器，總560件。另據王國維《國朝金文著錄表》，收錄十六家著錄，總3,164件，扣除偽器135件、宋拓49件，實有2,980件。王國維之後，鮑鼎增補，撰《國朝金文著錄表補遺》和《國朝金文著錄表校勘記》，共收商周器1,908件。羅福頤亦曾續補王書，撰《三代秦漢金文著錄表補遺》，收錄商周器4,031件。而後美人福開森（John C. Ferguson）於1938年編《歷代著錄吉金目》，採用八十多種著錄，蒐羅器數遠勝前述三家，但未精審。近年新編目錄則有周法高《三代吉金文存著錄表》、中國科學院考古研究所《三十年來出土的殷周有銘銅器簡目》、孫稚雛《金文著錄簡目》、中華書局改編之《新出金文分域簡目》等。其中以孫書較全，總收6,581件有銘銅器。[11]另嚴一萍先生編《金文總集》，上起宋代，下迄1983年6月所出銅器，邱德修編《商周金文集成》及《商周金文新收編》，三書共收10,310件。中國社科院考古所編輯《殷周金文集成》（1984～1994），收錄器銘12,000件，鍾柏生、陳昭容、黃銘崇、袁國華合編《新收殷周青銅器銘文暨器影彙編》，收錄至2005年，共2,005餘件器銘。綜上所述，知金文器銘約計14,000件。

　　宋代呂大臨之《考古圖》，共十卷，撰於宋哲宗元祐七年（西元1092年），著錄商周銅器一百四十八件，秦漢銅器六十三件，玉器十三件，所有器物皆描畫器形，並載其大小、容量、重量、出土及收藏者，考訂則兼及形制、紋飾及款識，實開銅器著錄完備之先聲，為後世研究者樹立典範。

　　金文材料中存有偽器，利用時當先辨偽。古器多僅存摹拓之本，或見器之描摹之形。研究時，針對銘文本身，仍當盡可能兼收摹、拓、影三重版本，對照之器形，則以照相寫真為佳，描摹次之。

㈡石刻文字：

　　石刻文字泛指書刻於石之文字史料。據朱建新《金石學・第三編・說石》曰：

　　　　古代石刻，曰刻石，曰碑碣，曰墓誌，曰塔銘，曰浮圖，曰

(11)　參考高明：《中國古文字學通論》（北京：北京大學出版社，1996年6月），頁346-352。

經幢，曰造像，曰石闕，曰摩厓，曰買地莂，凡一十種。[12]

然則，石刻資料亦十分豐富，然石易風化毀損，今所能見者，多偏於秦漢之後。秦以前之資料，三代石刻多附會之說，不能盡信。可談者僅為或稱為周宣王時期之《石鼓文》及秦始皇之刻石。數量既少，復又殘缺，其於古文字研究之價值遠不若金文為要。

至於石刻之興，馬衡《中國金石學概要下》云：

> 商周之世之視器也，與社稷名位共其存亡輕重，故孔子曰：
> 「惟器與名不可假人。」其勒銘也，自名以稱揚其先祖之美，而明著之後世，亦正所以昭示其重視名器之意。其始因文以見器，後乃藉器以傳文，是故器不必皆有文也。自周室衰微，諸侯強大，名器寖輕，功利是重。於是以文字為誇張之具，而石刻之文興矣。故石刻之文，完全藉石以傳文，不似器文之因文以見器也。[13]

此說甚是。由此可知，金與石，器用文化異矣。石刻盛於秦漢之後，若推究三代刻石，則如〈岣嶁碑〉、〈壇山刻石〉、〈比干墓志〉、〈吳季子墓碑〉、〈紅厓刻石〉、〈錦山摩厓〉等多為附會之物，未可信之，故朱建新《金石學》曰：「雖謂三代無石刻可也。」[14]為求慎重，茲謹就《石鼓文》及秦始皇刻石略述之：

1.石鼓文：

《石鼓文》出土當在唐初，其地為天興縣南二十里，後遷於鳳翔府夫子廟。字體為籀文，一共十石。後世幾經轉徙，文字屢見毀損。至於所屬時代，唐詩人韓愈曾撰〈石鼓歌〉，其中有「周綱凌遲四海沸，宣王憤起揮天

---

[12] 朱建新（劍心）：《金石學》（臺北：臺灣商務印書館，民國58年9月），頁171。
[13] 馬衡（无咎）：《中國金石學概要》一書，收錄於馬氏《凡將齋金石叢稿》（臺北：明文書局，民國70年9月），頁65。
[14] 朱建新（劍心）：《金石學》（臺北：臺灣商務印書館，民國58年9月），頁204。

戈」之語，可知時人以為周宣王之器。除此之說，更有出秦及後周二說。後經多人考證，漸明其非宣王之物，如馬衡撰〈石鼓為秦刻石考〉一文，舉證論述，證此石實為秦代刻石，當出獻公之前，襄公之後。[15] 從字史觀之，《石鼓文》筆法方正、均衡，布局緊湊，上承西周金文，下啟秦代小篆，當介於大篆與小篆之間之書體。至其名為「石鼓」，蓋其形如鼓，故有此俗稱，馬衡已辨其非，並逕以「秦刻石」稱之。又以其文內容與出獵有關，故或稱為「獵碣」。

2.秦始皇刻石：

秦始皇刻石有六，《史記・秦始皇本紀》云：

二十八年，始皇東行郡縣，上鄒嶧山，立石。與魯諸儒生議，刻石頌秦德。議封禪，望祭山川之事。乃遂上泰山，立石，封祠祀。下，風雨暴至，休於樹下，因封其樹為五大夫，禪梁父，刻所立石。其辭曰（下為泰山刻石銘文，此略）……於是乃並勃海以東，過黃、腄，窮成山，登之罘，立石頌秦德焉而去。南登琅邪，大樂之，留三月。……復十二歲，作琅邪臺，立石刻，頌秦德，明得意。曰：（下為琅邪刻石銘文，此略）……二十九年，始皇東游，……登之罘，刻石。其辭曰（下為之罘刻石銘文，此略）……三十二年，始皇之碣石，……刻碣石門。壞城郭，決通隄防。其辭曰（下為碣石刻石銘文，此略）……三十七年……十一月，……上會稽，祭大禹，望于南海，而立石刻，頌秦德。其文曰（下為會稽刻石銘文，此略）。

此段文字說明始皇曾立〈嶧山〉、〈泰山〉、〈琅邪〉、〈之罘〉、〈碣石〉、〈會稽〉諸刻，後世原石唯存〈琅邪臺〉一刻，餘則亡矣。至於各石

---

(15)　馬衡：〈石鼓為秦刻石考〉一文，載《凡將齋金石叢稿・卷五・石刻》（臺北：明文書局，民國70年9月），頁165-172。

摹本情形，茲據朱建新《金石學》所載：

　(1)嶧山刻石：原石唐時焚於野火，然存有摹本。[16]

　(2)泰山刻石：宋莒公所得本，僅四十七字。汶陽劉跂嘗親至泰山摹拓，
　　　　最為完善，可讀者四十六字。[17]

　(3)會稽刻石：有元代申徒馴之摹本。

　(4)之罘殘石：見於《汝帖》，即歐陽脩《集古錄》所謂秦篆遺文。

　(5)琅邪臺刻石：宋熙寧中，廬江文勛別刻於超然臺，今不存。[18]

　根據《史記》，秦二世亦嘗巡狩刻石：

　　春，二世東行郡縣，李斯從。到碣石並海，南至會稽，而盡
　　刻始皇所立刻石。石旁著大臣從者名，以章先帝成功盛德
　　焉。皇帝曰：「金石刻盡始皇所為也。今襲號，而金石刻
　　辭不稱始皇帝，其於久遠也。如後嗣為之者，不稱成功盛
　　德。」丞相臣斯、臣去疾、御史大夫臣德昧死言：「臣請具
　　刻詔書刻石，因明白矣。臣昧死請。」制曰：「可。」[19]

可知二世盡刻始皇所立刻石，李斯等則奏請具刻詔書刻石。今於〈嶧山〉、
〈泰山〉二石摹本所見「皇帝曰」下，即為二世之詔。朱建新疑「始皇所立
石，或有未盡刻者，至二世而始刻也」，當有其理。[20]

　　今觀此刻石時遺文皆為小篆，復與李斯有關，誠乃認識秦代小篆最重要
之資料矣。

---

(16) 此處嶧山刻石、泰山刻石、會稽刻石與琅邪臺刻石之書影可參見《書道全集》（臺北：大陸書店，民國64年5月1日），頁47、135-136。

(17) 《書道全集‧137‧泰山刻石》載：「原石發現於宋代，當時文字磨滅者已頗多，其後又埋土中，明代掘出時，僅存二世皇帝詔書部分二十九字。……惟二十九字殘石，亦於清乾隆五年（1740）燬於火。」（臺北：大陸書店，民國64年5月1日），頁216。

(18) 《書道全集‧135/136‧琅邪臺刻石》載：「現原石所存文字十三行八六字。……由第三行起為秦二世詔書文……後追刻李斯書。」（臺北：大陸書店，民國64年5月1日），頁216。

(19) 亦見《史記‧秦始皇本紀》（殿本二十五史，臺北：藝文印書館），頁129。

(20) 朱氏云：「《史記》之文，曰『議刻石』，曰『刻所立石』，曰『刻石』，曰『立石刻』，或但曰『立石，頌秦德』而不言『刻』，似有區別。竊意其不言『刻』者，皆始皇所未刻，至二世而始刻也。〈嶧山〉之文，獨不見於《史記》，或為二世刻乎。」見朱建新（劍心）：《金石學》（臺北：臺灣商務印書館，民國58年9月），頁210。

三、簡牘文字

　　簡牘是古代主要之書寫載體。上述三種材料當皆只用於特殊場合，並非日常文書。《尚書・多士》云：「惟爾知，惟殷先人有冊有典，殷革夏命。」可知殷當有簡冊。簡以竹為之，另有書於木版者為牘。然因竹木易朽，故考古所發現之物，概多為戰國時物。簡之形制，以竹片成組編成，編組多用麻繩，如孔子讀《易》「韋編三絕」之「皮韋」當為獨特情形。由於出土簡牘數量日多，較早者可藉以觀察秦漢文字演變脈絡，因此近年來，古文字學範疇由甲金文漸擴大至漢初之簡帛文書。

　　事實上，簡牘材料被運用至古文字之研究應上推至漢初。《史記》及《漢書》皆載有魯恭王壞孔子宅，得古文經，經孔安國隸定解讀之事，正是簡牘古文研究之始。孔安國〈尚書序〉云：

> 至魯共王好治宮室，壞孔子舊宅以廣其居。於壁中得先人所藏古文虞夏、商周之書及傳、論語、孝經，皆科斗文字。……科斗書廢已久，時人無能知者，以所聞伏生之書考論文義，定其可知者，為隸古定，更以竹簡寫之，增多伏生二十五篇。[21]

　　1939年以後，大陸出土之戰國簡牘頗為豐富。茲據諸家著錄，略轉述之。例如湖南長沙五里牌、仰天湖、楊家灣，河南信陽長臺關，湖北江陵望山、藤店、天星觀、隨縣擂鼓墩等。內容除長臺關出土周公與申徒狄問答之《竹書》一篇外，大多為墓葬器物簿籍記錄之「遣策」。

　　1972年，山東臨沂縣銀雀山一號漢墓，出土四千九百四十一枚竹簡，內容包括《孫子兵法》、《孫臏兵法》、《六韜》、《尉繚子》、《晏子》等。

　　1975年底，於湖北雲夢睡虎地第十一號墓，出土一千餘枚竹簡，是屬

---

[21]　《尚書正義》（《十三經注疏》，臺北：藝文印書館，民國54年6月），頁10-11。

於秦昭襄王至秦始皇三十年間之文獻。此批竹簡，字跡清楚，主要內容包括《編年紀》、《語書》、《秦律十八種》、《效律》、《秦律雜抄》、《法律答問》、《封診式》、《為吏之道》、《日書》等。此批竹簡多為法律與民間占筮紀錄，是研究秦隸十分珍貴之材料。

　　1978年，於湖北省隨州市西郊擂鼓墩附近出土戰國早期曾國君主乙的墓葬。所獲文字資料十分豐富，總字數在一萬以上，除各種銅器銘文、石磬刻文、漆木器上的漆書、墨書和刻文外，還有字數達六千六百字的二百四十多枚竹簡。簡文為墨書篆體，內容主要為記錄陪葬車馬之遣冊。

　　1979年，於四川青川縣郝家坪五十號墓，出土戰國晚期木牘二件，為戰國晚期秦武王時命丞相甘茂等修訂之《為田律》，即關於農田劃分之法。

　　1983年底，1984初，湖北江陵張家山一座編號247古墓出土竹簡1,236枚，包含《曆譜》、《二年律令》、《奏讞書》、《脈書》、《算數書》、《蓋廬》、《引書》等，文獻時代包括春秋至漢初。

　　1986年5月到1987年6月，湖北江陵秦家嘴九十九號墓出土墓主野之卜筮祭禱簡。

　　1987年湖北包山二號墓出土文書、卜筮祭禱紀錄及遣策三類簡；文書多為司法判例。

　　1993年冬，於湖北荊門郭店一號墓出土有字竹簡730枚，年代經推定為戰國中期偏晚。竹簡所載除《老子》甲、乙、丙本，泰半為未見於著錄之先秦佚籍，共計一十六篇。[22]其中與道家相涉者有《太一生水》篇；《五行》篇內容則與馬王堆出土之《五行》大同小異，可相互參校；與儒家相涉之著述則有《魯穆公問子思》、《窮達以時》、《唐虞之道》、《忠信之道》、《成之聞之》、《尊德義》、《性自命出》、《六德》及《語叢》一、二、三、四等篇。[23]

　　1994年，於河南新蔡葛陵墓南室出土竹簡1,571枚，主要為墓主平夜君成卜筮祭禱簡。

---

[22]　可參見荊門市博物館編著：《郭店楚墓竹簡》一書（北京：文物出版社，2002年）。
[23]　參張光裕：《郭店楚簡研究・第一卷・文字編・緒言》（臺北：藝文印書館，民國95年4月），頁1。

　　1994年5月，上海博物館先後購藏戰國楚簡一千七百餘枚，三萬五千餘字，中有傳世之儒家典籍，如《周易》、《緇衣》。目前已公布至第七冊，四十餘種佚籍，涵概先秦歷史、哲學、軍事、文學及語言文字之史料。其中僅第一至第五冊，單字2,096字，總字數17,590字。

　　戰國至漢初之簡牘出土數量相當可觀，彌補由甲金文至《說文》小篆之空檔，此段時間，就字形而言，乃由整趨散，復由散趨整，實為漢字變動激烈之階段，此批材料正為了解此現象之第一手材料，其於字史之價值即在此。因此，利用戰國簡牘材料，國別屬地之認識至為重要。

四、帛書文字

　　帛書指書於絲帛之文獻，《墨子·貴義》云：「古之聖王，欲傳其道於後世，是故書之竹帛，鏤之金石，傳遺後世子孫，欲後世子孫法之也。」[24]可見帛與簡牘同為古代書寫載體。然一則以絲帛昂貴，二者難以刪改，當不如簡牘之流行。唯據《太平御覽·卷六百六》引《風俗通》云：「劉向為孝成皇帝典校書籍二十餘年，皆先書竹，改易刊定，可繕寫者以上素也。」[25]可見有以簡為草稿，以帛為定稿之事，亦可見古書不乏帛書之本。然絲帛易朽，較早之帛書今不多見，茲將有文字者列之如下：

　　1942年，湖南長沙子彈庫戰國楚墓出土一件帛書，圖文並呈，四周有文字十二段，中間有兩段文字。共有九百餘字，內容為諸月禁忌、天象災異、四時及晝夜形成等傳說。其中文字被視為楚國古文。[26]

　　1973年，湖南長沙馬王堆三號漢墓中，出土二十幾種帛書，字數十餘萬。包括《老子》甲乙本、《日書》、《戰國縱橫家書》、《陰陽五行》甲、乙篇等。帛書抄寫時間上從戰國末期，下至漢文帝初期。《陰陽五行》

---

[24] 清·孫詒讓：《墨子閒詁·貴義》（《新編諸子集成》，臺北：世界書局，民國61年10月），頁268。

[25] 宋·李昉：《太平御覽·卷六百六·文部·簡》（臺南：平平出版社，民國64年6月），頁3113。

[26] 參饒宗頤〈楚帛書之書法藝術〉，收入饒宗頤、曾憲通編《楚帛書》（香港：中華書局香港分局，1985年9月），頁148。陳煒湛、唐鈺明：《古文字學綱要》（廣東：中山大學出版社，1988年1月），頁140-142。

字體或為篆、或為隸，正可藉以觀察由小篆至漢隸演變之過程。[27]

第三節　宗周鐘、散氏盤、毛公鼎

本節將專題介紹藏於臺北故宮博物院三大重器《宗周鐘》、《散氏盤》及《毛公鼎》。三件文物皆屬於周代。後二者銘文皆長，尤以《毛公鼎》多達五百字，為傳世之器銘文最長者。

一、宗周鐘

三器中，此器出土最早。清乾隆十四年（1749）之《西清古鑑》已見著錄，稱「周寶鐘」。高65.6公分，舞縱23.1公分，橫30公分，兩于相距26.2公分，兩銑相距35.2公分，重34.900公斤。鼓上飾首紋篆間飾兩頭獸紋，舞上飾竊曲紋甬上飾夔紋。鐘身兩面共裝飾三十六枚高突之長形乳丁紋。

此器唐蘭以為厲王時器，郭沫若則考訂為昭王之器。[28]銘文於鉦間四行，鼓八行，連到背面，鼓右五行，共十七行，122字，重文9字，合文2字。銘中「邵王」即「昭王」，記載昭王南征之事。楊樹達亦主此說。[29]昭王南征之事，史有所載，普見於《左傳·僖公四年》、《楚辭·天問》、《呂氏春秋·音初》及《竹書紀年》等書。根據《初學記·卷七·漢水》引《竹書紀年》，昭王曾有二次南征，在十六年及十九年，其一云：

紀年曰：「周昭王十六年，伐荊楚，涉漢，遇大兕。」[30]

---

[27] 參陳力：《中國圖書史》（臺北：文津出版社，民國85年4月），頁94。陳松長：《漢帛書陰陽五行甲篇》（上海：上海書畫出版社，2000年8月）。

[28] 唐蘭說見〈懷念毛公鼎、散氏盤和宗周鐘〉一文，載《唐蘭先生金文論集》（北京：紫禁城出版社，1995年），頁466。馬承源亦稱為〈𫗦鐘〉定為西周厲王器，見《商周青銅器銘文選》第三卷（北京：文物出版社，1986年），頁279-280。郭氏說見《兩周金文解大系圖錄考釋》（《周代金文圖錄及釋文》，臺北：大通書局，民國60年3月）。

[29] 見楊樹達：《積微居金文說·卷五·宗周鐘跋》（臺北：大通書局，民國63年3月），頁136-137。

[30] 見唐·徐堅：《初學記·卷七·漢水》（臺北：鼎文書局，民國65年10月），頁143。

其二云：

> 紀年曰：「周昭王十九年，天大曀，雉兔皆震，喪六師于漢。」[31]

楊氏考證以為鐘銘所記為十六年之事，功成鑄鐘以銘勳。十九年之征，兵敗且王溺於漢水，楊氏藉此考定昭王在位當為十九年，非《帝王世紀》所云五十一年之說。然而，唐蘭從鐘之形制、銘文詞例、字體書法等方面，以為屬王器，亦見其理，[32]可併存參之。

二、散氏盤

此器或稱「散盤」、「夨人盤」。於清康熙年間於陝西鳳翔縣出土，器高20.6公分，腹深9.8公分，口徑54.6公分，底徑41.4公分，重21.312公斤。腹飾夔紋，間以獸首三，足飾獸面紋。銘刻於盤內，共19行，357個字。內容為夨侵散之土地，散求周天子主持公道，兩國訂立外交契約，由夨割土以償。散國將此約與參與履勘等人事記錄於此銘中。此盤造形與紋飾呈現西周晚期青銅器簡約之風格，銘文則線條宛轉靈動。

此銘既為定疆界，則盤銘云：

> 凡十又五夫正眉夨舍散田。

正猶如《孟子·滕文公上》所云：

> 夫仁政必自經界始。經界不正，井地不鈞，穀祿不平。[33]

---

[31] 見唐·徐堅：《初學記·卷七·漢水》（臺北：鼎文書局，民國65年10月），頁144。
[32] 見楊樹達：《積微居金文說·卷五·宗周鐘跋》（臺北：大通書局，民國63年3月），頁136-137。
[33] 清·焦循、焦琥：《孟子正義》（《新編諸子集成》，臺北：世界書局，民國61年10月），頁205。

楊樹達云：

> 此銘之「正」，即《孟子》「正經界」之「正」，「正經界」今語言「定疆界」。「定」字本从正聲，正古音如定，然則今言「定疆界」，恰是古人之「正經界」也。(34)

楊氏之言誠是。此盤之銘可視為今存最早之外交文書，內容則為定兩國疆界之約。

三、毛公鼎

此器器高53.8公分，腹深27.2公分，口徑47公分，重34.700公斤。器形口飾重環紋一道，敞口，雙立耳，三足，鼎足仿獸蹄，穩定有力。(35)器腹內有銘文五百字，內容記述周宣王即位之初，為振興朝政，請叔父毛公為其治理政務，飭其勤公無私，並頒贈命服厚賜，毛公因而鑄鼎傳示子孫永寶。銘文共三十二行，近五百字。為出土銅器銘文最長者。分五段，每段均以「王若曰」起始，文辭完整而精妙。茲錄首段銘文內容於下：

> 王若曰：「父厝，不（丕）顯文武，皇天弘猒氒德，配我有周，雁（膺）受大命，衒褱（率懷）不廷方，亡不閈于文武耿光。唯天甾（將）集氒命，亦唯先正喪辥（襄乂）氒辟，𤔲堇（勞勤）大命，肄皇天亡臭（斁），臨保我有周。不巩（丕鞏）先王配命。敃（愍）天疾畏（威），司（嗣）佘小子弗彶（及），邦甾（將）害（曷）吉？𨝋𨝋三方，大從（縱）不靜。烏虖！趯（懼）！佘小子圂湛于囏（艱），永巩（攻）先王。」(36)

(34) 見楊樹達：《積微居金文說・卷一・散氏盤三跋》（臺北：大通書局，民國60年3月），頁35。
(35) 毛公鼎等銘文器影可參見「故宮器物典藏資料檢索」網站http://antiquities.npm.gov.tw。
(36) 銘文考釋參據郭沫若：《兩周金文辭大系圖錄考釋》（《周代金文圖錄及釋文》，臺北：大通書局，民國60年3月），頁135。

譚旦冏〈故宮博物院珍藏的商周銅器〉一文云：

> 《毛公唇鼎》銘文，體制與《尚書・文侯之命》相同。《尚
> 書・文侯之命》為儒家寶典，而《毛公唇鼎》反覆申命，與
> 其賞賜之富，任命之重，甚或過之；在典章文物方面看來，
> 實在是國家的瓌寶。[37]

譚氏之語當為中肯。至於西周晚期銅器銘文漸多，其行款體制異於前期，譚
氏亦有評曰：

> 西周晚期的銘文則更因字行增多，分行布白，漸趨整齊，筆
> 劃也漸變為停勻，不露鋒芒，但輕重猶具，氣魄仍存。[38]

《毛公鼎》書法結體較《散氏盤》整齊，當可視為西周晚期成熟之金文，於
篆文歷史，自見其地位矣。

第四節　古文字學研究法舉隅

　　古文字學以探討古文字為主，因此諸如材料之著錄、文字之考釋、古史
之參證等，皆為其學術內涵。而此三者循序漸進，易言之，若欲知古文字學
之發展歷程，亦可由三者發展而得知。三者中，材料之著錄，或真偽雜陳，
或同版分散，或剪貼失真，或摹拓未明，此其中有著錄影像之改進、辨偽及
綴合之發展。就文字考釋而言，始則運用《說文》，再則歸納文例，同形
聚合，偏旁分析，參考古籍，結合文物，是後續所用之法。參證古史，則或
證古史之已有，或補古史之闕佚，或明古史之疏誤，或彼此皆有，或此有彼
無，或彼有此無之多重參證為其所用之法。當然，諸法各見特色。本節將藉

---

(37)　見譚旦冏：《銅器概述》（臺北：國立故宮博物院，民國70年9月），頁19。
(38)　見譚旦冏：《銅器概述》（臺北：國立故宮博物院，民國70年9月），頁19。

前輩學者已有成就，略述研究古文字之方法，並藉以說明古文字學發展之概況。

一、《說文解字》之參用法

研究古文字，《說文解字》仍是最重要之依據。蓋後代隸楷，距離古文字形頗遠，唯《說文》小篆仍存古意，循此梯階而上，比較類推，正是考釋古文字常用之法。然以古文字論，許慎《說文》時代較晚，自有局限，清·吳大澂《說文古籀補·序》即云：「有許書所引之古籀，不類《周禮》六書者；有古器習見之形體，不載於《說文》者。」[39]正是此義。然如此說法，並非要人習得古文字，非議《說文》。《說文》形體猶存古義，藉此而推釋古文字，正是識認古文字最易之途徑。楊樹達《積微居金文說》卷首〈新識字之由來〉，對考釋金文，首列「據《說文》釋字」之法。楊氏云：「據《說文》所記之字形以識字，此至簡單至易為之事也。然而字形繁簡小異，位置略殊，則人多忽而不察焉。……從來考釋彝銘者，莫不根據許氏《說文》以探索古文，余今所業，除少數文字據甲文銘文外，大抵皆據《說文》也。」[40]楊氏之說誠然也。茲即以楊氏所釋之字為例：

　　𡈼字：（壬）

《魯伯俞父簠》有𡈼字，又見《伯俞父鬲》及《伯俞父盤》。此形或釋為「年」，或釋為「仁」等，楊氏據《說文·𡈼部》：「𡈼，善也。从人士。士，事也。一曰，象物出地挺生也。」釋為「壬」字。《說文》小篆作𡈼，下从土，銘文𡈼字中畫下出者，楊氏云：「象挺出物之根在地下，於字之形義固無忤也。」

---

(39) 清·吳大澂：《說文古籀補》（《辭書集成》，北京：團結出版社，1993年11月），頁664-665。
(40) 楊樹達：《積微居金文說·新識字之由來》（臺北：大通書局，民國63年3月），頁1-2。

　　以古文字觀之《說文》，概可分為三種情形：㈠據《說文》形直可識
認者，如一、二、三、卜、中、人、隹等；㈡據《說文》形需加說明者，如
年、令、企、又、見、東等；㈢《說文》所無，需類推而得者。可見利用
《說文》，有所及，亦有所未及，逕信以推之，固然不宜；完全捨棄而莫
由，亦非正途。唐蘭《古文字學導論》云：

> 古文字和近代文字的差異，有時很多，《說文解字》一書，
> 就是兩者中間的連鎖……一直到現在，我們遇見一個新發
> 見的古文字，第一步就得查《說文》，差不多是一定的手
> 續。[41]

又云：

> 地下發現的文字，大眾公認為已認識的只有一部分，其餘未
> 認識的文字，有些人在胡猜亂想，有的人對之瞠目，但假如
> 注意了書本上的材料，有些字是很容易解決的，例如甲骨的
> 彳殳（役）字，舊以為《說文》所無，不知這是「役」字的
> 重文。金文的 𦥑（冒）和 覃（覃）舊所不識，近出的《古文
> 聲系》在 簟（簟）字下說「竹席，從 ⊗，象文之形。」其實
> 《說文》「簟」從「覃」聲，「覃」又從「冒」，本很明白，
> 既認得「簟」字，「覃」和「冒」也就應該認識了。[42]

此即為運用《說文》以求古文字之例。其中有形之比較，亦見偏旁之系聯。
熟讀《說文》，當是研治古文字之基礎。林澐《古文字研究簡論》云：

> 對于每個有志科學地進行字形研究的初學者，熟悉小篆及小

---

[41]　唐蘭：《古文字學導論・下編》（臺北：樂天出版社，民國59年9月），葉十七。
[42]　唐蘭：《古文字學導論・下編》（臺北：樂天出版社，民國59年9月），葉七。

篆以前全部已識字形是必須具備的第一層基本功。第一步當
然是讀《說文》，掌握《說文》所收的小篆、大篆、籀文和
古文的字形。因為其他已識的先秦古文字，從本質上說，都
是和《說文》字形進行比較而得出的研究成果。[43]

李學勤《古文字學初階》亦云：

> 我們研究古文字要超過《說文》，但不能離開《說文》和
> 《說文》學的成果，因為《說文》是文字研究的出發點。[44]

林、李二氏所論誠是，治古文字，確宜首明《說文》一書。

二、漢語知識之參用法（古音、古義、語法）

　　漢語歷史如從人類學角度去觀察，恐於萬年前即已具存，[45]而今如甲
骨材料，亦僅為三千餘年，二者頗見差距。上古漢語實況為何，固不易得
知，今日探討古文字卻難捨語言而不論。唐蘭《古文字學導論》即列有「原
始時代的中國語言的推測」，唐氏欲從語言建立起探討古文字之背景。先師
高仲華先生〈古文字與古語言〉一文，更直接彰明藉由古文字探究古代漢語
之語音、語義、語彙、語法、語源和語族之重要。[46]高、唐二氏皆揭明古
文字和古漢語之關係，易言之，欲識認古文字，不可忽視古漢語知識，茲舉
數端析述之：

---

[43]　林澐：《古文字研究簡論》（吉林：吉林大學出版社，1986年9月），頁53。
[44]　李學勤：《古文字學初階》（臺北：萬卷樓圖書公司，2004年9月），頁90。
[45]　關於人類語言起源之觀點，諸家論述差異頗大，或以為起源於200萬至300萬年以前，或以為起源於10萬至20萬年以前，或以為起源於距今35000至15000年之間。其中第三種說法，主要是指「現代語言」，和現代智人有關。參考招子明、陳剛主編：《人類學》第四章〈語言人類學〉（北京：中國人民出版社，2008年2月）。現代人出現於中國時間，約在六萬七千年前。參考卡瓦利－斯福特（Luigi Luca Cavalli-Sforza）著、吳一丰、鄭谷苑、楊曉佩譯：《追蹤亞當夏娃──從演化歷史看基因、民族和語言的關係‧第五章‧基因和語言》（臺北：遠流出版社，2003年）。
[46]　高明（仲華）〈古文字與古語言〉，載《古文字學論集初編》（香港：香港中文大學，國際中國古文字學研討會論文集，1983年9月），頁21-38。

(一)古音知識之利用：

古音學中之所謂「古音」，因遷就研究材料，一般皆以周秦音為中心，故其包含時代與古文字學幾乎相同。古音由清代發展至今日，無論古聲、古韻、古聲調等皆有相當成績。欲利用古音學研治古文字，大概須具備古聲母之知識，如黃季剛先生主張之古聲十九紐；古韻部知識，如著者（陳新雄）主張之古韻三十二部。另如韻部中之對轉、旁轉關係，形聲字之形聲偏旁等皆應有所認識。茲舉一例以明之：

　　㦰趠

《史牆盤》銘文中有：「㦰趠」一詞，于省吾據馬王堆出土之《老子甲本卷後古佚書》引《詩經‧長發》「不競不絿」，作「不勮不詠」，以此為證，說明「競」與「勮」古音可通，更引《左傳‧哀公二十三年》：「使肥與有職競焉。」杜預注：「競，遽也。」《楚辭‧大招》：「萬物競只。」王逸注：「競猶遽也。」為證，說明「㦰趠」為聯綿詞，即《左傳‧昭公三年》中「二惠競爽」之「競爽」一詞。競爽，為「剛強爽明」之義，「㦰趠」於銘文中即為讚美祖先強明之辭。「㦰」从豦，與競同為群紐，古歸匣紐；「豦」古韻為魚部，「競」為陽部，[47]二字陰陽對轉。「趠」從喪得聲，「喪」心紐，「爽」疏紐，古亦歸心紐，二字皆為陽韻。聯綿詞多為寄音，異形皆具聲韻關係，因此「㦰趠」可釋為「競爽」。[48]

(二)古義知識之運用：

古義之記載，普見於先秦兩漢典籍之訓詁，清代阮元所編《經籍纂詁》集結《爾雅》、《方言》、《說文》、《釋名》、《廣雅》等書之材料，最宜參考。另如王引之《經傳釋詞》、楊樹達《詞詮》、裴學海《古書虛字集

---

[47]　本文所用古韻部皆據著者（陳新雄）古韻三十二部，下文不另注。
[48]　于氏原文見于省吾：〈牆盤銘文十二解〉第十則「㦰趠」，載《古文字研究》第五輯（北京：中華書局，1981年1月），頁12-13。

釋》、丁福保《說文解字詁林》等，皆為可供旁參之工具。若要識認古文字中某字之義，則當以既有典籍之訓為據，再行觀看古文字材料實際用法。試舉一例說明。

又字，《說文解字·又部》云：「ㄑ，手也。象形。三指者，手之列多，略不過三也。」據此，則「又」於漢代似有「手」之義。然據段玉裁注云：「此即今之右字，不言又手者，本兼ナ又而言。以屮別之，而ㄑ專謂右……而又為更然之詞，《穀梁傳》曰：『又有繼之辭也。』」則「又」即右字，與「左」字相對稱。「又」於文獻上另有更、繼之義。今考諸甲骨文，果如段說，「ㄔ」為右手字，另有「ㄏ」，是為左手字。「又」引申為「右方」之右。如：

王乍（作）三白（師），右中左。《粹》五九七，又《合》33006：——王建立三師，分右中左。

除此義之外，「又」又引申為佑助之「佑」。如：

且（祖）乙弗又王。《合》213——祖乙弗佑王。

又借為「侑祭」之「侑」。如：

又（侑）于小乙。（通新六）——向小乙進行侑祭。

又借為連接詞。如：

甲寅卜，匕庚召牢又一牛。《合》27526——用牢和一頭牛向妣庚進行召祭。

又借為「有無」之「有」。如：

自今辛至于來辛又大雨。《粹》六九二——從這個辛日到下
一個辛日有大雨。[49]

(三)古語法之運用：

此處古語法主要是指古文字之文例而言。甲金文中自有書寫文例，若不
知此，則易望文生義。如能得其文例，則可藉已知釋未知。上文舉「又」具
「有」義，即以同版對貞之「亡大雨」之文例推之：

自今辛至于來辛亡大雨。《粹》六九二，又《合》30048——
從這個辛日到下一個辛日無大雨。[50]

以此對比「自今辛至於來辛又大雨」一語，則可知此「又」即為「有」字，
非右、佑等義。

甲骨文中多為占卜之辭，完整者包括占卜時、地及占者之名之「前
辭」、所問問題之「貞辭」、吉凶判斷之「占辭」、應驗情況之「驗辭」
等。茲舉一例觀之：

癸巳卜，㱿貞（以上前辭）：旬無囚（禍）（以上貞辭）？王
囚（占）曰：有祟，其有來艱（以上占辭）。乞（迄）至五日
丁酉，允业（有）來艱自西。沚㦰告曰：土方圍于我東啚，戈
（災）二邑；舌方亦侵我西啚田（以上驗辭）。（《菁》二；
又《合》6057正）[51]

然而未必所有卜辭皆如此整齊，嚴一萍先生《甲骨學》第六章論「通句讀與

---

[49] 以上「又」字諸例及解說，引自趙誠：《甲骨文簡明字典》（北京：中華書局，1988年1月），
頁231、272、301、324、364。趙氏出處引誤者，皆經改正。
[50] 趙誠：《甲骨文簡明字典》（北京：中華書局，1988年1月），頁364。
[51] 參見附圖一，卜辭左段。

識文例」曾云：

> 卜辭有常態，有例外。有的卜辭按著一定的公式契刻，這是
> 常態，如果中間缺字，一猜就著；有的卜辭變得很例外，卻
> 很費猜疑。[52]

若此例外情形，或因犯兆，或因省刻，或因倒書，或因缺字，或因借用，或因重字，或因錯字，或因斷裂等因素，嚴先生書中舉例頗多，可以參考。

　　另如春秋器《吳王光鑑》銘文，有：「往已叔姬虔敬乃后孫=勿忘」，[53]諸家斷句紛歧。郭沫若及陳夢家皆漏識「孫」下之重文符，並將「后」讀為「後」。郭氏句讀為：「往已叔姬，虔敬乃后（後）孫，勿忘。」陳氏句讀為：「往已，叔姬虔敬，乃后（後）孫勿忘。」文義皆難懂。如將「孫」之重文符納入考慮，則「孫=」，據孫詒讓《古籀拾遺》云：「孫=當迻孫釋為子孫，……孫下重文，即子字，以孫本迻子也。」[54]則銘文原作：「往已叔姬虔敬乃后子孫勿忘」，四字一句，可斷為「往已（矣）叔姬，虔敬乃后，子孫勿忘」，與上文「用享用孝，眉壽無疆」句例相同。「后」是指所嫁之「君」，「虔敬乃君」即「對夫君要誠敬侍奉」。本器與《蔡侯盤》同出土於蔡侯墓，銘中之吳王光，即吳王闔閭。此器當是吳王嫁女（或妹）與蔡侯之媵器，銘文為對新娘期勉之語。[55]

　　運用古漢語語法，一則要能分析歸納古文字之文例，二則要熟悉古籍之文法，方能相得益彰，言而有據。

三、相關典籍之參用法

　　研治古文字，典籍材料之利用十分重要，一則以辨識文字，一則以參證

[52]　嚴一萍先生：《甲骨學》（臺北：藝文印書館，民國67年2月），頁921。
[53]　參見《金文總集》（臺北：藝文印書館，民國72年12月），頁3779。
[54]　見清・孫詒讓：《古籀拾遺・卷中・楚良臣余義鐘》（北京：中華書局，1989年9月），頁17。
[55]　此例引自林澐：《古文字研究簡論》（吉林：吉林大學出版社，1986年9月），頁138。

古史。唐蘭《古文字學導論‧下編》曾云：

> 地下發現的文字，大眾公認為已認識的只有一部分，其餘未
> 認識的文字，有些人在胡猜亂想，有的人對之瞠目，但假如
> 注意了書本上的材料，有些字是很容易解決的。[56]

唐氏主張將以《說文》、《爾雅》、《方言》、《釋名》、《廣雅》、《玉
篇》、《經典釋文》、《一切經音義》、《廣韻》、《萬象名義集》、《字
鏡》為主，旁及《小爾雅》、《急就篇》、《五經文字》、《九經字樣》、
《華嚴經音義》、《三部經音義》等書，甚或如《倉頡篇》、《聲類》、
《通俗文》、《埤倉》、《字林》、《韻集》等亡佚之書皆應蒐集整理。亦
應擴及典籍體例、箋注、疏、釋等體例之熟識。唐氏以為：

> 一個文字學者對於這種預備的工作，是不能不經歷的，但不
> 可把這些當成學問而便「自畫」了。……新的文字學的研
> 究，是不能有止境的。要在豐富材料裡整理出全部的文字史
> 和變遷的規律。那末，除了研究地下各種材料外，還得致力
> 於各種基礎的工作。基礎築得愈堅固，研究時就愈方便，在
> 起始時雖很費力氣，但這種力氣，是不會白費的。[57]

唐氏之語誠是。蓋文字傳承文化，古今必見交集，古文字字形即使殊於後
世，然其所表示之文化物事之象，必多相承。據後世典籍而尋覓，往往可得
其蹤跡。唐氏《殷虛文字記》曾考釋「𥝥」為「稻」。唐氏云：

> 𥝥字象米在臼中之形，或從米從臼，以象意字聲化例推之，當

---

[56] 唐蘭：《古文字學導論‧下編》（臺北：樂天出版社，民國59年9月），葉六。
[57] 唐蘭：《古文字學導論‧下編》（臺北：樂天出版社，民國59年9月），葉八。

讀旱聲。（旱為被形容者，猶酋讀酉聲，豈豈讀豆聲。）從米
旱聲，當即《說文》之糧字，旱聲既變，後人改之為覃聲耳。
《說文》：「糱，糜和也」，乃後起之義矣。

卜辭常云「受聲年」，每與「受黍年」同出，則聲亦穀名也。
昔人惑于「酋年」之說，以為即「熟年」，而不顧「熟年」
與「黍年」並列為不倫，亦云疏矣。聲是穀名，當讀如糱。
《說文》：「糱，禾也。」聲得與糱通者，《士虞禮記》：
「中月而禫。」注：「古文禫或為導。」是其證。

朱駿聲疑「糱實與稻同字」，殊有見地。糱同導，擇米也。
後漢有導官令，主舂御米，是舂而擇之也。而稻字金文每作
稻，偏旁或作🈁，是既舂而抒之也。是不僅聲同，義亦相近
也。卜辭以「聲年」與「黍年」同卜，聲必為重要穀類，可
知。聲、糱、稻，概三名而一實，聲象容米於旱，稻象抒米於
臼，故可引申為同一穀名矣。卜辭之「受旱年」，當即「受
稻年」，故與「受黍年」並重也。[58]

唐氏此說，可為「識辨文字」之例。至於「參證古史」，以王國維所提「二
重證據法」最為代表。王氏《古史新證》云：

> 吾輩生於今日，幸於紙上之材料外，更得地下之新材料。由
> 此種材料，我輩固得據以補正紙上之材料，亦得證明古書之
> 某部分全為實錄，即百家不雅馴之言，亦不無表示一面之事
> 實。此二重證據法惟在今日始得為之。雖古書之未得證明者
> 不能加以否定，而其已得證明者不能不加以肯定，可斷言
> 也。[59]

---

[58] 唐蘭：《殷虛文字記》（臺北：學海出版社，民國75年8月），頁32-33。
[59] 王國維：《古史新證》（北京：清華大學出版社，1994年12月），頁2-3。

所謂紙上史料，即指如《尚書》、《詩經》、《易經》、〈五帝德〉、〈帝繫姓〉、《春秋》、《左傳》、《世本》、《竹書紀年》、《戰國策》、《史記》及先秦諸子等。地下材料則指如甲骨文、金文等。王氏此說確實開啟利用古文字重建上古史之門。紙上材料已有者，可得明證，所未記載者，可得補充，同時亦將古史研究由純然信古或疑古之態度轉為客觀理性之探討。例如王氏曾利用甲骨所見殷代先公先王之資料，證明《史記·殷本紀》所載，實為可信。[60] 另如于省吾《尚書新證》、《諸子新證》，陳直《史記新證》及《漢書新證》等書，皆承王氏之說，而有所發揮。董作賓先生曾撰〈堯典天文曆法新證〉一文，利用甲骨曆法資料來證明《尚書·堯典》：「期三百有六旬有六日」，在甲骨中與殷商舊派曆制相同。董先生云：

> 很明白的，如果用地下新材料，證明紙上舊材料，則〈堯典〉中「三百有六旬又六日」的紀日法，在殷代，僅見於祖庚以前的舊派前期，也就是說西元前1218年以前，纔有這種「紀日法」的，1218年以後，在殷代就絕對沒有了。這是殷周之際，以及春秋、戰國、秦漢時代的人，所夢想不到的。[61]

研究甲骨能由零散著錄進入系統研究，甲骨中曆法之重建正是關鍵，董先生功勞最為卓著，其《殷曆譜》一書，正是此中之犖犖大者。即以此文為例，以甲骨曆法佐證〈堯典〉之語，使人明白〈堯典〉資料之足徵，亦能獲悉曆法之源流，誠乃典籍材料與地下史料合參之最佳例證。

除甲骨之外，董先生亦藉用金文所載「月相」，如「既生霸」、「既死霸」等詞，參證《說文解字》、《尚書》、《逸周書》、《漢書律曆志》

---

[60] 見王國維：〈殷卜辭中所見先公先王考〉、〈殷卜辭中所見先公先王續考〉，見《觀堂集林·卷九》（臺北：河洛圖書出版社，民國64年3月），頁409-450。

[61] 見董作賓先生：〈堯典天文曆法新證〉，刊《董作賓學術論著》（臺北：世界書局，民國56年12月），總1040頁。

等書面材料，說明「既死霸為朔，既生霸為望」，並修正王國維〈生霸死霸考〉一文說法，亦可視為利用金文與典籍材料合證之善例。(62)

四、考古文物之參用法

古文字材料之出土，從整體條件而言，實為考古工作之成就。早期甲骨之出土多為民間私下挖掘，然自中央研究院正式開挖以後，對出土地點之相關地理、歷史、坑位、器物種類及數量、參與人員等，皆備載於完整報告中。因此對古文字之研究，亦從單純之材料著錄、形體考釋，進而注意相關考古訊息之參用。就著錄而言，坑位訊息具有斷代參考價值；就字形考釋而言，相關文物之參用具有形構之生活佐證。于省吾《殷契駢枝》有〈釋奚〉一文，曾藉一出土玉人，考釋甲骨文「🦴」為「奚」字；(63)胡厚宣〈殷代的刖刑〉一文，亦曾藉出土墓葬，考釋甲骨文「🦴」為「刖」字；嚴一萍先生〈殷商刑法志〉藉殷墟出土陶俑有梏其手者，證明甲骨文「🦴」為「㚔」字，皆頗為精到。(64)胡厚宣另有〈釋🦴〉一文，「🦴」字於武丁卜辭常見，孫詒讓、唐蘭釋為「刑」，商承祚、葉玉森、郭沫若釋為「囚」，丁山釋為「死」，可謂眾說紛紜。(65)胡氏云：

今案🦴字，仍當釋為生死之本字，唐葉郭氏均不足以破丁說也。

胡氏所以贊成丁說，除其他諸說皆未周全之外，主要是因：

(62) 董先生之文見〈周金文中生霸死霸考〉，刊《董作賓學術論著》（臺北：世界書局，民國56年12月），總985頁。王氏之文見《觀堂集林・卷一》（臺北：河洛圖書出版社，民國64年3月），頁19-26。
(63) 見于省吾《殷契駢枝》（臺北：藝文印書館，民國60年1月），頁27；又《甲骨文獻集成》第八冊（成都：四川大學出版社，2001年），頁215；又《甲骨文字釋林》上卷「釋奚」（北京：中華書局，1979年6月），頁64-65。
(64) 胡文載《考古》，1973年3月2期，頁109-117。嚴文載《中國文字》新五期，民國70年12月，頁59-75。
(65) 胡氏〈釋🦴〉一文載《甲骨學商史論叢初集》（香港：文友堂書店，1970年11月）。

> 民國十八年山東滕縣安上村曾出土大批銅器，其時代當屬於西周之末季，其墓中之槨，即作井形。

胡氏自注云：

> 據董作賓先生實地觀察後所說。

可見胡氏所據，僅為董先生之口述，且為周代墓葬。此據仍稱薄弱。至民國四十八年山東大汶口遺址中，果發現井形之墓槨。證明董、胡二氏之說皆可信也。嚴一萍先生云：

> 死作囚，不但得到地下遺址的證明，而造這囚字的時間，也許比龍山文化時期還早，那末中國文字的產生時代與廣泛應用，也許比傳說中的倉頡還早得多。(66)

此即為利用考古文物研治古文字之例。

五、斷代知識之參用法

古文字中甲金文材料出土零散，早期著錄者及考釋者亦難見系統。對於此種情形，董作賓先生曾說：

> 安陽殷虛出土的甲骨文字，拓印考釋，研究討論，已有三十年的歷史了，三十年的研究，在中國古史學文字學上，雖也有不少的貢獻；但是實在說起來，研究的方法，仍只是混亂的，籠統的，東摭西拾，支離破碎，找不到正確的途徑；致使這真實而難能可貴的史料，降而為斷爛朝報，故紙堆中的

(66) 參嚴一萍先生：《甲骨學》（臺北：藝文印書館，民國67年2月），頁849。

廢物；這其間最大的毛病，就在不能精密的鑑別，把每一塊
甲骨上所記的史實，還他個原有的時代。[67]

此為甲骨研究之混亂現象。至於銅器銘文之著錄，雖然宋代呂大臨《考古
圖》已將圖像與銘文並重，並記錄尺度與出土所在，然後代之著錄者，或不
錄器形圖像，或按器類編排，或未分時代國別，混列一起，情形亦似甲骨。
得至如郭沫若之《兩周金文辭大系》之書出，方為銅器斷代立下基礎。可見
斷代對於古文字研究之重要，古文字所以能為古史史料，進而與紙上歷史相
互參證，即為斷代之功。誠所謂知所先後，則近道矣。

　　董先生於民國二十二年提出《甲骨文斷代研究例》一文，提出十個斷代
標準：

　　一、世系；二、稱謂；三、貞人；四、坑位；五、方國；
　　六、人物；七、事類；八、文法；九、字形；十、書體。

再利用此標準，將甲骨文自盤庚至帝辛，分為五期：

　　第一期：武丁及其以前（盤庚、小辛、小乙）；
　　第二期：祖庚、祖甲；
　　第三期：廩辛、康丁；
　　第四期：武乙、文丁；
　　第五期：帝乙、帝辛。

至民國三十四年，董先生於《殷曆譜》中，進而論及「殷代禮制之新舊兩
派」，對此五期有所修訂：

---

[67]　見董先生《甲骨文斷代研究例》一文，載《中央研究院歷史語言所集刊外編》第一種，上冊
　　　（臺北：中央研究院歷史語言所，民國22年1月），頁323-424。

如第一期，自武丁以上，本屬不易區分，今就月食，推得小
辛、小乙時之卜辭。第二期，祖庚時代，由貞人言，屬於第
二期，由曆法、字形、祀典言，則當列入第一期，而祖庚與
祖甲兩王之卜辭，多已劃然可分。第三期卜辭較少，仍難區
別廩辛、康丁之異。第四期武乙、文武丁，舊列皆武乙時卜
辭，而誤以文武丁卜辭入第一期。今由十三次發掘之坑位，
得其確證，知文武丁世，亦自有其斷代之標準在也。第五期
帝乙、帝辛兩世，在本譜中固已由祀典、年曆，釐然可辨。
不似舊日之混為一談矣。[68]

此為甲骨文斷代研究之代表。至於金文，郭沫若發表《兩周金文辭大系》，
後復增補改版為《兩周金文辭大系圖錄考釋》一書，並將中國青銅器時代概
分為四[69]：

第一、濫觴期：大率當于殷商前期。
第二、勃古期：殷商後期及周初成、康、昭、穆之世。
第三、開放期：恭、懿以後至春秋中葉。
第四、新式期：春秋中葉至戰國末年。

其所分期之標準為：

以上時期之分，除第一期外，均有其堅實之根據，而事且出
于自然。蓋余之法乃先讓銘辭史實自述其年代，年代既明，
形制與紋繢遂自呈其條貫也。形制與紋繢如是，即銘辭之文

[68] 見董作賓先生：《殷曆譜・上編・卷一・殷曆鳥瞰・第一章緒言・一、斷代研究法》，收入於
《董作賓先生全集・乙編》第一冊（臺北：藝文印書館，民國66年11月），頁25-26。
[69] 郭沫若在1932年出版《兩周金文辭大系》，復增補銘文與器型圖片，於1934年出版《兩周金文
辭大系圖錄》，隔年又撰成《兩周金文辭大系考釋》。1957年將兩書合成《兩周金文辭大系圖
錄考釋》，由北京科學出版社出版。1971年臺灣大通書局出版《兩周金文辭大系圖錄考釋》，
並將書名改為《周代金文圖錄及釋文》。

章與字體亦莫不如是。大抵勃古期之銘，其文簡約，其字謹
嚴；開放期之銘，文多長篇大作，字體漸舒散而多以任意出
之；新式期亦有精進及墮落二式，精進者文多用韻，字多
有意求工，開後世碑銘文體與文字美術之先河；墮落者則
「物勒工名」之類也。諸項之關係大抵平行，然亦偶有錯見
者，……又其時代之相禪亦非如刀截斧斷決然而判然者。大
抵穆、恭、懿、孝為第二第三期間之推移期，春秋中葉為第
三第四期間之推移期，其或屬前屬後，視其時代色彩之濃淡
為準則。更有進者，形制、紋繢、文字，之三者均當作個別
之專論，方能蕆事，而尤以形制論為非從個別入手不為工。
蓋後二者通于各器物，多有一般之傾向，而形制器類繁多，
各類各有獨立之系統也。[70]

郭氏以此為標準，將兩周金文凡二百五十三器予以斷代。郭書之後二十年，
陳夢家根據新出材料，亦有《西周銅器斷代》之撰，並對西周銅器分期提出
三期之說：

西周初期80年，包括武王、成王、康王、昭王
西周中期90年，包括穆王、共王、懿王、孝王、夷王
西周晚期87年，包括厲王、共和、宣王、幽王

陳氏云：

三個分期，各占八、九十年，它們代表西周銅器發展的三個
階段：在初期，是從殷、周並行發展形式變為殷、周形式的
混合，所以此期的銅器更接近於殷式；在中期，尤其是其後

---

[70] 見郭沫若：〈圖編序說──彝器形象學試探〉，收入於《兩周金文辭大系圖錄考釋》（《周代
金文圖錄及釋文》，臺北：大通書局，民國60年3月）。

半期，已逐漸的拋棄了殷式而創造新的周式，殷代以來的卣
至此消失；而周式的盨、簠至此發生；在晚期，是純粹的新
的周式的完成。以上的變更，也表現在花紋上、銘文的字形
上和內容上。這對於我們研究西周社會的發展，應該是有意
義的。[71]

陳氏之說亦可參考。陳氏於此書中，另提出「銅器之組合與聯繫」，述及同
墓出土之銅器，如銘文中之同作器者、同時之人、同父祖關係、同族名、同
官名等線索皆當注意，不唯對銘文史料判讀有用，對於斷代標準器及其族系
之建立，亦當有所助益。

此種斷代觀念，對研治戰國文字亦屬重要。戰國文字各見國別，文字發
展各有系統，秦統一前後以迄漢初，皆見特色，如不先予釐清，難免混亂秦
楚，不分涇渭矣。

六、天文曆法之參用法

甲金文出土之後，著錄零碎，分藏各方，或有父子而殊途，昆仲而不
識，然其中卻有一線索，可供認祖歸宗，即為天文曆法資料。以甲骨為例，
數萬片之材料中最常見之卜辭交集即為干支；[72] 以銅器論，則為月相。除
此之外，更有旬日、日月食及閏月之記載。凡此皆屬客觀之天文曆象，時代
久遠，遠超過甲金文之時代。如以此為經，以卜辭、銘文內容為緯，則凡有
線索可資追探者，幾皆可認祖歸宗，於天文曆法系統中，得其歸屬矣。倡此
法研治古文字而有成就者，首推董作賓先生。董先生之《殷曆譜》、《西周
年曆譜》、〈周金文中生霸死霸考〉、〈殷代的紀日法〉、〈堯典天文曆法
新證〉、〈殷代月食考〉等皆為代表，其中又以《殷曆譜》影響最為深遠。

《殷曆譜》分上下編，上編為編製殷曆之各種依據，下編為殷曆諸譜，

---

[71] 見陳夢家：《西周銅器斷代·略論西周銅器》（北京：中華書局，2004年4月），頁354。
[72] 甲骨文中有完整之干支表，見《燕》一六五，另見《合集》38012。郭沫若主編：《甲骨文合
集》（北京：中華書局，1982年）。

包括年曆譜、祀譜、交食譜、日至譜、閏譜、朔譜、月譜、旬譜、日譜、夕譜等。天文曆法為科學之據，千古以來自有常度，董先生藉卜辭中各種相關訊息，建立殷商曆譜，不啻為重建殷商史邁出極其重要一步，亦為運用二重證據法之最佳範例。[73]

　　若欲用此法研治古文字，首先當即對古天文曆法知識有所了解。董先生撰有〈談曆〉一文可為初步。[74]其中約略提及「干支」、「四分曆」、「節氣」、「中氣」及「置閏」、「三正」等知識。董先生另有〈戊辰直定〉一文，談及「建除」之事，亦可為參。[75]

七、零散彙整之綴合法

　　甲骨因埋藏已久，質甚脆弱，出土之後，不乏一版而四散，著錄於各方。為求將原版復原，遂利用已有著錄，或據文字，或判部位，或循文例，或參斷代，或依斷痕等線索，彙聚四方，逐步綴合。首倡甲骨可以綴合者為王國維，其於民國六年撰《戩壽堂所藏殷虛文字考釋》時，就《戩》第一葉第十號與《殷虛書契後編》卷上第八葉第十四片相合，進而綴之，王氏云：

> 文字體勢大小全同，又二片斷痕，合之若符節，蓋一片折而
> 為二也。

董作賓先生在〈甲骨實物之整理〉一文，[76]亦曾提及甲骨復原「其重要不下於新辭之發現」，此處之「復原」即為綴合之結果。至於如何復原，董先生亦提出幾點經驗：

---

[73] 《殷曆譜》載《董作賓先生全集・乙編》第一冊（臺北：藝文印書館，民國66年）。
[74] 董作賓先生：〈談曆〉，載《平廬文存・卷一》（臺北：藝文印書館，民國52年10月），頁36-52。
[75] 董作賓先生：〈戊辰直定〉，載《平廬文存・卷一》（臺北：藝文印書館，民國52年10月），頁20-25。
[76] 原載《中央研究院歷史語言研究集刊》第29本下冊。又載《董作賓學術論著》（臺北：世界書局，民國56年12月），總1091-1108頁。

1. 認識龜甲上「齒縫」與「盾紋」之作用，藉以了解龜甲零
   版之部位。
2. 認識牛胛骨殘版之特點，其無齒縫及盾紋，有別於龜甲，
   並應就其上半缺角，辨其為左為右。
3. 認識卜兆於甲骨之一般情形，概有左右對稱之美，文例亦
   隨之有左有右。

除上述王國維之成就外。民國四十三年，郭若愚、曾毅公、李學勤、張政
烺、陳夢家諸氏曾有《殷虛文字綴合》一書，共四八二片。民國四十一年，
嚴一萍先生綴合《甲》一一一四、一二八九、一一五六、一七四九、一八零
一，得「八月乙酉月食」之甲片。民國四十六年，張秉權發表《殷虛文字丙
編》，乃《殷虛文字乙編》綴合之成果選輯。民國四十七年，嚴一萍先生發
表《中國書譜殷商編》，發表其綴合成就。民國六十四年，嚴先生又有《甲
骨綴合新編》之發表，主要是《殷虛文字甲編》與他書之綴合成果。如今綴
合已成為研治甲骨極為重要之工作。不過，綴合與其他甲骨研究項目一般，
皆頗易因疏失而訛，故甲骨研究中亦見「辨偽」一項，可參嚴先生《甲骨
學》第三章〈辨偽與綴合〉，茲不贅述。

八、偏旁分析之歸納法

偏旁分析法於古文字研究甚為重要，往往得一偏旁，則同偏旁者據此類
推，凡从某者皆作某，得一知眾，此偏旁之用宏矣。唐蘭《古文字學導論》
對孫詒讓能識用此法頗為推崇。唐氏云：

在這一個趨勢裡，孫詒讓是最能用偏旁分析法的。我們去繙
開他的書來看，每一個所釋的字，都是精密分析過的。他
的方法，是把已認識的古文字，分析做若干單體——就是偏
旁，再把每一個單體的各種不同的形式集合起來，看牠們的
變化，等到遇見大眾所不認識的字，也只要把來分析做若干

單體，假使各個單體都認識了，再合起來認識那一個字，這
種方法雖未必便能認識難字，但由此認識的字，大抵摠是顛
撲不破的。[77]

也因為如此，所以唐蘭考釋古文字，亦頗能於此見功，且能後出轉精，除提
點孫氏之失，並強調運用此法之原則：

我們第一得把偏旁認真確了。第二若干偏旁所組合成的單
字，我們得注意牠的史料。假使這字的史料亡缺，就得依同
類文字的慣例，和銘詞中的用法等，由各方面推測；假如無
從推測，只可闕疑。像：雙手捧爵為勞，雙手捧席為謝一
類，偏旁雖近是，所釋字卻全無根據，這是應當切戒的。[78]

唐氏所云甚切。試舉其所分析之「斤」旁諸字為例，甲骨文中如以下諸字皆
从斤：[79]

唐氏云：

---

[77] 唐蘭：《古文字學導論・下編》（臺北：樂天出版社，民國59年9月），葉二十三至二十四。
[78] 唐蘭：《古文字學導論・下編》（臺北：樂天出版社，民國59年9月），葉二十八。
[79] 唐蘭：《古文字學導論・下編》（臺北：樂天出版社，民國59年9月），葉二十九。唐氏原舉
二十餘例，此姑舉數例作為代表。

由此，我們可以推出「斤」字在甲骨裡作𠂔，或作𠂔，《前
編》八卷七葉一片的𠂔字，也可以釋做「斤」。利用這個方
法，我們可以多認二十多個前人未識的字，並且，以後再碰
上了從「斤」旁的字，也有了辦法，不致於但說「𠂔象繒繳
之形」，而束手無術了。[80]

較之於過去之逐字考釋，唐氏視此法為「機器的大量生產」，由「斤」旁之
例以觀，實不無道理。此為形旁之分析歸納。若將聲旁進行分析歸納者，則
有孫海波《古文聲系》。[81]孫書就已釋形體，分析聲旁，歸於古韻部，則
於一部中可視同韻諸形。據其自序，則受戴震之啟示。戴氏〈與段玉裁書〉
云：「諧聲字半主義半主聲，《說文》九千餘字，以義相統，今作諧聲，若
盡取而列之，使以聲統，條貫而下如譜系，則亦必傳之作也。」於是江沅有
《說文解字音韻表》、姚文田有《說文聲系》、嚴可均有《說文聲類》、張
成孫有《說文諧聲譜》、苗夔有《說文聲讀表》、朱駿聲有《說文通訓定
聲》等著作。孫氏依循其例，遂有此書之撰。其所謂古文，據其〈凡例〉
云：

此編所據以甲骨、金文為主，秦未同文之前皆得謂之古文
也。[82]

所據古韻部，則以王念孫二十一部為本，然分東冬為二，配東以侯，配冬以
幽宵，共二十二部。

九、字史流變之整理法

古文字出土材料日多，研究成果亦漸豐碩，論其時代，則由商周秦漢，

[80] 唐蘭：《古文字學導論・下編》（臺北：樂天出版社，民國59年9月），葉三十。
[81] 民國24年1月北平來薰閣刊印。民國57年12月，臺北：古亭書屋景印初版。
[82] 孫海波：《古文聲系・凡例》（臺北：古亭書局，民國57年12月），頁69。

乃《說文》之前，文字發展之概況，為得演變之脈絡，將其循字史蒐羅編輯，當為重要。

　　早期若孫海波之《甲骨文編》（1965）、容庚之《金文編》（1959）、羅福頤《古璽文字徵》（1939）、顧廷龍《古陶文香錄》（1936）及金祥恆《陶文編》（1964）等，皆屬專題收錄，材料雖多，未見分代，難見字史。若高明之《古文字類編》及徐中舒之《漢語古文字字形表》，則於此基礎上，概分商代文字、周代文字、春秋戰國及秦漢文字，於是，一字形體演變易見，推究字史可得。高氏書分三編，第一編「古文字」，分四欄，第一欄「甲骨文」，為商周時代之甲骨文；第二欄「銅器銘文」，為商代和兩周時代之金文；第三欄「簡書及其它刻辭」，為春秋、戰國時之材料（如石刻、竹簡、帛書、載書、符節、金印、陶器、泉貨文字等）；第四欄為秦篆，為《說文》小篆。第二編為「合體文字」。第三編為「徽號文字」。[83]

　　徐氏書分三欄，依次為殷代、西周、春秋戰國。徐氏於〈例言〉云：

　　字形的排列，既要顯示形體演變的對應關係，又要照顧到時代先後的次序，不受甲骨、金文、竹帛、匋鈢等的種類的限制。[84]

徐書收字約三千字。

　　綜觀上述研治古文字之法，或著錄材料，或考釋文字，或結合史料，或推究字史，方法雖多，重點唯二：一為資料之蒐集與認識，二為歷史之參證與復原。前者為研究之基礎，後者則為研究之目的。文字為語言書寫符號，無論古今，前人所以垂後，後人所以識古，所憑藉者即為文字。古文字既古，則今欲了解古史，當由此梯階而上；欲沿溯字源，亦當循此前進。此即

---

[83]　參高明：《古文字類編》之〈序〉及〈凡例〉（上海：上海古籍出版社，2008年8月）。高書原出版於1980年，2008年又出增訂版，第三編改為「未識徽號文字」。第一編之欄位改為「甲骨文」、「金文」、「其他文字」、「說文」。
[84]　徐中舒：《漢語古文字字形表》（臺北：文史哲出版社，民國71年4月），頁7。

古文字之價值所在，亦即其於文字學之意義矣。

第五節　古文字與文字學

　　由以上各節說明，古文字學自成體系，自有範疇，今日無論探究漢字起源或論述古代漢語之實證，捨此莫由。若由文字學發展史觀之，《說文解字》具有前承後啟之價值，沿此津渡，上探商周秦漢文字，推而可識，下而小篆之源，隸書之變，如歷在目。漢代以後，隸書發展為楷，材料則為六朝石刻、隋唐寫卷、宋元俗刻，以迄於今。就文字史而言，各種材料雖異，然地位未有軒輊之分。並非甲骨之要，必勝俗刻；寫卷價值，必不如金文；蓋其各代表字史演進之階段，研究者當持平以對，方能知「古文字學」、「說文學」、「字樣學」、「俗文字學」、「異體字學」皆為構成中國文字學之脊節，欲知完整之中國文字學，缺一而不可。即以本書而言，既見「說文學」、復見「古文字學」，又以「字樣學」兼述「俗文字學」與「異體字學」，可謂概見此體系矣。

　　若以字史論之，本書前四章，以《說文解字》一書為主，視為兩漢字史可也，第五章談述「字樣學」，視為六朝迄今之字史可也，而本章所述，則為先秦漢初之字史，亦為整部文字歷史之淵藪。由上節所述研治法可以得知，古文字所具存之文字學意義概如下述：

　　㈠古文字為認識古代漢語之憑藉。
　　㈡古文字為探究文字源流之寶藏。
　　㈢古文字為分析字構從屬之基礎。
　　㈣古文字為歸納字史流變之根本。
　　㈤古文字為討論文字條理之參考。

凡此五點，就時代而言，皆非後世文字所能取代，猶古音之於聲韻學中，雖難謂全，然若論漢語語音之原始，亦僅所據耳。故今日論述古文字之學理，無論形音義，皆為了解漢字原貌於一斑，唯其材料實難謂全，故學者說法有

所分歧自屬難免。

　　除此五點之外，古文字於文字學中，尚有許多專題值得進一步討論。諸如「六書」、「本義」、「部首」、「字樣」、「古音」、「語彙」等，對於文字學理亦具參考價值。茲簡要分述如下：

一、六書

　　古文字能否以「六書」歸分，諸家說法參差。或以為古文字中六書具存，如李學勤《古文字學初階》云：

> 古文所說的「六書」：象形、會意、形聲、指事、轉注、假借，在甲骨文中都可以找到實例。[85]

或以為上古文字只有象形、象意兩種，而後方有形聲字。如唐蘭《古文字學導論》云：

> 在上古期裡，除了少數象形文字，就完全是象意文字的世界了。[86]

又云：

> 上古文字是用繪畫來表現的象形和象意字，近古文字裡雖還有象形和象意的留存，但最重要的部分卻是新興的形聲文字。由上古到近古的重大轉變，是由繪畫轉到注音。[87]

唐氏《中國文字學》進一步說明云：

---

[85] 李學勤：《古文字學初階》（臺北：萬卷樓圖書股份有限公司，民國82年），頁33。
[86] 唐蘭：《古文字學導論·上編》（臺北：樂天出版社，民國59年9月），葉四十二。
[87] 唐蘭：《古文字學導論·上編》（臺北：樂天出版社，民國59年9月），葉四十三。

象形、象意是上古期的圖畫文字，形聲文字是近古期的聲符
文字，這三類可以包括盡一切中國文字。[88]

或以為唐氏三書說當改為象形、假借、形聲，如陳夢家《殷虛卜辭綜述》
云：

象形、假借和形聲是從以象形為構造原則下逐漸產生的三種
基本類型，是漢字的基本類型。[89]

或以為陳氏之三書仍有問題，當改為「表意、假借、形聲」，如裘錫圭《中
國文字學》云：

我們認為陳氏的三書說基本上是合理的，只是象形應該改為
表意（指用意符造字）。這樣才能使漢字裡所有的表意字在
三書說裡都有它們的位置。[90]

或以為甲骨文中，五書俱存，獨缺轉注，如李孝定《漢字史話》云：

本文據以統計歸類的甲骨文字，以拙編《甲骨文字集釋》的
正文、重文為主，另加一些形音義均可確知的《說文》所無
字；至於形音義三項有一項不能確定的《說文》所無字，
則不予計列。分析歸類的結果，計象形二七七字，佔總數
22.59%強；指事二十字，佔總數1.63%強；會意三六九字，佔
總數32.30%強；形聲字三三四字，佔總數27.24%強；假借字
一二九字，佔總數10.52%強；至於轉注，在甲骨文中未發現

---

[88] 唐蘭：《中國文字學》（臺北：臺灣開明書局，民國67年1月），頁76。按：唐氏書原於1949年出版。

[89] 陳夢家：《卜辭綜述·第二章·文字》（臺北：大通書局，民國65年5月），頁77。

[90] 裘錫圭：《中國文字學》（北京：商務印書館，1988年8月），頁106。

任何兩字可以解釋為轉注字的例子。[91]

此種分歧，當因材料難全，導致解說各異，此乃探究上古語言之必然。

至於「六書」問題當如何看待？上文提及無論古文字、今文字，皆當一視同仁，如此甲骨之六書，當如小篆及今楷之六書，並無不同。甲骨之時代較之於漢語成熟時代，已屬晚近，吾人實不宜一則視殷商為文字原始時代，一則又認同殷商具進步之曆法制度、精緻之銅器文明、複雜之氏族社會，如此豈不矛盾？漢語發展出書寫符號，至商代已備，而六書乃說明漢語書寫符號系統之形類與運用實況。至於甲骨或見如圖畫之文字，此乃較古文字之必然，即如埃及文，襯以其文明之表現，實未可視為原始。或以為其結體未定，當較原始，然此乃字樣及異體所致，觀唐人書帖，不亦一字多形乎？更何況書契甲骨，有如刻石，魏碑書體不亦多變乎？甲骨所見並非商代之生活常態用字，以特殊用途推測文字之原始，即似以局部窺探全貌，不得不小心耳。

竊思漢代所提出之「六書」，為解說漢語書寫符號之形類與用法。形類有四，用法有二。甲金文如此，小篆如此，隸楷亦如此，並無不同。文字必然反應語言特性。漢語基本詞彙結構為單音節詞，書寫時，即對應單一形符，此形符或為象形，或為指事，或為形聲，或為會意。至於實用時，有一形數用者，即為假借；有同義代換者，即為轉注。假借乃同一形符記錄不同語義，反之，同一語義，以不同形符表示，即為轉注。轉注於語言實況，即如語文之同義修辭。將《爾雅》一書視為語文寫作同義詞之集成，不亦可乎？然則，「六書」之說，不唯小篆，各代文字前承後啟，皆當適用。

至於「六書」之外，是否容許他說存在？六書既為漢人歸納，後人另有見解，亦屬自然。因此，無論唐、陳、裘之「三書」之內容為何，若能兼容古今，視為另說亦可。唯「六書」時代既早，於文字之形、用，解說亦通，當視為傳統。

---

[91] 李孝定：《漢字史話》（臺北：聯經出版社，民國66年6月），頁39。

二、本義

　　傳統訓詁在建立詞義流變體系時，需先尋得該詞之本義，而且幾皆藉由《說文解字》之說解，視許氏解說即為初形本義。然自古文字研究以來，發現《說文》形既不古，說自難以為本，於是改以甲金文為對象，析解形構，以得本義。於是同一「東」字，「从日在木中」，不宜視為初形，四方之義自非本義，甲文中之「東」象束物形，此乃其字之本義。易言之，本義即為構形之義。然文字使用於語言成熟之後，漢語歷史遠古於古文字，今日就甲骨文析解構形本義，遽視為詞之本義是否妥當，確值深究。是故有學者主張以「形本義」稱呼構形本義，如為字之本義，當從語言去求。林澐《古文字研究簡論》云：

> 因為文字是記錄語言的符號，所以字義并不由字形決定，而是人們所規定它所記錄的語詞的意義所決定的。單研究字形，最終結果不過是能夠確知它本身是什麼圖象符號或哪幾個圖象符號合成的。如果要起名，可以稱為這個字的「形本義」。[92]

又云：

> 在語言產生之後，經過了不知多少萬年才有文字出現，語言中詞義的引伸、轉化應該早就存在了。有的研究者不顧這一基本歷史史實，乾脆用字形去推斷語言的初期演進，比如因為「生」字字形是草長在地上，便推斷語言中「生」這個詞的原始意義是單指草生長，後來才引伸或轉化為其他意義，這就比討論「字本義」更加荒謬了。[93]

---

[92] 林澐：《古文字研究簡論》（吉林：吉林大學出版社，1986年9月），頁141。
[93] 林澐：《古文字研究簡論》（吉林：吉林大學出版社，1986年9月），頁143。

林氏觀點值得討論，將《說文》視為文字之初形本義，固屬不宜，將甲骨文遽視為語詞之本義者，顯亦待商榷。如果將林氏觀點進一步推究，將涉及傳統小學之研究是「語言之小學」，抑或是「文字之小學」，二者於語言歷史定位未盡相同，誠可深思。

三、部首

除本義觀念之外，以古文字作為漢字偏旁討論者亦多。《說文解字》列有五百四十部首，許氏立下「凡某之屬皆从某」，以理分群類觀之，此部首為除形類外，亦為「義類」。《說文》部首見用於古文字分析時，亦被視為偏旁，偏旁分析，為古文字研治法之首要。唐蘭、楊樹達皆為其中之佼佼者，亦有學者復將此偏旁歸納如部首，如高明《中國古文字學通論》於第三章「漢字的古形」之第二節列有「古文字的形旁及其變化」，歸納一百一十二例，皆如「部首」。試舉第四例「女字形旁」為例：[94]

	甲骨文		兩周金文			
偏旁						
字例						
	妃 續3.34.4	婦 燕723	姑 遣卣	姎 者姁尊	娟 輔伯鼎	姑 句鑃
	戰國文字				小篆	隸書
偏旁						
字例						
	如 信陽簡	妻 望山簡	媧 璽印	妾 璽印	姓 說文	姚 隸辨

---

(94) 原書表二六，高明：《中國古文字學通論》（北京：北京大學出版社，1996年6月），頁61。原表為簡化字。

　　漢字以形符構字，無論象形、指事、會意、形聲，皆具形符，此形符又具字義。依類象形，無論事類、義類，已具部首觀念，而後每造一新字，以義聚合，以形系聯，可見「部首」實為漢字特性之自發體系，由此可知「凡某之屬皆从某」，不唯為整理文字之部首觀，亦為「依類象形，形聲相益」之脈絡。《說文》五百四十部為許氏整理之所得，若以此體系，兼容古今文字並無困難。古文字之具涵部首觀，對探究漢字部首，深具意義。

四、字樣

　　古文字中是否具存字樣之規範？唐蘭《古文字學導論》中認為並無所謂「形的標準」，若論文字之原始，唐氏所云，自有其理。然從古文字中普遍存有偏旁之事實觀之，則古文字當具一定之書寫規範。書寫縱多異形變化，然欲作為實用文字，自有約定俗成之標準。高明《中國古文字學通論》第三章〈漢字的古形〉論「漢字形體的簡化與規範化」一節，列有古文字朝簡化發展，約有五種情形：

　　1. 變圖形為符號。
　　2. 刪簡多餘和重複的偏旁。
　　3. 用形體簡單的偏旁換形體複雜的偏旁。
　　4. 截取原字的一部分代替本字。
　　5. 用筆畫簡單的字體更代筆畫複雜的字體。

然高氏於論及「漢字結構的自然規範」，所舉「其」、「鳳」、「耤」、「祖」、「鄆」等字卻皆為繁化之例：[95]

---

[95] 高明：《中國古文字學通論》（北京：北京大學出版社，1996年6月），頁165。

𑀓	（乙7672）	⇒	𑀓	（膳夫克鼎）	其
𑀓	（前4.43.1）	⇒	𑀓	（存下736）	鳳
𑀓	（前6.11.5）	⇒	𑀓	（令鼎）	耤
𑀓	（前1.9.6.）	⇒	𑀓	（鐵48.8）	祖
𑀓	（㠱公𠤇）	⇒	𑀓	（郾侯脮戈）	郾

此正說明古文字繁簡參互之現象。異體之存，恐為漢字歷代行用之實況，不唯隸楷之後如此，古文、小篆恐皆如此。此乃形符文字之特色，蓋筆畫書寫本易生變異。然而無論如何變異，其中必存較為強勢之形體，否則當代識字將無所依託。若此形體，當代人視而可識，不必如後人推勘比較方可得之。此即為後世「字樣」之觀念。〈說文敘〉中述及歷代文字之整理，如宣王太史籀時之大篆，與古文或異，當即據實用性最強之文整理而得之字樣。籀文既定，與此標準字樣相異者，即為異體。唯此字樣於文字實用過程，正字未必唯一，當有「並正」之可能，而後方趨於唯一，此又為觀察文字字樣之重要線索。總之，文字行用，雖異體叢生，必具標準，歷代文字皆然，此又為古文字於文字學另一值得討論之問題。

五、古音

藉古文字析論古音學之研究法中，諧聲偏旁之利用最廣。段玉裁《古十七部諧聲表》云：

六書之有諧聲，文字之所以日滋也。考周秦有韻之文，某聲必在某部，至嘖而不可亂，故視其偏旁以何字為聲，而知其音在某部，易簡而天下之理得也。許叔重作《說文解字》

時，未有反語，但云某聲某聲，即以為韻書可也。[96]

由段氏之語知《說文》諧聲偏旁乃研治古音之重要憑據。唯許書晚至東漢方出，某些聲旁恐未必合乎如甲骨文之現象。《說文》聲旁不盡合於古音時代，聲韻學者早有論述，如再結合古文字字形演變，當更具體。于省吾〈釋𠱛、吕兼論古韻部東冬的分合〉中，[97] 據甲金文，𠱛與吕本為分用，前者為雝，後者為吕之本字。

《說文》中之躬、宮等字，即當從𠱛得聲，後訛混為吕，躬遂解為從吕從身，而宮為從宀躬省聲。《說文》之邕亦從𠱛得聲。然則，後世從邕、從宮、從躬、從雝諸字，皆當同為𠱛之聲旁，與莒、筥、梠、閭等從吕得聲者有別。

清代古韻中，孔廣森主張「東冬二分」，孔氏《詩聲類》云：

> 蓋東為侯之陽聲，冬為幽之陽聲。今人之溷東于冬，猶其并侯於幽也。蒸、侵又之、宵之陽聲。故幽、宵、之三部同條，冬、侵、蒸三音共貫也。宋儒以來，未睹斯奧，惜哉！[98]

另一古音學家王念孫則主張東、冬不分。究竟何者為是？孔氏將從邕得聲之雝、靐等字歸入東部，將從躬得聲之宮、竆等字歸入冬部。于氏以為既然邕及躬據甲骨文皆當從𠱛得聲，自當歸為一部，何來分化為兩部？如將宮、躬、竆等字改歸入東部，則古韻中東、冬合韻即「十分突出」。于氏據此肯定王念孫早期所主張之東冬不分。于氏以為所以會認為孔氏之說合理，「這是因為局限于《說文》的形體已訛的諧聲，而不從事探索古文字原始音符的緣故」。

---

[96] 漢・許慎著，清・段玉裁注：《說文解字注》（臺北：藝文印書館，民國62年8月），頁827。
[97] 收載於于省吾：《甲骨文字釋林》（北京：中華書局，1979年6月），頁463。
[98] 清・孔廣森：《詩聲類》（《叢書集成三編》，臺北：新文豐出版公司，民國85年），頁214-215。

古韻東冬二韻是否即如于氏之說，不可二分，可再討論，然于氏運用古文字聲旁以證古韻之法確值參考。妥善運用，不亦為二重證據之展現？

六、語彙

文字系統既為語言之書寫系統，則語言之要素自當具存於文字體系，高仲華師曾撰〈古文字與古語言〉一文，[99] 盼藉古文字以明古漢語。高師之文論及古語音、古語義、古語彙、古語法、古語源及古語族。其中當以「語彙」最為基礎。高師云：

> 語言是有機的組織體，語言的組織單位是「語詞」，所有的語詞總匯在一起而自成體系的叫「語彙」。「古文字」既是「古語言」的化身，我們要探求「古語詞」，也就只得從「古文字」著手了。從「古文字」裡搜集出所有的「古語詞」，把它們彙集起來，古人的生活形態、生活意識、生活所需的一切一切，便都呈現在我們的眼前了。

此乃利用古文字研究上古漢語語彙之基本理念，由此更可結合《說文》、《急就章》、《爾雅》、《釋名》等書，比較古今，如此一來，上古語詞與文化變遷便可加以探索。語詞為研究語言之根本，由此發軔，語音、語法、語源、語族自可漸成體系。

本節綜合上文所論，並就六書、本義、部首、字樣、古音及語彙等進一步說明，古文字研治固然不易，說法亦見分歧，然其中蘊藏之材料，確為研治中國文字學者所不容忽視者。唐蘭於《古文字學導論》中倡導新文字學，唐氏云：

---

[99] 高明（仲華）：〈古文字與古語言〉，載《古文字論集初編》（國際中國古文字學研討會，香港：香港中文大學，1983年9月），頁28。

> 在我要創立的新文字學裡所要研究的，是從文字起原，一直
> 到現代楷書，或俗字、簡字的歷史。這範圍是極廣泛的，但
> 最重要的，卻只是小篆以前的古文字。[100]

唐氏所謂新文字學即為全方位之文字學，非囿於《說文》小篆或六書之文字
學。古文字部分時代最早，亦是探討文字流變之始，往後文字學中許多問
題，往往需由古文字談起，方見端緒，此即為古文字於文字學中最重要之意
義。

第六節　研治古文字學之入門書籍

古文字於文字學意義概如上述，但要如何入門研究？對此，唐蘭亦曾
云：

> 假使我們為文字學的目的而去研究古文字，那末，我們必須
> 詳考每一個字的歷史，每一族文字中的關係，每一種變異或
> 錯誤的規律；摠之，我們要由很多的材料裡，歸納出些規則
> 來，做研究時的標準。有了這種標準，就可以做有系統的
> 研究，既不必作無謂的謹慎，也不致於像沒籠頭的野馬一
> 樣。[101]

此處之「很多材料」，包括古文字實物及書面文獻，然而學海浩瀚，需循序
漸進，方可積沙成塔，而前人累聚經驗、材料之導論及工具書，正可為奠基
所用。茲將常見者分類臚列如下：

---

[100] 唐蘭：《古文字學導論・下編》（臺北：樂天出版社，民國59年9月），葉二。
[101] 唐蘭：《古文字學導論・下編》（臺北：樂天出版社，民國59年9月），葉四。

研治古文字學之入門書籍一覽表⁽¹⁰²⁾

壹、總類

	書　名	作　者	出版資訊參考
01	古文字學導論	唐蘭	臺北：學海出版社
			臺北：洪氏出版社
			濟南：齊魯書社
02	中國古文字學通論	高明	北京：北京大學出版社
03	漢語古文字字形表	徐中舒	臺北：文史哲出版社
			成都：四川人民出版社
04	金石書錄目	容媛輯；容庚校	臺北：國立中央研究院歷史語言研究所
05	中國考古學文獻目錄	中國社會科學院考古研究所圖書資料室編	香港：三聯書店
06	觀堂集林	王國維	北京：中華書局
			臺北：臺灣商務印書館（收入《海寧王靜安先生遺書》）
			臺北：河洛出版社
			臺北：世界書局
07	古史新證	王國維	北京：清華大學出版社
08	古文字學初階	李學勤	臺北：萬卷樓

貳、甲骨文

	書　名	作　者	出版資訊參考
01	甲骨學六十年	董作賓	臺北：藝文印書館
			收入《董作賓先生全集》，臺北：藝文印書館
02	殷虛卜辭綜述	陳夢家	臺北：大通書局
03	甲骨文編	孫海波	北京：中華書局
			臺北：藝文印書館
04	卜辭通纂	郭沫若	東京：文求堂

⁽¹⁰²⁾ 表中「出版資訊參考」酌列異本，著者識淺，當有疏漏。

		北京：科學出版社
		臺北：大通書局
		收入《甲骨文研究資料彙編》，北京：北京圖書館出版社
05	殷契粹編	郭沫若	東京：文求堂
			北京：科學出版社
			臺北：大通書局
			收入《甲骨文研究資料彙編》，北京：北京圖書館出版社
06	五十年甲骨文發現的總結	胡厚宣	上海：商務印書館

參、金文

	書　名	作　者	出版資訊參考
01	積微居金文說	楊樹達	北京：科學出版社
	積微居金文說（增訂本）		北京：中華書局
02	雙劍誃吉金文選	于省吾	臺北：藝文印書館
			北京：中華書局
03	西周銅器斷代	陳夢家	收入《金文文獻集成》，香港：香港明石文化國際出版公司
			北京：中華書局
04	西周青銅器銘文分代史徵	唐蘭	北京：中華書局
05	商周彝器通考	容庚	上海：上海人民出版社
			臺北：大通書局
			臺北：文史哲出版社
06	殷周青銅器通論	容庚／張維持	北京：文物出版社
			臺北：康橋出版公司
07	三代吉金文存	羅振玉	北京：中華書局
			臺北：樂天出版社
			臺北：文華
08	小校經閣金石文字	劉體智	臺北：大通書局
			臺北：藝文印書館

09	周金文存	鄒安	上海：廣倉學宭
			收入《三代吉金叢書初編》，臺北：藝文印書館
			收入《金文文獻集成》，香港：香港明石文化國際出版公司
10	三代吉金文存器影參照目錄	林巳奈夫	臺北：臺灣學生書局
11	商周金文錄遺	于省吾	收入《三代吉金叢書初編》，臺北：藝文印書館
			北京：科學出版社
			北京：中華書局
12	三代吉金文存補	周法高	臺北：臺聯國風
			收入《金文文獻集成》，香港：香港明石文化國際出版公司
13	宋代吉金書籍述評	容庚	《學術研究》1963年第六期
14	清代吉金書籍述評	容庚	《學術研究》1962年第二期
15	金文編	容庚	北京：中華書局
			臺北：洪氏出版
16	秦漢金文錄	容庚	民國二十年北平國立中央研究院石印本
17	凡將齋金石叢稿	馬衡	臺北：明文書局
18	金石學	朱建新	臺北：臺灣商務印書館

肆、簡帛文字及其他

	書　名	作　者	出版資訊參考
01	馬王堆漢簡・遣策	《簡帛書法選》編輯組編	北京：文物出版社
02	中國簡牘學綜論	鄭有國	上海：華東師範大學出版社
03	上海博物館藏戰國楚竹書	馬承源主編	上海：上海古籍出版社
04	馬王堆簡帛文字編	陳松長編	北京：文物出版社
05	簡帛佚籍與學術史	李學勤	臺北：時報出版社
06	楚帛書	饒宗頤・曾憲通	香港：中華書局香港分局
07	戰國題銘概述	李學勤	收入《金文文獻集成》，香港：香港明石文化國際出版公司

08	古錢大辭典	丁福保	臺北：世界書局
09	古璽文編	故宮博物院	北京：文物出版社
10	山東陶文的發現和著錄	李學勤	《齊魯學刊》1982年05期
11	季木藏陶	周進考藏，孫淳、孫鼎編	收入《中國古代陶瓷文獻輯錄》，北京：全國圖書館文獻縮微複製中心
12	新編全本季木藏陶	周進集藏；周紹良整理；李零分類考釋	北京：中華書局
13	古陶文香錄	顧廷龍	上海：上海古籍出版社
			收入《歷代陶文研究資料選刊續編》，北京：國家圖書館出版社
14	陶文編	金恆祥	收入《中國古代陶瓷文獻輯錄》，北京：全國圖書館文獻縮微複製中心
15	汗簡	郭忠恕	北京：中華書局
			收入《四部叢書刊續編》，臺北：臺灣商務印書館
			收入《中華漢語工具書書庫》，合肥：安徽教育出版社
			收入《景印文淵閣四庫全書》，臺北：臺灣商務印書館
16	古文四聲韻	夏竦	收入《中華漢語工具書書庫》，合肥：安徽教育出版社
			收入《景印文淵閣四庫全書》，臺北：臺灣商務印書館
			臺北：學海出版社

上表所列僅只部分，然已琳瑯滿目，可見研治古文字之不易。初入門者，恐將望之卻步。唯任何學問本無捷徑，初學者或可先閱概論，以資導覽；復閱分類專書，以博見聞；而後方以興趣，擇類深入，終將有成。

後記：本章承蒙許學仁君細心披閱，既修訂疏誤，亦提供新資料以資綴補，使內容較為完整，特此誌謝。

附　錄

一、參考書目

1. 《甲骨金文選》，臺北：藝文印書館，民國61年10月。

2. 「故宮器物典藏資料檢索」網站http:antiquities.npm.gov.tw。

3. 丁福保，《說文解字詁林》，臺北：臺灣商務印書館（臺北），民國65年2月。

4. （宋）丁度，《集韻》，臺北：學海出版社，民國75年11月。

5. （日）二玄社編，《大書源》，東京：株式會社二玄社，2007年。

6. 于省吾，〈牆盤銘文十二解〉，《古文字研究》第五輯，北京：中華書局，1981年1月。

7. 于省吾，《甲骨文字釋林》，北京：中華書局，1979年6月。

8. 于省吾，《殷契駢枝》，臺北：藝文印書館，民國60年1月。

9. 大通書局編，《石鼓文先鋒宋拓孤漢淳于長夏承碑隋蜀王美人董氏墓誌銘》，臺北：大通書局，民國63年。

10. 文史知識編輯部，《與青年朋友談治學》，北京：中華書局，1983年3月。

11. （魏）王弼、（晉）韓康伯注、（唐）孔穎達疏，《周易正義》，「十三經注疏」，臺北：藝文印書館，民國54年6月。

12. （漢）孔安國傳、（唐）陸德明音義、（唐）孔穎達正義，《尚書正義》，「十三經注疏」，臺北：藝文印書館，民國54年6月。

13. （清）孔廣居，《說文疑疑》，「百部叢書集成初編」，臺北：藝文印書館。

14. （清）孔廣森，《詩聲類》，「叢書集成三編」，臺北：新文豐出版公司，民國85年。

15. 王叔岷，《斠讎學（補訂）》，臺北：中央研究院歷史語言研究所，民國84年6月。

16. （清）王念孫著、鍾宇訊點校，《廣雅疏證》，北京：中華書局，2004

年4月。

17.（清）王昶，《金石萃編》，「續修四庫全書」，上海：上海古籍出版社。

18.王國維，《古史新證》，北京：清華大學出版社，1994年12月。

19.王國維，《觀堂集林》，臺北：河洛圖書出版社，民國64年3月。

20.王國維，《宋代金文著錄表》，《海寧王靜安先生遺書》，臺北：臺灣商務印書館，民國65年7月。

21.（宋）王應麟，《玉海》，「景印文淵閣四庫全書」，臺北：臺灣商務印書館。

22.（宋）王堯臣，《崇文總目》，「百部叢書集成初編」，臺北：藝文印書館。

23.（宋）王欽若，《冊府元龜》，「景印文淵閣四庫全書」，臺北：臺灣商務印書館。

24.（清）王筠，《文字蒙求》，臺北：文光圖書有限公司，民國51年7月。

25.（清）王筠，《說文釋例》，北京：中華書局，1987年12月。

26.（清）王鳴盛，《蛾術編》，道光二十一年世楷堂藏版，臺北：信誼書局，民國65年。

27.（明）王應電，《同文備考》，「四庫全書存目叢書」，臺南：莊嚴文化事業公司，民國86年2月。

28.司馬朝軍、王文暉，《黃侃年譜》，武漢：湖北人民出版社，2005年7月。

29.（美）卡瓦利──斯福特（Luigi Luca Cavalli-Sforza）著、吳一丰、鄭谷苑、楊曉佩譯，《追蹤亞當夏娃──從演化歷史看基因、民族和語言的關係》，臺北：遠流出版社，民國92年1月。

30.朱宗萊，《文字學形義篇》，臺北：臺灣學生書局，民國53年7月。

31.朱建新（劍心），《金石學》，臺北：臺灣商務印書館，民國58年9月。

32.呂景先，《說文段注指例》，臺北：正中書局，民國35年7月。

33.余嘉錫，《四庫提要辨證》，北京：中華書局，2007年11月。

34.（清）吳大澂，《說文古籀補》，「辭書集成」，北京：新華書局，

1993年11月。

35.（明）吳元滿，《六書總要》，「中華漢語工具書書庫」，合肥：安徽教育出版社。

36.（明）宋濂，《元史》，「殿本二十五史」，臺北：藝文印書館。

37.宋鎮豪、段志洪主編，《甲骨文獻集成》，成都：四川大學出版社，2001年。

38.李孝定，《漢字史話》，臺北：聯經出版社，民國66年6月。

39.李孝定，《甲骨文字集釋》，史語所專刊之五十，臺北：中研院史語所，民國59年10月。

40.（宋）李昉，《太平御覽》，臺南：平平出版社，民國64年6月。

41.李圃，《甲骨文選讀》，臺北：大通書局，民國71年8月。

42.（唐）李鼎祚，《周易集解》，「景印文淵閣四庫全書」，臺北：臺灣商務印書館。

43.李學勤，《古文字學初階》，臺北：萬卷樓圖書公司，2004年9月。

44.（宋）沈括，《夢溪筆談》，臺北：臺灣商務印書館，民國59年6月。

45.林尹，〈說文二徐異訓辨序〉，《師大學報》第九期，臺北，民國53年6月。

46.林尹，《文字學概說》，臺北：正中書局，民國60年12月。

47.林尹，《訓詁學概要》，臺北：正中書局，民國61年10月。

48.林尹，〈形聲釋例〉，《制言》第七期，臺北：成文出版社，民國74年。

49.林澐，《古文字研究簡論》，吉林：吉林大學出版社，1986年9月。

50.杜忠誥，〈說妞〉，《紀念瑞安林尹教授百歲誕辰學術研討會論文集》，臺北：文史哲出版社，民國98年12月。

51.（清）金錫齡，《劬書室遺集》，清‧光緒廿一年刊。

52.招子明、陳剛主編，《人類學》，北京：中國人民出版社，2008年2月。

53.（唐）封演，《封氏聞見記（校注）》，「晉唐箚記六種」，臺北：世界書局，民國73年9月。

54.洪治綱編，《黃侃經典文存》，上海：上海大學出版社，2008年4月。

55.（清）段玉裁，《經韻樓集》，「續修四庫全書」，上海：上海古籍出版社。

56.（清）紀昀，《四庫全書總目提要》，臺北：藝文印書館，民國58年3月。

57.胡明揚，《詞典學概論》，北京：中國人民大學出版社，1982年1月。

58.胡厚宣，《甲骨學商史論叢初集》，香港：文友堂書店，民國69年11月。

59.胡樸安（韞玉），《中國文字學史》，臺北：臺灣商務印書館，民國60年4月。

60.胡樸安（韞玉），〈六書淺說〉，《國學彙編‧第二集》，「嚴靈峰無求備齋諸子文庫」，民國74年。

61.（唐）唐玄度，《新加九經字樣》，「叢書集成初編」，北京：中華書局。

62.唐蘭，《中國文字學》，臺北：臺灣開明書局，民國67年1月。

63.唐蘭，《古文字學導論》，臺北：樂天出版社，民國59年9月。

64.唐蘭，《西周青銅器銘文分代史徵》，北京：中華書局，1986年12月。

65.唐蘭，《唐蘭先生金文論集》，北京：紫禁城出版社，1995年10月。

66.唐蘭，《殷虛文字記》，臺北：學海出版社，民國75年8月。

67.孫亞冰，〈百年來甲骨文材料統計〉，《故宮博院院刊》，北京，2006年第1期。

68.孫海波，《古文聲系》，臺北：古亭書屋，民國57年12月。

69.（清）孫詒讓，《名原》，「四部未收輯刊」，北京：中華書局。

70.（清）孫詒讓，《墨子閒詁》，《新編諸子集成》，臺北：世界書局，民國61年10月。

71.（清）孫詒讓，《古籀拾遺》，北京：中華書局，1989年，9月。

72.（清）孫星衍，《孫淵如詩文集》，「四部叢刊續編」，臺北：臺灣商務印書館。

73.（清）孫星衍，《倉頡篇》，「叢書集成初編」，上海：商務印書館。

74.徐中舒，《漢語古文字形表》，臺北：文史哲出版社，民國71年4月。

75.（唐）徐堅，《初學記》，臺北：鼎文書局，民國65年10月。

76.（南唐）徐鉉，《說文解字》，「四部叢刊初編」，臺北：臺灣商務印書館。

77.（南唐）徐鍇，《說文解字繫傳》，「百部叢書集成初編」，臺北：藝文印書館。

78.（日）神田喜一郎，《書道全集》，臺北：大陸書店，民國64年5月。

79.（漢）班固撰、（清）王先謙補注，《漢書補注》，「殿本二十五史」，臺北：藝文印書館。

80.荊門市博物館，《郭店楚墓竹簡》，北京：文物出版社，2002年。

81.馬承源，《商周青銅器銘文選》，北京：文物出版社，1986年。

82.（清）馬國翰，《玉函山房輯佚書》，臺北：文海出版社，民國56年6月。

83.馬衡（无咎），《凡將齋金石叢稿》，臺北：明文書局，民國70年9月。

84.高二適，《新定急就章及考證》，臺北，華正書局，民國73年2月。

85.高明（仲華），〈古文字與古語言〉，《古文字學論集初編》，香港：香港中文大學，1983年9月。

86.高明，《中國古文字學通論》，北京：北京大學出版社，2005年6月。

87.高明，《古文字類編》，上海：上海古籍出版社，2008年8月。

88.（清）倪濤，《六藝之一錄》，「景印文淵閣四庫全書」，臺北：臺灣商務印書館。

89.教育部，《常用國字標準字體表（訂正本）》，臺北：正中書局，民國68年6月。

90.教育部，《常用國字標準字體表》，臺北：正中書局，民國71年5月。

91.（漢）許慎著、清‧段玉裁注，《說文解字注》，臺北：藝文印書館，民國62年8月。

92.許嘉璐，〈黃侃先生的小學成就及治學精神〉，《量守廬學記》，北京：生活‧讀書‧新知三聯書店，2006年11月。

93.（清）張玉書編，王引之校改，《康熙字典》，上海：上海古籍出版社，1996年4月。

94.（清）張玉書編、（日）渡部溫訂正，《校正康熙字典》，臺北：藝文印

書館，民國62年12月。

95.張光裕，《郭店楚簡研究》，臺北：藝文印書館，民國95年4月。

96.（宋）張有撰，（元）吳均增補，《增修復古編》，「四庫全書存目叢書」，臺南：莊嚴文化事業公司。

97.（清）張行孚，《說文發疑》，「百部叢書集成」，臺北：藝文印書館。

98.（唐）張守節，《史記正義》，「殿本二十五史」，臺北：藝文印書館。

99.（明）張位，《問奇集》，「續修四庫全書」，上海：上海古籍出版社。

100.張一兵、周憲主編，《新輯黃侃學術文集》，南京：南京大學出版社，2008年11月。

101.（清）張度，《說文解字索隱》，「百部叢書集成初編」，臺北：藝文印書館。

102.（唐）張參，《五經文字》，「叢書集成初編」，北京：中華書局。

103.（唐）張懷瓘，《書斷》，「景印文淵閣四庫全書」，臺北：臺灣商務印書館。

104.（宋）郭忠恕，《佩觿》，「叢書集成簡編」，臺北：臺灣商務印書館。

105.郭沫若，《郭沫若全集》，北京：科學出版社，2002年10月。

106.郭沫若，《甲骨文合集》，北京：中華書局，1982年。

107.郭沫若，《兩周金文辭大系圖錄考釋》（周代金文圖錄及釋文），臺北：大通書局，民國60年3月。

108.（宋）陳彭年等，《新校正切宋廣韻》，臺北：黎明文化事業公司，民國87年8月。

109.陳登原，《國史舊聞》，臺北：大通書局，民國60年11月。

110.陳祚龍，〈敦煌寫法體十二時訂正〉，《敦煌學海探珠》，臺北：臺灣商務印書館，民國68年4月。

111.陳新雄，《鍥不舍齋論學集》，臺北：臺灣學生書局，民國73年8月。

112.陳新雄，《文字聲韻論叢》，臺北：東大圖書公司，民國83年1月。

113.陳新雄，〈章太炎先生轉注假借說一文之體會〉，《國文學報》第21期，臺北，民國81年6月。

114.陳新雄，《古音研究》，臺北：五南圖書公司，民國88年4月。

115.陳夢家，《卜辭綜述》，臺北：大通書局，民國60年5月。

116.陳夢家，《西周銅器斷代》，北京：中華書局，2004年4月。

117.陳煒湛、唐鈺明：《古文字學綱要》，廣東：中山大學出版社，1988年1月。

118.陳力：《中國圖書史》，臺北：文津出版社，民國85年4月。

119.陳松長：《漢帛書陰陽五行甲篇》，上海：上海書畫出版社，2000年8月。

120.陸宗達，〈基礎與專攻——從黃侃師學習《說文解字》的體會〉，《文史知識》，北京，1982年第5期。

121.章太炎，《文始》，臺北：臺灣中華書局，民國59年8月。

122.章太炎，《國學略說》，臺北：河洛出版社，民國63年10月。

123.章太炎，《章氏叢書》，臺北：世界書局，民國71年4月。

124.章太炎，《「說文解字」授課筆記》，北京：中華書局，2008年12月。

125.章太炎撰，龐炎、郭誠永疏證，《國故論衡疏證》，北京：中華書局，2008年6月。

126.程千帆、唐文編輯，《量守廬學記——黃侃的生平和學術》，北京：生活、讀書、新知三聯書店，2006年11月。

127.曾榮汾，《干祿字書研究》，臺北：中國文化大學，民國71年9月。

128.曾榮汾，〈國內所藏干祿字書版略述〉，《木鐸》第十期，臺北，民國73年6月。

129.曾榮汾，《字樣學研究》，臺北：臺灣學生書局，民國77年4月。

130.曾榮汾，《辭典學論文集》，臺北：辭典學研究室，民國93年12月。

131.曾榮汾，〈異體字六書觀初探〉，《第十九屆中國文字學學術研討會論文集》，民國98年4月。

132.（明）焦竑，《俗書刊誤》，「四庫善本叢書」，臺北：藝文印書館。

133.（清）焦循、（清）焦琥，《孟子正義》，《新編諸子集成》，臺北：世界書局，民國61年10月。

134.華東師範大學古籍整理研究室選編，《歷代書法論文選》，上海：上海

書畫出版社，1979年10月。

135.黃侃，《黃侃手批說文解字》，北京：中華書局，2006年5月。

136.黃侃，《黃侃日記》，南京：江蘇教育出版社，2001年8月。

137.黃侃，《黃侃論學雜著》，上海：中華書局，1964年9月。

138.黃侃，《說文箋識》，北京：中華書局，2006年5月。

139.黃侃，黃侃口述、黃焯筆記編輯，《文字聲韻訓詁筆記》，上海：上海古籍出版社，1983年4月。

140.黃侃、黃焯，《蘄春黃氏文存》，武昌：武漢大學出版社，1993年3月。

141.黃侃講、潘重規記，〈訓詁述略〉，《制言》第七期，臺北：成文出版社，民國74年。

142.（元）楊桓，《六書統》，「中華漢語工具書書庫」，合肥：安徽教育出版社。

143.楊樹達，《積微居金文說》，臺北：大通書局，民國63年3月。

144.（宋）葉夢得《避暑錄話‧卷下》，「景印文淵閣四庫全書」，臺北：臺灣商務印書館。

145.董作賓，《平廬文存》，臺北：藝文印書館，民國52年10月。

146.董作賓，《甲骨學六十年》，臺北：藝文印書館，民國54年6月。

147.董作賓，《甲骨文斷代研究例》，《中央研究院歷史語言所集刊》外編第一種，臺北：中央研究院歷史語言所，民國22年1月。

148.董作賓，《董作賓先生全集》，臺北：藝文印書館，民國66年11月。

149.董作賓，《董作賓學術論著》，臺北：世界書局，民國56年12月。

150.董作賓，〈中國文字的起源〉，《大陸雜誌語文叢書》第一輯第三冊，臺北：大陸雜誌社，民國64年。

151.裘錫圭，《中國文字學》，北京：商務印書館，1988年8月。

152.廖平，《六書舊義》，「續修四庫全書」，上海：上海古籍出版社。

153.（明）趙宧光，《說文長箋》，「中華漢語工具書書庫」，合肥：安徽教育出版社。

154.（明）趙撝謙（趙古則），《六書本義》，「中華漢語工具書書庫」，合肥：安徽教育出版社。

155.趙誠，《甲骨文簡明字典》，北京：中華書局，1988年1月。

156.（春秋）管仲撰、（唐）尹知章注、（清）戴望校正，《管子校正》，「新編諸子集成」，臺北：世界書局，民國61年10月。

157.（五代）劉昫，《舊唐書》，「殿本二十五史」，臺北：藝文印書館。

158.劉師培，《劉申叔先生遺書》，臺北：華世出版社，民國64年4月。

159.劉葉秋，《中國字典史略》，臺北：源流出版社，民國73年3月。

160.（元）劉泰，〈六書統序〉，「中華漢語工具書書庫」，合肥：安徽教育出版社。

161.潘重規，《中國文字學》，臺北：東大圖書，民國82年3月。

162.潘重規，〈聲母多音論〉，《制言》37、38期合刊，臺北：成文出版社，民國74年3月。

163.（宋）歐陽修，《唐書》，「殿本二十五史」，臺北，藝文印書館。

164.（清）盧文弨，《抱經堂文集》，「四部叢刊初編」，臺北：臺灣商務印書館。

165.（清）錢大昕，《十駕齋養新錄》，臺北：世界書局，民國52年4月。

166.蔣伯潛，《文字學纂要》，臺北：正中書局，民國68年5月。

167.蔣善國，《漢字形體學》，北京：文字改革出版社，1959年9月。

168.（晉）衛恒，〈四體書勢〉，《歷代書法論文選》，上海：上海書畫出版社，民國68年10月。

169.（宋）鄭樵，《通志》，「景印摛藻堂四庫全書薈要」，臺北：世界書局。

170.（漢）鄭玄注，《易緯乾坤鑿度》，「無求備齋易經集成」，臺北：成文出版社，民國65年。

171.（漢）鄭玄注、（唐）賈公彥疏，《周禮注疏》，「十三經注疏」，臺北：藝文印書館，民國49年1月。

172.魯實先，《假借遡原》，臺北：文文出版社，民國67年10月。

173.（宋）戴侗，《六書故》，明萬曆間嶺南張萱訂刊。

174.（宋）戴侗，《六書故》，「景印文淵閣四庫全書」，臺北：臺灣商務印書館。

175.（清）戴震，《戴東原集》，「百部叢書集成三編」，臺北：藝文印書館。

176.（清）謝啟昆編著，《小學考》，臺北：廣文書局，民國58年。

177.謝雲飛，《中國文字學通論》，臺北：臺灣學生書局，民國54年1月。

178.（北齊）顏之推著，王利器集解，《顏氏家訓集解》，臺北：明文書局，民國71年2月。

179.（唐）顏元孫，《干祿字書》，「百部叢書集成初編」，臺北：藝文印書館。

180.（北魏）魏收，《魏書》，「殿本二十五史」，臺北：藝文印書館。

181.（唐）魏徵，《隋書》，「殿本二十五史」，臺北：藝文印書館。

182.羅振玉，《三代吉金文存》，臺北：文華出版公司，民國59年7月。

183.羅振玉，《干祿字書箋證》，「貞松老人遺稿甲集之一」。

184.羅振鋆、羅振玉，《增訂碑別字》，臺北：古亭書屋，民國59年11月。

185.譚旦冏，《商周銅器》，臺北：中華叢書委員會，民國49年12月。

186.譚旦冏，《銅器概述》，臺北：國立故宮博物院，民國70年9月。

187.饒宗頤、曾憲通，《楚帛書》，香港：中華書局香港分局，1985年9月。

188.嚴一萍，《甲骨學》，臺北：藝文印書館，民國67年2月。

189.嚴一萍，《金文總集》，臺北：藝文印書館，民國72年12月。

190.嚴一萍，《中國書譜殷商編》，臺北：藝文印書館，民國47年9月。

191.嚴一萍，〈殷商刑法志〉，《中國文字》新五期，臺北，民國70年12月。

192.蘇尚耀，《中國文字學叢談》，臺北：文史哲出版社，民國65年5月。

193.（清）鐵珊，《增廣字學舉隅》，臺北：天一出版社，民國64年12月。

194.（梁）顧野王撰、（宋）陳彭年等重修，《大廣益會玉篇》，「叢書集成簡編」，臺北：臺灣商務印書館。

195.（梁）顧野王撰、（清）黎庶昌跋，《原本玉篇零卷》，臺北：大通書局，民國61年12月。

196.（清）顧炎武，《原抄顧亭林日知錄》，臺北：平平出版社，民國63年1月。

197.（清）顧藹吉，《隸辨》，北京：中華書局，1986年4月。

二、附圖

1.《殷墟書契菁華‧一》

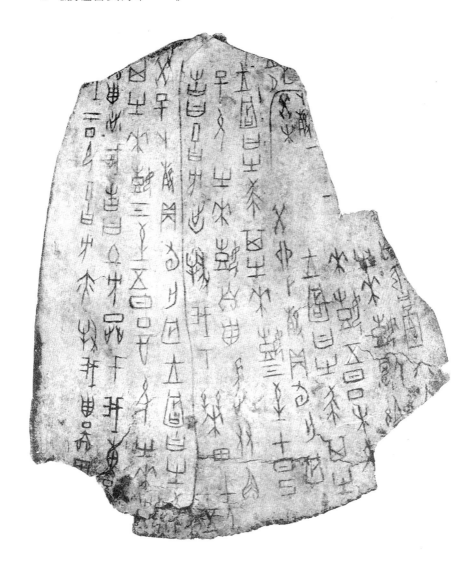

2.《三代吉金文存・卷十七》散氏盤銘拓本書影

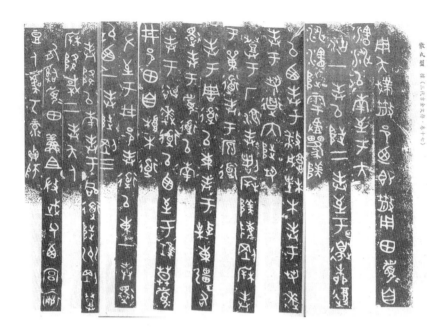

3.《三代吉金文存・卷四》毛公鼎銘拓本書影

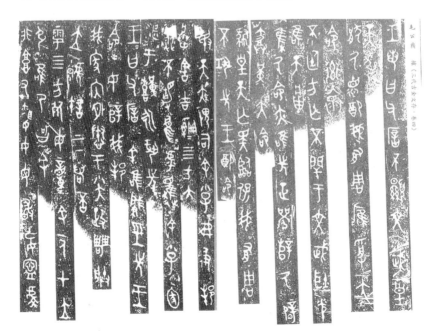

4.《石鼓文》甲鼓拓本書影

國家圖書館出版品預行編目資料

文字學／陳新雄，曾榮汾著. －－一版.
－－臺北市：五南，2010.09
　面；　公分
ISBN 978-957-11-5978-2 (平裝)
1.漢語文字學
802.2　　　　　　　　　99007591

1X1P

文字學

作　者 ─ 陳新雄　曾榮汾

校 訂 者 ─ 陳姞淨　李瑩娟

發 行 人 ─ 楊榮川

總 編 輯 ─ 龐君豪

主　　編 ─ 黃惠娟

責任編輯 ─ 胡天如　潘婉瑩　李美貞

封面設計 ─ 童安安

出 版 者 ─ 五南圖書出版股份有限公司

地　　址：106台北市大安區和平東路二段339號4樓

電　　話：(02)2705-5066　　傳　　真：(02)2706-6100

網　　址：http://www.wunan.com.tw

電子郵件：wunan@wunan.com.tw

劃撥帳號：01068953

戶　　名：五南圖書出版股份有限公司

台中市駐區辦公室/台中市中區中山路6號

電　　話：(04)2223-0891　　傳　　真：(04)2223-3549

高雄市駐區辦公室/高雄市新興區中山一路290號

電　　話：(07)2358-702　　傳　　真：(07)2350-236

法律顧問　元貞聯合法律事務所　張澤平律師

出版日期　2010年9月初版一刷

定　　價　新臺幣420元